全世界我只想
和你在一起 2

米西亚——著

群言出版社
QUNYAN PRESS
·北京·

上尉，早上好！

早上好！

多么让人敬仰的特种兵军官啊，发挥一下军人的热血心肠，帮我拖拖地。

这跟我有什么关系？拖地是你的任务，你自己拖，我没空。

哎，谢铁军，你忘了我怎么沦为清洁工的吗？

你要身体不适，就慢慢拖吧，没有人催你干活！

帮我拖！

自己的事情自己做！

帮我拖!

你自己拖!

拖不拖?

不拖!

帮我!

没空!

慢走! 不送! 谢光棍!

我的姑奶奶, 别叫这么大声! 要让人听到了,
我这老脸往哪搁! 不就拖地吗? 我拖, 行了吧!

目 录
CONTENTS

Chapter1　恶魔教官训猴记

1.

师妮可一大早起来，揉着还没睁开的眼睛，打着哈欠走出房间，一打开门，就闻到一阵饭香。表嫂真是勤劳啊，这么早就起来做早餐了！表哥真有福气啊！师妮可心里在那儿感叹和羡慕，心想等会儿跟她郑重道歉一下，昨天见面的事情自己做得的确过火了！正当师妮可盘算着道歉的事情时，就见许烨磊兜着围裙，手里端着一盘菜，从厨房走了出来。

师妮可打着哈欠走到餐厅："表哥，你怎么还在这儿？"

许烨磊满脸的春风得意，见到昨天差一点被他揍的师妮可，嘴角露出亲切的笑容："你怎么这么早？"

师妮可打了一个大大的哈欠："我上午要去实习公司报到，第一天总得好好打扮打扮，给各级领导一个好印象！"

许烨磊嘴角微扬："那就快去洗漱吧，现在已经七点半了！"

等许烨磊做完第二道菜出来，师妮可还歪在沙发上翻着杂志，身上还是穿着懒散的睡衣。说什么上班，就她这副德行，也就是打着舅舅的幌子混日子。许烨磊摇了摇头，真是被毁了，没有一点上进心。

今天他可没空管她，但是他也不想自己精心准备的二人早餐有个闪亮的灯泡照着。"师妮可，你还在那磨蹭什么，上班都迟到了，还不快点换衣服！"许烨磊走到师妮可的身旁，拍了拍她的头，然后夺过她手里的杂志，一副长辈的样子教训她。

"哥！你怎么抢人东西啊！"师妮可不满地埋怨着。

许烨磊不管她，推着她往卧室走，一边催促道："快去，快去，第一天迟到会留下不好的印象！"

"哥，今天只是去报到，不是正式上班，什么时候去都可以的。我都不急你急什么？"

师妮可拖拖拉拉地，心不甘情不愿地停顿住，想转过身抱怨许烨磊，然后看到主卧紧闭的门……关不住一夜的春色。

"哥，昨晚很幸福吧？"师妮可眨着水灵灵的眼睛一脸好奇地问道。

许烨磊直接赐她一个"板栗"，威胁道："给你十分钟，赶紧给我闪人！"

"遵命！"师妮可冲着他暧昧地眨了眨眼，向他敬了一个军礼。

孙萌萌昨晚没睡多少，现在还困意十足。她起来和许烨磊甜蜜地吃完早饭，本想回去睡个回笼觉，可是想想自己和许烨磊相处的时间屈指可数，所以忍着困意，坚持要跟许烨磊一起去医院接孙贝贝。

经历昨晚，两人的关系达到前所未有的亲密，在去医院的一路上，孙萌萌的手始终被许烨磊紧握着，她也始终目不转睛地盯着许烨磊看，越看越喜欢，越看越迷恋不已。

真想每时每刻都跟他腻在一起，黏在一起。可惜这是不可能的事情，他是军人，他有自己的工作，而她一周只能见到他一次。

想到这里，孙萌萌的心有些惆怅起来，被许烨磊握住的小手不由紧了紧。许烨磊的手也不由用力地紧紧握住她那柔嫩的小手，爱在彼此心中荡漾，情在彼此身体里滋长……

车内陷入沉默，静静地聆听着彼此的轻微呼吸声，空气中充满了浓浓的温馨和丝丝的甜蜜。

"对了，等会儿你要一起上去吗？"快到军区医院时，许烨磊突然开口问道。

"嗯，一起上去！"孙萌萌点了点头。

"准备把我介绍给贝贝了？"许烨磊的嘴角扬起一抹得意，上周给孙贝贝送汤锅时，她就没让他上去。

"嗯，你可是她姐夫，必须介绍给她！"孙萌萌扬起头，自豪地说。

许烨磊正式晋升为她真正的男人了，当然要去跟那丫头分享她心中此刻的幸福和喜悦！

姐夫？听到这个称谓，许烨磊嘴角不由轻扬，这丫头还真是没脸没皮，女孩子家没嫁人之前，像她这么直白的估计为数不多吧！

不过，姐夫这个称呼倒是蛮好听的，他心里似乎有些期待孙贝贝那个野丫头亲口叫他时，会是一种什么样的奇妙感觉。

此时，正躺在病床上拿着手机打电话的孙贝贝，一点都不知道，自己等会儿就要被亲姐的男人——某姐夫接回部队。

"向南哥哥，你也太不够意思了，跟我老姐谈恋爱，也不事先通知我一下！是害怕我找你们要介绍费吗？"孙贝贝正跟向南打电话，说话非常直截了当，没绕一丝弯子。

正躺在床上打着哈欠的向南，张了张嘴，迷迷糊糊的，听不懂孙贝贝这丫头说的话是啥意思。

"你刚才说什么？"向南又打了一个哈欠，疑惑不解道。

"你现在还在睡大觉啊？"孙贝贝有些吃惊，随后眼底掠过一抹贼贼的笑意。

向南哥哥此刻不会正搂着自个儿亲姐在睡觉吧？要是这样的话，那她岂不是打扰到人家的甜蜜时光了！

"向南哥哥，你把手机拿给你的枕边人一下，我想跟她说几句！"孙贝贝那贼溜溜的眼睛，散发着好奇的异彩。

向南往自己枕边看了看，空空如也，然后戏谑地说："我的枕边人还在海选当中，你想应征吗？"

孙贝贝听着向南这么轻浮的话，立马确认了向南在跟老姐谈恋爱的同时还到处去拈花惹草勾搭女人，就连女朋友的妹妹都不放过。孙贝贝一时为姐姐鸣不平，不由地大声呵斥道："应征个屁！向南，别说我没警告你，你要敢这么勤快地换女人，我第一个拿枪去崩你！"

向南被孙贝贝的火药味呛得晕头转向，不明所以地问："孙贝贝，你抽什么疯啊？我哪得罪你了？"

"你没得罪我，你得罪我老姐了！我老姐看上了你，你就必须跟其他乱七八糟的女人撇清关系。想做我们老孙家的女婿，你就得遵守我们老孙家的规矩！你要敢到处招蜂惹蝶，让我老姐伤心，我就用我们老孙家的家法伺候你！"孙贝贝训人的时候不知不觉继承了老孙家的门风，说话噼里啪啦，像冲锋枪带着威猛的炸药一样砰砰地扫射。

向南被她这样猛地一个扫射，头上冒着青烟，一群乌鸦飞过，陷身云里雾里，莫名其妙。老孙家的规矩？他怎么以前不知道呢？还有，孙萌萌不是有男朋友了吗？她什么时候看上自己了？怎么没听她说啊？

向南有十万个问号，等着孙贝贝一一解答。

"你确定你老姐看上我了？"

"你装什么傻，你们不是在谈恋爱吗？"

"什么意思啊，是不是你老姐看上我了，不好意思跟我说，让你用这种方式帮她表白？那倒是可以试一试啊，反正我也是天天在相亲。"

孙贝贝听着向南带着痞味的嘲弄，感觉有些不对劲。莫非，是自己搞错对象了，乱点鸳鸯谱胡说八道了一番？这下麻烦可大了，要是老姐知道自己在向南面前说她喜欢他，那可就死定了。

"不好意思，我打错电话了。"没有解释，孙贝贝慌乱地收线了。

向南对着手机"喂"了好几声，最后扔了手机，钻进被窝准备继续睡。

可哪里还有睡意啊？难得今天没有被安排相亲，可以安心地睡个觉，竟然被这个野丫头给莫名其妙地训了一顿。向南恨恨地想，我诅咒你天天被你爸逼着相亲！

孙贝贝放下手机，目标也开始转移。想起那一天，孙萌萌走的时候，向南跟了出去，随后许恶魔也跟了出去。真是猪头啊！怎么就没想到呢，孙萌萌替自己相亲的对象就是许恶魔，他们是认识的，可当时孙萌萌的样子却是形同陌路，根本没看许恶魔一眼。

孙贝贝抽动着她被麻痹过的脑筋，想起了当初孙萌萌相亲回来时的只言片语，把手机往空中抛了抛，然后一脸坏笑。

原来这两人相亲的时候就对上眼了。孙萌萌你可真沉得住气啊！跟我打马虎眼，去年发生的事，到今年还只字不提，自己一个人悄悄地谈情说爱。

许恶魔，这次你完了，你整得我这么惨，我该怎么报答你呢？给你们的爱情加一点眼药，还是……

就在孙贝贝满脑子坏主意，准备恶心许恶魔的时候，病房的门开了。然后她看到让人闻风丧胆的许恶魔站在门口，威风凛凛，像个充满杀气的门神！

孙贝贝揉了揉眼睛，随后看到许烨磊身后钻出一个含羞带乐的脑袋……孙萌萌挽着许恶魔的手走到病床前。

孙贝贝使劲地眨巴着眼睛，一脸佯装惊恐地闪身："老姐，许恶魔，你们、你们怎么这么'有爱'来看我？"

"臭丫头，再叫许恶魔，小心我揍你。马上给我改口，叫姐夫！姐夫，知道吗？"孙萌萌柔情地看了眼许烨磊，却转过头恶狠狠地威胁着孙贝贝。

孙贝贝看着她，觉得她变脸的技术不演川剧真是屈才了。再看看许恶魔，孙贝贝真是不敢相信自己的眼睛：这是特种兵里让人闻风丧胆的许恶魔吗？

孙萌萌看着孙贝贝这样的表情，直接一拳揍过来："臭丫头，敢对姐的男人虎视眈眈，活腻了你！"

孙贝贝赶忙回答："不是，不是，你的男人，你专用，你慢用，我以军人的名誉发誓，绝对不会夺姐所爱。"

孙贝贝明显感觉到许恶魔看着她的时候一如在部队时的严厉冷漠。他在看自己的同时，还不时地回头看着老姐。我的乖乖，许恶魔看老姐的那个眼神……

她孙贝贝在特种军营里待的时间不长，但是还是有好多次在食堂、训练场上看到过许恶魔。

那时候的他一直都是板着一张冷酷的脸，一脸正气，牛哄哄的，吓跑了很多怕被他削的士兵。文工团多少漂亮的姐啊，那些女人脑子有坑，就喜欢摆着扑克脸的许恶魔，一有空就找机会在许恶魔的视线里晃荡。但是，那群花痴谁见过许恶魔笑？更别说看到他脸上这样温柔的神情。

他的头即使正对着自己，目光也是在老姐身上。似乎全世界的风景在他眼前都暗淡无光，他的眼里只有老姐一个人。

看样子许恶魔是真的很喜欢老姐嘛！既然如此我可要不客气地下手了！孙贝贝用虎口撑着下巴，眼珠子咕噜噜地转着，已经积了一肚子坏水。

没办法，孙大小姐就是有怨抱怨，有仇报仇，绝对不会让自己白白地挨一刀的。

孙贝贝双手晃晃拍了拍，然后又摇了摇头，晃了晃脑袋，一脸痞样地看了眼许烨磊，怪里怪气地拖长了音叫着："姐——夫！谢谢你来看我！"

许烨磊淡淡地回道："我是奉命来接你归队的！"

许烨磊的声音平静无波，但是到了孙贝贝的耳朵那就是一把利剑，哗哗哗地乱砍，顿时血液横流。刚才还玩世不恭地想着怎么整人的孙贝贝，现在所有的坏主意都像过街老鼠般四处逃窜，只剩一个冷冷的空空的躯壳……

孙贝贝猛地站起来，跳下了床，孙萌萌看她神色不对，拦着问："贝贝，你这是要去哪儿啊？"

"归队，换衣服！"孙贝贝大吼着，然后怒气冲冲地提着旅行包跑进卫生间。

孙贝贝真的有些怀疑自己到底是不是孙耀武的女儿，还没办理出院手续，就命令人来抓她去部队，天下哪有这样做父亲的！她从小到大没有得到过他的关爱，得到的只是他的怒斥。现在就连生病住院，还没办理出院手续，他都迫不及待地把自己撵下床赶回军队……

那天孙耀武一回到 N 市，火气没消，直接跟文工团的江团长打了一个电话，要求孙贝贝出院后禁止回总部，直接回驻地继续训练。

江团长觉得一向秉公办事的孙司令这次做事真的太感情用事了。但是，他作为下属又不敢插手领导的家务事，只能服从命令。他亲自给孙贝贝打电话，如实告知她这项命令。

起初孙贝贝打着如意算盘，想回家里好好养三个月，待新兵训练结束再回团里报到。可是那天被孙耀武一激，这头倔驴的内心产生了翻天覆地的变化。即使没有江团长的电话，她也会回部队，她会在文工团里发挥自己的特长，她会靠自己的才华在文工团里脱颖而出，一枝独秀，不用孙耀武的名头！

她不稀罕这个只给她生命却从来吝啬给她爱的父亲！她要证明给孙耀武看，她不是狗屎，不是垃圾！她是独一无二的孙贝贝！

孙贝贝赌气冲进卫生间换军装，留下许烨磊和孙萌萌在病床前面面相觑。

"这是怎么回事？"两人脱口而出，问着相同的问题。

"我接到上级的命令，孙贝贝今天出院，把她接回部队。她冲我们发什么脾气？"许烨磊知道孙贝贝很难搞，不然领导也不会让他一个中队长放着那么多事不干，来接一个参加军训的文艺兵，不，应该说是抓。

原以为听到归队的消息，她会立马逃跑，然后他像谢铁军一样抓她归队。但是孙贝贝并没有逃跑，却莫名其妙地发了这么大的火。

孙萌萌听许烨磊这么说，立马想到了孙耀武，一定是大伯强制孙贝贝出院回去军训，或许那丫头也没想到他爹会赶着她出院。面对许烨磊的一脸疑惑，孙萌萌只能耸耸肩淡淡地说："别责怪贝贝，她也够郁闷的了。唉，家家有本难念的经！"

孙萌萌没有明说，但特种兵出身的许烨磊是超级敏锐的，他也很快猜出了七八分。一个不服管教的野丫头挑战脾气火爆恨铁不成钢的司令！那火药味真够呛人的！神仙打架，旁人还是自扫门前雪吧！

许烨磊突然低声对孙萌萌说："还好相亲相中的是你。"

孙萌萌听了有些飘飘然。其实，孙氏姐妹的脾气伯仲之间，孙萌萌发飙的时候那个孙氏流星拳可比孙贝贝更有攻击性！只是，两人正在恋爱中，在某些时刻被许烨磊诱惑得像小女人，自然温柔如水，再加上情人眼里出西施，许烨磊自然是怎么看都觉得孙萌萌好。

午后，路虎悄然地往军区驻地驶去。

孙贝贝坐在后座，双手环抱胸前，靠在车背上假寐，齐耳的头发飘到脸颊后柔顺地贴在上面，这个时候的她不言不语，脸上的表情也异常宁静，似乎在思索很深沉的问题，没有野猴子的嚣张，倒跟孙萌萌有几分相似了。

许烨磊从后视镜上淡淡地看了她一眼，相似的影子让他想起孙萌萌和家里那个让人头疼的电灯泡，于是许烨磊拿出手机拨了师妮可的电话。

师妮可原来以为中午回来当灯泡还能混一顿可口的午餐，没想到家里啥都没有，她也懒得做饭，最后只能吃着孙萌萌在冰箱放着的零食凑合了一顿。刚吃完一包薯片，感觉嘴巴都快变成膨化机器了，嗓子正干着呢，希望表哥表嫂能带点润喉的东西回来，这时口袋里的手机响了起来。

"可可，在上班吗？"因为顾及到身后坐着的孙贝贝，许烨磊压低着嗓子打电话。

师妮可心情有些郁闷，扁了扁嘴回他："没有，哥，你和嫂子是不是要回来了，叫我滚蛋？"

"傻丫头，瞎说什么？我现在在回驻地的路上！"许烨磊笑了笑。

可能昨天急着找老婆对这小丫头训得太凶了，让她心有余悸，不敢再在表哥表嫂之间当灯泡，只好换一种方式说话打温情牌，"你刚来 S 市，人生地不熟的，没人照顾，就住家里吧。"

师妮可立马精神抖擞起来，顺杆敲诈一点福利，以小卖小，笑着道："那就让表嫂代哥照顾我喽！"

许烨磊听到她的娇笑声，似乎又看到了小时候那个滑不溜手专门捉弄人的鬼机灵，赶紧打预防针："先跟你声明啊，你别再给我捅娄子，要是把你嫂子气跑，我就叫舅舅过来逮你回去。"

"哥，你真是有了嫂子就不要妹妹了。"师妮可抱怨地说。

不过，想想表哥好不容才看上一个女人，现在正是打得热火朝天的时候，一般的情侣这个时候正是一天 24 小时你侬我侬都觉得不够，他们这对苦鸳鸯却要分居两地长相思。师妮可这个一直都很自我的人，突然特别体恤他人，笑着说："算了，还是我代你照顾表嫂吧！由我守着家，绝不会让任何一个男人接近表嫂。把你的阵地守得蚊子都飞不进来。"

"嗯，这还差不多，有空多陪你嫂子聊聊天，逛逛街，把我老婆哄开心了，回头给你表功！"许烨磊一边转着方向盘，一边满意地说。

"是，保证完成任务！"师妮可笑嘻嘻地挂了电话。

许烨磊挂了师妮可的电话，不经意间扫了眼后视镜，这才看到后面的孙贝贝不知什么时候睁开了眼睛，脸上的表情很怪异，似笑非笑。

这是什么表情啊？怎么这么小的丫头会有这么恐怖的表情，似笑非笑，看得人心里阴凉，似乎在策划着一场重大的阴谋。

许烨磊看了眼这个同样是生活在专制管教下，冷傲又倔强的丫头："你笑什么？"

"你管我笑什么！"孙贝贝非常横地回了许烨磊一句。

许烨磊有些汗颜，这丫头的口气，简直就跟孙萌萌之前一模一样。果真是同门同根，孙氏家族出来的女人！不过现在的孙萌萌和以前完全两个样，被他融化得像块奶油蛋糕，性格变得柔情似水，温情脉脉。

"孙贝贝，说话别这么冲！我可是你姐夫！"许烨磊不由端起"姐夫"架子，试图让孙贝贝的嚣张气焰有所收敛。

"姐夫？"孙贝贝眯着眼睛盯着许烨磊的后脑勺，饶有兴致地念着这个尊称。

还没结婚就老婆老婆地叫我亲姐，也太不害臊了吧！万一，以后有个什么意外，没能在一块，岂不是……呸！不能这么咒我亲姐。但无论如何自己一定要在他一帆风顺的爱情里，加点味精，加点盐巴，加点辣椒什么的，如此一来应该会有趣很多吧！

孙贝贝两眼微眯，心里计算着如何让许烨磊和孙萌萌之间的爱情更加多姿多彩。

许烨磊从后车镜看到她那一副算计的表情，心里有些瘆得慌，这丫头片子肯定没安什么好心，看来自己以后还是得多加小心为妙。

回到驻地，孙贝贝打开车门下了车，再次踏入了地狱般的特种兵军营。

孙贝贝冷眼看着站在面前的两个男人——师达树和谢铁军，他们正像两根电线杆一般竖直笔挺地站军姿。孙贝贝只是愣愣地横了他们一眼，就提着自己的行李，跩得二五八万似的，目不斜视地越过他们。这架势搞得那两人根本不像教官接伤残兵，倒像是迎接领导莅临检查工作。

"孙贝贝！"许烨磊也下了车，叫住了不可一世的孙贝贝。

回到部队的许烨磊又恢复了以往的冷酷表情，森冷的语气让人听了心肝都会不由地打寒战。天不怕地不怕的孙贝贝也被他的威严震慑住，停下了脚步，没法再跨一步。

孙贝贝转过头，斜着脑袋冷傲地问："什么事？"

"这位是师达树教官，接下来你的军训工作由他负责。"许烨磊指着师达树介绍着，对于这样不服管的野猴子，他真不知道师达树的怀柔政策能不能感化她。

"你好！孙贝贝同志，我叫师达树，接下来的军训工作还需要你多多配合！"师达树走到孙贝贝身边，看到这个漂亮却是浑身都是刺的新兵，头皮都发麻。连孙司令都搞不定的野猴子，他真不确定自己是否有那么大的能力说服她不把军营搞得鸡飞狗跳。

师达树知道孙贝贝把前任教官谢铁军叫作谢恶魔，为了缓解她的抵触心理，他直接忽略了刚才她对他们的无视，一脸和气地微笑着上前要接过孙贝贝手中的行李。

孙贝贝却不领情，依旧自己提着行李。她淡淡地看了眼师达树，仍旧以一副拒人千里之外的口气道："终于让谢恶魔下岗了！很好，我很满意！"

一般人要是听到她这样的话，早就仰天喷血了。幸亏特种兵的心理素质强，不然这里的三个男人听到她对上级这么不屑的话，一定不管她是否是女兵，是否带病，直接绑去特训。谢铁军脸都绿了，他觉得自己只是按部队的规矩对她们军训，怎么就让人恨得这么咬牙切齿。

孙贝贝不管他们沉下来的脸色，转过头，继续走自己的路。肚子上的伤口刚愈合，走路都要小心才不会拉扯刀口，因此只能弓着腰不敢太用力地提行李。刚才还气焰嚣张，一走路就没法张狂了。

"我帮你提吧！"师达树一向都懂得疼惜女人的，赶忙上前要接过孙贝贝的行李。

"自己的事情自己做，我不需要别人的帮忙。"孙贝贝冷冷地谢绝了师达树的好意。

谢铁军以前没有心疼无视军队组织纪律的孙贝贝。但是，因为自己的强硬训练，让她得了盲肠炎，差点要了她的命。这个内心耿直的男人，一直都在内疚中，现在看到孙贝贝柔弱的样子，心里更是万分愧疚。

于是，谢铁军直直地冲到孙贝贝面前："我帮你提吧！"也不管孙贝贝是否答应，直接一把抢过她的行李。

"啊！"孙贝贝的手被谢铁军突如其来的动作，拽得微微发疼，不由甩了甩，恼火地冲上前去，"谢恶魔，别猫哭耗子假慈悲，把包还给我！"孙贝贝凶狠狠地瞪着谢铁军。

谢铁军见孙贝贝用这么凶狠的目光盯着她，心里有些发怵，停在那不敢动，气势明显变弱："你……不是受伤了吗？就让我帮你提一下吧？"

师达树看了谢铁军一眼，这可是他有史以来第一次看到谢铁军说话这么"娘"，心里不由觉得好笑，但同时也为自己以后担心。

"孙贝贝同志，大家都是战友，应该互相关爱，就让我们帮你提包吧！"师达树对孙贝贝暂时采取哄的方式，希望能缓解剑拔弩张的气氛。

孙贝贝转过头，横了师达树一眼："师大叔教官，虽然我们是战友，但是我喜欢自己动手，丰衣足食，请你们不要狗拿耗子多管闲事好吗？"

师达树见孙贝贝称呼自己为师大叔，额头立马掠过三根黑线，有些尴尬，冲着孙贝贝嘿嘿一笑："孙贝贝同志，我叫师达树，不是师大叔！"

"我管你是大叔还是大婶，谢恶魔把包给我！"孙贝贝把目中无人这个词演绎得淋漓尽致。

许烨磊那锐利的眼睛扫了孙贝贝一眼，这个野丫头还真把部队当游乐场了，竟然当着他的面对自己左膀右臂吆三喝四。简直就是无组织无纪律！

"你们两个，跟她啰唆这么多干吗！"在一旁看着孙贝贝耍横的许烨磊终于按捺不住了，轻喝一句，"谢铁军，把包还她，这里是部队，不是走亲戚，用不着这么热情！"

谢铁军见中队长许烨磊都发话了，哪敢不从，只好把包还给孙贝贝。

许烨磊抬手看了一下表，随后抬眼看着孙贝贝说："你把行李拿回宿舍，整理内务，30分钟后来我办公室！"

"哼！"孙贝贝瞪了许烨磊一眼，头也不回地提着行李往宿舍楼走去。

唉！早知道就让那该死的谢恶魔帮自己提包！爬回宿舍的孙贝贝满头大汗，把包扔在一旁，直直地扑倒在床上，大口大口地喘着气。

这时有人敲了敲门，孙贝贝转过头去一看，是隔壁宿舍的女孩，也是自己文工团的同事欧阳艳红。

"贝贝，你回来了，身体有没有好点了？"欧阳艳红走到孙贝贝身旁，关心地问道。

"艳红，帮我倒杯水好吗？我都快渴死了！"孙贝贝没有直接回答她的询问，而是跟她要水喝。欧阳艳红连忙去给孙贝贝倒了一杯水，递给她。孙贝贝从床上爬了起来，接过水杯，一口给灌了下去，喝完后，抹了抹嘴角："谢谢！"

"你还好吧？"欧阳艳红见她这般，再次开口关心她。

"死不了！"孙贝贝的语气有些冲，明显带着怒气。

欧阳艳红知道孙贝贝的家世背景，见她这么横，也习以为常了，于是笑了笑："回来就好，你不在，大家可想你呢！"

"谢谢大家这么惦记我！"孙贝贝顺了顺胸口的憋气，语气也缓和一些。

"对了，你没去训练吗？怎么还在这？"孙贝贝见自己宿舍没个人影，不由奇怪。

"我来那个，跟教官请病假了。"欧阳艳红笑着说。

什么时候教官变得这么好，连来例假也让请假？

"教官？那个师大叔教官？"孙贝贝挑了挑眉头，想起刚才在楼下许烨磊跟他介绍师达树的那番话。

"是，你住院后，谢恶魔就跟着下课，换了一个新教官，叫师达树。不知道你见过没，人长得很斯文，特别有才华，对我们也很好，很随和，现在大家都跟他打成一片！"欧阳艳红兴致勃勃地跟孙贝贝介绍起师达树。

"看来那师大叔还没成魔，还算是个人！"孙贝贝若有所思地点了点头。

"你这次回来是不是打包行李回 N 市啊？"欧阳艳红试探地问。

孙贝贝深吸一口气，对她摇了摇头："不是，回来继续与这些恶魔做斗争！"

欧阳艳红不由轻笑起来，"贝贝，你回来应该也累了，先躺下来休息一下吧！"

"没这个好命！"孙贝贝仰头长叹一句，站起身来，"等会儿去会会谢恶魔的师傅，恶魔老祖许烨磊！"

"真的吗？"欧阳艳红听到孙贝贝要去见许烨磊，立马羡慕起来，"贝贝，你不会是跟那个许烨磊在交往吧？"

最近这些女文艺兵对特种兵的年轻中队长许烨磊，那是越发仰慕，越发关注，从而也开始到处收集有关许烨磊的一些小道消息，似乎听到过许烨磊和孙贝贝之间的风言风语。

"你们……"孙贝贝想都没想直接赏了欧阳艳红一个白眼，"真是佩服你们的想象力啊，就他，算了，本姑娘不屑，也看不上！"

"呵呵，我就说说而已。不过你看不上，有的是人稀罕，跟你说，我就看上他了，你都不知道啊，许烨磊是那种让人越看越有味道的男人，这种男人可是我梦寐以求的男人！"欧阳艳红提及许烨磊就开始犯花痴。

没办法啊，他这么有名，而且还长得这么帅气，是个女人都想扑过去！

"是吗？"孙贝贝抽搐了一下嘴角，"不过别怪我事先没告诉你们啊，许烨磊他是绝对看不上我们这里面的任何一个人的！"别浪费心思，省省力气吧！孙贝贝心里外加一句，他现在可是我亲姐的男人，我未来的姐夫，你们这些女人就别再肖想啦！

"你怎么知道？难道你真的在跟他交往啊？"欧阳艳红不解地问。

"不要让我再说一遍，行吗？我对他没兴趣！"孙贝贝白了欧阳艳红一眼，在她心里有些讨厌这群花痴，还没住院时，训练结束回到宿舍，这些女人就开始叽叽喳喳地在那讨论许烨磊，一直谈论到熄灯之前，听得她耳朵都快长茧了！

"那贝贝你忙，我回宿舍躺会儿！"欧阳艳红听得出来，孙贝贝好像生气了，于是连忙打圆场。

待欧阳艳红走后，孙贝贝把被自己刚才躺得起皱的床单和被子扯整齐，随后将自己的行李包塞进储物柜，门一关，下楼准备去会会自己那未来的"姐夫"。

到了特种大队中队长的办公室，孙贝贝稍稍整理了一下着装和头上的军帽，伸手敲了敲门。

笃笃——

没人回应！

笃笃——

还是没人回应！

孙贝贝没再敲门，直接开门进去。

正坐在椅子上埋头看电脑的许烨磊，抬了抬眼，目光犀利地看了孙贝贝一眼，表情很严肃地冲着她说："出去！"

孙贝贝愣了愣，不是他自己说 30 分钟后来他办公室见他吗？

"不是你说要见我吗？现在叫我出去，什么意思啊？"孙贝贝口气依旧很横，挑着眉问道。

"没人教过你，进上级的办公室，除了敲门，还要喊报告吗？"许烨磊那犀利的目光直直地看向孙贝贝，面无表情地说。

"繁文缛节！"孙贝贝哼了一句。

"孙贝贝，这是部队，不是你家，我叫你出去，就立马滚出去！少给我啰唆！"许烨磊的语气冷漠得让人不禁觉得一阵寒气来袭。

见到许烨磊那冷漠表情和口气，孙贝贝原本想立马开口顶回去，但是许烨磊身上透出来的那股慑人的威力和不容置喙的气势，让原本嚣张的她有些心生畏惧。孙贝贝抽了抽嘴角，满脸不服地转身走出办公室，关上门，重新敲了敲。

"报告！"

没回应！

"报告！"

依旧没回应！

"报告！"当孙贝贝喊到第三句报告时，心中刚被许烨磊给熄灭的小火苗又开始熊熊燃烧起来。妹的，许烨磊你就这么照顾我的吗？你是想亲自来整我是吗？好啊！来啊，尽管来吧！

"报告！"孙贝贝前所未有地愤怒，冲着门大喊一句。

"请进！"里面传来许烨磊低沉的嗓音。

孙贝贝听到命令后，推门，雄赳赳气昂昂地走了进去。

"报告，列兵孙贝贝报到！"孙贝贝将身子立得笔直，抬头挺胸，向许烨磊敬了一个标准的军礼，毫不畏惧地看向许烨磊。

许烨磊瞥了她一眼，一脸严肃，沉声道："稍息！"

孙贝贝将右手落了下来，一脸的桀骜不驯："中校同志，请问您找我有何事？"

看到孙贝贝那表情，许烨磊心里不由觉得好笑，这野丫头，自尊心真是不一般强啊！估计撕下那层倔强的面具，剩下的躯壳应该就没这么好看了。

"找你来，是想跟你宣布，关于你接下来的工作安排！"

许烨磊知道以师达树温和有加的个性，肯定搞不定孙贝贝，他也不想孙贝贝继续在部队做出有损部队军威的事情，最后许烨磊主动要求，由他出面亲自驯服孙贝贝这匹野马。这可是堂堂的特种部队的中队长啊，竟然沦落成帮孙司令家收拾眼前这匹野马的最佳人选。

"鉴于你身上有伤，暂时不要求你归队训练，接下来的一个月，你每天只要负责这栋办公楼的走廊和楼梯的卫生打扫工作，还有大队长和我的办公室！"许烨磊宣布孙贝贝接下来负责的事务。

打扫这整栋办公楼？这栋楼虽不高，也有 6 层，外加大队长和许烨磊的办公室，这工作量，对于这个在家衣来伸手饭来张口的孙贝贝的确多了点。至少孙贝贝心里是这么认为的。

"对不起，我来部队不是来当老妈子的！"孙贝贝目不斜视地看着许烨磊，断然拒绝这项任务。

"老妈子？"许烨磊微微挑眉，嘴角露出一抹让人猜不透的笑意。

"是的，我不是老妈子，所以打扫这种光荣的任务，本人暂时无法胜任！"孙贝贝不逊地回道。

"孙贝贝……"许烨磊听完这句话，大声地冲着她吼了一句。

孙贝贝听许烨磊这声狼吼，瘦弱的身子不由抖了抖，嘴角微微抽搐了一下。

"这是部队，不是你家。不要以为你是孙司令的女儿就可以为所欲为，你要是没了孙司令这个老爸头衔，你什么都不是！别给你脸，不要脸啊！"许烨磊黑着脸，言词非常犀利地对着孙贝贝大声斥道。

听到这句话，孙贝贝立马来火，脱口而出："中校同志，请你搞清楚，我没仗着谁，请你不要随便地污蔑我和我的人格！"

"搞不清楚的人是你吧，就你？少在我面前谈人格，你有吗？"许烨磊的眼底露出一丝鄙夷和不屑，"你有本事去问问你周边的任何一个人，问问他们心底对你是真的喜欢，还是大家一致认为你仗着家里嚣张跋扈，不可一世！"

"你……"孙贝贝气得不行，但是却被许烨磊的气势给震住，最后嘴里只有憋出一个"你"字。

"千万不要以为自己是人民币，大家都喜欢你，说不定从心里真正喜欢你的人，一个都找不到！"许烨磊继续道，言词充满着刻薄。

"许烨磊，你别太过分了！我的人格和自尊轮不到你来践踏！"孙贝贝被他践踏得一无是处，立马怒气冲天。

"我这叫过分吗？"许烨磊耸了耸肩，"相比你那不可一世，我觉得我一点都不过分！试问一下，你一年下来，践踏了多少人的自尊？我想以你的交际能力，这数目应该不少吧！"

"许烨磊！"孙贝贝不免叫嚣起来。

"行了，别冲我吼，你不就那样的人吗，我可没说错一丁半点！"某男今天彻底将孙贝贝当成自己选拔的特种兵，完全一副刻薄嘴脸。

"许烨磊！"孙贝贝眼睛蒙上一层雾水，声音带着一丝鼻音。

"千万不要在我面前哭，我这不提供纸巾！"某男又来一句很无情的话。

"许烨磊，你太过分了！我恨你！恨死你！"孙贝贝那颗高高在上，不可一世的自尊彻底被许烨磊给击碎。

"恨我的人多了去了，不差你一个！"许烨磊毫不客气地回击道。

要知道许烨磊可是恶魔老祖，每一年每一批进特种部队的士兵，都是由他亲自挑选，恶魔、屠夫、变态、刻薄、严苛、无情、绝情……这些都是历届参加选拔的士兵们嘴上对他的形容中出现率最高的词。

在选拔期间，他都是一副尖酸刻薄、无情无义的嘴脸，天天讥讽他们，鄙视他们，践踏他们，不知道打压了多少自尊心极强的士兵，刚才对孙贝贝的这番言词还算温和的，她要是见过真正的特种兵选拔，那估计会被气得直接跳楼。

"还有，你要是接受不了打扫的任务，趁早给我滚蛋！省得大家看了觉得碍眼！"许烨磊最后扔一句重点的话出来。

"许烨磊，你给我等着瞧，老子不会让你看扁！"孙贝贝的逆反心完全被许烨磊激起，含泪的眼睛狠狠地瞪着许烨磊，语气充满了挑衅的意味。

"是吗？那我拭目以待！不过我对你不抱任何希望！"许烨磊那锐利的眼睛像一把利剑，直直向孙贝贝捅去。

"你等着瞧！"

虽然孙耀武对她已经算是够刻薄了，但没想到跟许烨磊一比，那简直又是一个层次。许烨磊就是一变态，就是一个摧毁别人自尊和高傲的恶魔！

许烨磊扫了一眼嚎啕大哭的孙贝贝，眉头微微皱起：自己从来只对男人这么刻薄，第一次对女人说这些话，不知道她能不能承受，千万别破罐子破摔，不然他所做的一切，不仅白费还会害了她一生。希望孙贝贝骨子里，还有一丝军人后代那股不服输的意念，重新出发，迎接自己别样的未来！

孙贝贝从办公室出来，两眼通红，还不停地抹泪。每一个见到她这样的士兵都不由自主地愣了愣神，心里在猜想：孙贝贝这匹出名的野马难道是被中队长给骂哭了？中队长还真跟谢铁军是一丘之貉，一点都不怜香惜玉啊！

孙贝贝完全不理会那些盯着自己看的士兵，心里不停地咒骂：好你个许烨磊，你等着瞧，老子一定证明给你看！还有，你还想当我姐夫，就冲着你跟我说的那些伤人的话，你等着瞧，我一定要把你跟我老姐给拆了！

孙贝贝那颗被许烨磊践踏的一无是处的自尊彻底被激了起来，边抹泪边在心里发最狠、最毒的誓言！

2.

夜悄悄来临，每晚临睡前抱着手机等电话是孙萌萌最幸福的时刻。此刻孙萌萌躺在床上一遍又一遍地看着手机里存着的那些她都能背诵的讯息。

许烨磊给她发的短信不多，但每一条都被她当宝一般珍藏着。每一次翻阅着短信，孙萌萌总是细细地看着里面的每一个字，每一个表情，想象着他发信息时温柔的眼神，似乎感觉他就在身边和她轻声细语，缠缠绵绵……

想起她的军婚开篇题记"本不见三生情路，如何写姻司缘簿，愿身化千千尺素，倾魂为君书"。

看着许烨磊的"磊"字上层层叠叠的三个石头，孙萌萌就在他的号码上编写了三个字：三生石。孙萌萌一直盯着自己手机屏幕显示的"三生石"，这时手机响了起来。

此刻，她的"三生石"在呼唤她，孙萌萌按捺不住兴奋又甜蜜的心情，立马接起电话。

"萌萌……"还没等孙萌萌回应，耳边就传来许烨磊那低沉性感的嗓音，听了让人一阵迷醉。比起下午在办公室尖酸刻薄地训孙贝贝，这声音柔得让人骨头都要酥掉了。

"烨磊……"孙萌萌卷着被子，小脸溢满了幸福，甜甜地应着。

"你和妮可相处得怎么样？"某男果然还是担心师妮可同学会把自己老婆给吓走，第一时间想知道两人的情况。

"嗯，很好啊，妮可挺好相处的，我们晚上还一起出去吃饭呢！"孙萌萌晚上和师妮可一起去吃了韩国料理，同为吃货，一拍即合，两人非常有共同话题，更加惺惺相惜。

"这就好，我还担心那丫头不懂事，又惹你不高兴。"某男果然是个心疼老婆的主儿，生怕自己那个性格跋扈的表妹，趁自己不在，想着法子整孙萌萌。

"瞧你说的，好像我是个小心眼的女人似的！"孙萌萌嘟着小嘴，不服气道。昨天被师妮可气走，那是纯属意外。

"呵呵，不是说你小心眼，是我那表妹鬼精鬼精的，你就多担待一下，让着她一点。"许烨磊轻笑道。

"我是她表嫂，肯定会让着她啦！"孙萌萌的眼底掩饰不住的开心。

"表嫂？"某男听到这个称呼，不由抖了抖眉头，嘴角扬起一抹淡淡的笑意。

"是妮可自己这么叫我的，可不是我要求的！"孙萌萌的小脸微微红起，娇嗔道。

"恩，还算那小丫头识抬举！"许烨磊满意地回道。

"对了，那个……我妈中午单独找你谈话说了些什么啊？"孙萌萌从中午跟许烨磊分开后就一直惦记着这事，当时送李笑梅去上班，很想问她来着，但是却没敢开口，生怕给李笑梅同志多了一个训斥她的理由。

许烨磊听到孙萌萌问她这个问题，顿了顿没有立刻回答她。

"亲爱的……"孙萌萌见他没应，又亲昵地叫了一句。

"没什么，你妈妈就让我好好照顾你。"许烨磊轻描淡写地说。

这是未来丈母娘第一次嘱咐他的事情，他要是嘴上没门漏给孙萌萌听，依照她那性子，要是知道这事，肯定又要跟她妈妈闹一顿，只好对她隐瞒。

"可能吗？我不信。"孙萌萌持着怀疑态度，一点都不相信她妈会跟许烨磊说这话。

"你这丫头，连你老妈都不相信，真是不像话！"许烨磊端着丈夫的架子训孙萌萌对李笑梅不尊重。

"不是像话的问题，你都不知道，你走后，她一直让我搬回去，所以你的话百分之百都是谎话！她是不是叫你劝我回家住啊？"孙萌萌对这事的见解还是很分明、很透彻的。

"没有，她真的没对我说这些啊，再说我哪舍得你离开我们的家啊！"许烨磊对孙萌萌和她妈的关系，实在有些摸不着头绪，但还是对孙萌萌实话实说，让她别误会李笑梅。

"真的没有吗？"孙萌萌继续追问。

"真的没有，你别就此误会你妈啊！"许烨磊很坚决地说。

"好吧，我相信你！"孙萌萌见许烨磊这么认真，顿时笑了起来，戏谑道，"唉，真是个好女婿啊，还没进家门就开始为我妈说话了，估摸以后我们家李笑梅同志肯定疼你不疼我了！"

许烨磊听到这句话，心里是挺乐滋滋的，但是李笑梅那边，估计没这么简单啊！许烨磊怕孙萌萌对这个问题进行追问，立马转移话题："萌萌，跟你事先汇报一件事！"

听到许烨磊说"汇报"两字，孙萌萌两眼立马亮了几分，真的有种正式为人妻的感觉哦！

"恩，你说！"孙萌萌开心地点头。

"今天下午回来，我把孙贝贝给批了一顿，那丫头后面哭了！"许烨磊不敢把自己具体说的那些刺激孙贝贝的话告诉孙萌萌，再次轻描淡写地带过。

"她怎么啦？"孙萌萌好奇地问。

"那野丫头太不可一世了，我好心劝劝她而已！"许烨磊说这话，明显有些心虚，但是他必须先把这事跟孙萌萌透个底，省的到时候孙贝贝在她面前告状的时候，她心里没数。许中校的腹黑可是无处不在啊！

孙萌萌很是意外，不由打趣道："你到底跟贝贝说了啥感人的话，不会跟她讲革命烈士牺牲的故事吧？"

许烨磊听完，在那嘎嘎直乐，孙萌萌说话实在太风趣了！

"笑什么啊？这世界上能把贝贝那丫头劝哭的，估计就属你一个了！"孙萌萌听到许烨磊那笑声，自己也乐了起来，对他佩服不已道。

希望孙贝贝千万不要在老婆面前告状，不然自己形象肯定受损。他对待工作是很严苛，看到孙贝贝那样子，她要是个男的，早就被他拉出去跑个几万米再回来训斥一番。

"谢谢夸奖，不过要是那丫头跟你告状，你千万要跟我口径一致啊！"某男的腹黑果真是无敌啊！

"恩……"孙萌萌点了点头，但还是来个转折，"不过我就这么一个妹妹，你得帮我好好照顾她才行，知道不？"孙萌萌虽然心是向着许烨磊的，但是胳膊肘还是往自家拐。

"恩，知道……"许烨磊硬着头皮答应，心里在那祈祷希望孙贝贝下午被他这么刺激，从此能改邪归正，不要再让他头疼和操心。

"亲爱的，时间不早了，早点睡觉吧！"孙萌萌心里其实很想跟许烨磊就这么一直聊下去，可是一看时间已经快 12 点了，对于明早 6 点就要出操的人，这个点已经很晚了，不由心疼起他来，主动地催促他去睡觉。

许烨磊果真猜中了，孙贝贝熄灯后，躺在床上，满脑子想的就是如何跟孙萌萌告状，如何拆散他们，以报自己下午被他所践踏的一箭之仇。想来想去，只要自己耍一个非常简单的手段，就可以让许烨磊吃点苦头，那就是让其他的男人去追自个老姐，让他有个情敌，整日寝食难安。

在 N 市，在 B 市，孙贝贝多得是狐朋狗友，但是唯独亲姐孙萌萌生活的城市，没认识几个人。不对，在 S 市还有一个熟人，而且就是一男的——向南哥哥！孙贝贝拍了拍自己的脑门，眼睛立马闪过一丝幽光。

没错，就是向南哥哥！外貌英俊，家世显赫，一点都不比许恶魔差！而且在人品上肯定比许恶魔好千倍万倍。怂恿这么一个优秀的男人追自己的亲姐，多有看头、多有意思的一件事啊！肯定会把许烨磊那恶魔气得半死。

许烨磊，我本想只在你和我亲姐的爱情里加点调味品之类的东西，但是下午你这么不留情面，就休怪我不仁不义了，非得给你下点猛料才行。等着吧！我一定会有仇报仇，有冤抱冤，以解心头之恨！

孙贝贝已经琢磨好，明天找个时机，偷偷给向南打电话，实施自己的计划！

许烨磊要是知道自己原本顺利的爱情随后会发生曲曲折折的故事，全是因为孙贝贝的此举，不知道会不会后悔下午对她的所作所为。

3.

清晨,在玉景豪园锻炼路径,一群早起的老太太做完了柔力球操,边收拾着球,边交谈着四散而去。刚才还充满着活力的锻炼路径又归于沉静,只有几只鸟儿偶尔一声啼叫唱破清晨的幽静。

每天这个时候,有个帅哥才迟迟出洞,他就是向南!不是他起得迟,实在是因为他觉得自己太帅了,太早去锻炼会吸引那些健身的老太太的注意力。再有就是,他太闲了,老头子只给他一个工作任务——相亲,把一只"海龟"束之高阁,真是很浪费人力资源啊。

向南很是无奈,却又不敢忤逆老头子。摊上一个军人出身手腕又强硬的老爹,可真是件令人头疼的事啊!今天一大早老头子就打电话过来大骂,问昨天怎么把某副市长的女儿相亲相得气跑了。

最近相亲"工作"强度太高,一个月30天32场相亲会,是人都会累,他是有那么一点松懈,比较没那么积极,但是向南自认为没有迟到早退,已经做得够好了,怎么就那么多投诉呢!

向南真不知道昨天那个眼高于顶的女人怎么就气跑了。他只不过是相亲相得心里疲惫了,只不过是见到相亲的女人都觉得恶心了,但他还是很有修养地坐着,只是憋着不说话,不然,一开口绝对是胃液。

向老头,别再施加强压了,要是到时候你儿子看到女人都胃疼了,看以后怎么给你传宗接代!

帅气的向南带着满心的惆怅慢跑着,他的脚步声跟他的心情一样,迟滞沉重。寂静的锻炼路径响起了和向南的脚步不合拍的轻快声音。向南不由得抬起头沿着声音张望着,一个白色的身影携着鸟语花香款款而来。

孙萌萌因为许烨磊一夜温存后那一句"不满她体力"的话,于是早早起来跑步,努力提高体能。爱情真是最好的美容产品,有了爱的滋润，孙萌萌的小脸那叫一个容光焕发，眉含情眼含笑，神采奕奕地迈着轻快的步子跑过来。

孙萌萌带着朝阳的朝气和热力而来，让人看了不觉精神为之一振。向南想起孙贝贝给他打的电话，吵了他的白日梦，还听孙贝贝在那发神经胡说八道一番。向南不由想起了第一次见到孙萌萌时，她一脸乖巧地对着自己流哈喇子。

现在的女人，有几个愿意放弃早上的懒觉起来锻炼的？能爬起来，那动力一定是男人！

向南优雅地立在路中央，两手抄在运动裤兜里，一身闲适地看着停在他面前的女人。粉面桃花，明亮的眸含着一抹不易察觉的娇羞，这个时候的孙萌萌让人感觉清新又充满着活力，就像在憋闷的屋子里快窒息时打开了一扇窗，呼吸到一股新鲜的氧气。

向南只觉得从头到脚，脱胎换骨一般，不再感觉乏力了，养眼的女人真是一剂良药！看来，他还有救，不会对所有的女人都感到厌烦。

"好巧啊！又遇到你了！"向南嘴角一勾，释放了一道邪魅的笑容。

向南忍不住地被孙贝贝的话影响着，难道这个女人真的喜欢自己，为了接近自己，一大早起来和帅哥邂逅？

"好巧！"孙萌萌看到拦路的向南微微吃惊，但很快又微笑着回应了他。

只是淡淡的一笑都掩不住心底的幸福，眉眼间的笑容清甜动人，远远地都能让人感觉到一丝丝源远绵长的芬芳。向南感觉自己吸附了她的精气般，一下子也很精神了，不由得又多看了孙萌萌几眼。

"你每天都来锻炼吗？"孙萌萌微笑地问着，她的声音和她的人一样，清脆动听，温柔又充满着活力。

其实不用向南回答，孙萌萌心中都有答案。牛郎嘛，要保持身材，要保持体力，自然要勤快地锻炼身体！

"是啊！没想到你也这么喜欢锻炼。"向南微笑着听着孙萌萌如夜莺一般的声音，心想，这个女人接近自己的目的达到了。自己已经被她取悦了，不介意以后每天都跟她一起锻炼。

"一起跑吧！"向南非常绅士地邀请着，孙萌萌便跑在他的身后。

两个人各怀鬼胎，一起绕着弯弯曲曲的小路慢跑着，半小时后跑完一圈，准备分道扬镳。

向南这一路跟孙萌萌边跑边聊，心情很好，自以为是地想给暗恋着他的孙萌萌一个安慰，问她要不要一起去吃早餐。毕竟孙萌萌喜欢他这话不是她本人说的，向南觉得这个措辞比较麻烦些，还在酝酿时一眼瞥到一个熟悉的身影。

"孙萌萌，你等我一下。"向南跑到孙萌萌跟前，留下了一句很突兀的话又跑了，把孙萌萌吓了一跳。

孙萌萌看着向南远去的方向，看到了一辆豪车，一个风韵犹存的中年妇女正站在车旁满面笑容地迎着向南。瞧瞧，那车真是豪华啊！孙萌萌即便不懂得车名，但看看那车身泛着的金属光泽，那种厚重感也知道一定价格不菲。

孙萌萌本来不想等向南的，但是也不知道心里是哪个好奇宝宝在作祟，还是忍不住地停下来看着不远处那一对男女。

向南走到了女人的身旁，孙萌萌随后看到了证实她猜测的一幕，她看到富婆递给向南一张闪闪发光的金卡。果真，下一秒，就看到向南凑过去，亲了亲富婆的脸颊，搞得富婆有些不好意思，却又很幸福拍着他的头。随后看到富婆竟然拿了张纸巾，一脸温柔地擦拭着向南头上的汗！

不是吧，这样一对男女竟然能在光天化日之下，做着这么亲密的勾当！孙萌萌瞪大着眼睛，有些不可置信地看着那一幕。如果真的是这样，她得考虑劝许烨磊卖了这套房，换个地方住，免得被周围的邻居污染。

孙萌萌开始思考自己的问题。除了她和许烨磊爱巢居住的环境问题，还有一个问题：向南干吗叫自己留下？

向南回来，见孙萌萌还在等他，不由勾着一抹迷人的笑意："幸好你还在，走，一起吃早餐去！"

"算了，你还是自己去吧！"刚才亲眼证实的那一幕，孙萌萌心里对向南瞬间鄙视个彻底。在她眼里，眼前妖媚般的容颜，再没有一丝美感，甚至，他在她身边每多站一秒，她心里便对他多一分的嫌恶。

如果说以前只是猜测，现在现场被她抓住原形，孙萌萌对于这个男人的观感除了唾弃，还是唾弃。生怕向南身上的病毒通过空气、唾液爬到自己身上，孙萌萌拔起腿准备快跑，还没跑一步，手被向南捉住了。

"哎，孙萌萌你跑什么啊？"向南稍稍用力，一把将孙萌萌拉了回来。孙萌萌刚才发出的力一时收不住，惯性地往前冲，直冲到向南的面前，撞上他结实的胸膛。

孙萌萌猛地闻到一阵滚热的男人气息，带着丝丝汗味，却是非常阳刚好闻。再看到几乎贴近自己的五官，孙萌萌一时惊吓得立马弹跳出去，但手还被向南紧紧地拉着。

"向南，你，你快给我放手……"

向南看到孙萌萌瞬间潮红的脸颊，心想不就是拉拉小手吗，还这么害羞！女人的心思总是那么多，常常口是心非，明明想投入男人的怀抱，表面上却欲迎还拒。不过刚才她扑到自己面前，扑面而来的女人味，清甜清甜的，他倒不排斥，甚至还挺喜欢的，不介意给她机会多扑几次。

于是，向南非常配合地放开了孙萌萌的手，笑着调侃道："孙萌萌，你跟我还那么见外，别这么拘束嘛！走，去吃早餐，我请客！"说完，向南另一只手上的金卡在孙萌萌的眼里晃了晃。

孙萌萌一阵作呕！为了让他尴尬，从此不再纠缠自己，孙萌萌后退几步，故意揭底问道："刚才那个女人是谁啊？"看你怎么回答，你总不至于说那是你妈吧？孙萌萌一副看戏的表情，盯着向南。

向南嘴角微扬，泛起一丝温柔却又邪魅的笑意，然后嘚瑟地眨着眼睛道："她是我最爱的女人，怎么样，漂亮吧，年轻吧！"

孙萌萌庆幸自己出门前没吃早餐，不然肯定会被他这句话雷得全倒出来！还最爱的女人，还漂亮，还年轻！要是富婆听到这么恭维她，估计屁股翘上天，再赏他一张钻石卡或一辆豪车。

"向南，你可真是个绝品啊！"

在别的女人面前夸自己的情人，说得就像炫耀身上戴的一块名表一般，孙萌萌对他的无耻可真是"佩服"得五体投地。孙萌萌皱着鼻子说着话，这句话明明应该是刺耳难听的，到了向南这边，却没了一丝贬义。

"什么意思啊？"向南微笑着走向孙萌萌。

"没什么，字面上的意思。"孙萌萌见向南没被逼退，还依旧死皮赖脸地搭上来，赶紧往后退。

向南看孙萌萌一脸紧张的样子，觉得特有趣。这女人有时候好搞怪，看到她似乎很容易找到开心点，比起他千篇一律的无聊相亲对象好玩多了。

向南嘴角微扬地笑道："走吧，去吃早餐。你也不用回去梳妆打扮了，就这样去吧，我挺喜欢的！"

"不好意思，你自己吃吧！我先回去了，再见！"

不是再见，而是再也不见，希望以后不要见到你了！孙萌萌猛地转身，撒腿就跑。向南看孙萌萌跑得那么急，有些摸不着头脑。这女人不是很喜欢帅哥吗，怎么临到头，可以跟帅哥一起共进早餐了，却又退缩了？

4.

驻地，阳光照射在军事大楼楼顶的那颗金光闪闪的五星上，散发着耀眼的光芒。

孙贝贝身体还没完全恢复，不用出操，而且得到特批早上推迟一个小时，7 点起床。洗漱完的她，虽然心不甘情不愿，但还是主动提着一个水桶，一个拖把，外加一块抹布，开始她的打扫工作。

首当其冲要打扫的自然是路赢大队长的办公室，站在门口的孙贝贝咬了咬唇，伸手敲了敲门，大喊一声："报告！"

里面没人回应，于是再敲了敲，再喊了喊，还是没人回应。昨天被许烨磊训过后，孙贝贝心里依旧不服气，但是在行动上却已经自觉地改过来。

吴凯刚好经过办公室，看到一女孩站在门口连续喊了几声"报告"，看到她身旁放着的工具，知道她是来打扫卫生的，不由主动告之："大队长出操去了，你直接进去吧！"

孙贝贝转过身来，看了吴凯及他肩膀上的军衔一眼，立马立直身子，仰首挺胸，敬了一个标准的军礼，大声道："谢谢吴参谋长！"

吴凯愣了愣，这个兵竟然认识自己，这未免有些稀奇啊！

因为文艺兵和特种兵是分割开来的，只接触自己的教官，对于其他军官相对不熟悉，但她孙贝贝是谁啊？除了有非凡的记忆力外，信息渠道也是四通八达的。

吴凯看清楚大队长办公室门口站着人的面孔时，不由眼睛一亮，这不是名号响彻驻地的"齐天大圣"——魔女孙贝贝吗？

被目中无人的野丫头这么一敬礼，吴凯不免有些疑惑起来。其实作为军人，本该就是这个样子，只是孙贝贝平日里太过桀骜不驯，完全没有一丝一毫军人的样子，今天这么一见，倒是显得有几分军人的气质了。

"你是孙贝贝吧？"明知道是本人，吴凯却故意这么一问。

"是！"孙贝贝心里很清楚，最近自己的名号在驻地都快赶上特种大队几十年的番号了。

"听说上周盲肠炎住院了，现在身体有没有好点？"吴凯一脸和善地关心着孙贝贝。

孙贝贝瞥了吴凯一眼，心里非常了然，眼前这位中校一看就是个油滑的主。军队不乏这种人，骨子里虽然不太待见，但是冲着许烨磊昨天鄙视她的那番话，她一定会重塑自己的形象，让他们大跌眼镜。

孙贝贝嘴角挤出一丝笑意，语气平和，甚至带着一丝感激道："谢谢吴参谋长的关心，已经好多了。"

听到孙贝贝那温柔似水的声音，真心让人听了一阵酥麻，没想到这野丫头也有这么女人的一面，让吴凯不由大跌眼镜。这还是她吗？怎么感觉她住院不是切掉盲肠，而是做了一次脑部手术啊，完全变了一个性子。

"你身体刚恢复，多注意点，别太劳累！"吴凯见孙贝贝这么温柔，语气也变得特别和气。

"是，参谋长，你先忙，我得去打扫了！"虽然表面工作做得滴水不漏，但孙贝贝心里却不想再和吴凯废话下去，于是把话就此打住。

"好，你忙！"吴凯很识趣地回道。

孙贝贝见吴凯走了，嘴角挤出来的笑容瞬间消失，真心庆幸自己是学表演的，对于这种事，好像拈手就来。好吧，全当锻炼自己的演技，开始战斗！

孙贝贝在打扫路赢的办公室时，非常地用心，每一处都擦个几遍，办公桌、地板还有后面的书柜，擦得锃亮，可以拿来当镜子照了！临走时，孙贝贝还特意泡好一杯茶，放在路赢的办公桌上。但是，到了许烨磊办公室，那完全是两个态度，胡乱地抹一遍，头也不回地离开了。

接下来就是楼层了，从上到下——

六楼，五楼，四楼，三楼……

在家从不干家务的她，即使在学校大扫除也从没积极过的她，今天算是超常发挥了。可是因为刚出院，身体有些虚弱，还没拖完第三层的楼梯，孙贝贝就已经累到不行，身子撑着拖把，叉着腰，在那大口地喘气。

正当孙贝贝喘着气、咬着唇、恨不得把手上拖把和脚旁的水桶扔下楼时，耳边传来一阵节奏感很强的"巴登巴登"的脚步声，不由立马将身子立直，继续她的拖地作业。

许烨磊和谢铁军、师达树一干人等，刚出操完，回宿舍换了套衣服往办公楼走去。当许烨磊的脚跨到三楼时，看到一个辛勤劳作、默默无语、瘦弱纤细的背影，正背对他们几个。

谢铁军和师达树看到孙贝贝在拖地，不由一愣，相互使了一个眼色，师达树指了指走在前面的许烨磊。原来是队长的主意！谢铁军若有所思地点了点头，其实他心里从昨天就在担心孙贝贝接下来的训练。

三人往孙贝贝的方向走去，孙贝贝刚才听到楼下传来的声音，就知道是许恶魔和谢恶魔几个，心里犹豫要不要转过身去。犹豫间，孙贝贝猛然转过身来，刚好许烨磊他们三个也走到她面前。一时间，八只眼睛相对，瞬间交火。

孙贝贝冷冷地看了看站在自己面前的许烨磊，随后视线掠过许烨磊的脑袋，看向他身后的谢铁军和师达树。孙贝贝把扫把放在一旁，两腿稍息，身子笔直，敬了一个标准的军礼，红唇微张："师教官好！"

这一句"师教官好"把三人给愣住了。此刻，这个丫头片子看上去蛮有军人的样子嘛，但是为啥她没跟中队长许烨磊问好，而是直接跟师达树打招呼呢？

孙贝贝扫了许烨磊一眼，把手放了下来，没有丝毫跟许烨磊打招呼的意思。谢铁军和师达树百思不得其解，而许烨磊精锐的目光轻轻扫了孙贝贝一眼，她眼底那股倔强一览无遗被许烨磊给看穿了，径直往办公室走去。

"队长……"

谢铁军见许烨磊进办公室，看了孙贝贝一眼，也紧跟着进去了。留下师达树一个人在那，和孙贝贝独自相处。

"嗯，孙贝贝同志好，在打扫卫生是吗？"师达树心里甭提多开心了，孙贝贝竟然唯独和自己打招呼，充分显示自己得人心的一面，刚才那两位，名声真的不如他。唉，没办法，太没人性，让人生恨啊！

"是，师教官，事后请您检阅！"孙贝贝一本正经地回答。

"好，辛苦了！"师达树像是好不容易当上小领导的人似的，嘚瑟地摆起官腔。

"是，师教官，你要是没其他吩咐，那我继续了！"孙贝贝非常配合地让师达树过足小领导的瘾。

"好，注意身体！"师达树充分地借此机会在孙贝贝面前展示自己人性的一面。

"谢谢师教官的关心，我会注意的！"孙贝贝目不斜视地看着师达树。

被这么漂亮的女孩肆无忌惮地盯着，师达树是又得意又有些羞涩起来，满脸惬意地往办公室走去。

一进办公室，师达树走到自己的办公桌上，两手撑着桌子，得意地在那嚷嚷："谢铁军，你刚才也看到了吧，我，就是比你得人心啊！"。

谢铁军抬起头，看了师达树一眼，明显不服："呸，得人心个屁！"

"看看，人家不待见你，就嫉妒了吧！"师达树不知道孙贝贝今天对自己的态度怎么来个一百八十度的转弯，但是不管如何，刚才孙贝贝对自己的尊敬，的确让他暗爽一把。

"滚！"

谢铁军没好气地往师达树的脸上丢了一支笔过去。师达树灵敏地接过笔，嘴角扬起一抹得意："哈哈哈，这种感觉真棒！"

"别自我感觉太良好！"许烨磊抬眼，锐利的目光向他扫去，性感的嘴唇轻启，直接向师达树泼了一盆冷水。

"嘿嘿……"师达树面对许烨磊，完全不敢得意忘形，冲着他嘿嘿一笑，没敢再吱声，坐了下来。

孙贝贝拖着一身疲惫回到宿舍，这个大小姐一大早干的活比她从小到大的总和还多，一时心里五味繁杂，说不出的心酸,道不尽的委屈。

孙贝贝看着周围一成不变的绿色——绿色的衣服，绿色的被子，绿色的床单，绿色的架子床，连窗帘窗框门框都清一色单调的绿。本该充满希望的绿色，在这样严酷的军营里，绿得她心里一片黯然。

其他人都还没回来，宿舍里静悄悄的。孙贝贝胡乱地躺在床上，回想着这些天的遭遇，感觉她高傲的自尊从轻飘飘的天上突然掉到地下任人践踏，一时难以消受。水灵灵的黑眸就快凝成泪滴，孙贝贝倔强地把眼睛睁得大大的，让委屈的泪水回流。

她从小就是个性张扬特立独行的一个女生，最看不惯女人遇事就哭哭啼啼。可是现在自己却连着两天眼睛都冒水不止。她快恨死许恶魔了，昨天被他骂得大哭一场，现在又控制不住泪流。一时间越想越委屈，也越加愤恨。

许恶魔，此仇不报非君子！

孙贝贝刚才还软得快要破碎的心随着报仇雪恨的信念一下又坚定起来。刚才还泪汪汪的美眸，一会儿又阴转晴，放射着火一样的热力。

军队是许恶魔的地盘，自己奈何他不得。但是，聪明如孙贝贝一下就抓住许烨磊的软肋，我不能整你，让姐姐来修理你。

昨天搭他的车，他在电话里把老姐叫得那么亲密，还叫他表妹照顾老姐。如果两人换一种身份，听到姐姐的男人那么疼她宠她，孙贝贝一定给他发个奖杯。现在则不然，对于这样的恶魔，一定要狠狠地恶心他一把。

孙贝贝从背包的夹心层摸出了手机，非常得意地甩了甩。

昨天上缴了手机，但是，她是有备而来的：早在军训之前，就做好了准备工作，手机和卡都暗地备了几套，通讯录、游戏软件，都一一备份好。她才不会傻乎乎地与外界完全隔绝，让自己的大脑在单调中变傻变痴呆。

孙贝贝拨了孙萌萌的电话。可能因为是陌生的号码，电话等了好一会才接起。

"喂，老姐，怎么半天都不接我的电话……"孙贝贝一张口就带着撒娇、委屈的声音不满地对着手机哭诉起来。

"是贝贝吗？怎么哭了？"

正要准备吃早餐的孙萌萌听到孙贝贝带着鼻音的声音，微微一愣，有点不确定这是不是她。这丫头是在哪啊，怎么哭过的样子，这可是史无前例的在电话里听到她的哭腔，一时又是心疼又是着急。

"姐，你也不关心我，任我自生自灭吗？"孙贝贝酝酿一下情绪，赌气地跟孙萌萌撒娇。

"臭丫头，瞎说什么啊，你不是归队了？怎么可以打电话？这是谁的号码？"孙萌萌非常意外接到孙贝贝的电话。

在白天，孙萌萌连许烨磊的电话都没接过，贝贝一个军训中的小兵，怎么可以携带通讯工具呢？难不成她逃走了？当逃兵好像要被送进军事法庭的！

"贝贝，你在哪？不会是私自离开军营了吧？那可是违反纪律的！"孙萌萌对着这个陌生的号码充满了忧虑。

"没有啦，我才不会这么傻呢！"孙贝贝听出孙萌萌的担心，连忙解释。"我还在这鸟不拉屎的军营啊，因为病刚好，有伤口不用军训。我们一进军营通讯工具都上交了，这个是我备用的通讯工具。想姐的时候方便打电话给姐啊！"孙贝贝继续道。

"切，我还不了解你吗？你这丫头耐不住一刻的寂寞，所以不要以我为借口，为自己无组织无纪律找理由。小心我揭发你哦！"听到孙贝贝的解释后，孙萌萌的心终于落了下来。

"姐，我的亲姐！你现在说话的口吻怎么越来越像那个许恶魔了！你不知道我有多恨许恶魔！你对他那么死心塌地，他呢？他一点都没把你放在心里，昨天他一到部队，就把我往死里骂。他就是这样照顾他的小姨子的，把我照顾得好伤心，照顾得嚎啕大哭……"孙贝贝不满地埋怨着，投诉着。带着哭腔的声音，幽幽怨怨，越说越悲呛，让人听了似乎看到了她泪流满面的样子，不由得好生心疼。

孙萌萌突然想到昨晚许烨磊提前给她打的预防针，他还真是料事如神啊，果然，这个丫头想着法子跟自己哭诉来着。如果不是他先透了风声，这会听到自己最爱的堂妹说地这么伤心这么委屈，一定会对他破口大骂。

一时间，孙萌萌不知道要怎么安慰孙贝贝。她知道这个堂妹一定是犯了什么事才会让许烨磊狠厉地批一顿。

"贝贝，别哭了，你一直都很乐观的，别伤心了啊。告诉姐是怎么回事，如果他真的做得太过分了，我帮你骂回来！"孙萌萌顺着孙贝贝的话宽慰着她。

昨晚许烨磊没有说他对孙贝贝说了什么，现在孙贝贝这么一投诉，她也很想知道他们之间到底吵了什么，会吵得这么凶。

孙贝贝是希望姐姐听到自己心里的委屈，立马就为自己出头，会说不理许恶魔之类的话。可是孙萌萌并没有如她预期的那样宠溺地护着她，让孙贝贝的心里不由有些失落起来。许恶魔对她说的那些话，太伤她自尊了，她根本没法说出口。

"姐，许恶魔凶人的时候真的太可怕了！你现在跟他还在情意绵绵，没机会领教。你不知道他骂人根本不管你是男是女，不给你留一点余地，一定要把人骂得连猪狗都不如，还要踩在脚下狠狠地践踏碾碎。你要真的跟他在一块，时间久了，你就会知道。连我这么坚强的人都被他骂得在众人面前流眼泪，真是无法想象，哪天你们要真的结婚了，他凶你一顿，你还活得下去吗？"

孙贝贝一口气把自己的怨愤毫无保留地表现出来，她就要姐姐听了难受，同情她，然后对付许恶魔。

"怎么把我也扯进去了？许烨磊真有你说得这么可怕吗？你到底说了什么还是做了什么会让他那么狠地对你啊？"孙萌萌一时间无法把对她温柔无比的男人和孙贝贝口中的投诉对象对上号。

在情感上，孙萌萌更愿意相信她的男人，相信他在工作的时候行事一定有他的理由，相信他所说的都是为了孙贝贝好。至于这个堂妹，孙萌萌知道这个带刺的丫头，从小到大过得太安逸，没吃过苦头，心里的承受能力会弱一些，她说的话多少会有些夸大的水分。不过，此时知道她心情不好，也不好多说什么。

"反正他说的话就是很难听，我都说不出口……"孙贝贝被孙萌萌问得不知道怎么说，这次她真有些伤心了，姐姐并没有不分青红皂白地袒护自己。她没想到孙萌萌会那么信任许恶魔，信任他胜过自己。

"姐，对于男人要多了解他，知道他的各个方面……"最后投诉无门的孙贝贝只能这样用关心孙萌萌的口吻提醒着她，要提防着许恶魔。

"嗯，我知道。你照顾好自己。以后有空可以给我打电话，告诉我许烨磊在部队都干了什么！"

孙萌萌的一句话，让孙贝贝彻底郁闷了。说了半天，老姐竟然把她当作他们之间的传递信息的邮递员，而根本不管邮递的是炸弹还是细菌。

"算了，我现在是没人爱的孩子，不跟你说了。"孙贝贝非常非常郁闷地挂了电话。

原想打电话给姐姐，好恶心一把许恶魔，没想到姐姐早就被他迷惑了，被爱情冲昏了头，根本就不管自己的死活。孙贝贝不由像一头暴躁的驴子一样，摔了手机，双腿在床上乱蹬。

孙贝贝气得要呕血，连最疼自己的姐姐都被许恶魔蛊惑得跟自己离心了，再也不能对她随叫随到，不管多么离谱的事情都帮衬着自己。孙贝贝在床上哀怨不绝，搜肠刮肚地想着怎么对付许烨磊。

突然，孙贝贝想到了向南，顿时兴奋起来。之前打错了电话，跟向南说老姐暗恋他，现在将错就错吧，也许错误的种子也能开出一朵奇葩。许恶魔，我看你到时候怎么跟向南拼，你什么都有，唯独没有爱情最需要的时间。你能把我一招毙命，我也能逮住你的七寸，让你喘不了气。于是，孙贝贝紧接着拨通了向南的电话。

"喂，向南哥哥，好想你啊！"孙贝贝一副奸计得逞地怪笑着，嘴里叫着向南那叫一个甜啊，都能滴出蜜糖来了，不知情的人还以为她在跟男朋友发嗲呢。

"嗯？贝贝吗？你这丫头，确定今天脑子没抽风，没打错电话……"

向南正开着车前往相亲的路上。今天刚发"工资"，相亲工作自然得积极点，据说今天来的是一个重量级的人物，老妈一大早特地跑过来悬赏，千叮咛万嘱咐叫他认真对待，出了纰漏有他好果子吃。向老头简直就是逼宫，想要他进公司接班，也用不着用这么俗的套路啊。

不过，对于这样的工作，他一向举重若轻，兵来将挡水来土掩，最后都能把美女或恐龙一一逼回。

"向南哥哥，你说什么呢？我现在很正常，非常正常！"孙贝贝生怕向南把她电话给挂了，立马表示自己此刻没疯。

"哦，正常就好，说吧，什么事？"向南此刻的心情非常好，所以口气也充满了愉悦。

"向南哥哥，我是想跟你道歉，所以才打这个电话。上次在医院，可能是刚吃完药，脑子有些错乱对你胡乱说了一通，真是抱歉啊！"孙贝贝先跟向南道歉，好为自己等会的话做下铺垫。

"原来那天你真是抽风了！"向南嘴角微扬，轻笑道。

"嘿嘿……"孙贝贝憨憨一笑，话题立马来个转折，"不过我那天说的话，也不全是胡说啊！特别是我老姐喜欢你那件事，是认真的！"说完，孙贝贝自己捂着嘴巴，在那偷偷直乐。

"不是吧，你不会又抽风了吧？"向南对孙贝贝的这句话，持着将信将疑的态度。今早还跟孙萌萌一起跑步，好像有那么一点那个意思，但是又不能很确定。

"向南哥哥，难道我的话你都不信？"孙贝贝见向南怀疑自己，嘟着小嘴撒娇道。

"不是不信，而是……这种事当事人没有亲口对我说，还是当不知道为妙。"其实向南此刻心里特别得意，被女人暗恋，换做任何一个男人都避免不了地产生自我膨胀。

"向南哥哥，这就是你的不对了，你长得那么帅，一般的女人见到你都恨不能吞你入腹。那样肤浅的女人，相信你也见多了，见怪不怪了。但不是所有女人都这么肤浅，这么赤裸裸地表达情感的。还记得吧，我姐第一次见你的时候，那个两眼放光啊，那个矜持啊。想想，是不是？"孙贝贝口绽莲花，费尽心思地对向南循循善诱。

应该说，这个被宠坏的娃做事是很有谋略，天生就是个祸害。为了让向南相信，甚至都能列举让人无法怀疑的例子。她的这一番话，又是对比，又是实情举证，把向南捧得尾巴都翘上天了。

向南想了想，早上和孙萌萌邂逅时，她含羞带笑的样子清新可爱，现在感觉似乎是有那么点意思。不知道为什么，向南觉得确认被孙萌萌喜欢，心里竟然有点异样的欣喜，说不出是兴奋还是激动。但现在不是想这些的时候，得开快点了，要是迟到了，向老头又会拿这破事来做文章。

"你打电话给我就是为了告诉我孙萌萌喜欢我吗？行，现在我收到信息了。我现在有事，回头再去医院看你。"向南准备收线，孙贝贝一听急了，赶紧叫住他："向南哥哥，等等。"

"还有什么事啊，大小姐……"向南看看表，皱了皱眉，就要迟到了，本来就是掐着时间出发的。重量级人物啊，老爸都不敢得罪，给他十个胆也不敢放人家鸽子。向南有些急了，随便应付着孙贝贝。

"向南哥哥，你也太不关心我了，我早出院了，你都不知道……"孙贝贝不满地撒着娇。她听出了向南有些心不在焉了，最重要的话还没说呢，得想方设法地留住电话。于是又用割掉的盲肠博取一点同情，用着伤心又委屈的口气埋怨着。

"哦……对不起。怎么不养好了再出院呢？"向南本来准备掐断电话的手，听到孙贝贝这么说，心里有些歉疚，又收回了手。

"我被恶魔抓回来军训了，你没帮我灭了他们，我又被抓回地狱，继续过着水深火热的生活……"孙萌萌闷闷地愤愤地说，这句话是发自内心的控诉，没有一点演员的台词。

"是孙伯伯的命令吧。唉，我们真是同为天涯沦落人，都搭上这样一个军阀父亲。我也快被我们家老头压迫得快要起义了……"

向南抬眼看了看表，天！到点了，自己还在马路上龟爬。迟到太久，重量级人物要是等得火了，那就不是简单的投诉问题了，搞不好自己的"饭碗"都被端了。

"贝贝，不好意思，现在真没空跟你多聊了。我赶时间啊，姐姐这次原谅我吧！等我忙完了给你回电话，陪你打个三天三夜给你赔不是。"

"你能有什么事，不就相亲吗？"孙贝贝这个人精真是一语中的，仍纠缠着，不达目的不罢休，"向南哥哥，不是我说啊，你这样千辛万苦地挑选，多累啊，挑花眼也挑不到一个合意的。真心想要找个能对上眼的女人结婚，还不如捡个现成的。你看我姐多好一个人啊，秀外慧中，又温柔又可爱，可就是有一点不好，性格太闷骚了……"

孙贝贝说着说着，发现自己嘴巴没把门，有些刹不住车，把老姐的老底都抖露出来了。许恶魔，你真是把我逼上了绝路了，连我姐都被我给出卖了。要不整出一点动静，实在对不起我冒着被记大过的危险，偷偷摸摸地打电话破坏人家的相亲。

孙贝贝心想，真是悲催的，自己怎么就当了一回叛徒，为了唆使向南追孙萌萌用了一个杀手锏！

"向南哥哥，你有空的话，可以多给她打打电话嘛，约她出来玩，我相信你一定也会喜欢上她的……"孙贝贝又继续忙乎着保媒拉纤，她的这一番话不知不觉让向南的大脑有了先入为主的想法，那就是他确信孙萌萌真的在暗恋他了。

"嗯，好的，我会考虑的……"

向南没想到那么一个阳光灿烂的女孩，会这么痴情，又这么害羞。突然对孙萌萌产生了兴趣，就想试着去了解一下这个女人，反正同在一个小区，他们有的是机会碰面。

"向南哥哥，你要把握好时机哦。有了进展跟我汇报，我会无偿提供线索和服务……"孙贝贝终于听到自己想要的答案，心里一下子豁然开朗，就等着给许恶魔收尸啦！

"好的，我勉为其难地尝试一下。贝贝，我现在有事先不跟你聊了，有空再聊……"向南不忘使命，赶紧挂了电话，踩着油门，飞一般地赶往相亲目的地。

孙贝贝刚打完电话，把手机藏起来的时候，宿舍门就被推开。这批文艺兵集训时的临时班长李婷，端着病号饭进来，笑吟吟地对孙贝贝说："贝贝，饿了吧，给你打了一份病号饭，快起来刷牙，吃早饭吧！"

李婷以为孙贝贝睡到现在，催促她起来，把饭放到桌上。孙贝贝闻到饭香，这才发觉自己饿了，连忙从床上爬了起来："谢谢，班长！"

李婷一阵错愕，有些惊讶地看着孙贝贝。以前孙贝贝从来没叫过她班长，都是直接称呼她为李婷，就是到昨晚睡觉前，孙贝贝还这么叫她，今天这是怎么啦？

"怎么啦？班长，你今天很奇怪唉！"孙贝贝见李婷愣愣地盯着自己，不由奇怪地问道。

"你才奇怪呢，你竟然叫我班长，贝贝，你没发烧吧？"李婷伸手摸了摸孙贝贝的额头。

孙贝贝一把将李婷的手给拨开："没病！好着呢！只是……"孙贝贝顿了顿，看着李婷，面露歉意，"只是以前太自我了，你们却一直都包容着我，在医院躺着的那几天，我发现，原本毫不在意的东西，现在却变得额外珍贵！"

其实孙贝贝这番话，半真半假，掺杂着些许的演戏成分，但刚才看到李婷帮她打病号饭进来，她的内心还是小小地感动了一把，也算是真情流露吧。

"呵呵，贝贝你千万别这么说，快去洗漱吧！"跟孙贝贝同龄的李婷自从当上班长后，明显成长很多，懂得关爱战友、帮助战友了。

"我洗漱过了，刚才还去前面那栋白楼打扫卫生呢！"孙贝贝为了让自己渐渐融入集体，也试着打开心扉，不再那么骄横，变得平易近人起来。

"真的吗？那栋办公楼可是禁区唉，我们文艺兵里没有一个人上去过！你竟然这么幸运，真是羡慕啊！"尽管是因为打扫去那栋楼，但是李婷还是称羡。

孙贝贝心里摇了摇头，都是一帮被特种兵迷傻了的姑娘啊！算了，先填饱肚子再说。孙贝贝拉过椅子，坐下来开始吃她的病号餐。病号餐果然比平日里伙食好一些，多了鸡蛋、火腿，还有瘦肉。估计是干活累饿了，孙贝贝狼吞虎咽起来。

李婷见孙贝贝吃得这么香，没有前面每次用餐就会嘴贫地调侃军队的伙食堪比猪食这些话，嘴角不由露出一丝微笑，看来住院回来的孙贝贝真的变了一个人。

"贝贝，你好好休息，我得回训练场了。中午见！"李婷看了一下时间，笑着对孙贝贝说。埋头苦干的孙贝贝，满嘴塞满了饭菜："谢谢班长，中午见！"

李婷走后，孙贝贝继续把那病号饭吃个底朝天。好久没有这么饥饿了，像个乞丐似的，吃完饭，连饭勺都拿来舔一舔，回味一番。孙贝贝把饭盒拿去洗干净，随后坐在床头，看着冰冷的铁床架开始发愣。

一会儿，又把藏起来的手机给翻了出来，想了想又给放了回去。这里是特种兵的驻地，在进来的第一天上的政治课就是保密原则，这里的一切、任何一件事都是秘密，绝对不允许对外宣传。所以孙贝贝到现在都只跟孙萌萌说许烨磊在部队，就是一个天天折磨士兵的恶魔，没对她透露他就是 N 集团军特种大队赫赫有名的中队长。

手机只能在关键的时候用用，要是太过频繁，铁定被抓到。孙贝贝深知军人被处分的利害，所以没敢过分贪玩，很自觉地将手机藏了起来，以备有时之需。

5.

孙贝贝无聊地躺到中午，吃饭时间到了，主动下楼去食堂吃饭。吃完饭，跟着文工团的战友一起回到宿舍。大家训练得都很疲惫，一回到宿舍都倒下就睡，没一个理她的，孙贝贝只好又在床上窝了一个半小时。

两点起来后，大家也都走了，又剩下她一个，憋得实在忍不住了，决定给自己找点事情做。于是孙贝贝去了特种大队的办公楼瞎晃。

门口的士兵，见到她，伸手将她拦下："对不起，禁止入内！"

孙贝贝愣了一下，明媚的眼睛看了门口的士兵一眼，好像不是早上放她上去打扫的那位，于是说："我是特批的，可以进去！"

"谁特批的？"士兵一板一眼地查问。

其实士兵认识孙贝贝，驻地自从来了女文艺兵，士兵们的世界多了很多色彩，出尽风头的孙贝贝更是众所周知。

"许烨磊中队长！"孙贝贝理直气壮地报上许烨磊的名号。

"对不起，我没接到相关通知，不能让你上去！"士兵利索地回她。

这人怎么这么死板啊！早上跟那个士兵说是许烨磊让的，立马就放行了，他倒好！真是死板的臭男人，臭特种兵！

"你请回吧！"士兵面无表情地说。

"你……"孙贝贝一时之间没控制住自己，又开始犯她的小姐脾气。

这时路赢刚好也往办公室去，在门口看到孙贝贝站在那指着士兵，不由笑着打趣道："什么事让我们的军花这么生气啊，指着人家的鼻子骂？"

孙贝贝见到路赢，立马收回手指，把手举起来，敬礼大声道："大队长好！"

听到这句，路赢不由笑了起来。这野丫头以前见到自己都称他为路叔叔，今天却改口，称他为大队长。这倒是稀奇啊！

"我没有……"孙贝贝大声道，刚才幸好及时收住了，没骂出后面的话。

士兵紧跟着帮孙贝贝澄清："大队长，她没有骂我！刚才她想上楼，我没收到上面的指令，所以没有放行！"

路赢听完笑了笑："你想上去做什么啊？"

"大队长，我想过来看看我们部队日常是怎样工作的，想进一步了解和认知，以备后期文艺表演时能演绎得深刻逼真一些！"孙贝贝脑筋灵机一动，为自己找了很好的理由。

"文艺表演？"路赢对孙贝贝的回答，显得有些意外。

孙贝贝可是察言观色的老手，自然知道自己的话引起了路赢的兴趣，不由自己先来个先斩后奏："是啊，我们团长说，我们新兵训练结束后，为了表达我们团对部队的感谢，会举行一次文艺演出，以此感谢教官们和驻地上下官兵对文工团的工作支持。"

不愧是虎门之后，孙贝贝就连说谎话都显得特别真诚。

"看来你们江团长算是有良心啊！临走的时候，还知道给我们军区做慰问演出，等会我给他打个电话，先跟他表示感谢！"路赢可是特种部队的大队长，岂能会被这个小丫头给骗了，即使孙贝贝演得再像，也被他那堪比老鹰的眼睛给看穿了，不过他没有直接揭穿孙贝贝，还乐呵呵地跟她调侃。

听到路赢要跟江团长打电话确认这事，孙贝贝不由心慌，心里盘算等会要是被戳穿谎话不知后果是否严重。孙贝贝有些心虚，嘴角挤着一丝笑容："呵呵，路叔叔，难道我还能骗你吗？"

路赢见她不打自招，不由笑了起来："好，我相信你，电话就不打了，不过我期待你的文艺演出！"说完，路赢轻轻拍了拍孙贝贝的肩膀，眼底尽是看戏的意味。

孙贝贝这下不知道自己该怎么办了，眉头微皱，心里开始忐忑不安起来。路赢似乎看穿孙贝贝此时的心思，脸上的笑颜绽放得更加灿烂，迈开步伐抬起脚往台阶踩去。

孙贝贝见路赢要离开，有些顾不上规矩，连忙拉住路赢的手臂："大队长，那我……现在能上去吗？"

路赢转过头看了孙贝贝一眼，随后将视线落在她拉着自己手臂的葱白嫩手上。孙贝贝被他这么一看，赶忙收回手，立直身子，一脸严肃地看着路赢。

路赢盯了孙贝贝几秒，不由好笑，缓缓开口："孙贝贝同志，这栋楼里面可全都是不能公开的机密啊，按理说你是绝对不允许进入的，不过鉴于你是为了工作，演出节目需要素材，我今天就特批你进去体验生活。不过我有个条件！"

"什么条件我都答应！"听到路赢的话，孙贝贝似乎看到希望，还没等路赢说出是什么条件，就无节操地说无条件答应。

"好，有志气。这么着吧，针对你们新兵训练结束后的文艺演出，你单独创作一个节目表演给我们大家看，怎么样？"路赢对孙贝贝的底细可是一清二楚：这丫头当年不顾孙耀武的强权，瞒着他私下办理军校的休学，跑去学表演，现在也算是毕业了，到底学到哪些花拳绣腿，他倒想检验一下。

不过他的最终目的不是检验，而是让孙贝贝主动放弃，毕竟这里可是非常机密、非常重要的特种官兵办公楼，岂能容她一个小丫头来去自如地走动。

自己单独创作节目，这个要求是不是有点高啊！孙贝贝听完路赢的话，刚才还微皱的眉头，此时已经变得拧成一团了，犹豫地说："这……"

"不能完成是吧？那我就没办法了，你要体验生活的话，就到别处去体验吧！"路赢眨了眨眼，表示爱莫能助。路赢见她没回应，摇了摇头，往台阶迈开步伐准备上楼。

见路赢要走，孙贝贝彻底方寸大乱："大队长，请您稍等……等一下……"

路赢停下脚步转过头，故意问她："你还有事？"

"我答应您，自己单独创作一个演出节目！"孙贝贝豁出去了，自信满满地回道。

这下轮到路赢为难了，他万万没想到这丫头的胆子是如此之大，团长那边还没谱，却又答应自己的要求。看不出来啊，这丫头身上还蛮有孙司令的影子！不论任何事，只要她想就一定会做到！

"还请大队长特批，让我在这体验生活！"孙贝贝昂首挺胸，目光毫不避讳地直视着路赢。

路赢微微皱起眉头，答应不是，不答应也不是。在旁边看戏的士兵，也期许地看着路赢，好奇地想知道大队长的最终回复。

"还请大队长同志特批，让我在这体验生活！"孙贝贝再次大声道，像是在催促路赢的回答。

路赢为难地挠了挠头，这下真是领教这个小魔头的厉害了。犹豫片刻，路赢开口道："好，我特批了。不过保密守则你得给我牢牢记住了，万一触犯纪律，绝不姑息！"路赢先把话撂在前面，如果孙贝贝触犯纪律绝对严加惩办。

"是，大队长同志，我会牢牢记住保密守则，绝对不触犯纪律！"孙贝贝满脸自信和喜悦大声地回道。路赢见此，不由笑了起来，对着旁边站岗的士兵说："让她上来吧！"

"是，大队长！"士兵敬礼，大声应下。

"谢谢大队长！"得到路赢的许可，孙贝贝不禁眉开眼笑起来。

孙贝贝和路赢一同上楼，身旁偶尔三两军官从路赢身旁经过，敬礼尊称他为大队长。走在他身后的孙贝贝，俨然有种狐假虎威的感觉，好像自己当上了首长，特别的威风凛凛。

路赢领着孙贝贝去他们的综合办公室。许烨磊和吴凯一众人全在那里，看到路赢进来，个个连忙起身："大队长！"可是当他们看到路赢身后的孙贝贝，也个个傻眼了。

路赢摆了摆手，示意他们坐下，随后叫了许烨磊一声："许中队……"

许烨磊的屁股还没落到椅子上，立马立直身子，大声应道："是，大队长！"

"这次文艺兵新兵训练结束后，会在我们军区举行文艺演出，对我们驻地官兵这段时间的辛劳表示感谢，大家高兴吧？"路赢不愧是领导，说话特别有技巧，先说让大家感兴趣的事情，以备调动大家的积极性。

"哇，太好了！"在座的同志不约而同地鼓掌表示欢迎。

以前驻地想看到文工团的慰问演出，只有建军节或者过年时才能看到，这次没逢节年，多出这么一个福利，自然开心啦！

路赢见大家一脸的开心，紧接着说："这位孙贝贝同志因为文艺演出的创作需要，最近要在我们大楼体验特种兵日常生活和工作，你这边从中帮忙协助一下！"路赢的眼睛看了看许烨磊，语气显得有些为难无奈的意味。

听完路赢的话，不仅是许烨磊，吴凯、谢铁军和师达树，还有其他两个军官全都跟着傻眼了。

"好了，你们各忙各的，她就交给你了！"路赢没等许烨磊的回应，直接将孙贝贝塞给他，顺便给他使了一个眼色。他们从来没听说过协助这样的事情，这让许烨磊又纳闷又为难："大队长，这……恐怕不妥吧？"

"废话什么，叫你协助就协助！"路赢心一横，把孙贝贝这难缠的丫头扔给许烨磊。

许烨磊眉头微拧，纵使心里不愿，但嘴里还是老老实实地回答：

"是，大队长！"

站在路赢身旁的孙贝贝，看了许烨磊一眼，微微挑眉，眼神充满了些许挑衅的意味。

"就这样，你们忙吧！"路赢扔下这话，就离开综合办公室。

许烨磊仰了仰头，眼睛看了天花板几秒，随后才缓缓地低下头，看着站在门口的孙贝贝，心想这野丫头到底给大队长使了什么迷魂术啊，搞什么文艺演出、创作需要、体验生活的，是不是又想闹什么幺蛾子啊？

孙贝贝似乎知道许烨磊此刻在想什么，不由笑了笑，主动跟许烨磊搭话："许中队长，接下来的日子就请你多多照顾咯！"

"孙贝贝同志，你来这，想体验什么样的生活啊？"许烨磊无语地摇了摇头，随后非常直白地问道。

孙贝贝听出许烨磊语气中的不欢迎，不由挑眉，跨着自信的步伐，大方地向他们走去："此次，为了创作节目，想体验你们特种兵的日常生活，想看看你们是怎么工作、怎么学习、怎么训练的！"

"敢情这有点像监督的意思啊！"师达树笑了笑，插嘴道。

"师教官，此话差矣哦！我一个文艺兵，哪有这个胆子去监督你们啊！"孙贝贝目光看向师达树，毫不畏惧地回道。

"可是你这样就是在监督我们啊！大家说不是吗？"身为孙贝贝现任教官的师达树似乎在为大家出头，积极地对此事进行热议，并争取大家的意见。

"是啊，孙贝贝同志，你的确有监督我们的嫌疑！"其他两个军官也附和道。

谢铁军抽了抽嘴角，想吱声，却没发出声来。当然吴凯这老滑头更不可能吱声了。

"谢铁军，参谋长，你们咋回事啊，怎么不响应号召啊！"师达树见他俩不吱声，立马追究其责任。

吴凯轻笑不已："唉，我说你们就别折腾人家一个小姑娘了，既然大队长都吩咐了，我们大家就一起配合人家创作！"

孙贝贝见自己终于有个支持者，脸上的自信瞬间又膨胀不少，冲着大家笑了笑："那就多多拜托大家咯！"

许烨磊的额头不由掠过三根黑线，没理会孙贝贝，直接坐下来忙自己手中的事情。

孙贝贝跟大家打过招呼后，立马跑到接待处，借那里的电话给文工团的江团长打了一个电话，跟他说自己休养几天后，脑子产生的"构想"。江团长刚开始听得一愣一愣的，最后才明白过来，原来这丫头想策划一场文艺演出。对于此事，江团长事先是没有半点准备的，不过孙贝贝口才了得，一个劲地游说江团长。

江团长对孙贝贝的觉悟表示认可，觉得她提议不错。但同时也表示担心，这些训练的新兵全是新招进文工团的，在演出节目没出炉之前，能充分地准备吗？而且即使有了节目，也需要排演啊，时间能来得及吗？不过因为孙贝贝身份特殊，态度这么积极，江团长不想打击她，最终还是同意了她的建议，并针对此次文艺演出，调了几个老同志过去协助他们完成任务。

接下来的几天，孙贝贝就像幼稚园的宝宝观察七星瓢虫似的，观察着许烨磊他们的日常行动。

他们每天6点出操，7点收队，7点半早餐，8点到办公室，9点继续各项科目的训练，12点午餐，其后休息一个小时，下午到办公室坐不到10分钟，就又拿着皮鞭（腰带）训练去了。

好像除了训练，就是训练！完全就跟工厂上班似的，非常机械化！当然也有例外的，譬如许烨磊，有时也会窝在办公室一整天，一直面对着电脑，敲着键盘，啪啪作响的，不知在那干什么。

看到他们全当自己是透明人，各忙各的，没人理会她，更别说协助她，几天下来，孙贝贝郁闷到极点，觉得自己的想法彻底错了。如果早知道是这么无聊的话，她才不跟路赢谈条件，还把自己在这憋屈得快要疯了。

孙贝贝心里不禁感慨不已：那群士兵除了训练就是训练；还要被削，没有娱乐，就连通讯工具都要上交，完全与世隔绝，这一天 24 小时他们就像机器人那么运转，他们脑袋里面装的是什么呀？就不觉得无聊吗？

周六早上，大家出操回来，见孙贝贝在一张空闲着的桌上，耷拉着脑袋昏昏欲睡。许烨磊见此，不由脸色微沉地走了过去，敲了敲桌子。孙贝贝迷迷糊糊地睁开眼睛，看到眼前的站着的人是许烨磊，连忙站了起来："中队长好！"

这几天虽然很无聊，但是孙贝贝心里对特种兵的认识，不免更深刻几层，特别是传说中的恶魔老祖许烨磊，工作的时候特别认真、特别严肃、特别有气魄、特别有魅力，士兵个个畏惧他，却又非常敬重他。

在这种矛盾的心理驱使下，孙贝贝对这个恶魔多少改变了一点点的看法，似乎能理解自己那帮女同事为何都这般迷恋他。不过孙贝贝一想起来他周一把自己骂得那么惨，心里的气虽然消了不少，但还是没办法就此原谅许烨磊。

"孙贝贝，既然你这么悠闲的在这打瞌睡，指派一个任务给你！帮我们泡茶！"

这一周下来，脾气明显温顺许多的孙贝贝听到许烨磊的吩咐，立马应道："是，长官！"说完，孙贝贝非常主动地往饮水机的方向走去。

许烨磊见孙贝贝这般乖巧、这般听话，还真的有些不适应，这几天办公室多了她一个，气氛变得非常沉闷，这些人个个为了维护自己的形象，表现地非常严肃认真，没像往常那般打闹胡扯。

其实，这位娇气的大小姐从没泡过茶，她讨厌茶壶被开水烫过之后的高温，这双手多么细皮嫩肉啊，哪经得起那么烫烤。不过，给他们几个泡茶就简单多了，茶杯有手把可以隔热，不就放点茶叶，然后灌开水吗？

孙贝贝搜集了他们四人的茶杯，倒了余留的茶叶，拿去清洗一番，然后从1号茶杯开始，挨个地放茶叶，再灌满开水。她没泡过茶，但知道泡茶的程序。本来要先烫洗一遍茶叶的，但是，没有过滤工具啊，用茶杯的盖子捂着，会烫死人的。反正他们几个自己泡茶的时候也很简单，就照着他们的样子，直接灌水，随后一一端到他们的位置上。

许烨磊看着孙贝贝手忙脚乱地泡茶，觉得这个女人相比她的姐姐真的是太娇气了，回想起孙萌萌第一次去他家时，给他泡的功夫茶，那是多么美轮美奂的手艺啊，那时候自己都忍不住想拉住她的手亲一亲，所以说嘛，人与人之间是有区别的。

"哇，好香啊！贝贝同志辛苦啦！"吴凯几个回来就看到孙贝贝正把茶放在自己的位置上，立马表扬一番。

师达树也笑着连声附和："贝贝泡的茶一定很好喝！"

然后这两个男人走到座位，还没坐下就直接端起了茶杯，吹了吹。美女泡茶，杯有余香！这两个男人此刻闻着杯中孙贝贝指尖留下的淡淡芳香，心里那一个美啊！

吴凯和师达树喝了一口，还滋滋有声非常夸张地品着，似乎喝的不是他们平常喝的茶叶，而是喝着武夷山上的大红袍。

许烨磊看了看他们夸张的表情，随后看看端着茶杯却举杯不定迟迟未下口的谢铁军，心想，这茶一定有诈！就说嘛，这个野猴子怎么就变性了，这丫头诡计多端，会不会在自己的眼皮底下也耍什么花招？

"你给他们两个的茶里放糖了吧，看他们喝得那个美！那我这杯呢，放了什么佐料？"许烨磊看着孙贝贝，冷冷地，就像在拷问着杀人犯。

"不会有毒吧？"谢铁军听到许烨磊的声音，立马脱口而出，把自己的想法都抖了出来。

孙贝贝一听立马发火，把这几天维持的乖乖形象立马抛了，狠狠地瞪了眼许烨磊。孙贝贝气冲冲地冲到谢铁军跟前，准备夺过他的杯子，把茶倒了。但是谢铁军一直握着茶杯，她又不好抢，怕被烫伤，最后只能负气地叫道："你们两个恶魔是不是整人整多了，天天都在提防着冤魂来索命啊！爱喝不喝！"

许烨磊看着孙贝贝气急败坏的样子，淡淡地说："谅你也不敢投毒，杀了我们两个，你也得跟着来。两个冤魂有你做伴，我们是无所谓，你恐怕消受不起。"

许烨磊端起茶杯也喝了口，茶杯挨近鼻子时，闻到了特殊的女人气息，这才明白师达树和吴凯这两个色狼在胡滋什么。许烨磊狠狠地刮了师达树和吴凯一眼，那两个男人却对他回了个媚眼。

谢铁军看队长喝了没事，也拿起杯子喝茶，然后大大咧咧地说："咦，这茶确实比较香啊！"

哈哈哈……另外三个男人同时爆笑出声。

孙贝贝不明所以，不知道他们傻笑什么。不过，在这个办公室待一周了，这还是第一次看到这群扑克脸开怀大笑，不知道为什么，自己竟然也跟着开怀了。也许，军队的生活实在太枯燥了，给他们泡杯茶就能让他们乐成这样。

四个男人喝完茶，师达树先走了，另外三个男人没有拿皮鞭（腰带），直接去了隔壁的作战室。大门一闭，没过几分钟就听到一声更比一声高的争论。其实作战室的隔音挺好的，没办法，这些人嗓门大，凑在一块狼吼，要不是军用建筑早被震倒了。

孙贝贝在办公室只听到他们的声音嗡嗡地响，却听不清具体内容，耳朵被震得一阵阵地疼。一个上午过了大半，耳朵开始耳鸣了，那三个吼声还没个停。孙贝贝眯着眼睛摇着头，心里叹道，这帮傻子争什么争啊，吼了这么久我耳朵都快报废了，他们的喉咙怎么还没报废啊！

那好吧，姐姐我好人做到底，忍着耳痛给你们泡杯茶润润喉，孙贝贝眼睛骨碌碌一转，想出了一个绝妙的主意。这其实不是我想出来，是中队长的原创！

孙贝贝捂着耳朵离开了办公室，直奔食堂，用她的三寸不烂之舌成功骗了一包盐，然后放在裤兜里，喜不自禁地回了办公室。

泡好茶，孙贝贝把 2 号杯先端回吴凯的位置上，然后对着 1 号、4 号杯子里小半杯浅绿的茶水奸诈地笑着。孙贝贝摸出了盐巴，撕开一个口子，就往许烨磊的杯子里哗哗哗地倒，然后又摸出一根牙签，搅拌一番，直到水里没有白色的晶体。

姐夫，你那么喜欢佐料，我一定不会辜负你的期望的！

孙贝贝伸出舌头舔了舔牙签，好咸！快要咸死人啦！赶忙伸着舌头吐着口水，跑去拿了自己的杯子猛喝了口水舌头才舒服一些。不知道姐夫喝下这杯水后会是什么样的表情，一定很精彩。好期待啊！孙贝贝边喝着水边偷偷乐着。

孙贝贝开始对 4 号杯下手。谢恶魔，还记得你是怎么关照我的吧，今天我也没有辜负你的教导，我一定会好好回报你关照你的。孙贝贝直直地举起盐巴的袋子，对着杯口，任白白的如钻石一般晶亮的盐巴滑入水中，或消失，或沉于杯底，然后看着绿色的水中堆起厚厚的雪花，又拿来牙签搅拌。

学艺术的人，果真是全才，连泡盐巴都能把火候拿捏得这么准，准到多一粒盐，茶水就饱和融化不了。可见，这个野猴子以前没少做过这个实验！

孙贝贝把牙签扔进垃圾桶，已经倒空的盐巴袋子放进裤兜收好，然后把茶分别端到许烨磊和谢铁军的桌上。鱼食已经放好，就等鱼儿上钩。

孙贝贝期待着时间快点过，让她好好欣赏她苦心导演的话剧《喝茶》。为了让她的话剧演得更精彩一些，这位孙导演暂时离开了现场，埋伏在某处盯着作战室的大门。盯得眼皮都快打架了，作战室的大门才打开，三个男人鱼贯而出，然后进了办公室。

孙贝贝也跟着蹑手蹑脚地走到窗下，侧耳听着。先是听到了茶杯盖子放在桌上的声音，然后她实在忍不住探出小脑袋往里看。此时，办公室一片混乱，有两个男人正在抓狂地找水喝。而躲在外面看戏的孙贝贝见此，撒腿就往外跑，走廊上留下啪啪啪的脚步声。

　　争论了一个上午，三个大男人早就口干舌燥了。三人一出作战室，就急着找水喝，打开茶杯看到满满的一杯凉茶，三人都感到意外的惊喜。许烨磊更是兴奋，没想到上次训一顿后，孙贝贝终于改头换面重新做人了，这事明天见到老婆跟她汇报汇报。

　　三个男人端起杯子，就一口气往喉咙里倒，那个豪爽啊，真不愧是军人，一口一杯，一滴不剩。

　　"好爽啊！"吴凯由衷地赞着，随后他听到另外两人的声音却是……

　　"孙贝贝！"

　　吴凯下一秒看到两个男人满办公室地跑。许烨磊冲到饮水机边，先是猛地按着凉水开关，竟然没有一滴水，然后赶紧换热水开关，还是没有一滴水。再一看，早上还剩大半桶的水竟然空空如也，提起水桶，也没有一滴水。许烨磊感觉喉咙到胃都咸得快烂了。

　　许烨磊猛地冲到师达树的座位，拿起他的杯子，终于看到茶叶上润润的水，也不管里面到底是水分子多还是师达树的口水多，连着茶叶一起倒入嘴里，嚼了嚼往下吞，才开了嗓门："咸死我了，孙贝贝，你个死丫头，不要让我看见你！"

　　另一边，谢铁军冲到热水瓶边，提起热水瓶往杯里倒，别说热水，连水滴都没有一滴。大叫着："哪里有水，我的肠子都被腌得快穿孔了，快救我！"

　　吴凯这才明白，孙贝贝特别照顾他们两个，给他们泡了杯特别的茶。真是狡猾的狐狸啊！不愧是孙司令的女儿，竟然在早上获得大家的信任后，成功地对特种兵里最狡猾的两只狐狸下了药。吴凯大笑不已，随后赶紧跑到大队长的办公室提了一桶水过来。

Chapter2　愿我如星君如月

1.

终于又到周末，孙萌萌的心情比前几天来得兴奋一些，因为许烨磊今天会回来！孙萌萌激动得天刚蒙蒙亮就醒了，翻来覆去地睡不着。终于到天亮，孙萌萌爬起来去锻炼。已经坚持早起锻炼了一周，不管是精神还是身体，都慢慢地进入状态，觉得特别舒爽。

不过这几日晨练的时候老是遇到向南，而且她老觉得他看她的眼神特别奇怪，让孙萌萌有些不舒服。为了不被他纠缠，孙萌萌平时都把闹钟调到了 8 点，估摸着他早运动回去了才出门。

今天出来早，为了确保不跟向南照面，孙萌萌小心谨慎地边跑边眼观六路耳听八方，侦察一番才缓缓前进。终于用步行的速度，慢吞吞地跑完一圈。只遇到带孩子的老人，没有那个让她避之唯恐不及的人。

一周七天，每天都是在掰着手指中度过，真是望眼欲穿啊！今天终于能见到心心念念的他了。孙萌萌兴奋地又跑了两圈，然后才哼着小曲回家。

"好想好想和你在一起，和你一起数天上的星星，收集春天的细雨，好想好想和你在一起，听你诉说古老的故事，细数你眼中的情意，好想……好想……好想……好想，好想和你在一起……"

孙萌萌轻轻地哼着歌，她的心也随着心中的旋律变得一片柔软，又开始沉浸在和他在一块的点点滴滴……走到泳池边的拐角，看到远处突然晃出一个影子。孙萌萌连忙闪身躲到一丛茶花后面，探出脑袋偷看。

不是吧！孙萌萌的双眼睁得圆圆的，心里又是震惊又是侥幸，还好闪得快，不然看到这一幕，都不知道要不要当向南是陌生人，跟他撇清关系。

　　只见向南歪着上身，一只耳朵被人揪着。这个场面实在是好滑稽！孙萌萌差点爆笑，看着他一身西装革履，脖子以下都是成人的装备，可是这么被人像三岁孩童一般揪着耳朵，那是什么滋味啊？看不清他脸上的表情，孙萌萌猜想，那一定很有看点，可惜了，没有带望远镜！

　　孙萌萌怕自己会忍不住笑出声，捂着自己的小嘴，边看边想，向南为什么会被人揪耳朵呢？

　　孙萌萌一脸幸灾乐祸地看着。心里暗暗教育着向南，而随着他们越走越近，孙萌萌的小嘴也张成了大大的"○"形：那揪耳朵的男人不是向董吗？

　　不是吧，那天那个富婆是向董的老婆？向南，这回你可栽了！孙萌萌还没想出向董怎么处置向南，自己却猛地拍自己的大脑。

　　向董，向南，都姓向！

　　不会是一家人吧？那自己岂不是……孙萌萌还来不及细想，就听到了向南压抑着的愤怒："爸，你快放开手。你这样揪着我，要让人看见了，我还怎么做人啊？"

　　孙萌萌听到向南的一声"爸"，石破天惊啊！孙萌萌一直都把向南当失足青年看待，对他的鄙夷也直接表现在脸上。这家伙是怎么混的，怎么就让自己冤得比窦娥还惨呢？

　　"你还懂得做人？你告诉我，昨天怎么放人家鸽子？你当自己还是三岁孩子？一点都不知道轻重！你小子是不是活腻歪了？你昨天到底跟谁鬼混去了？"

　　"爸，有话好好说，别拉拉扯扯啊！"向南拨拉着向董的手，一脸惊恐地看着前方，还好路上没人，不然他宁肯掉一只耳朵也不愿掉这个脸。

　　"少跟我废话，跟老子走！"向董那堪比铁钳的手，捏着向南的耳朵，完全没理会他的抗议，拎着他往前走。

　　"爸，你放……"向南嘴里的"手"字还没吐出来，就看到趴在那看戏的孙萌萌，面部表情立即僵硬起来。

完了，又在孙萌萌面前丢人了！

孙萌萌都不知道自己该往哪躲了，想转身就跑，可是似乎已经来不及了，因为向董已经看到她了。孙萌萌见他们父子俩都发现了自己，身子僵在那，也不好继续躲藏，于是嘴角挤出一丝尴尬的笑容，叫道："伯父，你好！"

被孙萌萌叫声伯父，向董顿时有些不好意思起来，捏着向南耳朵的手也立即撤回，笑着说："萌萌，你怎么在这啊？"

向南顿时变得错愕不已！向阳直呼孙萌萌的名字，难道他和孙萌萌认识？

"是啊，伯父，我就住在后面那一栋楼！"孙萌萌有些尴尬地指了指后面的那栋复式楼。

"你搬家啦？"向董上次有送孙耀武去孙萌萌家楼下，知道她家原先不在这里。

孙萌萌扯了扯嘴角，含糊地回答："算吧。"

向董轻笑起来："对了，萌萌是不是没在银行上班了？"孙萌萌已经好几个月没跟他打电话，叫他帮忙拉存款，向董心里也正纳闷了。

"是啊，我……前段时间身体不适，给银行请假了，现在处于停薪留职中……"毕竟是自己大伯的战友，又是以前帮过自己的大客户，孙萌萌还是很有礼貌地回答他的提问。

"这样啊，难怪……"向董看着眼前满脸红光的孙萌萌笑吟吟地点头。

孙萌萌的长相是那种恬静型的，外加爱笑，特别是笑的时候，给人一种幸福的感觉，眉眼弯弯，一看就是特别有福相的女孩！

向南见老爸跟孙萌萌在那聊得热火朝天，完全把自己当透明人了，不由开腔："爸，你怎么认识孙萌萌？"

向董转过头，没好气地瞥了自己这个不争气的儿子，随后转过头，冲着孙萌萌笑呵呵地说：“萌萌是你老爸战友的亲侄女！”

“哦……”向南若有所思地点了点头。

“萌萌，给你介绍一下，这是我儿子向南。”不管自己心里是如何地对自家儿子失望，但是面对外人，特别是面对孙萌萌，向董还是非常给向南面子，很郑重地把他介绍给孙萌萌。

“伯父，我和向南早就认识了！”孙萌萌满眼带笑，礼貌地回道。

“你们早就认识？”向董有些意外，先前其实他就有打算把孙萌萌介绍给自己的儿子，但是自从上次吃过饭就再也没见过孙萌萌，后来工作比较忙，就给忘了。没想到他们两个不用自己介绍就认识了，这似乎昭示着什么哦。

“认识就好，认识就好，萌萌什么时候有空，伯父请你吃饭。”向董笑呵呵地邀约孙萌萌找个时间吃饭。

“伯父，还是让我请吧！您前面帮我这么多忙，还没来得及谢谢您呢！”孙萌萌嘴角漾着一抹淡笑，温声地感激道。

“小事一桩，别老言谢，到时候伯父给你电话。”其实向董心里已经有自己的盘算。

“好，伯父，那你们先忙，我先回家了。”孙萌萌知趣地跟向董道别。

向南还没来得及跟孙萌萌搭上话，她就已经离开。看老爸看她的神情，要是被老妈看到的话，肯定会吃醋一番，那眼底是藏不住对孙萌萌的喜欢啊！

待孙萌萌前脚一走，就听到身后传来向南的抗议声，孙萌萌忍不住大笑起来。这么大男人，被老爸揪耳朵，这到底是犯了哪条家规啊！不过，今天向南被这么一揪，也是有好处的，至少孙萌萌在心里，对他进行了重新审视。

回到家后，客房的门还紧紧闭着，不用猜师妮可肯定还在睡大觉。孙萌萌径直走进主卧，把门一关，将身上的运动服脱了下来，光溜着身子走进浴室洗澡。

许烨磊一大清早就从床上爬了起来，拿着车钥匙，直奔停车场，开车狂奔回市区。

开门进来，屋内静悄悄的，两扇卧房的门紧闭着，看来两个丫头都还在睡觉。许烨磊嘴角勾起一抹浅浅的笑意，直接走到主卧门口，大手一拧，门锁住了。

就两个女人在家，睡觉还锁门，搞啥名堂啊？

许烨磊不得不再次充当万能的开锁师傅，几秒后，主卧的房门就被他给弄开了。他的目光迫不及待地往床上看去，只见，床上未见佳人的影子，旁边的椅子上倒是放着一套运动服，还有孙萌萌刚才脱下的内衣。

耳朵听到浴室传来哗哗的水声，许烨磊的目光立马朝浴室的门看去，不由伸手关上房门，还直接来个反锁。

许烨磊快步往浴室门口奔去，大手搭到门把上，轻轻一拧，稍微开了点门缝。浴室里面笼罩着橘黄色的柔光，给人一种温馨朦胧的感觉，但此时，却又多了一丝暧昧，因为孙萌萌正站在花洒下淋浴。

那线条优美、妖娆似水的身体落入许烨磊的眼中，即使只是后背，也让他爱恋不已。看着幽黄的灯光下氤氲着水蒸汽，热水打在那曼妙撩人的娇躯上，从她的肩膀蜿蜒而下，许烨磊想起自己初尝云雨拥有她时，那般销魂的感觉。

正想冲进去和心爱的女人来个鸳鸯戏水、巫山云雨，可这时孙萌萌伸手将花洒关了。许烨磊深吸一口气，悄然无息地把门关了回来，脱去自己身上的军服外套，放到孙萌萌运动服上面，站在浴室门口屏住呼吸地等着孙萌萌出来。

孙萌萌没料到许烨磊这么早回来，和往常一样，直接裹着一条浴巾出来。拉开浴室门，猛然看见站在门口的许烨磊。只见，许烨磊一脸的神采奕奕，嘴角勾着一抹迷人的浅笑，孙萌萌兴奋得完全不顾自己身上只裹着一条浴巾，直直地向许烨磊扑了过去。

许烨磊一把将裹着浴巾的柔软娇躯给抱住，咬着她的耳垂低喃：

"想我没？"

现在才是 3 月下旬，室外的气温不过十几度，但抱着她的男人全身散发出温热的气息，孙萌萌不禁撒娇般地在许烨磊的身上蹭了蹭，裸露在空气中的双臂紧紧抱住许烨磊的窄腰，娇嗲地嘟囔说："亲爱的，我每天都很想你，非常想你！真的很想很想想想你！"

孙萌萌毫不避讳地将自己对他的思念，向他诉说，向他表白。

许烨磊硬朗的面部线条瞬间变得柔和无比，嘴角含着迷人的浅笑，低头在孙萌萌小巧的鼻尖上轻啄一口。可能这一周，孙萌萌实在太想念许烨磊了，现在即使抱着他，都觉得眼前的人有些不太真实，不由松开抱紧他的小手，伸到许烨磊的脸上，摩挲着他坚毅有型的下颚："我怎么有种不真实的感觉，你怎么……忽然出现在这呢？"

许烨磊捉住她的手，不轻不重地咬了一口："疼吗？现在觉得真实了吗？"

"啊——"孙萌萌尖叫一声，连忙抽回手，微微皱眉，娇媚地瞪了许烨磊一眼，随后扑过去报复性地在许烨磊的颈脖上咬了一口。

许烨磊满眼是笑，她哪是咬人，简直就是撩人啊！

孙萌萌窝贴在他颈窝蹭了蹭，细细的手臂圈在他腰间，万分地依赖，身子紧紧地贴着许烨磊："抱紧我，不然我总是觉得你不真实。"

许烨磊看着孙萌萌这般抱紧自己，心间瞬时被幸福塞满，收紧手臂，以占有性的姿态把她更紧地抱在怀里："我不是正在抱着你吗，要怎样让你感觉真实点？"

孙萌萌的身体被许烨磊紧紧地抱着，紧紧地贴在他的胸前，发烫的双耳清晰地听到彼此的心跳，两颗心的频率居然慢慢同步。孙萌萌扬起头，眨着波光潋滟的水眸看着他，小手隔着军衬衫摸上他结实的身体。许烨磊伸手轻触她的脸，好似涂了层胭脂，粉嫩得让人想咬一口。

孙萌萌微烫的脸被他冰凉的细指轻轻一碰，像触电般有奇妙的感觉。孙萌萌感到脸上的温度更热，甚至连耳朵都有些发烫，心里非常非常喜欢这样跟他亲昵接触。

"你早上去哪了？"许烨磊温柔地轻声问道。

听着许烨磊那低沉磁性的嗓音，孙萌萌心又不规律地跳动起来，乖巧地回答："去跑步了！"

许烨磊瞬间想起上周和孙萌萌在饭桌上的对话——增强体力。眼底掠过一抹意味深长的笑意，轻轻刮了刮孙萌萌的鼻子："想不到你是这么听话的好孩子！"

孙萌萌只觉得脸上一热，"才……才不是呢，你可别想歪啊！"

许烨磊手指慢慢地滑下她的下巴，轻轻抬起她的脸，深邃的眼眸看着她，脸慢慢地压下来。孙萌萌心里一紧，还没看清他脸上的表情，她的眼前一片黑暗。

孙萌萌主动抬手攀上许烨磊的颈项轻轻柔柔地回吻，开始两人之间的甜蜜纠缠。

许烨磊的唇轻轻地印在孙萌萌唇畔，柔柔地压着，顿时感觉缺氧一般，胸口抽得紧紧的。停了几秒，退开一些，许烨磊静静地看着孙萌萌紧闭的双眸，眼皮微微地抖动着，密长的睫毛如两排小刷子般轻颤，温柔的唇再度吻上她的，一点一点地诱惑着她，让她接受他的侵袭，腰间的手慢慢收紧，他要索回这一周以来对她苦苦压抑的思念……

由于早早回来，两人约会的时间也多了一些。他就在身边，不需要和时间赛跑，她要让时间过得慢一些，好好地享受他们的约会时光。两人穿着蓝色的韩版半心型卫衣，一同搭公车去海滨公园。

从小到大，孙萌萌去了无数次海滨公园，和父母，和朋友，也有自己一个人的时候去那玩。今天第一次和她心爱的男人一同去海滨公园，感觉却是最幸福的。

去海滨公园的公车总是那么挤，可孙萌萌却不觉得烦躁难受。她喜欢站在他的前面，被许烨磊那滚烫的手紧紧地揽着腰，她的背贴着他的胸膛，在人群挤压中自然而然被他紧紧护着的感觉；她喜欢像所有的情侣一样，和他十指相扣，握着他温暖的手漫步在大街上，人来人往，她和他成了别人羡慕的一道风景。

孙萌萌轻车熟路地拉着许烨磊走进公园，租了一辆双人自行车。两人一起踩着自行车滑过了林荫道，留下一路的欢声笑语。

上坡时，不用她踩，许烨磊也能把她轻松地驮上坡，可她也不闲着，和他一起奋力地踩着脚踏，一起努力地向前冲！

下坡时，许烨磊又温柔地提醒："老婆，坐稳了！"而她，环抱着他的腰，头轻轻地贴在他的背脊上，闭着眼睛任他带着她俯冲而下，享受着一起飞驰的快乐。

自行车道蜿蜒曲折地延伸到海边的环岛路，没有林荫遮阳，视线一下变得很开阔。海风徐徐地吹，衣袂飘飘，孙萌萌像个孩子，摘下了头上的帽子在手上摇着，快乐地叫着、欢呼着……

许烨磊感觉自己似乎走进了时光隧道回到十年前，像个邻家大男孩一般，陪着女朋友一起在海边尽情地唱着、叫着……

孙萌萌中途还下车，去买了一个冰淇淋，拉着许烨磊光着脚丫坐在栈道上，悬着双腿，一起吃着冰淇淋。你一口我一口，凉凉的奶油进入心中却是暖暖的、甜甜的……这是孙萌萌想象过无数次的小亲密之一，她要把她喜欢的甜蜜带着他一一体验。

许烨磊在她的带领下，体会着恋爱的悸动，享受着和她在一起分分秒秒的美好。偶尔有一两滴俏皮的奶油留在了她唇角，他便当作最精美的小甜点，帮她一一吃光。

金黄的沙滩上，一串串深深浅浅的脚印，存储了他们追逐打闹时的阵阵欢声笑语。在最高的礁石上，听着浪花拍岸，看着潮涨潮落，他们偎依着、相拥着、亲吻着，留下一幕幕最美的海景剪影。

午餐，他们来到了海滨西餐厅，面对面地坐在落地窗下。

玩了一个上午，孙萌萌依旧精神抖擞，粉粉的脸颊越发顺润光泽，水水的黑眸闪烁着明媚的娇羞。甜腻了这么久，仍觉得不够，桌上十指交握，桌下四足紧紧缠，四目相对，相视而笑。

"和你在一起让我重回了年轻的时光，很放松，很开心！"许烨磊温沉的嗓音低低绕绕化成一缕快乐的音符，像磁石在跳着爵士乐那般悦耳动听。

孙萌萌听了他的话很开心也很有成就感。这是她写作多年总结的爱情宝典，她将不遗余力地去练习，和他一同去实践她的恋爱梦想。孙萌萌眨了眨泛着桃花的眼眸，欢快地说："这可是我们的第一次约会，当然要开开心心的！"

服务生送来了菜单，许烨磊让孙萌萌点餐，这次孙萌萌特别要了一份黑椒牛柳意粉。因为今年看过一部浪漫韩剧，孙萌萌被男女主角吃面的镜头深深地打动了，觉得要是自己和许烨磊一起吃这份爱的意粉，一定会很好吃。于是，她心里非常期待约会的时候点这道菜。

中午的阳光很温暖，窗下的路人不约而同抬眼欣赏临窗一对情侣的甜蜜。两人窃窃私语，偶尔会心一笑，然后默契地伸长了脖子，亲亲小嘴。今天许烨磊没穿军装，换下特种兵形象，成了一个普普通通的男人，一个沉浸在恋爱中的男人。

服务生将餐点端上来，摆在精致的餐桌上。

许烨磊拿起刀具，把牛扒切成小小的一块，然后叉起一块，送到孙萌萌的嘴边。孙萌萌笑盈盈地接受了喂食。

"嗯，真好吃！"孙萌萌细细嚼着，嚼着牛扒，嚼着他们初恋的滋味，只感觉从唇边开始透心的甜。孙萌萌玩心大起，用叉子卷了一下意粉，随后将叉子递到许烨磊的唇边，待他要一口吞掉，她却缩回手中的叉子，让他扑了个空，像逗小孩般，引诱他扑食却又不让他吃到。而许烨磊非常配合地和老婆玩猫抓老鼠游戏，自己也学着她，为她喂食。

孙萌萌叉起一条长长的意粉，自己含住一端，许烨磊看着另一端在她的唇边晃来晃去，便扑过去，一口含住另一端的意粉，然后四目相对，两人抢食同一条意粉，吃完顺带吃对方的唇。一盘意粉就这样被两人给抢光了，许烨磊还意犹未尽："以后吃饭都要上这道菜！"

原来两人可以一起做很多有趣又浪漫的事。一顿饭吃下来，情意绵绵，欢声笑语，让两人觉得彼此的心贴得好紧好紧……

2.

太阳暖暖地照射着大地，清风吹得地上的青草小花不断地摇曳着。吃完饭后，许烨磊拥着孙萌萌离开了餐厅，沿着人造溪流漫步。

自从爱上许烨磊，孙萌萌就觉得许烨磊的笑容就像天上的阳光一样，直直照射在她心中的每一个角落，令她的心里溢满了甜蜜。

见孙萌萌痴痴地看着自己，许烨磊再次将她搂进了怀里，抱了好久好久都不愿意放开。如果不是孙萌萌的手机一直在响，让他们回神过来，他们都快要成为一对紧紧相拥的情侣石像了。

孙萌萌从许烨磊怀里退了出来，从口袋掏出手机，点击一看，倪可可发了一条短信过来。

"萌主，我已经到了 S 市，今天下午有没有空啊，我们见上一面吧！"

"亲爱的，等我一下！"孙萌萌对着许烨磊说，转身去回复短信。

许烨磊从身后揽着孙萌萌，淡淡的发味萦绕鼻尖，不禁舒服地眯起了眼睛。孙萌萌只觉得一股热气不断在耳边骚扰，带起一阵酥痒，身子依靠着许烨磊，回了倪可可一句："可可，对不起啊，今天没空唉。"

"在 S 市我没认识几个人，感觉好无聊啊！好想见见你啊！"倪可可发了一个哭泣的表情过来。

孙萌萌看到短信不由摇了摇头，不知道如何拒绝，只好实话回复倪可可："可可，实在不好意思啊，我现在正和我男朋友约会，实在抽不出空，要下次吧！"

"是那个军人男朋友？"倪可可好像有些兴奋。

"是。"

"这样啊，那我就不打扰你了，下次再约，祝你约会愉快！"

"好的，谢谢。"

孙萌萌搭理完倪可可后，扭头对上了许烨磊的目光，那双墨黑深邃的眼眸闪闪发亮，她在那双清澈的眸子里清晰地看到了自己的脸、自己的笑。很幸福，很美妙。

"谁啊？"许烨磊对于孙萌萌的交际圈子几乎不知，所以有些好奇。

"一个熟悉的网友。"孙萌萌把手机塞回口袋，嘴角微扬道。

"网友？男的女的？"许烨磊听到网友，心里莫名地紧张起来。

孙萌萌见他吃醋，心里不免得意起来："就不告诉你！"

"不说是吧？那就别怪我不客气咯！"许烨磊那温热的鼻息扑在孙萌萌的耳垂上，威胁道。孙萌萌以为他又要咬自己的耳垂，连忙丢盔弃甲，招供道："别……别咬我耳朵啦，我说还不成吗？"

许烨磊一副奸计得逞的表情，暗自偷笑。其实他心里知道刚才跟孙萌萌发信息的是女孩，只不过他想了解她更多，想知道他不在她身边，她是怎么过的，都做了什么，跟谁玩，跟谁乐，他通通都想知道。

"她是我的一个读者啦！从 B 市过来，说想见我一面。"孙萌萌柔软的身子紧贴着许烨磊那坚实的胸膛，微微低头，看着环住自己的大手——那指甲修剪得特别整齐、干净。

许烨磊若有所思地点了点头，将头靠在孙萌萌的肩膀上，"你在写什么小说，让读者看了以后神魂颠倒，特意从 B 市跑过来就为了见你一面？"

"也不是特意来看我的，她好像来这工作的。"低着头的孙萌萌开始玩起许烨磊的手指来。

"你还没回答我现在正在写什么题材的小说呢？"许烨磊很想知道孙萌萌的一切，所以继续追问道。

"军婚小说。"孙萌萌本想不告诉他，可是自己现在正在连载的小说，就是军婚，心底有股说不出的自豪感，甚至想告诉许烨磊，他其实就是自己小说男主的原型。

其实孙萌萌原先设定的男主是有点像某电视剧里面的特种部队中队长那种形象，可是自从和许烨磊开始谈恋爱，她就不知不觉把男主塑造成许烨磊的翻版。

"军婚小说？"许烨磊想起上次孙萌萌在家里询问他有关特种兵的信息和资料，原来是为了写小说。

"嗯，怎么样，意外吧？"

"不意外，我估计你是在写我吧！"许烨磊嘴角微扬，一猜即中。

"谁写你啦，我还没跟你谈恋爱就开始写了，少在我面前臭美！"孙萌萌反驳道，"再说，我的男主可是威风凛凛的特种兵，而且是特种兵的中队长。你呢？普通兵种，不能比！"

听完孙萌萌这番话，许烨磊饶有兴致地紧接着说："改天让我看看，让我见识一下你笔下的男主是何等威风凛凛！"

"才不要呢，怕你看后，会自惭形秽的！"孙萌萌扬了扬眉，打击着许烨磊。

"没事，我抗打击力超强，不会自惭的！"许烨磊对她的小说越发地好奇，特别想看看。看看这丫头笔下的特种兵到底什么样，好像生怕她把自己形象给破坏似的，不，不是破坏，而是看她那男主到底有多厉害。

"不要，不给！"孙萌萌坚持道，她才不敢把自己的小说给他看，要是他看了后，说不定还会起诉她呢，说她盗用他的形象。

"萌萌……"某男又开始采用他惯用的招数，低沉着嗓音，温柔地叫着孙萌萌。

孙萌萌每每听到许烨磊叫她，心里就会燃起一阵酥麻。不过她这次坚持不为糖衣炮弹所诱惑，立马转移话题："亲爱的，你不知道吧，我这位读者，看了我的小说后，竟然说想帮我介绍男朋友呢，而且也是军人哦！"

许烨磊愣了愣，脱口而出："什么情况？你那是什么读者啊，拉纤保媒的！以后少理那些脑袋不正常的人，知道吗？"

"她说想把我介绍给她的表哥啊！说她表哥特别帅气，特别正直，特别厉害，还是一个特种兵……"孙萌萌听出某男话里的醋意，不由把倪可可的原话上添点油、加点醋，加工后告诉许烨磊。

许烨磊立马放开孙萌萌，摆过她的身子，紧张地看着孙萌萌："你心动了？"听到自己好不容易才搞定的老婆，被人惦记，许烨磊能不紧张吗？

孙萌萌本想回答没有，不过见许烨磊这般紧张，又想再次戏弄他，于是点了点头："恩，有点，其实我心里对特种兵有种特殊的情结，超喜欢的！"

"是吗？那你现在跟我这个普通兵种的男人谈恋爱会不会后悔啊？"许烨磊挑着眉头，忍着笑问道。

孙萌萌稍稍歪着头，眯了眯眼睛，用了一个疑问句："后悔？"

"你真的后悔啦？"许烨磊眼睛定定地看着她。

"没有啊，干吗要后悔呢，我就喜欢一个会做饭给我吃、会背我下山、会给我揉脚、会疼爱我的男人！"孙萌萌抬起头，眼波盈盈地看着许烨磊。

许烨磊伸手捧住孙萌萌的脸颊，慢慢低下头，轻轻地攥住她的唇，他的吻深切而绵长，缓慢而坚定，伴着午餐的红酒醇香和淡淡的烟草味道，让她迷醉不已。孙萌萌脑子里渐渐一片空白，什么也想不起来，什么都不愿意去想，就这么肆无忌惮地和他当众深情拥吻……

月色清凉，带着清清的芬香，星星眨着可爱的眼睛，皓月俯瞰着大地，浓情荡漾在这充满旖旎的幽深夜色里……

许烨磊和孙萌萌相拥躺在大床上，许烨磊那修长的手指顺着她纤细的指缝一根根渗入，与她十指相互交缠，线条优美的侧脸紧贴着她晕红的脸颊轻轻摩擦，温柔的触感伴着深深的眷恋。

孙萌萌温柔似水的眸子里流转着泽泽光华，小手圈住许烨磊窄腰，身旁温暖的怀抱是她心底最坚固的避风港。以前还没遇到许烨磊的时候，孙萌萌以为属于自己的幸福有些遥不可及，不过此刻，她只要伸手便能触及。

许烨磊俊美的脸上缓缓拉开一抹优美弧度："在想什么？"

"亲爱的，我很庆幸自己遇见你，和你相识，和你相恋，让我特别特别地幸福！"孙萌萌稍稍抬眼，将身体向许烨磊的怀里缩了缩，声音柔情似水，如一股清泉在心间划过。许烨磊那迷人的眼眸，流光溢彩，大手轻抚着孙萌萌那光洁柔滑的后背："我也是，特别庆幸自己遇见你！"

孙萌萌轻笑起来，脑海想起自己和许烨磊第一次相亲的场面，突然觉得有些好奇："亲爱的，你第一次见到我是什么样的感觉啊？有没有一见钟情啊？"

孙萌萌说完，目光期许地看着许烨磊。许烨磊嘴角悄悄向上弯起，看着怀里的人儿，想了想，顿了顿，没有立马回答。

"不是吧，不愿意回答，难道你第一次见我完全无感？"孙萌萌嘟起小嘴，微微皱眉道。就算不是一见钟情，也不能完全无感啊！要是这样的话，多伤人啊！

许烨磊挑着眉，回想自己第一次见孙萌萌的场景，当时小丫头牙尖嘴利，还故意说自己是整容，随后缓缓张口："也不是完全无感，只是觉得你这丫头太机灵古怪了……"

机灵古怪？这个是褒义词，还是贬义词啊？

"你呢，你对我又是什么感觉呢？"见孙萌萌微微眯起眼睛，许烨磊轻蹭着孙萌萌的光洁的额头，反问道。

"我不告诉你……"孙萌萌有些不太满意许烨磊的回答，于是故意卖起关子来。

许烨磊嘴角扬起一抹意味深长的笑意："你不告诉我，我也知道！"

"你知道什么？"孙萌萌不服气地问。

"你曾经对我流口水，我还会不知道吗？你一见到我，就想把我给扑了！"许烨磊说完，亲昵地捏了孙萌萌的鼻子一下。

"少臭美，谁要扑你啊！"孙萌萌嘟着小嘴，嗔了一句。不过身子却不由自主地往许烨磊身上贴去。

许烨磊嘴角微扬地将她禁锢在自己怀里。"虽然我对你不是一见钟情，但是你是唯一让我动情的女人！"许烨磊低沉的嗓音，如一坛好酒，那般香醇，让人一喝就醉，充满一种无以言喻的性感魅力，带着让孙萌萌一闻迷醉独特的味道。

"我知道，我是你的初恋！"孙萌萌轻笑出声，自豪地说。

"但你不知道，我在第二次见你的时候，就对你动情了！"许烨磊想起那天，她只是无意间撞进自己的怀里，却让他产生了生理反应。

"那就是说，你是对我二见钟情咯！"孙萌萌还是没领悟许烨磊所说的动情的具体含义。

"算是吧！"许烨磊给了一个模棱两可的答案。

"你这话说的，听起来好像有些勉强啊！"孙萌萌微微皱起眉头，嘟嘴道。

许烨磊低头在她唇上印上一吻，凝视着她的脸。见许烨磊那眼底无尽的柔情，像是一弯淡淡而清莹的湖水，刀刻般的嘴角淡淡的，带着一丝将所有人都能迷倒的致命柔情，温柔暖煦得几乎要将她的心给溺毙了。

以往没谈恋爱的时候，她笔下有很多男女主人公的吻戏，当时孙萌萌自己都觉得会不会太过腻歪了，不切实际。可是现在，才明白相爱的两人怎么亲都觉得亲不够，而且自己渐渐地迷恋上和自己心爱的男人唇齿缠绵的感觉。吻技从生涩慢慢变得纯熟，和对方痴缠，久久不愿放开。

"老婆，我已经告诉你我对你的感觉了，你是不是也要如实交代呢？"许烨磊的唇在孙萌萌的她耳畔厮磨着。酥麻的感觉像是电流般蹿过，孙萌萌觉得自己的身体越来越招架不住许烨磊的亲昵，抬起头，依旧不招供："保密！"

"还保密啊！"许烨磊嘴角弯起一道优美的弧线，炙热地眼眸看着她。虽然心里知道此刻孙萌萌的心完完全全属于自己，但是许烨磊还是想知道她当时见到他的第一感觉。

这个话题是每一对情侣都会进行探讨的问题，而且乐此不疲，不知怠倦地进行不间断的探讨。

"嗯，保密，留给你一点想象空间！"孙萌萌粉嫩的脸艳如桃李，眨巴着眼睛回道。

"既然你不肯说，那我……可要逼供了！"话音刚落，许烨磊大手直接袭击孙萌萌的腋下。孙萌萌不由尖叫起来，不断大笑着扭动身体躲闪。"我说，我说……"才几秒功夫，孙萌萌就立马丢盔弃甲投降了，还一边躲着一边求饶，声音都笑得像银铃般。

许烨磊这才收手，一把将她抱住："老实交代！"

孙萌萌的心还剧烈地跳动着，小脑袋窝在许烨磊的肩上，小手搭在他的心脏的地方，聆听着他的心跳，呼吸着他身上好闻的男性气息和沐浴清香，思绪飘忽回到那天。

那天，第一次见到许烨磊，除了被他的外貌所吸引外，在和他的对话中，孙萌萌的内心燃起一股莫名的畏惧感。她不是畏惧他这个人，而是心里似乎预见自己的未来注定要他纠缠在一起，觉得有种想逃离的冲动。

果然，女人的第一直觉和第六感是非常准确的，此刻的自己和他唇齿相依，和他共赴爱河，心与身都和他牵扯着、纠缠着……孙萌萌亲启红唇，声音带着甜美悠扬的音律，缓缓地道来："其实，第一次见你的时候，有种想逃离的感觉！"

许烨磊愣了愣，低头看着怀里柔如春水的孙萌萌，眼底尽是疑惑，心底情弦不由绷紧："为什么？"

"因为，如果不逃的话，此生就会和你纠缠不休！"鼻端萦绕着许烨磊身上特有的淡淡的男子气息，孙萌萌的声音很轻柔，此刻嘴角笑容很甜美，如实将自己心底最真实的感受吐露给许烨磊听。

此时的孙萌萌，脸上带了几分恬静，那神态如春日的阳光一般柔和美丽，眼底的那一朵泫然的笑意，更加暧昧而浓烈地绽放着。许烨磊凝视着孙萌萌那醉惑般的小脸，嘴角缓缓地向上弯起，抱着她的大手不由自主地紧了紧，似乎要将她揉进自己的身体里。

看到许烨磊嘴角那抹深沉而悠远的笑容，恍惚中有着浓浓的幸福，即使是冰山也会在他这么温柔的笑颜中渐渐地消融。自己居然和这么帅气的男人相爱、相恋，这是件多么幸福，多么美妙的事情啊！

"所以说，我们是命中注定的一对！老天爷冥冥之中安排我们相遇，让你成为我的女人！"许烨磊那旖旎的低喃，像是一首撩动心底最迷人的音符。

"这可不是老天爷的功劳，促成我们在一起的人，应该是我堂妹孙贝贝！"孙萌萌眼波一闪，狡黠地笑道。

"孙贝贝？"许烨磊想起这个野丫头，眉头不由微皱起来。

"怎么啦？贝贝怎么啦？"孙萌萌见他皱眉不由嘟起小嘴，好奇地问道。

"没有啊……"许烨磊微微一笑，轻描淡写地带过。

"一定有，那丫头是不是又惹你生气啦？"孙萌萌也跟着皱眉，上次孙贝贝打电话给她，一个劲地投诉许烨磊，当时她心里就有点担心这丫头会给许烨磊带来麻烦，于是缠着许烨磊问个明白。

"唉，你那堂妹啊，简直就是一只野猴子！"许烨磊看孙萌萌那表情，脑海不由想到昨天那盐巴茶，现在感觉胃里还有一股咸味，摇了摇头，感叹道。

"咋啦？"孙萌萌疑惑地看着许烨磊。

"昨天，孙贝贝那野丫头，在我的茶里不知道放了多少盐巴，感觉肠子都快要被她给腌制了一遍！"许烨磊口气明显有些不满，在孙萌萌面前倒苦水。听完许烨磊的话，孙萌萌立马拉起小脸："这个死丫头，竟敢这么虐待你！回头我一定好好帮你收拾她！"

"还是老婆疼我！"许烨磊低头轻啄了孙萌萌的红唇一口。

"你是我的男人，不疼你疼谁？"孙萌萌调皮地抚了抚许烨磊那古铜色的后背，含羞地娇嗔道。

听到孙萌萌这句话，许烨磊比领军功章还要激动。当一个女人宣布自己是她的男人时，对于男人来说会有种满足和自豪。

"没错，我是你男人，一辈子疼你、爱你的男人！"许烨磊雄赳赳气昂昂地抵着孙萌萌，口气十分郑重地宣布。

孙萌萌和心爱的男人第一次躺在一块卧聊，聊得情投意合之时，不知不觉中她才发现自己已经把心掏给他。她不知道自己爱他爱到什么程度了，现在想来，自己见了他总想着和他亲昵，好喜欢被他狠狠地亲着，温柔地搂着，宠溺地抱着，温情地抱着。

3.

夜风袭来，吹走了燥热的体温，长长的夜晚里，相爱的两人相拥而眠。漆黑的夜空中没有几颗星星，月光也很迷蒙，渐渐地天边开始泛白，再从白转到红……春末的黎明时分，天空中刚刚泛出一丝微弱的暖光，远处的云层中遥遥地抹出一缕藏青色，像是谁的发丝被风吹得飞舞起来，飘散在空中。

卧室里，响起了窸窸窣窣的声音。

正熟睡着的孙萌萌，那长长的睫毛在微弱的光线的照耀下，有一片狭长的阴影倒影在干干净净而带着恬静微笑的脸颊上，挺鼻薄唇，娇艳如花，依旧散发着迷人的气息。抱着她的许烨磊嘴角挂着微笑，很想吃点营养早餐！可是看孙萌萌睡得这么香，听着她均匀的呼吸声，他又有些不舍得吵醒她。

这个女人就这么悄悄地走进了自己的心里，让他开心，让他牵挂。每个人都有自己的缘分，或早或晚。许烨磊真没想到，自己的缘分悄然而来，会是这么凶猛，这么让人陶醉。许烨磊的嘴角不由又勾起一抹淡淡的幸福笑意，轻轻地拿开了搂着他的腰的小手，小心翼翼地抽回了被她枕着的胳膊。下床后，从衣橱里拿了衣服蹑手蹑脚地进了卫生间洗漱。

许烨磊搞完卫生，衣冠整齐地走出卫生间。本来不想惊扰到孙萌萌的，可是，床上的娇躯似乎在向他招手，魅惑着他来到床前。

"不好意思，把你弄醒了？"许烨磊柔声问着，一不小心还是把老婆给弄醒了。

"你想偷偷走啊，那可不行。得惩罚一下……"孙萌萌抱着他。

"老婆，我可不能保证会不会狠狠爱你一番……"如果不是赶时间，他真的想扑上去，把老婆吃得骨头都不剩。

可是孙萌萌却处于半梦半醒中，睡眼惺忪道："来吧，亲爱的，狠狠爱我！"

也许是因为离别在即，孙萌萌的心变得异常地柔软，总是想多挽留他几秒，在他温暖的胸膛多待片刻。

"这可是你说的！"某男还是放下了理智，抱起滑不溜手的娇躯，似乎要把未来一星期的亲热都预支一遍。

天蒙蒙亮，弱弱的光线里，床上一对情侣难舍难分地偎依着。

"天都亮了，再不走就麻烦了……"孙萌萌看着眼前温柔的人，突然意识到视线的清亮，意味着他在路上的时间不多了。她可不想因为自己一时贪欢，让他回去的路上一路飙车。

孙萌萌赶紧离开许烨磊的怀抱，从床上爬了起来，跑到衣橱，胡乱地穿着衣服。

"外面冷飕飕的，你在家待着吧，别送了……"许烨磊看着孙萌萌手忙脚乱地套着衣服，心里又是一阵感动。

"我也睡不着了，走吧，走吧。我可不想你因为我违反纪律……"孙萌萌很快就穿好了衣服，拉着许烨磊就往外走。

看着身边行色匆匆的孙萌萌，许烨磊原来还隐隐忧虑的心稍稍安定了一些。原来总觉得她很黏人，所以，他总怕她欢喜地相聚却难忍分离。可他们的爱情注定聚少离多，每一次匆匆的相聚，很快又要面对无尽的分离。缠绵之后面对那样的分离就像从欢快的天堂回归到一个人的孤寂，总有些一些伤感、伤神甚至伤心。

和军人恋爱不是一般人能承受的，漫漫长夜独守空房，花儿绽放得最美丽的时刻无人观赏无人采撷……会有几个如花似玉的女人能耐得住寂寞？他也不知道他爱的她是否能承受得住？

他们的爱才开始，正是爱得最狂热的时候，他还不能给出准确的答案。刚才看到她前一刻还百般柔情缠绵悱恻，下一秒又急急地催他走。她外表柔弱，内心也许不那么柔弱。他要对她有信心，给她信心！给不了她完美的爱，可以给她最温柔的爱。不管以后如何，他会珍爱着和她在一起的分分秒秒！

孙萌萌像小妻子给出门的丈夫送行一般，整了整许烨磊的衣冠。许烨磊低头亲啄了一下孙萌萌的红唇，随后放开她，钻进车内。

孙萌萌站在那看着他从启动车子到缓缓开走，最后消失在自己的视线里。眼眶慢慢地被一层雾气蒙住，渐渐地湿润起来。她满脸笑颜地送他走，可是在他离去后，自己还是忍不住会伤感。

孙萌萌伸手捂住自己的脸，深吸一口气，不让自己掉泪，现在只是开始，如果自己这么不坚强的话，接下来的几十年里那该怎么度过呢？不能哭！要坚强！这是孙萌萌此时送给自己、激励自己、鼓舞自己的六个字！也许在将来的岁岁月月，这六个字，会成为自己心中的最重要的信条。

孙萌萌回到家里，因为伤感，完全没有一丝睡意，于是跑到书房，开始码字写小说。也许因为有过情事，孙萌萌不再天马行空自行想象，而是把自己的点点滴滴的感受，幻化成笔下优美、煽情的字字句句。

和许烨磊谈恋爱后，她笔下的男主完全已经和许烨磊重合，他是他，他亦是他，他不在自己身边，孙萌萌只好将许烨磊融合在自己丰富的想象里，让他在文中和自己继续相濡以沫，继续浓情蜜意。

写前面的故事章节，孙萌萌一下子就搞定了。但是写男主和女主滚床单这事，孙萌萌写得简直就是脸红心跳、浑身燥热，就像她自己第一次看小说一样，那般激动难抑，那么心潮澎湃。这种桥段，其实在网络小说里数不胜数，甚至花样百出，有过之而无不及。

孙萌萌点击一下上传，将今天的更新全部一起上发到网站，深深地吐了一口长气。看了一下时间，耗时 2 个多小时，此刻已经是北京时间早上 8 点。摸了一下肚子，这才发觉自己已经饿得前胸贴后背，于是站了起来，伸了伸懒腰，活动活动肩膀，打开书房门，直奔厨房。

填饱肚子后，孙萌萌见外面阳光灿烂，于是，回到卧室把被单床单全都拆下来扔进洗衣机清洗。折腾完这些后，孙萌萌回到书房，打开网页，点击刷新，浏览读者的留言。

看着一条条的留言，孙萌萌笑得前仰后翻，笑得直拍桌子，最后肚子都快笑痛了，眼泪都快笑出来了。

真是一帮可爱的读者，孙萌萌看着这些留言，心里觉得特别欣慰，特别感动。其实不管读者是潜水也好，冒泡也罢，这些人都是陪伴着她，见证着她把这部军婚小说从无到有、一字一句垒砌起来。而且这部小说就像孙萌萌自己的自传，和朋友一起分享着她的幸福、她的快乐……

大家除了被男女主人公的爱情所感动，同时也不约而同地想起自己的初恋，或者想起和自己丈夫谈恋爱的感觉，多多少少勾起大家对爱情的向往和回味。

这点孙萌萌觉得特别自豪，似乎自己就像一个爱情大使，在大家心间播种着爱情的种子。孙萌萌边笑边回复着大家的留言，心里充斥着满满的感动，嘴角也扬起一抹欣慰的笑容。

4.

春日融融，阳光灿灿地洒落而下，云朵大片大片地从山顶的晴空悠然地飘过，偶有飞机嗡嗡鸣叫着划过，天空湛蓝如洗。

孙贝贝正提着拖把卖力地拖着走廊，可能因为刚刚病愈，体力还没恢复，才拖几下，浑身便出了一身虚汗。阳光照在她额头晶莹的汗珠上，光华流动，颗颗珠珠像钻石一样闪着绚丽的光彩，让这个穿军装的素颜却清丽的女孩，变得更加耀眼夺目。

谢铁军来到办公大楼，看到这一绚丽的风景，竟然停顿了脚步。

人和人之间的关系有时候就是那么微妙。这个和尚堆里打拼的男人，第一次带着连他自己都不明所以的情绪看着眼前这个女人，这个，有生以来他第一次接触的女人。军训的时间很短，短短的一周，她的特立独行和他的对抗，让两人有了很多交集。

"教官大人，你千万别进来，我裸睡，没穿衣服呢！"

当他提起脚准备踹开宿舍大门的时候，听到这句话，差一点喷血。真的很难想象，这会是怎样的女人说出这么出格的话。让他当时听了心头被猛地捶了一下，浑身都没了力气。而后来，她每天的表现都很"出彩"。这个浑身带刺，把军营闹翻天的混世魔王让这个刚直的教官印象非常深刻。不管是什么印象，只要是印象深刻的人，总会不自觉地去关注她。

谢铁军看到孙贝贝打扫卫生捂着肚子提水时，心里总会翻腾出一些愧疚。只是两人交恶太深，他有心想帮她提提水，都不敢上前，生怕惹了这只毛猴，把自己抓一脸伤，下不了台。远远观察她，发现这个嚣张跋扈的女人，出院回来后乖巧了很多，那扎人的刺似乎都不见了。

不过上周被她恶作剧灌了一壶咸茶，大概一辈子都会记得这个有点长不大的坏孩子，喜欢恶搞、调皮捣蛋的女人。

有时候看到她明媚的无害笑容，他总觉得这个女人其实不坏，只是被宠坏了。孙司令要是换一种教育方式，也许就不会搞出这么多事情出来，也不会让自己每一次看到她都有一种歉疚感，总感觉自己欠她的。

此刻，谢铁军看着孙贝贝吃力地拖地，心里又隐隐地不安。

从来坦坦荡荡做人的谢铁军，看到她就感觉自己负债累累。当初要是没有冲动地接下任务，怎么会背负女人的债务呢？没谈过一次恋爱，没调戏过女人，心里怎么就对一个女人这么亏心呢！估计人家劈腿抛弃结发之妻都没有自己对这个女人这么愧疚。

谢铁军仰天长叹，最后一冲动走到孙贝贝跟前，抢过她的拖把，秋风扫落叶般快速地拖着地板。

"住手！谢恶魔，拖把还给我！"孙贝贝正在心里嘀咕着这没完没了的清洁工作，累是一方面，她更在乎的是她的那双柔弱无骨的小手。才一周她娇嫩的手迅速变得粗砺，这样挨到军训结束，自己的第二张脸绝对无脸见人。

孙贝贝心里正郁闷着呢，筹划着要怎么跟许烨磊谈判调调岗。没想到手上一空，拖把被夺走了，抬头看看来人，竟然是自己的死对头！

虽然她对特种兵了解多了，对他们的看法有了很大的改变。但是对于眼前这个男人，结怨太深了，她没狠狠地报复已经是对他心慈手软了。谢铁军，你真是欠揍的，我没招惹你，你也敢在我面前瞎晃。孙贝贝恨恨地瞪着谢铁军，白白的小手伸向他，但谢呆子却视而不见，依旧埋头大刀阔斧地拖地，很快把走廊拖了一半，而且拖得非常干净。

"谢恶魔，不用你好心，快把拖把给我！"孙贝贝两眼冒着熊熊的火焰，但是，谢呆子却依旧不理她，提着拖把在拖桶里清洗。

孙贝贝真的火了，这个谢恶魔为什么要帮忙拖地？是坏事干多了心里不安吧？你以为拖个地就能为自己的行为赎罪？孙贝贝愤愤地冲到拖桶边，抢着拖把，谢铁军不言不语却牢牢抓着拖把。

"放开！"孙贝贝瞪着谢铁军，心里的仇恨在她漂亮的眸里显现无遗。

谢铁军被她瞪得心里有点哆嗦，这个女人蛮横起来真的好吓人。只是看她太累，帮个忙而已，干吗这么大动肝火。

"放开！"孙贝贝提高了嗓音，大吼着！

谢铁军依旧沉默，大手依旧牢牢地抓着拖把，似乎在抓着一根救命的稻草。

"快放开！你这个恶魔，我们的旧账还没算呢，敢来招惹我，等着吧，看我怎么收拾你！"孙贝贝咬牙切齿地喊着，真的想一套孙氏流星拳干过去直接把他揍趴下。

"你歇会吧！"一直哑着的呆子终于开口了。

这个女人真是不识抬举。人家好心帮她，竟然发这么大的火，怎么会有这么别扭的性格。

孙贝贝见谢恶魔还是不肯放手，只好用蛮力抢拖把，白白的脸蛋火红一片，不知是因为发怒还是手上运力憋着气。两人的手都紧紧地抓着拖把，甚至没发现，在那么拉拉扯扯之间，他们的身体靠得越来越近，最后只隔着一个拖桶。

"嘭"的一声，拖把最后重重地落在拖桶里，溅起黑黑的水花落在两人的裤子上。顿时，谢铁军军绿色的裤子立马湿一大片，脏兮兮地贴在腿上。孙贝贝更惨，拖桶直接倾斜倒了半桶水，把她的鞋子淋了个透湿。

"谢恶魔！你到底想干什么！"孙贝贝歇斯底里地喊着，真是要疯了！

"对不起，对不起，我不是故意的！"谢铁军顿时慌了手脚，赶紧放开了拖把开口道歉。

看着她湿漉漉的裤腿和鞋子，想替她擦干，又不知道要怎么下手，只能眼睁睁看着一场暴风雨的到来。谢铁军是领教过孙贝贝发飙的样子，这个教官显然心有余悸。就在谢铁军平生第一次对女人感到手足无措的时候，一个声音救了他。

"你们两个干吗？拖把又不是糖果，抢什么抢！谢铁军，你今天这么闲？该干吗干吗去！"许烨磊不知什么时候来到办公大楼，谢铁军不管那么多了，听到这句解围的话，心里大喜。

"是，中队长！"谢铁军站得笔挺笔挺地，一脸尊敬地敬了一个标准的军礼，然后逃也似的放了拖把消失在孙贝贝的视线里。

谢铁军拍拍屁股走人了，留下孙贝贝看着自己湿答答、恶心巴拉的衣服裤子，恨不能借来章鱼的触角把那个逃兵抓回来。

孙贝贝真的要气死了，这个谢恶魔，诚心跟自己过不去啊！帮忙帮了倒忙，把自己淋得这么彻底，还没狠狠地骂他几句，就溜之大吉了！谢恶魔，我们的梁子真是越结越大了！

"孙贝贝，衣服这么湿，别感冒了，先回去换衣服再回来拖吧。"许烨磊的一句话其实是温柔的，但是听到孙贝贝的耳朵里那就是石破天惊，雷死人不偿命。

在孙贝贝眼里，这个一直严肃的中队长，竟然能说出这样的话，恶魔也懂得关心他人？孙贝贝实在太诧异了，抬起头看向许烨磊，竟然看到他脸上带着一抹浅浅的笑。不是吧，许恶魔也有笑容！难道自己刚才和谢恶魔抢拖把有这么好笑？

孙贝贝眯着眼睛盯着许烨磊，总感觉有些不对劲。看看他，满脸的春风得意，浑身上下都充沛着风发意气，犀利威严的五官甚至还溢出一丝丝不易觉察的柔情，使得这个本来就非常英俊的军官平添了几分和气。

孙贝贝眨了眨眼睛，再睁大看着许烨磊："你是许烨磊吗？吃了兴奋剂？"

"什么兴奋剂，小丫头别胡扯。还有，许烨磊是你叫的吗？是姐夫，私下叫姐夫，有旁人的时候叫中队长。真是没大没小！"许烨磊看了眼孙贝贝，劈头盖脸地一顿数落。

这么啰唆的话也是面前这个军人的台词？

孙贝贝真心怀疑自己的耳朵了，听这个男人说话，怎么那么耳熟，怎么越听那口气越像自己的老姐？难道，一到周末，这位中队长就冲到市区跟老姐鬼混了？看看他这满脸的春色，十有八九就是这样。老姐，你可真是大方啊，看看，把这个腹黑无敌的男人哄得满脸的得意招摇过市。他们到底黏到什么程度了，连说话的口气都变了样还不自知！

孙贝贝摇摇头，真不明白老姐喜欢这个男人哪一点："看你这表情，昨天是不是又去勾引我老姐了？"

"什么叫勾引？我们那叫约会！你这个野丫头再乱说话，小心我削你。"

可能是因为孙萌萌跟他说孙贝贝是他们爱情的牵线人，许烨磊再次看到孙贝贝，自然而然地当她是调皮的小孩，跟她说话也不知不觉跟孙萌萌对孙贝贝一样。但是这个野猴子说话总是不把门，什么词语都能倒出来，只能拿中队长的威严来压一压了。

"你敢假公济私欺负我，我就跟我老姐告状，看看老姐是跟你亲还是跟我亲！"孙贝贝其实自己都没底，这个重色轻友的老姐，跟了这个男人还会管妹妹吗？上次那么伤心地投诉，她一点都没心疼自己。

"告吧。你姐深明大义，她的心一定是向着她老公的，哈哈……"许烨磊笑完，才发现自己真的有些失态了。怎么就跟这个小妮子坦露了这么多！

许烨磊越过孙贝贝往综合办公室走去。

老公？孙贝贝听了有点愣愣的，这个词怎么听都好怪异。老姐，你真的完了！一定被这个恶魔吃得骨头都不剩了，看他一副吃定你的嘚瑟样！孙贝贝摇了摇头，为孙萌萌叹惜着。

年轻的小军嫂，从此要像我老妈当年一样独守空房等男人，等着你的将是无穷无尽的寂寞。怎么会有这么自虐的人呢？许烨磊到底给老姐下了多少迷魂药，让老姐那么快就死心塌地从了他？

孙贝贝提着拖把和拖桶去了洗手间，然后回宿舍换衣服。回去的路上还在思考着许烨磊和孙萌萌的问题，便开始八卦起来，那么古板的中队长跟姐姐一起约会，会是什么样的情节呢？孙贝贝越想越好奇，真想立马打电话把孙萌萌严刑拷问一番，昨天和许烨磊都干了什么，让这个男人归队了还没收心，越想心里越是痒痒的，于是，飞快地冲回了宿舍。

孙贝贝很快换好了裤子和鞋子，四下看了看，确定宿舍没人，就马上行动。翻开自己的旅行袋，从夹层里找出手机，装上了电池。等到手机开机，要拨打孙萌萌的电话之时，孙贝贝又有些犹豫了。

上周想混进办公大楼时，路赢大队长还嘱咐过不可泄密。现在打电话虽然只是八卦一下老姐的恋情，但是她明知道私自携带通讯工具是违纪的，上次打了电话没被逮到已经是万幸，要是这次不小心被逮，一定会死得很惨。

其实孙贝贝没忘记自己回部队是为了重整旗鼓，好好表现，她要做给孙耀武看，自己并不是一滩烂泥。要是因为一时的好奇打了电话被踢出军营，那自己所受的苦就白受了。算了，忍忍吧，军训完之后再打听也一样。又不是自己谈恋爱，兴奋个什么劲啊！

孙贝贝刚才的冲劲一下软下来，于是卸下电池，把手机妥善地又隐藏起来。就像正要看一部很精彩的电视剧，正要看的时候没电了，然后只能等待通电，好郁闷啊！

孙贝贝很无聊地躺在床上，看着头上军绿色的铁架子，脑子里呈现上周许烨磊来接她一起吃午饭时，许烨磊用着令人不可思议的温柔给老姐夹菜。原来恶魔也有铁骨柔情的时候，单纯的姐姐经不住糖衣炮弹，一不小心就掉入了他的温柔陷阱，这都可以写一部小说了。

写小说，那是姐姐吃饭的工具。孙贝贝不写小说，却在写话剧！最近正在构思军训结束的文艺节目，日子一天天过，还没有一丝头绪。

唉！想当初别说上演一个节目，就是一个晚会的全部节目自己都能很快编好。可是要编什么给军队那些人看，而且要得到他们的好评，自己都挖空了心思还没琢磨出一点门道。

人的性情的改变也许就是一件事的触发，也许就是一瞬间的转变。

孙贝贝的出发点只是要证明给她老爹看，连她自己都不知道，自己其实也没那么排斥军人了，甚至，还在绞尽脑汁地想着怎么用自己的才艺逗乐他们。

冥想了一番没有结果，孙贝贝想起还没搞完的卫生工作，只能继续当老妈子乖乖地回去打扫卫生了！

许烨磊一踏进综合办公室，满面的春风直扑整个办公室，似乎空气中都飘落起朵朵桃花来。

"螃蟹，本来你打光棍还有伴的，不过你们中队长谈恋爱后，咱们办公室现在就是剩下你这一绝世品种了！"吴凯边笑边调侃道。

"参谋长，我老娘听到你这句话，真心会哭的！"谢铁军皱眉头，厚着脸皮，调侃的回敬一句。

"是啊，螃蟹家就他一个儿子，要是一直保持单身，咋传宗接代啊，那伯母不哭死才怪。使不得啊，使不得啊！"师达树笑呵呵地插话。

"去你的，师师，再说这样的话，我对你不客气啦！"谢铁军誓死捍卫自己的尊严，挑衅道。

靠坐在椅子上的许烨，满眼带笑，看着这帮"长舌男"不由摇头。

"老许啊，你女朋友长啥样啊？做什么的？有没有照片啊？给我们瞧瞧！"吴凯接连问了好几个问题。

"没有照片！不过有机会可以带过来给你们瞧瞧。"即使以前再刚强的男人，恋爱后也会变成了绕指柔，许烨磊也不例外，满脸得意大方地回道。

"嘿嘿，我见过嫂子本人！"办公室唯一目睹过孙萌萌真颜的谢铁军，不由得意起来。

许烨磊见有人帮自己回答，也乐得轻松。再说他对自己挑选的老婆，不管是外貌还是内在，都有着绝对的自信，绝对能拿得出手。

"快说，我们队长的女朋友长得啥样？"师达树满眼的好奇。

"虽然只是匆匆一瞥，但是嫂子的容颜可是深入我心啊，非常非常漂亮！"谢铁军想着那天在病房看到孙萌萌，对她的第一感觉就是那种恬静贤惠的小美女。

"是吗？有你嫂子漂亮吗？"吴凯开始拿自己老婆和孙萌萌相比。

"这……"谢铁军有些犹豫起来。

"不会吧，难道你们中队长的老婆比我老婆长得差？哈哈哈，老许啊，都跟你说，把我那漂亮的小姨子介绍给你，可你还不要！"吴凯不禁洋洋得意起来，满脸的嘚瑟。

男人似乎都有一个通病，都想要娶个贤惠温柔的妻子，但是如果外貌漂亮的话，那就美上加美了，带出去给朋友见面时，觉得自己倍儿有面子。

许烨磊那锐利的眼睛瞥了吴凯一眼，吴凯的老婆他见过，谢铁军也见过，要是将孙萌萌和他老婆一比，孙萌萌的外貌占绝对性的优势。只是这话自己不好开口说啊！想必谢铁军也在为难怎么开口吧！正当许烨磊发愁没人帮自己代言时，门口却冷不丁地传来一句女声："大家是不是想知道我老姐的美貌啊？看看我，不就知道了！"

话刚落，办公室几个大男人的目光齐刷刷地往门口看去，只见孙贝贝拿着一根拖把，靠在门上，痞痞地笑着。

办公室的几个大男人，一人一个表情，愣愣地看着孙贝贝，几秒后才回过神来，心里不约而同地在嘀咕着：这丫头什么时候站在这偷听的？到底听到哪里了？

这些天，吴凯他们几个在孙贝贝面前表现得都是非常严肃、非常正经的形象，可是刚才他几个说的话，似乎没啥形象可言啊！最心虚的人莫过于想老婆的参谋长吴凯，当然想女朋友的师达树脸上也是一脸的羞臊，当然作为光棍的谢铁军，更是有种没脸见人的感觉。最淡定的人，莫过于我们的中队长大人许烨磊同志。从他进办公室后，所说的话，不仅无愧于心，而且还保持着良好的素养。

许烨磊看到其他三个"长舌男"，心里腹黑地暗乐：看吧，嘴上不把门，迟早要漏风，装了一周的形象，瞬间全毁。

"孙贝贝你什么时候站在那的？"其他三个人不敢开口，许烨磊只好代为效劳，询问孙贝贝。

孙贝贝把拖把放置一旁，一脸诡异的走了进来，故作凝思道："我想想啊，好像……好像听到……"才蹦几个字的孙贝贝，顿了顿，贼溜溜的眼睛扫了吴凯他们几个。

"好像听到吴参谋长在说他老婆和我老姐比相貌什么的……"

"哦……"吴凯几个顿时松了一口气。

许烨磊瞥了孙贝贝一眼，哟，这个鬼丫头，没有像对付自己那般言词犀利，还懂得圆场了，有进步！不过这样处理是对的，省得他们几个钻地洞。

"贝贝，你刚才说'老姐'？这是啥意思啊？"吴凯又恢复他那油滑的笑容。

孙贝贝看了许烨磊一眼，伸手指了指："他——中队长许烨磊同志，是我未来的堂姐夫！"孙贝贝说这话，故意一字一顿，拉着音介绍自己和许烨磊之间的关系。

"堂姐夫？"吴凯明显有些惊讶。

"嗯，没错啊，堂姐夫！"孙贝贝嘚瑟地点了点头，还顺道搭讪着许烨磊，"是不是啊？许烨磊堂姐夫！"

总算是真相大白，原来许烨磊女朋友的身份，还是没脱离孙家，竟然成了孙司令的侄女婿。

许烨磊听到孙贝贝这声堂姐夫，倒是一脸淡定，没吱声没回应，只是淡淡地看了看她，又看了看其他三个人，端起中队长的架子轻喝道："干吗啊，你们想在这拉家常啊！该干吗干吗去！"

听到许烨磊发话，果真大家该干吗就干吗了。师达树拿起腰带，准备下楼训练；谢铁军埋头整理队里成员的训练数据；吴凯虽然很有兴致，想和孙贝贝继续接着往下聊，但是……为了在孙贝贝面前保持自己的良好的高大形象，还是忍住，闭上嘴巴，眼睛盯着电脑屏幕看。

办公室顿时鸦雀无声，气氛又恢复以前那万般无聊的沉寂。

"你回去拖你的地！"许烨磊扫了眼站在那不动的孙贝贝。

孙贝贝努了努嘴，横了许烨磊一眼，转身甩头离开办公室。

待孙贝贝走后，吴凯抬起头，对着许烨磊竖起大拇指："牛，实在是牛！我就说当时孙司令把你私下叫出去吃饭，肯定有深意，原来是这个啊！不错不错，恭喜恭喜啊！"吴凯满眼带笑，满嘴的油滑恭喜着许烨磊。

"去！"许烨磊扫了他一眼，嗤了一句。

许烨磊拿起贝雷帽站了起来，叫道："谢铁军！"

"到！"谢铁军立马站起身。

"跟我去训练场！"许烨磊随手将贝雷帽带上，刚毅俊美的脸上呈现一副威风凛凛的气势。

"是，中队长！"谢铁军拿起贝雷帽利索地带上，和许烨磊一同走出办公室。

吴凯靠着椅子看着他俩离去的背影，心里在那琢磨，尽管许烨磊不是那种攀龙附凤的人，但是成为孙司令的侄女婿，的确有种强强联合的感觉。而且女朋友的美貌和孙贝贝相似，那可真是要羡煞死旁人啊！

Chapter3　屋漏偏逢连阴雨

1.

午后，微风徐徐，阳光暖暖地照在窗帘上。这样舒适的天气，正是春睡绵绵的好时节。孙萌萌懒洋洋地窝在被窝里补觉，此刻的她嘴角微微上扬，一抹甜甜的笑清浅地在嘴角荡漾开去。恋爱中的人，每天都那么甜蜜，白天都做着美美的春梦。

"叶子青……叶子青……"

"死丫头别叫了，滚一边去……"孙萌萌不满地嘤咛着。

"叶子青……叶子青……"

但是叶子青还在继续叫着，孙萌萌火了，大声吼着："叶子青，别破坏我的好事！"

被吵醒的孙萌萌憋了一肚子的火气，接起电话就开始撒泼。

"死丫头，你活腻了，没事干吗老在我睡觉的时候打电话。你不知道扰人睡眠很没品德吗？我本来就睡眠少，被你这么三番两次地吵醒，都快要神经衰弱了！"孙萌萌劈头盖脸地一顿数落，这还不解气，要是叶子青就在面前，一定要赐她一套升级版的孙氏流星拳。

"不好意思，我真心不是故意的。忘记了你昨晚睡得晚……现在，你是继续睡还是继续骂我？"电话那一端叶子青邪恶地笑着，把孙萌萌弄得一下没了火气。

"你胡扯什么啊？"孙萌萌本来还想继续骂几句，可是大脑立马呈现两人痴缠的情景，小脸不由得火热地发烫。

"你就别装了，刚看完你小说的更新，写得好生动啊，看文字的描述比真人版来得更激情又唯美啊！看你今天的文写得这么声情并茂……"叶子青一贯大咧咧，跟孙萌萌说话更是没遮没拦，有啥说啥，直把孙萌萌说得连头发都快羞红了。

"叶子青，你再胡说，以后禁止你看我的小说！"孙萌萌被她这么一说，有种在床上被偷窥的感觉，有点后悔今早的冲动，把自己的激情书写在文字里，现在成了叶子青的谈资。

"别啊，我可是你最忠实的铁粉。哎，女人，我只是想提醒你，被男人滋润得太美了，可千万别忘记一件事啊。"叶子青在另一端捂着肚子直乐，孙萌萌的红脸又被烫了一遍。

"啊——"孙萌萌带着侥幸心理，正要说谢谢叶子青的话，就"啊"的一声，说不出来了。

"别跟我说你们都没有一点防护措施啊。现在要是怀孕了，会很惨的。"叶子青听到孙萌萌的惊叫，立马知道这丫头一时贪图享乐，真忘记了避孕。

"怎么办，我真的忘记了……"孙萌萌心里不由得紧张起来。

"那就赶紧补救喽！"叶子青经验老到地说着，过来人就是不一样啊，遇事镇定自若。

孙萌萌松了一口气，有叶子青这个死党还真不错！虽然笔下写了不少激情，可是内心还是很纯很羞涩的，要她自己一个人去买避孕药，她真的没脸去！两人约了个地点，就挂了电话，半个小时后孙萌萌和叶子青一起来到了一家计生用品超市门口。

孙萌萌羞羞怯怯地躲在叶子青的身后，还是有些不好意思踏进店门。

叶子青则比她淡定多了，直接拉着她到避孕药窗口，拿了几盒紧急避孕药，然后对孙萌萌说："你先把药吃了吧，都过去这么久了，也不知道有没有用……"

孙萌萌小脸刷的一下，又红了一圈，耳根也跟着发烫起来。

"滚——"孙萌萌抬眼瞪了叶子青一眼，赐了她一个字。

孙萌萌拿了两盒，买完单便跟做贼似的逃出店铺，叶子青在后面追赶。

叶子青追到孙萌萌的时候，也大笑不止。孙萌萌转身过来，狠狠地瞪着她："笑什么笑，再笑信不信我揍你！"说完，孙萌萌伸手狠捏了叶子青一把。

两人不知不觉走到叶子青的车旁。

叶子青瞥了下孙萌萌问道："接下来准备去哪？"

孙萌萌想了想："我们去喝咖啡吧！"

"OK！"叶子青打开车门，两人一块坐了上去。

别看叶子青大大咧咧，口无遮拦，看似很开放似的，其实这丫头痴情得很，大学毕业跟男朋友分手后，就一直单着，没再谈过恋爱。

"不是吧，你真心想跟我一样当军嫂啊！"孙萌萌怀疑地看着她。

"你看我多义气啊，看着你当军嫂，有些于心不忍啊。要是真有合适的，我立马给你做伴去！"叶子青说这话，听起来有些半真半假。

"的确够义气，那我得赶紧催促我老公帮你物色物色才行！"孙萌萌顺水推舟地回道。

"谢谢啦！"叶子青连忙感谢道。

两人你一句我一句地调侃着，孙萌萌突然想起一件事来，立马转过头："子青，你知道那个向南是谁吗？"

"向南？谁啊？"叶子青有些疑惑，完全忘记这个名字了。

"就是撞你车的那个男的！"孙萌萌提醒道。

"那人啊！"叶子青终于想起撞她车的那个假富二代。

"他咋啦？"叶子青满嘴冒的全是损话。

"跟你说正经的！"孙萌萌用手指戳了叶子青的脸一下，继续道，"说出来，吓死你！"

"说吧，我不会被吓死的！"叶子青一副完全对向南无感的表情。

"知道向氏集团吧？"孙萌萌循循善诱地开始给叶子青介绍起向南来。

"知道啊，向氏是我们省的龙头集团，向氏的董事长向阳去年还是全国首富排行榜的第三，咋啦？这跟向氏有什么关系啊？"叶子青一时之间没把向南和向氏联系在一块，不解道。

"当然有关系啦，向南就是向董的儿子！"孙萌萌见叶子青脑子这么不灵光，不由摇头道。

叶子青听完这句，眼睛立马瞪大，心潮澎湃地来了一个急刹车。孙萌萌的身子直接往前冲，和前面的挡风玻璃来了一个亲密接触。

"你刚才说什么？"叶子青扭过头，跟孙萌萌确认。

"怎么开车的，我可不想年纪轻轻去见阎王爷啊！"孙萌萌的手附在额头，紧皱眉头骂道。

"孙萌萌同学，你刚才说的是真的吗？"

"这跟你有什么关系啊？激动个屁，害我额头撞，快要痛死了！"孙萌萌揉着额头，没好气地顶了一句。

"当然激动啦！"叶子青激动不已地说，"对了，上次的名片呢？给我！"叶子青伸手跟孙萌萌要名片。"没有，被我扔了！你要名片干吗？"孙萌萌眯着眼睛盯着叶子青。

"当然是给他打电话啦，说说上次车的事情啦！"叶子青明显醉翁之意不在酒。

"不是吧？"孙萌萌怀疑地看着她。

"当然除了说车的事情，看看有没有机会进一步发展！"叶子青毫不避讳地说出自己的想法。

孙萌萌顿时不可思议地看着叶子青："你刚才不是说叫我老公帮你介绍对象吗？这才过去几秒啊，你就改变主意了！"

"没结婚前，可以多做几手准备！"叶子青邪魅地挑了挑眉。

孙萌萌冲着她直摇头，真是一个如狼似虎的女人啊！

2.

孙萌萌和叶子青来到一家名为"罗蒂克"咖啡厅。

"不就喝杯咖啡吗，跑这么远，还非要这家店，真是浪费我这么多油钱！"叶子青找了个空位坐下来。

叶子青天天在外面跑业务，和客户去的高档场合数不胜数，实在不觉得这家咖啡厅有什么特色，能让孙萌萌那丫头非拉着自己来这。

"真是恶俗的女人，天天去你所谓的高档消费场所喝酒吃饭，吃得满脑肥肠，没有一点情调。"孙萌萌放下了包，然后点了两杯咖啡。待服务生走后，闭着眼睛做了个深呼吸，然后才慢悠悠地说："这是我最喜欢的咖啡厅。你听听流水叮叮咚咚的声音，再闻闻空气里馥郁的花香，在这坐一坐，就能让人摒弃所有的杂念，心静如水……"

叶子青环顾四周看看，咖啡厅的布置确实花了很多心思，落地玻璃窗从上而下流着透明的水流，汩汩的水流声比钢琴声来得随性自然。

左边的窗是剔透的水流，右边则是碧绿的叶子缠绕着灰色的墙面，各种颜色的小花在绿叶中间，星星点点探着头，俏皮又雅致。整个咖啡厅给人感觉一股小清新。这个时候还真有不少像孙萌萌一样带着点文艺范的人在这闲适地坐着，更有甚者还带了张报纸，坐在邻桌看得很投入。

叶子青耸了耸肩，笑着道："凑合吧，反正不是我的菜。不说这个了，继续我们刚才的话题，刚才说到哪了？"

叶子青一副跃跃欲试的姿态，准备对向大少爷发起火力猛攻，在战斗之前，得先对敌情侦察侦察。

孙萌萌八卦起来也跟居委会大妈一样热情，事无巨细一一道来，"向南喜欢晨练。你不知道这位帅哥穿上运动服的时候有多帅啊，只要看一眼就让人移不开目光。连晨练的老太太都不能幸免地被他光彩夺目的帅气封杀。"

这哪是提供信息啊，简直就是吹捧着向南。所言是真实的，但拧洗衣机还是能甩出几滴水分。

"你怎么知道？以前都没听你提过啊？藏得很深嘛，以后再这么私藏，小心我揭发你！"叶子青和向南就一面之缘，后来觉得他就一个到处招摇撞骗的花美男，早把他抛在脑后了，现在心里多少有点惋惜。早知当初，就不奚落那个患难的公子哥了。

可是话说回来，孙萌萌这丫头最近走了什么桃花运啊，走到哪都能碰到超级帅哥，不是，是不出门都能碰到帅哥！自己怎么就没有这样好的运气呢？

"在玉景豪园啊，我们还一起晨练啊，羡慕吧，妒忌吧！"孙萌萌看到叶子青一脸的郁闷，不由得嘚瑟着。

"你不是码字到半夜吗？怎么可能那么早起来晨练？"叶子青用怀疑地眼光看着孙萌萌。

"这是爱情的动力！"孙萌萌想到许烨磊提的要求，话到嘴边也是别样的温柔。

"别在我面前恶心！"叶子青一脸鄙夷地偏过头，入眼看到对面坐着的那个看报纸的手在颤抖。

真不知道现在的报纸有什么好看的，能让人看得哆嗦。叶子青看着那人的手抖动实在太厉害了，有点不忍心要扑过去帮人家扶住摆正。

"你就嫉妒吧！说真的，向南真的很帅啊！"不愧是外貌协会的会长啊，孙萌萌一个劲儿地夸起向南。

叶子青被引诱得心神荡漾，恨不能立马就见到传说中的帅哥。两个女人在肆无忌顾地对帅哥品头论足之时，隔壁发生了一点小插曲，但是现在两女人正在研究帅哥，根本就是两耳不闻隔壁事，一心只想着高富帅，压根不知道隔壁的一点小混乱。

隔壁拿着报纸听着色女大言不惭的话的男人，终于有些不淡定了！被孙萌萌夸得感觉飘飘然，不小心打翻了咖啡。孙萌萌和叶子青怎么也想不到，她们口中聊得有声有色的男主，此刻正在一旁拿着报纸非常享受地听着两色女的美评。

向南被"炒鱿鱼"了，向老爷子看他虚与委蛇地应付着相亲，把人得罪了一大片，还不去公司领个差事，依旧每天做一天和尚撞一天钟。向阳索性不用相亲这招了，直接拎着他去公司。每天几个电话，向南一日不去，就得被向老头的轰炸机轮番轰炸。

父子俩的战斗正是焦灼的火拼期间。向南心里烦闷，想打个电话给孙贝贝，跟她讨教一下，在敌机炮火下的生存法则，没想到那丫头天天关机。

闲来无事，向南就只能一个人闷闷地喝咖啡了。罗蒂克咖啡厅是他最经常来的，无他，就是喜欢这里的清新雅致，就像孙萌萌说的，在这坐坐，能把心里的烦闷扫去几分。刚点完咖啡，就听到吧嗒吧嗒的皮鞋声，随后传来两个女人如银铃般悦耳的笑声。当向南看到孙萌萌踏进来时，心想跟这个女人还真是有缘啊，走到哪都能邂逅。正想举起手跟她打招呼，却看到了孙萌萌身后的叶子青。

两个女人，一个温婉清丽，一个气势逼人。一下来了两个不同气质却是非常漂亮的女人，咖啡厅瞬间增添了很多绚丽的色彩，很多人纷纷地向门口张望。只有向南不敢招架，生怕两个女人发现他，再旧事重提，赶紧拿张报纸遮住头，希望她们别靠近自己。

那一次撞了叶子青的车，向南本来很酷地要买一辆还给她的，没想到，老爷子在关键时刻卡壳，把银行卡冻结了，让自己被叶子青从花痴的膜拜到后面一脸的鄙夷。

后来，听到两个靓女的谈话，听到她们提到自己，向南不由得竖起耳朵。他怎么也没想到，她们暗地里对自己的评价其实没有自己想的那么糟，特别是孙萌萌说的话让他掩着报纸偷偷地乐。

这次他彻底相信孙贝贝的话了。他真的没想到孙萌萌对自己喜欢到这个程度，真的没想到被老爹管得那么落魄的公子哥，还能被一个女人这么默默地爱着。

当向南听到孙萌萌说这是她最喜欢的咖啡厅时，心想这个女人可真是个间谍啊！竟然连自己经常来的咖啡厅都打探到了，被女人喜欢而后偷偷地跟踪，他有点欣喜。听着孙萌萌清越的嗓音，开始天马行空地发挥想象力！恩恩，孙萌萌真能说啊，说得我都心花怒放。向南非常得意地自恋着，暗地里听到一个漂亮的女人那么夸自己，想不飘飘然都有些难。

听到"爱情的动力！"向南心中一动，孙萌萌到底暗恋自己多久了？真是情真意切，很感动啊，竟然放弃睡眠早早起床就是为了陪帅哥一起晨练，勇气可嘉，精神可敬！想到这，不由想起上次向老头见到孙萌萌后说的话。

"你怎么认识萌萌的？"

"是贝贝介绍认识的……"

"哦……"向阳沉思了片刻，"现在开始不用相亲了，让你相亲不过是为了让你知难而退，你小子可真行啊，把我的朋友得罪了一大片，最后还悠哉地逍遥着……"

"爸，哪有这么算计自己儿子的！"向南不满地抱怨着，老头子终于妥协招供了，可是……不相亲，自己不是失业了吗？比起去公司，他觉得相亲会更有意思一些。

"你要乖乖地去公司上班，我还有这个闲心给你整点事？"向阳又要伸手揪向南的耳朵，向南赶紧闪开了。

"爸，注意您的身份，这可是公共场合，您把儿子的耳朵揪得心里爽了，您儿子估计就娶不到媳妇了。人家还以为您生了一个阿斗呢，长得这么英俊却要老爹这么耳提面命揪着逛街，人家会把您儿子想得多无能呢？想想！再下手！"

向阳看看周围确是人来人往，确实有些过火了，于是，收回了手。

"你少给我贫嘴，你会在乎别人的看法吗？要真的找媳妇，也用不着那么千挑万选，我看，就萌萌那样的，给你当媳妇最合适……"

向阳心里打着自己的小算盘，他也不知道为什么就是喜欢孙萌萌，娶这样一个喜气又懂事的女孩进门，也许能让这个鬼精的儿子收收心。

向南不知道眼光一向很挑剔的老爹怎么就看上了孙萌萌，更不知道孙萌萌是什么时候喜欢自己的，听到孙萌萌把自己形容得天花乱坠，心里乐翻了天。向南心想着，要是向老头也在这听，现场一定会很劲爆。这么想着，越想觉得越有趣，最后乐得快要爆笑出声了。

而隔壁桌的两个女人依旧对他八卦不停。

"向南的身材很棒的，有二头肌，很 MAN……"孙萌萌继续舌绽莲花地引诱着叶子青。

孙萌萌刚想再说点什么的时候，叶子青的电话响了。叶子青接起电话，立马恢复一本正经，非常干练地讲着电话："您好，张总……"

"嗯，好的。我马上过去！"说完，挂了电话，叶子青立马站了起来，笑着说："回头再给我情报！现在要赶着去见一个重要客户，不能陪你喝咖啡了，你自己打车回去。"

叶子青就像一阵龙卷风一样，"刷"地一下在咖啡厅消失了。孙萌萌喝完咖啡，觉得枯坐在这还不如回去码字挣钱，于是招了招手，叫服务员过来收结账。

邻桌的向南肚子都快笑抽了，不知道自己现在突然出现在孙萌萌的身边，会是一番多么惊天动地的场景。向南有点好奇，又有点兴奋，起身向孙萌萌走了过去。

向南！他怎么在这？他到底听了多少无稽之谈！

孙萌萌看到眼前这个男人顿时呆了，向南似乎看穿她的心思，淡淡地微笑着，用行动来回答。向南从兜里拿出钱包，抽出三张给服务生，嘴角扬起一抹优雅的笑容，对服务生说："隔壁桌的一起买单，不用找零！"

隔壁桌？孙萌萌的眼睛立马往隔壁桌看去，这才发现自己这张桌子离他有多近！孙萌萌窘得恨不能钻入地洞，再也不要见到他，头低了又低，都快低下去啃脚趾了。

"你……到底偷听了多少？"孙萌萌顶着一脸的火烧云，弱弱地问着。这个时候还侥幸地存着一点点希望，希望这位养眼的帅哥只是走过、路过、飘过……可是用脑子想想，那是不可能的，都买单了，天知道他潜水多久了，他是存心的！

"我比你们先来……"向南看着一脸窘态的孙萌萌，勾着嘴角，玩味地说着。

孙萌萌听到答案后，立马恼羞成怒，抬起头瞪着愤恨的眼神问："你觉得鬼鬼祟祟地偷听很好玩吗？"

"好玩啊，谢谢你们对我各个方面的高度评价……"向南邪恶地笑着。孙萌萌的脸红得快燃烧了，最后羞得没脸见人，捂着脸疯跑。

见孙萌萌逃跑，向南终于憋不住哈哈狂笑，把这些天心里的阴郁都笑光了。看来向老头看人的眼光果然很独特啊！一人丢一次脸，算是扯平了，以后自己在她面前可以抬头挺胸做人了！看到孙萌萌那窘迫的样子，向南的心情立马就放晴了，而且跟外面的太阳似的，灿烂无比。

3.

孙萌萌再也不想见到向南了，那张英俊得妖冶的脸，真心让她无颜以对。

吃货心情不好的时候，就得吃，撑死自己！孙萌萌到了超市推着购物车，在零食区晃过，置物架立马空了很多，而她的购物车则装得满满的。结完账，孙萌萌看着眼前一大袋零食、一大袋菜，有点傻眼。怎么感觉像逃难一样大量储备物质！

孙萌萌满载而归，龟缩的日子开始了。今天碰上这样的事，她打算这段时间低调再低调，不出门就不用遇到让她尴尬得想跳楼的向南了。

至于吃饭，很简单，零食、水果、外卖，多了一个师妮可，还可以叫她打包。不过今天得先贿赂一下这个小姑子。孙萌萌回到家后，就开始在厨房忙乎。把食材都放在汤煲里，用小火慢慢煲，还不忘给师妮可打电话，叫她晚上回家吃饭，给她改善改善伙食。

师妮可下班回来，一进门就闻到了一阵鲜香，这个活泼的丫头直接冲进厨房，嚷嚷直叫："好香啊，表嫂终于展示私房菜啦！"

"妮可回来啦！"孙萌萌转过头，和悦地跟师妮可打招呼。

师妮可看着围着围裙的孙萌萌，笑着说："表哥真是有福气啊，能娶到又漂亮又贤惠的表嫂，真是太幸福了……"

他俩还没结婚，但是这些天师妮可的嘴上就跟抹蜜似的，动不动就说他表哥能娶到萌萌这样的女孩是何等地有福气，何等地幸运，何等地幸福……每每这么一说，孙萌萌心里就乐得屁颠屁颠的，不知不觉地就以许烨磊的老婆自居。

孙萌萌温良贤淑地笑着说："可可，饿了吧，饭马上就好，去洗洗手就可以开吃了……"

"好嘞……"师妮可退出厨房，去洗手间洗手。

师妮可洗完手，伸手拿毛巾擦干时，眼睛不经意间看到大理石台上放置的男士剃须刀，脑海不由想到回家路上，用手机看的小说的最后一幕，就是男女主角在卫生间鸳鸯戏水。

于是师妮可洗完手，先闪进了客卧，打开笔记本，又重温了一遍今天萌主撰写的小说的更新章节。看到男女主角甜蜜约会的画面，还有你侬我侬的床戏，师妮可不禁羡慕起小说里面的女主来。看到这么帅、这么温柔、这么热血、这么干练的男主，你侬我侬，甜甜蜜蜜，她恨不得立马抓个男生过来，好好地谈一场甜蜜浓情的恋爱！

对于师妮可来说，身边多得是多金帅气的男性朋友。也拥有不少追求者，但那些人都不是她所喜欢的，在她心中一直想寻找的伴侣，是一个让自己崇拜、让自己仰慕的男人！

可惜啊，目前她身旁大多数的男人都是冲着她的家庭背景来的，个个都对她百依百顺，有求必应，温柔有加，其实骨子里都是一群利欲熏心、游手好闲的男人，何谈崇拜，何谈仰慕呢？

"可可，吃饭了……"孙萌萌把饭菜都端到了桌上，摆好碗筷，还不见师妮可过来，便像妈妈叫小孩吃饭一样呼唤着。

"好，马上来。"师妮可看得激情澎湃，脸微微发红，赶紧盖上笔记本，从房间跑出来。

为了掩饰自己内心澎湃的情绪，师妮可一坐下就端起孙萌萌为她打好的汤，也不管这汤会不会像上次那么重口味，直接地大口喝了下去。

师妮可抬起头，对上正看着自己一脸期许的孙萌萌，赶紧点头，非常肯定地说："表嫂，这烫真好喝……"师妮可说完，又继续埋头苦干。

孙萌萌终于松了一口气，她知道这个丫头嘴刁，一般的食物难入她法眼，能让她埋着头喝，那就是真的好喝了！

"好喝，你就多喝喽……"孙萌萌喜上眉梢，非常开心地说。

做完菜，最开心的是有人捧场，孙萌萌的手艺被褒奖，真是难得啊，总算有一个拿得出手的菜啦！

"嗯，真的好喝，我以前都没有喝过这么好喝的莲藕汤。表嫂你是怎么做的啊？味道好独特！能不能传授给我啊！"师妮可吃饭一向都是很优雅的，这会一口气喝完了一碗汤，又打了一碗，吃的人和看的人都很开心。

孙萌萌边喝汤边笑着说："也不是很复杂啊，莲藕富含矿物质和维生素，遇铁会氧化，不能直接切。我是用刀背拍成一块块，然后用腔骨炖，放点姜啊、蒜啊、葱啊，就这么放在烫煲里面小火煲一个小时……"

"哇，我一定要把这秘诀抄回去给我老妈，以后就叫她这样煲汤！"师妮可笑笑地说。

孙萌萌说完不忘谦虚一下："其实也没什么秘诀啦。我小时候体质弱，我妈经常给我炖莲藕汤，我在她身边看着，然后就懂了……"

"那真是私房菜啊。真好喝，很开胃。"师妮可喝了汤，开始吃着莲藕，"嗯，很绵，好吃……"

"你也爱吃，真好，我买了很多，还可以再煲两次……"孙萌萌被师妮可这么一捧，觉得不吃都饱了，很是开心，继续当厨师传授弟子，"莲藕营养价值高，女人喝莲藕汤很补血的。但是莲藕比较寒凉，吃藕一定要加姜片，还有，莲藕常年泡在水里，湿气比较重，放几棵葱可以除湿……"

"吃藕还有这么多学问啊！表嫂这些都懂，难怪能把汤煲得这么美味！"

师妮可一点都不吝啬自己的赞美。表哥发话了，要跟表嫂好好相处，帮他看住老婆啊！表哥不在，自己多几句甜言蜜语，把表嫂哄开心了，回头可以讨赏！

"这还是我妈说的。其实我也没研究过，从小这么喝惯了，觉得好喝，没想到也合你的口味……"孙萌萌再次谦虚道。

"表嫂你别谦虚了，看你就是一营养专家！以后我哥真是有福了，肯定被你养得白白胖胖的！"师妮可继续恭维地哄着孙萌萌。

这样恭维的话，任谁听都会喜欢，何况还是正在和师妮可表哥热恋中的孙萌萌呢？两人在有说有笑的气氛中，共享晚餐。

师妮可饭后跑回房间，抱着电脑，噼噼啪啪地打字给她正在追看的小说的作者"萌主"留言。

"萌主，今天的文好好看啊，太甜蜜了，看得我都恨不得赶紧找个男朋友，甜蜜一番啊！"

"萌主，这不会是你自己的自传吧！昨晚和你男朋友……哈哈哈……"

"萌主你好幸福，实在是太羡慕了，哈哈哈……"

师妮可连续留了好几条，但是"萌主"那边却一直没响应，只好抱着笔记本把今天更新的章节，一字一句地慢慢品阅。把这个没有男朋友的小妮子看得脸红心跳，热血沸腾，羞极不已。

过了十多分钟，师妮可终于等到小说的作者"萌主"的回复。

"可可，你……"孙萌萌发了一个吐血的表情过来。

"萌主，你害羞啦！"师妮可回复一个猖狂大笑的表情。

"小说是小说，别瞎联想！"孙萌萌额头掠过三根黑线，回道。

"嘿嘿……是吗？我就觉得这就是在写你自己！"师妮可回了一个坏坏的笑脸。

孙萌萌真的有些无语。傍晚回到家后，打开电脑一看，自己的读者群，简直快沸腾了，个个冒泡发表自己的观点，但是内容却是一致：都认为这就是孙萌萌自己的故事。

小说是小说，干吗往自己身上扯啊！孙萌萌心里弱弱地想：当然……当然有一部分是源于生活，但是大部分是高于生活的，咋都把它当自己的自传呢？

看到这么多留言，孙萌萌不禁皱眉，真心想仰天长啸，呕血不止。就凭着自己一张嘴，真心说不过这么多人，只好任他们去浮想联翩了，不过心里还是有些不舒服，有些后悔。幸好知道她和军人在谈恋爱的只有倪可可这么一个读者，不然后果真心很严重啊！以后再也不敢把自己的事情当作素材写上去了！

"萌主，你吃过饭了吗？"师妮可关心地询问道。

"嗯，刚吃过……"

"不会是和你军人男朋友一起甜甜蜜蜜地吃晚餐吧！"

"不是……"

"那和谁？"师妮可很好奇地问。

孙萌萌眉头微皱，真心不喜欢别人了解自己过多，于是选择不回答这个问题。

"说嘛，你就把我当成好朋友吧！我不会告诉别人的！我发誓，我保证！"师妮可纠缠不休，一再地保证并发誓。

孙萌萌心里那个郁闷啊，很想拒绝，却不知道该如何拒绝，最后幽幽地回了一句："我男朋友的表妹！"

看到这句回话，在客卧抱电脑的师妮可，不由抬起头，眨了眨眼睛，看着天花板，好像想起什么……几秒后，师妮可猛地拍自己的脑门。我的老天爷啊！原来这部小说的作者"萌主"就是自己的表嫂孙萌萌。

这种巧合也被她给遇上，真是千年难得一遇啊！

师妮可越想越兴奋，越想越激动，完全按捺不住自己的此刻的心情，眼睛不断地冒色色的红心，双手放在键盘，缓缓地打了两个字："表嫂……"

不知道这两个字发过去后，孙表嫂会有什么样的表情呢？师妮可满腹期待，坏坏地挑了挑眉，轻轻地点了一下键盘，把这"表嫂"两个字给发送出去……

当孙萌萌看到对话框里碧蓝碧蓝的两个字，大脑立马被雷击！

书房里，孙萌萌像是被雷给劈傻了般，有些智障，趴在书桌上，把头使劲地往桌上砸。所幸红木桌结实，没被她刨出一个大坑。孙萌萌才捂着比桌子还红的额头，再看一眼对话框，她最爱听的表嫂两字，此时醒目地闪耀着，像一把解剖刀，鲜血淋淋地肢解着自己。

还有比这更恐怖的事吗？

她真是把肠子都悔青了，怎么会把自己和许烨磊之间的甜蜜写进小说！是不是脑残了！没脑残现在也要把自己砸残！被叶子青调戏也就算了，两个人是闺蜜。可是，师妮可那可是未来的表姑子啊！情何以堪啊！把自己和男人的情事，赤裸裸地展现在表姑子面前，还有脸见人吗？

"表嫂……"

孙萌萌在书房里万分痛苦地自残，书房外的师妮可也慌了手脚。师妮可知道自己一个炸弹发过去，一定会把孙萌萌吓一跳，只是没想到自己的炸弹升级成了原子弹，把书房轰得鸡飞狗跳。听到那么吓人的尖叫声，师妮可有些心颤，千万别再把表嫂吓得离家出走啊，不然表哥回来，自己一定死翘翘！

师妮可赶紧敲门："表嫂，表嫂，你没事吧！"

里面没有应答，要是表嫂有个闪失，自己也难在 S 市安身立命了。

"表嫂……"

没有声音！

笃笃笃——

"表嫂……"

还是没有动静。

书房里无声无息，师妮可不知道此刻的孙萌萌在干什么，还在难堪吗？

师妮可追孙萌萌的文，追了两年，一直都把萌主当作是神交已久的老友。可是，她真没想到和萌主的相见会是这么个场景，这么惊心动魄！看到老友跟自己表哥的爱情那么美满甜蜜，小丫头心里不知有多开心。

　　4.

她心里是没有疙瘩，可书房内的孙萌萌却被她搅得要死要活了。今天这是她第二次想要撞墙，想要跳楼了！

孙萌萌感觉自己不是在书房，而是在大庭广众、人来人往的闹市，赤裸裸地、浑浑噩噩地站着，猛地跑出一个人，而且是熟人，叫出自己的名字，叫醒了自己，躲避不及，都不懂得如何遮羞。

这世界真是太小了，小到转个身都遇到熟人！

孙萌萌心情郁闷到极点，也不知道找谁发泄去，最后想到下午的罪魁祸首——叶子青。虽然小说里的故事是自己造成的，但是下午被向南调戏成那样，叶子青绝对逃脱不了干系。

孙萌萌愤愤不平地拿过手机，拨通了叶子青的电话。几秒后，电话接通了。

孙萌萌冲着电话大吼一声："叶子青，我快被你害死了！"

刚和同事分开，正开车往回家路上的叶子青，听到孙萌萌这声河东狮吼，顿时有些莫名其妙："咋啦，吃错药了？"

"你才吃错药呢！我都快被你害死啦！"孙萌萌满脸的委屈，为什么丢脸的人总是她啊！要是当时叶子青不跟她说要追向南，自己也不会这么八婆地跟她扯那些乱七八糟的东西。把向南夸得跟朵花似的，估摸他听了，还以为自己爱上他呢，真恨不得再抽自己两嘴巴。

"下午还好好的，怎么现在火气就这么大啊！"叶子青满眼不解。

"死丫头，知不知我今天因为你，有多丢脸啊！都是你这个色女！"孙萌萌把满腹的怨气发泄在叶子青身上。

"直接说重点，别云里雨雾的，说得我头都晕了！"叶子青直接要孙萌萌讲重点。

"知不知道我们下午在那聊得开心，可是当事人在一旁听得也很开心啊，我都快崩溃了！"孙萌萌的小脸依旧皱成一团。

"谁当事人？"聪明一世的叶子青总是在关键时候掉链子、装白痴。

"向南啊！你个白痴啊！"孙萌萌忍不住骂了起来。

"不是吧？"叶子青听到这句话，立马脸色大变，惊讶不已。

"他就在我们隔壁桌，拿着报纸的那一个啊！"孙萌萌哭丧着脸说道。

"苍天哪，大地啊，我们两个实在是太丢人了！"叶子青想起自己下午看到隔壁桌有个看报纸看到手抽筋的男人，原来就是自己和孙萌萌谈论的当事人向南。

"你丢啥人啊，都跑个没影了，剩下的，全是我一个人丢的！"孙萌萌觉得自己冤屈得很，自己最近是不是得罪哪位神灵啦，这么不顺心啊！

"真是抱歉啦，把你扔在那丢人！"叶子青坏坏地笑了起来，庆幸自己溜得快，"听到就听到呗，都是一些赞美他的话，换作我还不乐死啊，你就别再郁闷了！"叶子青笑着开导孙萌萌。

"那是你，你脸皮厚的跟城墙似的，当然不觉得怎么样啦，可我……真心死了算了！"孙萌萌的脸皮确实比叶子青来得薄，虽然同为女人，但是孙萌萌算是那种小闷骚型的，而叶子青是张扬型。

"唉，就为这不活，太不值得了，绳命（生命）是如此地精彩，绳命（生命）是如此地灰黄（辉煌），留得青山在不怕没柴烧啊！"叶子青学着延参法师的口吻，对着孙萌萌打趣道。

"你还有心调侃我！"孙萌萌心里的气直直往胸口涌起，堵得很。

"没事，没事，不过我离开后，你们又发生了什么有趣的事？"叶子青满是好奇地问。

"不是有趣的事，而是让我发疯的事，我今天实在太倒霉了！"孙萌萌郁闷极了，"你离开后，我就想结账，向南就冒了出来，我真心不想活了！"孙萌萌想到那一瞬间，真心想拿脑袋再磕它几下才行。

只听到电话那头传来叶子青哈哈大笑的声音。

"笑什么啊！还不是因为你，丢死人啦！"孙萌萌越说越纠结。

"拜托，是你自己要去那家咖啡厅的好不好，我当时还不想去呢！"叶子青开始撇清责任。

"是你说追向南的，不然什么事都不会发生。叶子青，你真是我克星啊！"孙萌萌愤愤地骂道。

"怕啥啊，反正你都已经有男人了，即使再丢人也有着落啊！不像我，不过要是我，也没所谓，所以啊，你就放宽心吧！别纠结了！"叶子青的心态就是好，这事摊在她身上，也最多当时尴尬一会儿，之后就全当没发生过。

"去你的，都是因为你，都怪你！叶子青，我真的要跟你绝交！"孙萌萌说着孩子气的话。

"好了，好了，别气了。再说是我想追向南，又不是你，气啥啊？

大不了我就不追了呗。"叶子青主动提出不再追求向南。

"叶子青，我真是上辈子欠你的！我真的要疯了！"孙萌萌吼了一句。

"好吧，看你是真的快疯了，那我就当你的垃圾桶吧，把你心里瘀堵的不快全都吐出来吧！"叶子青非常慷慨地主动担任孙萌萌的垃圾桶。

孙萌萌听到这句话时，心里还是有些小小的波动。不管自己怎么损，怎么骂叶子青，她总是全部接收，一点都不会往心里去，在这点，自己有时候还真不如她。

孙萌萌稍稍调整了一下情绪，继续道："今天就是我的破日啊，向南那事也就算了，晚上又发生一件很恐怖的事情！"

"什么恐怖的事情？"叶子青被孙萌萌那一惊一乍的语气，听得也跟着紧张起来。

"你知道倪可可吧？"孙萌萌试探地问。

"知道啊，就是那个经常给你打赏的大客户。"叶子青也是孙萌萌小说的老读者，对网站里喜欢孙萌萌的一些比较显眼的读者，她还是知道一二。

"她其实就是许烨磊的表妹！你说，许烨磊知道我写的那些带颜色的小说片段，会不会跟我分手呢？"孙萌萌越想越害怕，甚至担心起自己和许烨磊之间的感情来。

"没这么严重吧！那个倪可可好像也不是最近冒泡的，这人追了你的小说好像也有两年多了吧！即使知道你就是萌主，也不至于跟她表哥说吧。"叶子青想想，不由安抚道。

"不知道啦，总之我真觉得好害怕！"孙萌萌有些六神无主，不知道该如何是好。

"估计是你自己杞人忧天了，你又不是第一天写小说。再说，整个网站有哪一部小说的内容没有带点颜色啊，大家都是成年了，不会那么多事的！"叶子青像个知心姐姐般开导孙萌萌。

"真的吗？"孙萌萌果真被她给说动了，定了定神。

"嗯，相信她不会那么没素质的。再说，你前面不是说她想把表哥介绍给你吗？这么凑巧你就是她表哥的女人，估计喜欢开心都来不及呢！"叶子青说话一套一套，将孙萌萌那紧张的情绪给排泄不少。

"可是我还是担心！算了，我等会儿就去把小说的内容给改掉！"前面自己写的小说里的激情片段，她可以当作没事就过去了，可是今天的更新内容，孙萌萌怎么也觉得不安心。

"我看还是别了，你要是一改，那岂不是更是此地无银三百两，难道你昨晚跟许中校在那扛枪？"叶子青邪恶地笑道。

孙萌萌的脸刷一下红了起来："说什么呢，再说我揍你！"

"这不就对了？我们这些看小说的人，只是猜测而已，谁让你写得那么好看？而且这部小说跟以往的不同，感情更细腻一些，让人觉得这部小说就是你自己的故事一样，其实哪有的事，都是胡扯，劝你还是别改了，不然大家就真的怀疑了！懂不？"叶子青真不愧是销售高手，不仅口才了得，分析问题也是非常地理性和有条理。

"嗯，我听你的。"孙萌萌听后，也觉得叶子青说得很在理。要是自己真的把内容改掉，估计全部读者都会以为这是她的自传，那后果就严重了。

"好了，还有什么事吗？要是没事就挂掉电话吧，戴着耳麦讲这么久，耳朵都疼了！"叶子青轻笑道。

"谢谢你，子青……"孙萌萌感激道。

"你刚才不是要跟我绝交吗？现在说谢谢会不会太假了点啊！"叶子青还不忘损孙萌萌一句。

"上辈子是我欠你的，所以你这辈子就乖乖地还我债吧！想绝交，没门！"孙萌萌在那耍赖道。

"好了，不聊了，我就到家。"叶子青将车拐了一个弯，笑说。

"嗯，谢谢啦，改天请你吃饭！"孙萌萌还算有良心，通过叶子青这么一开导，心里没像刚才那么堵了。

"行，我这几天查一下，哪有又贵又好吃新开餐厅，到时候通知你啊。挂了！"叶子青说完，就把电话给掐了。

孙萌萌听到耳边传来嘟嘟的声音，不由轻叹一口气，把电话放回桌上。靠坐在椅子上，仰着头想了想，虽然今天发生这么多糗事，但是不得不说，人与人的缘分就是这么奇妙，不管以后会如何，此刻自己只能走一步算一步，吸取教训，绝不再犯。孙萌萌凝思许会儿后，突然站起身来，往门口走去，想出去和师妮可聊一聊，希望她能理解自己的职业。

可是，当孙萌萌打开门的时候，就见到门上贴了一张纸条。

孙萌萌伸手扯下纸条，看了看。

萌主，今晚知道你就是我表嫂，我心里觉得由衷地开心。虽然我们只是在网上聊天，但是我非常喜欢你，一直都想把你介绍给我表哥，希望表哥身边能有个像你这么可爱的女孩陪伴左右。没想到你真的成为我表嫂，心愿达成的感觉真的特别美好。为此，我希望你和我表哥相爱一生，相伴一生，幸福久久！

师妮可（倪可可）

看完纸条，孙萌萌抿了抿唇，虽然这样的相遇让她无地自容，但是师妮可对自己认可，心里还是燃起一丝感动。抬头看向客卧，门紧闭着，没想到这个丫头竟然这么懂事，知道她会尴尬，给自己留了一点调整情绪的空间。孙萌萌嘴角不禁微微扬起一抹淡笑，心里的尴尬也渐渐地消散一些。

Chapter4　江山易改本性难移

1.

春寒料峭，夜渐渐归于沉寂，本是肃静的军营就显得更加冷寂。办公大楼还有一盏莹白的灯亮着，在这漆黑的夜里显得醒目冷清。

灯下，孙贝贝正在奋笔疾书，时而凝眉沉思，时而摆着手势，时而念念有词，但最后笔下密密麻麻的文字都不能幸免被她揉成一团丢在垃圾桶的厄运。身旁的垃圾桶已经被一团团的纸塞得满满的，像流质的液体一样溢出，桶边也是一地纸团。不知道换第几个构想了，孙贝贝感觉自己的思路很混乱，编写的剧情总觉得缺少点什么，越写越不满意。

又有一张纸被她蹂躏成皱巴巴的一团，然后从桌上滚到地下，孙贝贝咬着笔头凝想着。

"孙大小姐，有你这么浪费的吗？这里可是军队，铺张浪费是要写检讨的！"

不知什么时候，许烨磊来到了办公室门口，悄无声息地站着。

许烨磊的声音暗哑低沉，在这肃静的办公室却如雷贯耳，把孙贝贝吓了一跳。

"你是猫吗？走路不带点声音，吓死人了……"孙贝贝被冷不丁的声音一个惊吓，拍拍胸口，有点恼怒地瞪着走进来的中校先生。

"天不怕地不怕的野猴子也有被吓到的时候吗？在写什么？情书？打这么多草稿？我真好奇哪个男人有这么大的魅力得到孙大小姐的青睐！"许烨磊弯身捡了一个纸团，摊开，清秀俊逸的文字飘飘洒洒。

真没想到，这个野丫头能有一手这么豪放的笔锋，字美，寥寥几笔的人物对白还挺俏皮的。许烨磊开完会，准备回宿舍跟老婆电话情思，经过办公大楼时看到上面有灯，便走了上来。

许烨磊看着草稿纸，心里感到很宽慰，被自己狠狠训了一顿后，这个野猴子还真的变了个样。每天游游荡荡在他们面前瞎晃，但总的来说还是遵规守纪的。他原来以为她只是被宠坏的小孩，没想到肚子里还有点墨水，还真能静下心来做点事。或许，这块顽石在部队雕琢一番后真的能变成美玉。

"不关你的事……"孙贝贝扑过来要抢夺许烨磊手中的草稿，用脚趾都能想到，她肯定扑了个空。也不想想，她扑的是谁，这可是中校啊，特种兵里最优秀的军官，即便是训练有素的特种兵，能抢他手里的东西的也是寥寥无几。

没成形的东西被人看到，心里总会觉得有些别扭，孙贝贝此时就在那别扭着，两眼愤怒地瞪着他。

许烨磊看她一脸的孩子气就觉得好笑，这个野丫头某些时候跟自己的老婆还真有些像。小姨子啊，孙萌萌吩咐过要好好照顾她的，不敢得罪她。许中校把纸团又扔回她的手上，然后淡淡地说："写得挺好。"

孙贝贝有些诧异，这个削人不眨眼的魔头也会对人勉励。也许是这段时间被打击得彻底了，听到许烨磊这么一说，虽然语调不激昂，没有一点热力，但她竟然觉得心里暖暖的，心想孙萌萌找的这个姐夫还马马虎虎过得去。

心里的防御松了些，说的话也变得坦诚，孙贝贝挠着头道："有点空泛，感觉像玩文字，抓不到灵魂……"

"那是因为你太自以为是了，总觉得自己多了不起，觉得我们这些当兵的都是与世隔绝的傻瓜、木头人……"许烨磊一针见血地道出了孙贝贝对军人的感观，刺耳的话曲曲折折地扎着孙贝贝的脑神经。

孙贝贝起初很不好意思，但回想起那天他们几个在办公室的闲聊，当时听了，她想笑又忍着，都快憋成内伤了。她怎么也想不到，平常在她面前一本正经的几个男人，原来都在装。私底下聊天，一点都没有平常的呆样，倒是让她讶异他们的风趣幽默。

孙贝贝眼睛骨碌一转，聪明的脑袋灵光一闪，有了一个绝妙的构想。于是贼笑地看了眼许烨磊，破天荒地说了一句："谢谢姐夫的提醒！"

一声姐夫叫得许烨磊有点心颤，这个坏丫头，又有什么鬼主意？那次被腌了一下，现在肠子还有硝酸盐呢！

"说吧，又有什么诡计，你要再敢设计我，小心被我踢出特种兵营……"许烨磊微微眯眼，威胁道。

"姐夫，不带这样欺负小姨子的。我可是老姐最疼的妹妹，你要这么不待见我，我一定会去投诉、投诉、再投诉……"孙贝贝这个演技超强的演员，只在一瞬间又换了一个人似的，那眼神啊，如邻家小妹妹受了欺负般我见犹怜，哪还有一点野猴子的嚣张跋扈啊。

目光向来毒辣的许烨磊，此时一点都看不出孙贝贝想干吗，但是有种不妙的感觉。

"不管你怎么投诉，你姐肯定向着我！"许烨磊嘴角微扬，非常自信地说。

"凭什么这么自信啊，再说我姐还没嫁给你呢！"孙贝贝不服气地哼了一句。

"你姐这辈子肯定是我老婆！再说，你刚才不是亲口叫我姐夫了吗？"某男的自信心所向披靡。

孙贝贝扯了扯嘴角，眯起眼睛瞥了许烨磊一下，心里有些同情孙萌萌，老姐你这辈子肯定被许烨磊吃得死死的，想翻身都翻不了。

许烨磊见她没吱声，抬手看了看手腕上的表："快到熄灯时间了，赶紧回宿舍吧！"

孙贝贝看了一下时间，这才发现时间这么晚了，于是伸了一个懒腰，打着哈欠，懒洋洋地回答："是，马上回去。"

也不知道何时，孙贝贝心里接受了许烨磊这个堂姐夫，两人在一起的时候，觉得他就是半个家人，当然这必须在许烨磊没摆着脸的时候。

"记得关灯！我先走了。"刚才看到孙贝贝，许烨磊的脑海立马冒出老婆在自己怀里的慵懒的样子，心头一热，想急着回去跟孙萌萌电话情思一番。

"嗯……"孙贝贝点了点头。

许烨磊走后，孙贝贝看着桌上那一堆草稿纸，站起身，收了收，放进办公室的抽屉里，转身往门口走去，关灯关门离开了办公室。

回宿舍的路上，一片幽静。正值繁花似锦的4月，鼻尖飘来一阵阵花草的香味，虽然这是军营，但是绿化一点都不比都市差，这里的每一棵树、每一棵草都是士兵们亲手栽种的。不知不觉来这也快一个月了，虽说不至于爱上这里，但心里却慢慢有点喜欢了。也许因为自己从小就在军营里长大，即使排斥当兵，但军营的气息早已烙在内心深处，挥之不去。

就连孙贝贝自己都诧异，当自己真正成为军人中的一员后，内心深处像是寻根回到家似的。她不清楚自己该怎么表达这种感觉，只是觉得有些害怕，又有些向往。一直排斥，一直逃离，但命运却偏偏让她回到这里，也许这就是宿命吧！

想着想着，不知不觉地走回到宿舍，正要推门而入时，听到里面传来的话，手不由停顿在那。

"唉，那个孙贝贝不就仗着自己老爸是司令吗，手术回来，自己好生养着也就算了，干吗还去跟团长出馊主意，搞什么文艺演出，天天训练累得要死，每天回来还得排练节目，我真是受够了！"

"是啊，就她命好，不仅不用跟咱们这些命苦的人出去风吹日晒，还可以天天都在特种部队军官的办公室吹空调喝茶。这些我可以不羡慕，谁叫我没有司令老爸呢，但是她也不能这么缺心眼啊！"

"就是，就是，好像谁不知道她有个司令老爸似的，天天就知道在许烨磊面前晃荡，我都怀疑是不是孙司令想撮合她和许烨磊呢。"

"不是吧？不能吧，孙司令应该不会以权徇私吧？"

"哼，怎么不可能。你们自己想想咯，是不是很值得怀疑？许烨磊是何等人物，孙司令能不看上留给自己女儿吗？孙贝贝可真是命好啊！"

"唉，人家是命好，不过她要是没有司令老爸，谁会理她啊。一天到晚一副高高在上自以为是的样子，好像我们都是她的丫鬟仆人似的，真是受不了……"

"你们就别再说孙贝贝了，说到她我心情就不好，因为她我都快累死了！"

"我也是，我也快累死了！"

"对了，跟你们说一件机密的事情啊，不过你们千万不要说出去。"孙贝贝非常熟悉这个声音，不由竖起耳朵倾听。

"什么事？我们保证不说出！"

"知道我们为什么会来这新兵训练吗？"

"不知道——"

"其实以前的文艺兵训练都是走过场，哪有像这次这么严格，还启用特种教官。我们会来这，都是因为孙贝贝的缘故。听说孙司令一直想抓她去上军校，不过孙贝贝死活不去，而去上艺术学院，毕业后，她妈通过关系把她安排到我们文工团，所以，她老爸就趁这个机会好好收拾她，把她打发到这。我们跟她一批新进文工团的人，就跟着她一起倒霉，来这受罪！"

孙贝贝知道这是谁的声音。这是她们的班长李婷的声音，那些天她经常帮孙贝贝打饭，两人有事没事地闲聊了几句，当时孙贝贝心里觉得李婷这人还不错，是个值得交的朋友。所以当李婷问她怎么会当文艺兵的时候，孙贝贝没长心眼，随口咧咧了几句，说是自己老妈安排的，还有她老爸为了整她，才让她受罪的。结果人不可貌相，海水不可斗量，没想到自己的那番话，却被李婷当成唾骂自己的谈资。

"不是吧，那孙贝贝真的太恶心了！把我们害成这样，还来雪上加霜，你说这人的心是不是长歪了？"

"唉，人家有个司令老爸撑腰，要不然就她，我实在不敢恭维！"

"就是，我估计明早看到她，我肯定会吐！"

大家你一言我一语的，针对孙贝贝进行唾弃、鄙夷……

孙贝贝绝没想到平常待她感觉比亲人还亲切的战友，每天都抢着帮她打饭的舍友，在背后竟然这样评论她。她真的没想到她们心里竟然这么讨厌她憎恨她。

"你要是没我这个父亲，连猪狗都不如……"

"你有本事问问你周边的任何一个人，问问他们心底对你是否真的喜欢，还是大家一致认为你恶心，仗着家里，在他们面漆嚣张跋扈、不可一世……"

"千万不要以为自己是人民币，大家都喜欢你，说不定从心里真正喜欢你的人，一个都找不到……"

孙耀武的怒吼和许烨磊鄙夷的话在孙贝贝的脑海猛地掠过，当时觉得他们说得太过分了，恨他们那么残忍地践踏自己的自尊，没想到，他们说的话却是那么可怕的真实。

原来大家接近她只因为她是孙耀武的女儿，每个人对她的友爱笑颜原来只是惧怕她的一个面具；原来自己在别人的眼里是那么一无是处、那么嚣张跋扈、那么可恨、那么可恶。不是一个人，是所有人都那样咬牙切齿地批判自己。那是堆积了多少怨恨啊，自己和她们的相处还不到一个月，就让人恶心到这个地步。她平常的表现真的有那么差劲吗？

从来都不在乎别人怎么看待自己的孙贝贝，突然之间发现自己竟被别人看得那么糟，她的世界天旋地转，顷刻之间，心里高垒的尊严瞬间崩塌。

如果再听下去，估计这个高傲的野猴子会晕倒在地。孙贝贝带着被惊雷劈得焦糊的身子离开了宿舍楼，她感觉自己与生俱来的自信和自尊都被瞬间抽空，整个人变得轻飘飘软绵绵，两眼茫茫然，魂不知归何处。

孙贝贝浑浑噩噩地跑着，大脑已经失去了思考能力，直到撞到一堵墙，才发现不知怎么就到了操场。跌坐在地上，抬眼看着漆黑的夜空，感觉自己的世界也暗淡无光变得漆黑一片，泪水就那么肆意地流着……

她真的好想嚎啕大哭一场，问问到底怎么会这样，自己怎么活得这么悲惨。活了 21 年，第一次清清楚楚地看到在他人眼中的自己，这个曾经特立独行个性张扬的女孩突然觉得自己的人生失败得彻底，让她从高高的天空掉下来，变成卑微的尘埃跌进了冰冷彻骨的深渊之中。进无可进，退无可退，有种世界崩塌喘不过气的窒息感。

没有月亮的夜晚，冷冷的操场上，孙贝贝在障碍墙下，像一个被抛弃的婴儿一般蜷缩着，哭得那么伤心、那么悲切。

谢铁军巡查完经过操场的时候，感觉有点异样，侧耳一听，隐约听到簌簌的声音。谢铁军打着手电扫射一圈，发现障碍墙下有一团不明物体。

走进一看，不由愣住了。孙贝贝这个坏丫头怎么一个人躲在这？

谢铁军越走越近，走到孙贝贝的身边，看到哭得泪眼滂沱的丫头，有些傻眼。没听说她家有什么让人哭得这么悲恸的意外啊，白天都还好好的在他们面前闲晃，怎么晚上躲在这一个人偷偷哭呢？

晚上他们几个都在开会，开完会，谢铁军也看到楼上的灯光，不用猜，能混进去的就这小丫头了。后来，他看到了中队长上了楼，难道，这个坏丫头又干了什么恶作剧，又像上一次一样被中队长狠狠地批了一顿？

被巡查时抓到到处乱窜的士兵，是要纪律处分的。可是，此刻谢铁军看到孙贝贝没了利爪，就像迷路的孩子一样哭得这么伤心，这个从没接触过女人的愣头青却生了些恻隐之心。

刚入伍的士兵都是娇生惯养的"90后"，一场训练下来，有些意志比较脆弱的士兵受不了部队里高强度的训练，也有偷偷哭泣的。但特种兵营的士兵都是从其他兵种里选拔出来的最优秀的兵，他们受着最为艰苦的训练，他们流汗却从不流泪。

谢铁军已经很久没有看到士兵哭泣，这还是第一次在特种兵营抓到偷偷掉眼泪的士兵。见惯了孙贝贝嚣张跋扈的样子，猛地见到她这么脆弱的一面，谢铁军倒是有些不习惯了。

"孙贝贝。"谢铁军这个大嗓门面对这么柔弱的孙贝贝，声音也不由得压低了。

但孙贝贝还在她的世界里继续沉沦悲伤着，压根没听到谢铁军叫她。

"孙贝贝！你别哭了。大晚上的，别在这冻感冒了……"谢铁军推了推孙贝贝。

谁知孙贝贝被他那么一推，哭得更厉害了。从刚才的抽噎声变成了嗷嗷大哭，那悲悲切切的哀嚎，可以加入孟姜女组织的哭长城组团了。

谢铁军被她的哭声吓得有点手足无措，怎么感觉好像是自己把她惹哭了。第一次看到女人哭得这么稀里哗啦，想不明白哪来的那么多泪水，怎么去关闸。没有恋爱经验的谢铁军，心里惶惶的，又有几分莫名的不知是歉疚还是疼惜。

这个谢呆子伸着手悬在空中，不知道是该拍她，还是给她一个肩膀任她哭，或是帮她擦眼泪。谢铁军从上衣衣兜摸到裤子的裤兜，除了手电筒，别说手帕，就连一片上茅厕余留的纸屑都没有。

孙贝贝放声哭了一会，倒是把心里压着的千斤重的包袱卸去了一些，缓缓地抬起蒙眬的泪眼，看着眼前彪壮的男人窸窸窣窣地不知道在摸着什么。不会找面巾纸之类的东西吧！可是看他半天也没掏出什么东西来，孙贝贝心里不由直摇头。

"把手递过来……"孙贝贝带着哭腔说着。

孙贝贝终于停下来了，谢铁军松了一口气，乖乖地把手递过去。可是随后，谢铁军看到让他瞠目结舌的一幕——孙贝贝抓住谢铁军的衣袖胡乱地擦着眼泪，擦完了眼睛擦脸庞，擦完脸庞擦着鼻涕。不过这还不够，还捏着鼻子重重地擤了擤鼻涕。

孙贝贝，这个臭丫头，真的是江山易改本性难移啊，还是这么坏！

这是军服！军服啊，不是抹布！谢铁军感觉到贴着手的袖子上湿漉漉、滑溜溜的某物，这次轮到他想哭了。

"是你自己送上门的，别怪我……"擦完了鼻涕的孙贝贝说话慢慢恢复了猴样。

谢铁军看她不再像刚才被全世界抛弃一样萎靡不堪，心也不会被她哭声瘆得慌了。

"你怎么大晚上躲在这哭，是被中队长批了吗？中队长这人你都观察了大半个月了，还不了解吗？就一个刀子嘴豆腐心。他对士兵要求是严格了些，但是内心还是很关心战友的……"

见孙贝贝不哭了，谢铁军说话的思路也比较通畅了。这个上尉军官也拿出了当年安慰新兵的本事，开始安慰孙贝贝。但是，孙贝贝果然是个难驯服的野猴子啊，他才开腔，就被她利落地打断了："我又没暗恋他，你嘀嘀咕咕吹捧那么多干吗？"

谢铁军还有很多话，被孙贝贝这么一堵，留在喉头差点呛死："那……那你还有什么事哭得这么伤心？"

谢铁军这个呆子就是想破脑袋也想不明白，为什么女人会流眼泪。

"关你屁事！"孙贝贝一直都是骄傲的，这么落魄地伤心哭泣被谢恶魔给撞到，心里总觉得别扭。

明明内心脆弱得一败涂地，想找个人安慰，可是面对这个死对头，她却不知道要怎么面对。

谢铁军受不了孙贝贝的眼泪，对于她此刻说那么冲的话，倒是能容忍。于是用手电照了照手表，已经到熄灯的时间了。

"赶紧回宿舍吧，等会熄了灯，你就进不了宿舍门了……"

"有你在就不会进不去。我心情不好，再吹一会儿风……"反正已经被人说得那么垃圾了，就是迟回去也不过仗着是孙司令的女儿违反纪律，她还怕名声更差吗？

谢铁军很想扔下这个倔强的丫头不管，或者直接把她提回宿舍。但是，在这么微弱的光线里都能感觉到她的眼睛已经哭得很红肿，猜想她是怕别人看到她难看的样子吧！那么骄傲的一个人哭得这么狼狈，总觉得看不过眼，欠的债终究是要还的……

这个谢呆子一直为她的盲肠愧疚，现在陪她吹一会儿夜风，就当是还债吧！

两人坐在草地上，沉默着……

第一次和女人挨得这么近，静静地独处，谢铁军慢慢地感觉有点难受。他不喜欢这样暧昧的沉默，也不知道跟女人聊什么，于是乎，谢铁军开始对孙贝贝讲他自己的当兵史。

谢铁军从高中毕业应征入伍，到后面表现突出，被指导员看重，边训练边复习功课，在军队考上了军校。军校毕业后在重重考核中，进了特种兵，就开始了被中队长狠削的日子。削得那个叫皮开肉绽啊，心灵都被摧残得几尽崩溃，他和战友暗地里把中队长祖宗八代都骂了多少遍。

但训练结束后，所有的人都感觉到自己不论是体能还是军事素养都有了质的飞跃。部队就是一个铁炉，在这淬炼一番，也许当时会很痛苦，但痛过之后，生铁就成了钢，普通人就成了铁骨军人。

孙贝贝默默地听着，刚开始还有些不屑，但听完谢铁军在军营粗略的成长史后，内心还是被震动了。她没想到这个粗鲁的愣头青背后还有这么多故事，一个高中毕业的毛头小子转变成特种兵的上尉，那要经过多少血汗的锤炼！

　　她没想到一个军人对部队会有那么深的感情，没想到他们对保卫国家有那么强的使命感和责任感。在这个和平年代，大家都在自己的小世界里过着安然的生活，很少想到国家，除非发生大的争端，国民的民族之情才会激发出来。如果和他们崇高的理想相比，自己真的过得太舒适，太自私了。

　　想想自己高中毕业到大学毕业的生活，当时觉得很自我，现在觉得有些荒唐。和他的经历相比，自己的那一点伤，似乎无足轻重了。特种兵确实是非同一般的兵，除了武力，对人的心理攻陷也很强悍。

　　孙贝贝有一种醍醐灌顶的感觉，突然之间发现自己的心境打开了很多，也不由暗暗下决心，自己一定要振作起来，做给所有人看，自己是有能力的！

　　"很晚了，回去吧……"谢铁军感觉孙贝贝已经平复了心情，赶紧提议回去。

　　在这蹲太久，不仅让人误会，而且要是被军风军纪纠察发现的话，两人都要受纪律处分。

　　"谢谢你，谢光棍……"心情舒爽许多的孙贝贝站了起来，看着站在自己面前的谢铁军，语气非常诚恳、非常客气地道谢。她的声音非常好听，带着调皮的笑意。

　　可是谢铁军听到这句"谢光棍"却一点都笑不出来，彻底地愣在那。陪她吹风吹了这么久，安慰得口干舌燥的，最后听到她说的"谢光棍"三字，谢铁军简直要晕倒了。

　　"你……"从来不知道脸红是何物的谢铁军，此时脸红的像猴子屁股，指着孙贝贝激动地语无伦次。

　　孙贝贝你个坏丫头，竟然恩将仇报！谢铁军没想到那天她把他们的话都听全了，哎呦喂，这张老脸要往哪搁啊！

　　孙贝贝不管满头黑线、面红耳热的谢铁军，自顾自扭着屁股回宿舍，留下"谢光棍"同志站在那风中凌乱着……

2.

一眨眼，就到了周六。孙萌萌这一整个星期都没有出门，天天窝在家里面，早上要么喝点牛奶配上一个鸡蛋，要么煲点瘦肉粥，中午下个面条什么的，要不就去网上点餐，到了晚上，就师妮可同学帮她打包外卖。

师妮可自从知道她就是网络写手"萌主"后，不仅没嫌弃她，反而越发崇拜、越发喜欢孙萌萌。虽然以前只和孙萌萌在网上聊天，但却莫名地感觉亲近。也许这就是所谓冥冥之中的缘分！

孙萌萌起初一两天还有些不自在，但是随着师妮可非常自然的表现，慢慢地也放下心中的尴尬，和她像上周那般和睦相处。

而身在部队的许烨磊也没闲着，这一周下来全是高强度的室内外训练。

许烨磊虽然在训练中依旧是那么犀利威严，但士兵们还是能感觉到，中队长最近心情比较好，没把大家削得鬼哭狼嚎。正在恋爱的中队长，不仅意气风发、风华正茂，而且还发觉他最近越来越显年轻，完全看不出他是个 32 岁的男人。

恋爱，不仅对女人来说是个美容养颜的保养品，对于男人来说同样也是一剂恢复青春的兴奋剂。

晚上，由许烨磊组织召开中队的一周总结会议。会议持续到 9 点左右才结束，其他的军官干部会后纷纷离去，会议室就剩下许烨磊、谢铁军和师达树三人。

许烨磊抬眼，见他俩在那磨磨唧唧的还没离开，不由发问："你们干吗？想留这过夜吗？"

"不想，等会儿就走。"谢铁军笑呵呵地回道。

"唉，明天又是周末哦！"师达树的眼睛向许烨磊看去，很暧昧地眨了眨眼。

"对哦，中队长明天又可以去见嫂子了！真是羡慕啊！"谢铁军紧跟着附和。

"你们两个欠削啊！"许烨磊那犀利的眸子，扫了过去。

"是有点欠削，最近正在热恋的中队长心情好，没把我们往死里削，还真有点皮痒痒了！"谢铁军说完，还故意地耸了耸肩，看似欠抽皮痒的样子。

"我也是，觉得胳膊大腿的肌肉都松了几圈了！"师达树贼贼地笑了起来。

"皮痒了是吧，下周削死你们！"许烨磊扫了他俩一眼，发话下来。

师达树竖起食指，摆了摆道："NO，NO，NO，每次中队长约会后心情都特别愉悦，估计下周我们还是有好日子过。"

"没错，我相信我们下周依旧有好日子过！"谢铁军附和地点了点头。

"给我等着，下周非削残你们两个不可！"见他俩一唱一和地拿自己寻开心，许烨磊不由喝道。

谢铁军和师达树见许烨磊一脸严肃地训他俩，心里也不由呜呼起来。万一中队长真的给他俩记在账本的话，估计下周准没好日子过，还是少去撩这头老虎的胡须，赶紧走为上策。

"中队长，那我们两个先走了，不浪费中队长你的宝贵时间了！祝你周末愉快！"师达树给谢铁军使了使眼色，对着许烨磊说道。

"滚！"许烨磊没好气地冲着他们吼一句。

"好嘞，我们立马滚，马不停蹄地滚。祝中队长约会愉快！周一见！"两人齐口同声地说完，"咻溜"一下逃窜出会议室。

许烨磊有些哭笑不得，这两个小崽子，真是欠削了。不过经他们这么一提醒，许烨磊的心头不由痒痒起来。每每想到老婆，许烨磊的心就柔软得像根棉针，嘴角自然地扬起一抹柔情又迷人的笑意，站起身，拿着笔记本离开会议室，直接回宿舍。

回到宿舍，许烨磊把笔记本往桌上一放，脱去身上的衣服，直奔浴室洗澡。以前许烨磊从来没有想到周六晚上回家，这次实在太想孙萌萌，于是洗完澡快速穿好衣服，拿着车钥匙，下楼直奔停车场，开着车离开驻地，往市区奔驰而去。

一路飙车，像个毛头小伙子似的，按捺不住心底的兴奋。

进门后，家里漆黑一片。

不是吧，今晚这么早就去睡觉了？许烨磊嘴角掠过一抹窃笑，蹑手蹑脚地往主卧走去，轻轻地拧了一下门，额！竟然没锁！

许烨磊满眼冒着色光，无声无息地打开门，又无声无息关好门。窗外月色朦胧，许烨磊借着微弱的月光，看到被子里那鼓鼓的一包，想都不想，直接来了一个饿狼扑食的动作往床上扑去。

下一秒，只听到一记女人惊天地泣鬼神的尖叫声。紧接着，又听到一记男人措手不及，被踢下床的惨叫声！整个房间顿时陷入一片凌乱中……

许烨磊飞快跃起身，第一时间把灯打开，他本来想给孙萌萌来个意外惊喜，却没想到会是这么惊魂一幕！

他可是特种大队的中队长啊，竟然被踢下床，说出去有谁会相信应变能力极佳的军官会有这么悲催的经历。当许烨磊看到躺在床上的女人除了自己朝思暮想的孙萌萌，竟然多了一位表妹师妮可，有点想要钻入地洞……

都怪中校先生身手太好了，神不知鬼不觉地进入屋里。两个女人卧聊完恐怖片，刚进入睡眠状态，正是知觉最差的时候。

师妮可被男人突然一扑，吓得花容失色一声尖叫，本能地踹了一脚。

师妮可从小就开始练习跆拳道以备防身之用，今天终于派上了用场，把暗夜潜进家门的色狼一脚踹到床下。许烨磊哪能想到这出呢，哪能想到扑错了人呢？

"可可，对不起，对不起！把你们吓到了……"许烨磊耳根都红透了，从来没有这么出丑过。

午夜惊魂啊！俩女人聊完恐怖片，没想到就有恐怖来袭。师妮可定睛一看是表哥，不是传说中的色狼，心里渐渐安定下来。两个女人都坐起身神色各异地盯着许烨磊。

孙萌萌就不用说了，看到思念中的男人站在面前，感觉像做梦一样。说不出有多意外、多惊喜，要没有刚才这一出，没有师妮可在身旁，早扑过去了。现在碍于灯泡太亮，只能那么看着他，又是羞涩，又是藏不住的喜悦。

师妮可则不然，刚才被那么一扑，的确被吓到了，真以为色狼附身，不由瞪着许烨磊抱怨道："表哥，你搞什么啊？大半夜的想吓死人啊！"

"对不起……"许烨磊满脸通红，不知道该说什么，只好再次道歉。

师妮可听完，擦着手上的鸡皮疙瘩带着点撒娇，带着点责备，还带着几分玩味笑着道："表哥，看看我，都被你吓得起了一身的鸡皮疙瘩。还以为这个小区这么不安全呢，色狼都爬到床上来了……"

许烨磊古铜色的脸颊被师妮可的一声抱怨，开始滚烫起来。虽然非常不好意思，但狡猾的中校先生却把问题抛回来："你怎么会在这？"

师妮可眨巴着眼睛，这个答案得讲一个星期，从哪里开始讲。还没等师妮可回答，突然传来了敲门声。

"可可，怎么了？"

"萌萌，没事吧？"

许烨磊听到这两个不同的音色，有些反应不过来。是谁把家里的两尊大佛请来了？

"可可，萌萌，怎么啦？发生什么事情啦？"许烨磊听到老妈师文茹那紧张的问话，不由转身来到门边。伸手打开门，看到站在门口的老妈师文茹和奶奶童华，脑神经立马扑哧扑哧地直跳起来。

"奶奶，妈，你们怎么会在这？"许烨磊满脸诧异地看着两位长辈，不好意思地询问道。

刚才自己无声无息地回来，出现在主卧，引起半夜惊叫，是什么问题，用脚趾都能想到。这已经够难堪了，怎么还有这么多人围观，而且观众竟然还是从 N 市大老远地来 S 市。

"磊子，你提前回来啦！哎呀，好久没看到孙子了，你过年都没有回家，这都过去大半年了，奶奶想死你了……"童华喜极望外地走到许烨磊身边，慈爱地拉着许烨磊的手，仔细打量着。

童华看着许烨磊，他脸上的表情有些挂不住，但整个人精神却是神采奕奕。

"奶奶……"许烨磊冲着童华憨憨一笑，非常不好意思地叫道。

"大半年没见，我们家磊子真是越来越帅气了！"童华看着满脸春光的许烨磊，不由笑嘻嘻地夸道。

今天来得正好，看了孙媳妇，还看到了孙子。童华心里越发觉得孙媳妇真不错，竟然把孙子滋润得这么帅气、这么威武，不由对孙萌萌越来越满意。

站在门口的师文茹看到许烨磊，心里也特别开心，刚才的尖叫声，她大概猜到几分。儿子想萌萌了，连夜赶回来，结果成这样。所以师文茹倒没有婆婆那么坦然，她心里也很想许烨磊，可是看到自己突然到来让儿子发生这么窘的事，心里却开始自责起来。

这周师妮可几乎每天都给她打电话，跟她说许烨磊的女朋友孙萌萌如何如何漂亮，如何如何贤惠，如何如何爱自己的表哥，说得师文茹心中荡漾，很想过来看看未来的儿媳妇。今天早上吃饭的时候跟婆婆闲聊中提了提，没想到婆婆立马就抓着她坐动车过来了，可是她没想到自己过来，杀得小两口一个措手不及。

师文茹看看许烨磊，再看看从床上爬起来的孙萌萌，越看他们越觉得般配。儿子终于有了女朋友，做母亲的总会有几分欣喜几分嫉妒。

但师文茹不同，看到儿子为了女人一有空就往家跑，心里只有欣喜和心疼。她自己也是军嫂，20 年前，她的丈夫还在世的时候，虽然聚少离多，夫妻却是很恩爱。她能体会每一次相聚的不容易，能感受那种日日夜夜盼着和爱人相聚的蚀骨思念。

后来，丈夫牺牲了，心里一直都很痛，但他在世的时候给她的爱却一直温暖着她，让她代他虔心地侍奉公婆。如今，儿子长大了，也和他父亲一样当了特种兵。他们职业的特殊性，决定了他们的一生很少能跟妻子儿女相聚，很少有时间享受和爱人的温存和甜蜜。

总算有个女人让儿子喜欢了，师文茹很是欣喜。看到儿子大半夜风尘仆仆地赶回来和爱人相聚，搞出这样的意外，可见儿子有多想孙萌萌。

师文茹真是心疼俩孩子，早知道这样，今天真是不该来的。看看，现在打扰了小两口本该甜蜜的相聚。师文茹本上前想拉开婆婆，让人家小两口亲热，又有些不好意思说出口，因为老人家是真的太想念孙子了。

还是师妮可这个小丫头比较识趣，"哧溜"从床上爬下来，走到门边笑着说："既然表哥回来了，那我还是腾出床位，让给表哥睡吧！"师妮可说完，不忘冲许烨磊抛了一个媚眼。"姑妈，奶奶，现在是半夜，我们是不是该给表哥表嫂留点时间和空间呢，明天还有很多时间和表哥说话，我们先撤吧……"师妮可拉着童华的手，邪恶地笑道。

被师妮可这么一提醒，童华立马领悟，眉开眼笑地说："是喽，磊子一路奔波，很辛苦的。磊子，萌萌，你们早点睡吧！"

师文茹和蔼地拍了拍许烨磊的肩膀："烨磊，你们好好休息，晚安了！"说完，转身看着站在床边脸颊涨得通红的孙萌萌，温和地笑道："萌萌，刚才吓到你了。烨磊这孩子回来也不说一声，等会你好好地惩罚他，我们不插手。"

孙萌萌没想到给她感觉很贤淑的婆婆，竟然能说出这么促狭的话。脸顿时滚烫滚烫的，都不敢抬头看人了。

老老少少三人走出主卧，师妮可对许烨磊眨巴着眼睛道："表哥，表嫂，你们好好睡吧！我们这些灯泡马上消失……"

"嘭"的一声，主卧的房门被她拉上。

刚才上演的一幕，让孙萌萌有些羞愧难当，不由站在床边，捂着脸不敢见人。回来也不先通知一声，还有哪有人一进房间就往床上扑的，换做自己估计也会和师妮可一样被吓一跳，尖叫起来。

见灯泡们主动消失，还把门给自己关上了。许烨磊的嘴角不由漾起一抹轻笑，向孙萌萌走了过去，大手一揽，直接圈住她的纤腰，低沉的嗓音，温柔地叫道："萌萌……"孙萌萌羞得满脸通红，捂着脸低着头不让他看。许烨磊见她这样，不由笑了起来，"没关系，都是自家人！"

谁跟你自家人啊！我还没嫁给你，就在长辈面前这么丢脸，真是臊死人了！

孙萌萌越想头就埋得越低，许烨磊嘴角含笑，大手紧紧地拥着她，让她的身体紧紧地贴着自己，低头附在她的耳旁低语："真是一个害羞的小丫头！"

熟悉男性的气息瞬间将孙萌萌给包围了，炙热的鼻息吹在耳边，身子不由轻颤起来，耳根瞬间红了起来，轻骂道："都怪你啦！"

"难道老婆不想见到我吗？"许烨磊见她这般，不由抽手，将她捂着脸的小手给扒开。

谁说她不想见他啊，这一周孙萌萌心里对许烨磊的思念已经泛滥成灾了，恨不得跑去部队看他。孙萌萌一张俏脸涨得绯红，抬眼看着站在自己眼前的许烨磊，那双深邃的眼眸闪着幽深的光华，像深潭仿佛可以溺毙人；穿着军装的他显得是那么高大俊朗、英勇神武，嘴角微微扬起一抹淡淡的微笑，有些令人痴迷。

两人的眼神隔着空气交融着，许烨磊弯了弯唇，俊美的脸庞朝孙萌萌逼近，宠爱地揉了揉她那柔软的发丝。

孙萌萌清晰地感觉到来自他指尖的温度，紧接着听到许烨磊那性感低沉的声音："萌萌……"

熟悉的气息，灼热的视线，孙萌萌真实地感受着他的存在，不由伸手摸了摸许烨磊的脸颊，轻声回应："嗯……"

才相隔一周，但对于孙萌萌来说就像是相隔了一年似的。

"老婆，我实在是太想你了，所以提前回来。"许烨磊微眯着星眸，大手轻轻地摩挲着孙萌萌的脸颊，嘴角微扬温柔道。

听到这句话，孙萌萌的心里燃起一丝感动，双颊布满迷人的酡红。没多想，主动攀上他的脖子，踮起脚尖，将红唇主动地印在许烨磊的唇上，轻轻地一啄。满意的笑容在许烨磊的脸上一寸一寸放大，一个低头吻住孙萌萌那微张的粉唇，像个饥渴已久的旅人般贪婪地吸吮，品尝她的甜美。

两人相距一个小时的车程，距离并不算远。同在一片天空下，同呼吸着一个城市的空气，同享受着阳光雨露，在他们的爱情之花开得最是灿烂的时候，却不能同在一个屋檐下卿卿我我耳鬓厮磨。

日日夜夜的思念和漫长的等待最是磨人心智。总想着他温柔的微笑，总念着他一句句甜言蜜语，总盼着和他的相会。每一次的相聚都感觉好匆匆，匆匆相聚，还没甜蜜够，又匆匆分离。他们的爱情就在这样的匆匆里，像一坛美酒慢慢地发酵，变得越来越香、越来越醉人、越来越上瘾、越来越无法自拔。

孙萌萌和许烨磊紧紧地拥抱着，忘情地亲吻着。似乎要把过去这一周欠下的拥抱、欠下的亲吻，一次补偿回来。那么急，那么烈，像要吞噬彼此所有的意识和心魂。许烨磊那灵巧的舌和火热的唇放肆地蹂躏着孙萌萌那可口的红唇，粗重的喘息声夺去孙萌萌所有的理智，没有抵抗，没有挣扎，只有随着自己的心，尽情地迎合着他。

在唇齿间激荡的热吻，令所有理智顷刻灰烬，忘了天与地，忘了黑与白，只知道霸占心中无数个日日夜夜的渴望只为他。天旋地转的狂热仿佛就如此燃烧至天荒，至地老。

就在许烨磊把孙萌萌放在床上准备大刀阔斧地把她一口生吞时，一脸迷离的孙萌萌却突然想到了什么似的，不由紧紧地抱着他，不让他继续了。

"怎么了？"许烨磊不解地问着，正是情浓的时候，怎么就刹车了？

"不要……"孙萌萌咬着唇，万分留恋地看着他，明媚的眸装满了柔情蜜意，可是道出的话却与她心里的渴望背道而驰。

许烨磊狠狠咬了咬她的唇，低沉着嗓音引诱着她："你不想我吗？"

"不是，我好想你，可是……"孙萌萌面若桃花，轻咬着唇，羞赧道。

外面是未来的婆婆和奶奶，还没过门就住在一块，虽然这是事实，但，女孩子总怕给家长留下不好的印象，让人还以为自己太随便了。

"你是担心我妈和奶奶吗？"许烨磊温声问着。

"嗯，还没结婚呢，我们……我们就住一块……"孙萌萌吞吞吐吐地说着，让许烨磊越看心里越是心痒。

"都是一家人，没什么的。专心点，别管她们，我们继续……"许烨磊埋着头，开始发动进攻，孙萌萌一阵战栗，忍不住地叫出声来。

孙萌萌吓得赶紧捂住自己的唇，眼眸迷离，却一脸幽怨地瞪着许烨磊："要是让她们听到，我就没法见人了……"虽然很想和他在一起，可是现在真的不敢，于是，赶紧将许烨磊推开。

许烨磊像饿得哇哇叫的孩子，好不容易看到食物却还要忍着不能吃，一脸的不甘和委屈。孙萌萌的心里何尝不是跟他一样啊，可是，未来的路还很长，想要在婚后被家长尊重，暂时就得忍痛割爱啊！

孙萌萌温柔地抚摸他的头，像妈妈安慰嗷嗷待哺的孩子般，轻柔地说："今天忍一下好吗……"许烨磊觉得自己今晚要失眠了！

孙萌萌嬉笑着，推着他，打开了主卧的房门。

刚才主动给小两口腾出空间和时间的三人，在客卧商量着重新分配床位。虽然客卧的床蛮大的，但是师妮可肯定不会跟姑妈师文茹和奶奶挤在一个床上，主动要求去书房的榻榻米将就一晚。

于是，师文茹在书房给师妮可铺床，师妮可则抱着枕头站在一旁。

"姑妈，估计过不了多久，你就要当奶奶咯！"师妮可调皮地眨了眨眼睛。

师文茹听了，眉眼尽是笑意。铺好床后，抬起头和蔼地看着师妮可，她知道这个小侄女从小不喜欢睡硬床，不由担心道："妮可，这个榻榻米有点硬，不知道你睡得习不习惯？"

师妮可调皮地眨巴着眼睛，直爽道："没事，将就一晚应该问题不大，而且姑妈一直都这么疼我，为了表哥委屈一晚也值得！"

"我们家妮可真是越来越懂事了！"师文茹亲昵地摸了摸师妮可的脸。

"姑妈，等你抱上孙子了，一定得好好犒劳犒劳我！"师妮可这个鬼精的丫头不忘跟师文茹讨赏。

"好，你要什么姑妈一律满足！不早了，快睡吧！"师文茹心里乐滋滋的，和颜悦色地笑道。

"嗯，姑妈晚安！"师妮可声音甜甜地和师文茹道晚安。

师文茹轻轻拍了拍师妮可的肩膀，转身离开，可是当她走出书房时，却看到儿子和萌萌从主卧走了出来。师文茹愣了愣，走了过去，笑笑地问："怎么啦？"

孙萌萌的脸泛着一抹晕红，咬着唇，羞答答地有些不敢看未来婆婆。

许烨磊被师文茹这么一问，也不知道该怎么回答，挠了挠后脑勺："现在天气还有些凉，我怕妮可睡不惯榻榻米……"

"伯母，今晚还是我和可可一起睡吧！"孙萌萌亲启红唇，极为害羞地说。

师妮可闻声就从书房蹦了出来："表哥，表嫂，我将就一晚没事的！你们睡一个房间吧！"

孙萌萌听到师妮可这句话，羞得不知道往哪躲，像只鸵鸟似的将脑袋龟缩在脖子里。师文茹一看，就知道怎么回事了，她是过来人，知道孙萌萌的心思，和悦地笑道："是啊，妮可在书房睡一晚应该没事。"

我的天哪，未来婆婆竟然怂恿许烨磊和自己睡一个房间。

孙萌萌头低得不能再低，靠着许烨磊不知如何是好。许烨磊听到自家人这么支持他和老婆睡一窝，心里自然开心不已，恨不得立马抱着孙萌萌回房间，继续刚才未遂的情事。

只是看到孙萌萌害羞成这样，龟缩成这样，许烨磊有些于心不忍，开口发话："可可，你晚上和萌萌一起睡！我去书房睡！"

"表哥，你确定？你真的确定？"师妮可不安好心地故意挑逗着这对正在热恋中、恨不得每时每刻黏在一块的表哥表嫂。

"你这丫头……"许烨磊被她这么一说，弄得有些不好意思，瞪了她一眼。

师文茹看着害羞不已的孙萌萌，又看了看儿子，心想大概是萌萌不好意思，所以才让儿子出来，不由圆场道："可可，那你今晚还是跟萌萌一起睡吧！你表哥睡书房。"

"哦。"听到姑妈发话，师妮可贼笑地点了点头。

许烨磊转头看了看正低头看脚趾头的孙萌萌，低沉着嗓音，带着丝丝柔情："萌萌，你和可可早点睡吧，我……我去书房了！"

"嗯……"孙萌萌的声音微弱得只能自己听到。

　　3.

师文茹回到客卧，婆婆已经躺下，她也钻进了被窝。

一般的婆媳别说睡在同一张床上，就是同一桌吃饭都会吹鼻子瞪眼睛，在同一个屋檐下相看两相厌，一辈子也就在夹着同一个男人的拉锯战中曲曲折折地过去了。童华出自书香门第，退休前是某著名医科大学的教授，师文茹是她很欣赏的学生。所以婆媳俩的关系一直都很好。

许卫国牺牲之后，两个军属一个中年丧偶，一个老年丧子，他们为同一个男人伤痛不已。童华因伤心过度，甚至哭得卧床不起。那时候许大雷又回部队了，师文茹照顾着婆婆的饮食起居。怕婆婆一个人的时候想儿子伤神，晚上也陪着婆婆，婆媳俩睡在一块，才度过了最艰难的日子。

本来就是关系很好的师生，后来更是相处得跟母女一样。这个家虽然少了一个男人，有很多缺憾，但还是温馨的。这对婆媳因为特殊的际遇，倒是世间罕见的和谐，婆媳俩睡一块也不是第一次了，这会很自然地躺一块聊天。

"文茹呀，我今晚可能要失眠了。你看磊子和萌萌那么相爱，我看今年年底你就可以做奶奶，我可以抱曾孙了……"童华翻了个身，转向师文茹兴奋地说着。

"妈，您想得真远……"师文茹轻笑不已。

其实，此刻她的心情比婆婆复杂多了，看儿子那么着急地扑进主卧，又是开心又是心疼。在军队不能和心爱的人一块生活，那么壮的小伙子过得有多压抑啊！

"你看萌萌那孩子，脸上总是挂着甜甜的笑，真是个有福的孩子。真是不错啊！瞧瞧那小嘴真甜啊，今天叫了我奶奶，叫得我真是开心。磊子的眼光还真不错！"童华开始夸起孙媳妇来。

今天突然过来，把孙萌萌忙坏了，先是和师妮可去车站接她们，又忙着去超市买菜，晚上和师文茹一起下厨。这个女孩可爱却不娇气，很懂事，童华见她第一眼就喜欢她了。

"是啊，那孩子是挺招人喜欢的。温柔又乖巧，难怪磊磊这么着急地赶回来见她……"师文茹初看到儿媳妇这么漂亮，真是又喜又忧，和孙萌萌相处了大半天，觉得这孩子心性沉稳，又很爱儿子，才渐渐放宽心。

"孙子懂得想女人了,那是好事啊,我看挺好的!磊子成天在那男人堆里,都这么大年纪了还没结婚,让我天天放心不下。现在总算有个盼头了,最好年底添个曾孙,让许老头忙一忙,就没空一天到晚对我们大声吼……"童华一脸欣喜地憧憬着。

师文茹不由笑了起来,公公退休后还保留着在军队的作风,一急了就对婆婆扯着大嗓门,不过对自己倒还好。"唉,我们两个今天来得不是时候,早知道他们小两口这么甜蜜,就不要占用他们难得的周末相会。刚才那么一闹,萌萌小丫头害羞了,不敢跟磊子睡一块了……"

"这样啊,那就让他们早一点结婚,名正言顺地睡一块就不用害羞了。明天见见萌萌的父母,看看他们是什么态度,再找个时间把婚事办了……"和许大雷在一起生活了几十年的童华,行事作风颇有几分许大雷的真传,做事干净利落,要抱曾孙,动作自然得快一些。

"嗯,萌萌是孙耀武的侄女,商定婚事还得把这个媒人拉上。明天就先见个面,熟悉一下……"师文茹也正有这样的打算,要是小两口能早点结婚,也算了却心头的一桩大事。

"就这么办!"童华很干脆地做出决定。

聊完这段,两人陷入一阵沉默。

许会,师文茹才开腔,轻柔地叫了一声:"妈……"

"怎么了?"童华听到师文茹的声音,不由心思微动。

"没什么,今天看到儿媳妇,真的挺开心的。看到他们小两口那么恩爱,很欣慰……"师文茹的声音虽然很轻很淡,但却带着一抹幽幽的味道。

童华敏感地察觉到儿媳妇的异样,温声问道:"你是不是想卫国了?"

"嗯……"师文茹尽量克制自己的激动,轻声地应着。以前怕婆婆伤心,可不敢在她面前表现得这么明显。

但婆媳俩心里都知道,相处了那么多年,只是一个气息、一个眼神，都知道对方在想什么。童华伸手握了握媳妇的手，叹着气道：
"唉，这些年真是苦了你了。你还那么年轻就一个人过，我一直都于
心不忍……"

师文茹年轻的时候长得漂亮，又有才华，她丧夫之后依旧有很多
男人追求着她。但她却没有动心，一直默默地守护着许家。童华和许
大雷也常劝她不要过得那么辛苦，但她还是坚持着。一晃20年就过
去了，如今儿子也三十好几，有漂亮的女朋友了。

"妈，这是我自愿的。我不后悔，和你们生活在一起，我很幸福……"
师文茹温柔地说着。和许卫国一起生活的时间虽然很短暂，但却很甜
蜜、很幸福。那短暂的幸福营养了她的一生。

"文茹，谢谢你！"童华抓着师文茹的手不由紧了紧，声音带着浓
浓的感激。

师文茹没有回应，只是紧紧地抓住童华的手。

真是一个难眠之夜！一个屋子里五个人只有童华睡得最沉，其他
人都在辗转反侧。

心事最复杂的是师文茹，看到儿子找到了幸福，她为他高兴的同
时也勾起了自己的幸福往事。她想起自己和老公许卫国的恩爱时光。
那时候她们的爱情比儿子还更艰难，没有手机没有电话，一年才见一
次。他们一见钟情，随后的漫长岁月都是鸿雁往来，书信传情。那样
的爱情却更为缠绵，更加让人难以忘怀。

许卫国走后，师文茹还经常翻看着他们的情书。那些温润的文字，
每一次读起来都暖暖的。幸而有那么一大箱子的信件，让她想丈夫的
时候能沿着他留下的文字，找到他的踪迹。至今，她还保留着给他写
信的习惯，想他的时候，像当年一样给他写封信，然后存在箱底……

心事最单纯的是师妮可，本来可以呼呼大睡的，奈何枕边人一直
翻身，窸窸窣窣，被子刚捂热又被她一个翻身窜进来一阵冷风。在这
样的床上睡觉，就是猪也会被忽冷忽热给折腾得发疯。

修养极好的师妮可终于忍不住出声，轻声地叫着："表嫂！"

"可可，你怎么也还没睡着啊？"孙萌萌怔了一下，立马抱歉道。

"表嫂，你看，跟我睡，你也是睡不着，还不如过去跟表哥挤挤。我知道你不好意思，放心，我不会告诉姑妈的……"师妮可实在看不下去了，她没有谈过恋爱，但看了那么多小说，特别是表嫂的军婚，每一次都跟小说里的女主角一样盼着男主回来和女主相聚。

师妮可心里有点小小的内疚，要不是自己天天给姑妈打电话，把她们招过来，表哥和表嫂此刻就不会像牛郎织女一样遥遥相望了。

"小丫头，说什么呢？刚才睡不着吵着你啦，我会注意的，赶紧睡……"孙萌萌被师妮可说中心事感到很不好意思。

"表嫂，你就别不自在了。要不，我换位置，叫表哥过来睡，天要亮的时候再换回来？"师妮可真是伟大啊，放弃自己的睡眠，只为促成表哥表嫂的思念之情，努力想着办法。

"呀，你把我想成什么啦？"

孙萌萌在黑暗中瞪了眼师妮可，心里喊着，我又不是欲女！虽然很想男人，但还是懂得分寸的！你这个小色女！可是她也不想想，师妮可这个小色女是读了谁的小说培养出来的。

"表嫂，我没有别的意思。只是不想你和表哥想念得那么难受而已！"师妮可看着孙萌萌那么死撑着，心里觉得好笑，不由又揶揄一句。

孙萌萌被她说得更不好意思了，又翻了个身，背对着师妮可幽幽地说："好了，赶紧睡吧。我保证不翻身了……"

这一次，孙萌萌果然控制住了自己，安静下来了。师妮可也不想撩拨她的情愫，闭着眼睛不说话，这个没啥心思的女孩一会就进入了梦乡。听到身旁传来均匀的呼吸声，孙萌萌终于松了一口气。

4.

阳光是灿灿地从窗户里洒落了进来，春末的阳光虽然灿烂非凡，但也温煦，并不刺眼，也不会让人感觉到灼热。窗纱在清风的吹拂下，左摇右摆地浮动着，在地板上投下影影绰绰的浮光，舞姿翩跹婀娜。

孙萌萌迷迷蒙蒙地睁开眼睛，伸手抓过手机，看了一下时间。

Oh，My God！7 点了！许烨磊怎么没叫自己，昨晚不是交代过他吗，叫他 6 点半叫自己起床。孙萌萌赶紧从床上爬了起来，穿衣服，洗漱，10 分钟后，深吸了一口气，打开主卧门，有些不好意思地走了出去。

许烨磊刚好从书房走了出来，见孙萌萌起床，立马迎了过去，大手直接揽住孙萌萌的纤腰，亲昵地说："起床啦……"

孙萌萌连忙拨掉他的手："大家都在，别这样！"

许烨磊见她这么生分，不由笑了起来。心想还是只有两个人的时候好啊，想亲就亲，想抱就抱。

"你妈妈和奶奶呢？他们起床没？"孙萌萌小声地问道，因为刚才一出来就往客卧看去，门好像还紧闭着。

"嗯，起来了，现在正在厨房做早餐！"许烨磊嘴角勾起一抹淡笑，指了指厨房。

"怎么办？"孙萌萌听完，立马皱眉。

"没事，我们家人每天都是起得很早的，别太紧张！""作为军人家庭，许烨磊一家几乎每天都在 6 点左右起床，去锻炼身体。

孙萌萌努了努嘴巴："那我去厨房看看，顺便帮忙一下！"

事已如此，睡太迟的孙萌萌只好赶紧去厨房帮忙，补救一下作为儿媳妇的贤良。

"真是好媳妇……"许烨磊在孙萌萌离开之前，一个低头，啄了她那芳香甜蜜的红唇一下。

孙萌萌轻捶许烨磊一下，许烨磊嘴角勾起一抹得意的笑容。

孙萌萌媚眼微瞪地往厨房走去。

推开厨房的门，一阵香味袭来，孙萌萌见未来的婆婆和奶奶正在忙碌，有些不好意思，拘束地说："奶奶早，阿姨早！"

师文茹闻声立马回头，看见孙萌萌她脸上露出一个和悦的笑容："萌萌起来了，怎么不多睡一会儿！"

"是啊，萌萌怎么不多睡一会，等会早饭好了，奶奶就会去叫你！"童华看到孙媳妇，眉开眼笑，乐呵得不行。

听到两位长辈这么一说，孙萌萌心里暖洋洋的。此时的师文茹和奶奶站在一块，完全不像婆媳，真的如许烨磊说的，像是一对母女。

"奶奶，阿姨，有什么要帮的吗？让我来做！"孙萌萌心里的拘束感瞬间消失，满脸带笑地走过去，主动要求帮忙。

"萌萌不用了，没啥好帮忙的，你出去吧，等会早饭就好了。"师文茹连忙摆手，不用孙萌萌帮忙。

"这……"孙萌萌不好意思地摸了摸微微发热的脸颊。还没进门就让未来的婆婆和奶奶伺候自己，这，似乎有些大逆不道啊！

正当孙萌萌进退两难的时候，许烨磊出现在门口。

师文茹见到儿子，立马开口："烨磊，现在时间还早，你带萌萌出去走走，呼吸呼吸新鲜空气。"

"是，母亲大人！"许烨磊嘴角微扬，语气却是那么一本正经。

"萌萌，你和磊磊出去走走吧，等会饭好了，奶奶给你打电话！"童华跟着附和，怂恿道。

见两位长辈给自己和许烨磊制造相处的机会，孙萌萌的脸微微发热着，转头看到站在门口一脸春风得意许烨磊。

许烨磊跨出一步，当着童华和师文茹的面，伸手牵过孙萌萌的手，嬉皮笑脸地说："谢谢二老的成全，那我和萌萌出去走走咯！"

孙萌萌害羞地想挣脱许烨磊的大手，可是却被他牢牢地抓住。

师文茹见小两口亲昵的动作，不由笑了笑："去吧！"

"萌萌快跟磊磊去吧！"童华见孙子这般积极，更是喜上眉梢。

孙萌萌害羞地咬着唇，就这样被许烨磊从厨房给带了出来。

"讨厌，你跑过来凑什么热闹啊，害得我连表现的机会都没有了！"走到客厅后，孙萌萌撅着小嘴，嘟囔着。

"你根本不用表现，我妈和奶奶对你都非常满意！"许烨磊见孙萌萌那可爱的模样，伸手轻刮了一下她那轻巧的鼻子，"我去趟洗手间，等会我们一起去跑步。"说完，许烨磊直接往洗手间去了。

孙萌萌也羞答答地跑回房间，看见床上还睡得正熟的师妮可，蹑手蹑脚地打开衣橱，拿了一套运动服出来，去洗手间快速换上。

许烨磊看到孙萌萌穿着一套白色棉质的修身运动服，该凸的地方凸，该翘的地方翘，娇俏有型的身材，一览无余地展现出来。穿着运动服的孙萌萌粉面桃花，明亮的眸含着娇羞，给人一种清新又活力的感觉，就像清晨打开窗户呼吸到一股新鲜的氧气一般。

"身材真棒，穿什么都好看！"许烨磊看到这样的孙萌萌，眼底露出满意的笑意。

孙萌萌得意地抿了抿嘴："少甜言蜜语，走吧！"

许烨磊手臂一伸，直接将孙萌萌搂进怀中，拥着她出门了。

一对丽人在红花绿叶环绕的路径上悠闲地漫步，玉景豪园的园林布局本来就很美，这个时候有这么一对俊男靓女甜蜜恩爱地穿梭其中，让这里的景色更加锦上添花。空气中飘荡着好闻的花香，艳丽而温柔的小花，正在轻柔阳光的抚摸之下，轻轻地、徐徐地绽放着。灿灿的阳光下，相恋的一对情侣脸上的笑容也像是阳光般灿烂明媚。

身旁是姹紫嫣红的花园景致，呼吸着清新的带着花儿芬芳的空气，孙萌萌握着许烨磊温暖的大手，沐浴在他宠溺的目光里，和他窃窃私语。这样的感觉真的很美。

刚一下楼，孙萌萌似乎想起什么，上周自己硬是在家里窝了一周都没敢出门，就是为了不碰到那个让她丢脸到家的向南。孙萌萌连忙建议许烨磊不去跑步，而是手牵着手绕着花丛林荫之地散步，这样应该就不会碰上不想见到的人。

拐弯处出现了一抹佝偻的身影，一个老太太拎着两大袋东西，步履蹒跚地走了过来。许烨磊轻轻地拍了拍孙萌萌，微笑着说："你在这等我一会儿……"

"嗯？你要去哪里？"孙萌萌不明白，他怎么突然要离开。

许烨磊对她笑了笑，随后大步走到那个老人跟前。

"阿姨，买这么多东西啊，看您提得这么费劲，我帮您提吧！"许烨磊走到那个气喘吁吁的老人跟前。

老太太抬眼看到一个英俊的小伙子，笔挺的身形，加上刚正不阿的气质，让人一看就对他产生好感。真难得在周末看到年轻的小两口这么早出来散步，看他们那么甜蜜的样子，这个老太太倒不好意思起来："呵呵，小伙子，谢谢。我自己能提，再走几步就到家了……"

"我也住这小区，都是邻居，您别客气了……"许烨磊看老太太不是防备着自己，也就伸手接过老人的东西。"还真沉啊，走吧，您是哪一栋……"许烨磊笑着询问道。

"今天超市很多东西做特价，买了很多。谢谢你啊！小姑娘，你老公真好啊！我就在前面那一栋，一会就到了，你要不要一起去……"老太太絮絮叨叨地邀请着。

孙萌萌一脸羞红，不好意思地笑了笑说："没事，我在这等他……"

老太太便带着许烨磊往她家走。孙萌萌看着许烨磊高大魁梧的背影，心里在感叹，三月雷锋刚走，四月就有解放军叔叔回家默默做好事了！军人果然是最可爱可亲的人啊！这些无名英雄日日夜夜守卫着国家，哪里有灾难需要援助，哪里就有军绿色的身影。只是一件小事，孙萌萌对许烨磊的身份却变得更加崇拜。

正当孙萌萌一眨不眨地看着许烨磊的身影消失在自己视线里，大脑还在膜拜中时，毫无觉察到身后不知何时冒出来一周不见、躲避不及的向南……

向南刚起床晨练，没想到在繁花丛中看到一周不见的身影。见孙萌萌的脸上挂着甜甜的笑容，那神情带着几许甜蜜、几许含羞，还有一些他看不懂的晶亮。她是在这等自己吗？

向南突然想起了一句诗：佛于是把我化作一棵树，长在你必经的路旁，阳光下慎重地开满了花，朵朵都是我前世的盼望。

想不到这么漂亮的女孩，表达感情是这么含蓄，这么有诗意。虽然默默不语，但已经是柔情万千。被这样爱着，不同于其他女人见他就飞蛾扑火般热烈地表白，她的爱就像一朵含蓄的蔷薇花，明明那么深沉却深埋心底，让他感觉独特，甚至，有些感动了。

"嗨，孙萌萌，好巧啊！我们又遇上了……"向南一脸阳光灿烂地跑了过来。

也不知道为什么，自从知道向南不是靠招摇撞骗生活的人后，孙萌萌觉得他比以前更加优雅贵气了。不过孙萌萌可不敢招架，这周为了躲向南都躲在家不敢出门，好不容易熬到周末，下楼来晒晒太阳补补钙接接地气，顺便和许烨磊谈谈情说说爱，结果就遇见向南了。孙萌萌一见这个招人嫉妒的男人朝她过来，立马撒腿就要跑。

向南一把抓住了她，心里觉得好笑。这个女人未免太可爱了吧，明明那么希望见到自己，真见到了又羞成这样："孙萌萌，怎么见到我就跑啊！"

"我内急，回家上洗手间……"孙萌萌使劲地抽着手，小脸涨得红艳艳的，看起来还真像内急给憋的。

但向南一眼就看透这女人的闪躲，难不成这一周，她都躲在某个小角落偷偷地看自己？向南这一周经常在楼下晃，都没碰到孙萌萌，当时还以为这个女人搬走了呢。没想到，她藏得这么深。怎么会有这么矛盾的女人呢？

"还为上次在咖啡厅的事情难为情吗？都是成人，可以理解，我都能接受，你也没什么好害羞的……"向南深邃的黑眸，泛着柔柔的微波，只那么轻轻一笑，就落了一地桃花。

哪壶不开提哪壶！孙萌萌深吸了一口气，向帅哥，我怕了你行不！

"向南，你干什么啊，快放开我！"孙萌萌挣扎道。

"这都是什么年代了，还这么保守！有什么话要跟当事人说，躲避不是办法。也许你说出来了，事情并不是你想象得那么可怕呢？"向南循循善诱地鼓励着孙萌萌对他表白。

"真是要疯了，你说什么啊？向南，我对你没什么说的。一句话，就是怕见到你！你快点放开我！"孙萌萌抓狂不已，猛地一抽，终于把手抽回来了，撒腿就往家里跑。

她可不敢在小区里等许烨磊，生怕又被向南逮着，拉拉扯扯个没完没了。

向南看着一溜烟就消失的孙萌萌，摇了摇头，嘴角勾起一个浅浅的笑容。看来孙萌萌心里的阴影真的很重，喜欢一个人到怕见他的地步。两人在同一个小区，以后有的是见面的机会，会好好开导她的。

向南抬起脚继续晨跑，殊不知，在不远处有个长相俊美的男人看着他那丰神俊朗的背影微微皱起眉头。

孙萌萌憋足着一口气跑回来。一进家门，就见师文茹正拿着手机，而她自己口袋里的手机也响了起来。

"萌萌回来了，正打电话叫你们回来吃早饭呢！"师文茹笑呵呵地对孙萌萌说。

"阿姨，辛苦了！"孙萌萌的额头冒着细微的汗滴，轻喘着气，甜甜地笑道。

"烨磊呢？"师文茹没看到儿子进门，不禁问道。

"那个……烨磊他去帮一个老人家提东西回家，马上就回来了。"

孙萌萌不好意思地摸了摸脸回道。

刚才被向南那么一吓，自己连滚带爬地逃走，还没来得及告诉许烨磊自己已经回家。

"萌萌快去洗手吧，我去叫妮可起床！"师文茹笑笑地说。

孙萌萌点了点头，往洗手间走去，一进去，连忙掏出手机给许烨磊发短信："老公，我已经先回家了，饭好了，你快点回来吧！"

发完短信，孙萌萌把手机往口袋一塞，把手洗了洗，擦干后走了出来。

许烨磊刚好进门，孙萌萌立马迎了过去，满眼柔情地看着他："回来了？"

"嗯……"许烨磊眼睛轻扫着孙萌萌，嘴角漾着一丝笑意，可声音却有些不冷不淡。

相恋中的情侣对对方的一举一动、一声一息都特别敏感、特别在意。孙萌萌也察觉到许烨磊的口气有些不对劲，可是又不敢确认，于是依旧眉眼带笑地说："快去洗手，吃饭咯！"

许烨磊点了点头，师文茹刚才从主卧出来看到许烨磊："烨磊回来啦，去洗手吃饭。"

"嗯……"许烨磊轻声地应着，随后钻进了洗手间。

"真香，奶奶和阿姨做的早餐肯定非常好吃！"身为吃货的孙萌萌闻到饭菜的香味，肚子也开始闹革命了。

"你尝尝，不知道合不合你胃口。"童华话音刚落，师文茹和许烨磊一同走了进来。师文茹笑着说："萌萌快坐下来吃早饭吧！"

"好，阿姨……"孙萌萌说完，自己拉开椅子坐了下来。

许烨磊在她身旁坐了下来，师文茹和童华坐在他俩的对面，正当大家端起碗的时候，师妮可急匆匆地奔了进来。

"奶奶早，姑妈早，表哥表嫂早。不好意思啊，睡太迟了，现在才起床……"刚起床，胡乱一通洗漱的师妮可快速地坐了下来。

"还是你们年轻人的睡眠质量好啊，不像我们这些老年人天一亮就睡不着了！"童华乐呵呵地说道。

"奶奶，这也不能全怪我啊，我平常上班都是 7 点起床的，只不过昨晚表嫂睡不着一直在那翻来覆去，害我很迟才睡着！"师妮可坏坏地冲孙萌萌使了一个眼色。

孙萌萌被师妮可这么一说，头立马低了下来，不敢看大家。

师文茹见儿媳妇害羞不已，连忙打圆场："吃饭，吃饭，妮可你少说两句！"

昨晚几个电灯泡让小两口没法甜蜜，已经够不好意思了，还是少打趣他俩。

五人坐在一块吃早饭，气氛特别的和睦和融洽。师文茹和童华动不动就帮孙萌萌夹菜，害得她怪不好意思的。

师妮可见姑妈和奶奶对表嫂这么热情，不由打趣道："唉，做人家的儿媳妇真好！"

"你这小丫头……"师文茹笑着转过头，轻骂了一句。

"表哥，你现在有没有这种感觉啊，自己不是姑妈的儿子，像是女婿啊？"师妮可不依不饶地继续着。

"嗯，有这种感觉！"许烨磊看到老妈对孙萌萌这般好，心里自然高兴。只是刚才在楼下看到的那一幕，让他心中不由隐隐地冒起一股酸溜溜的醋意。

刚才在楼下许烨磊看到一个俊朗的男人和自己的老婆拉拉扯扯，以为老婆遭遇了色狼，差点跑过去，揍他一顿。但走近几步，看清了那男人的容貌，不由停下了脚步。这个男人长得太出众了，一般人见了他都会有深刻印象。

许烨磊是个特种兵，那记忆力好得更是过目不忘。他清清楚楚地记得那天在医院，这个男人也是那么对自己的老婆拉拉扯扯，还莫名其妙地说老婆是他的女朋友。那个时候，孙萌萌还没有确定接受自己，他的心思都在攻下老婆的心防，倒是忽略了这个男人，没有问他们是什么关系。

他在追求孙萌萌吗？以男人的眼光，许烨磊远观向南看着孙萌萌时的笑容带着几分欣赏。不过许烨磊相信孙萌萌是爱自己的，只是他没忘记孙萌萌是个帅哥控，一见到帅气的男人就流口水。以后的路还很长，要是有一个帅气的男人主动进攻，老婆能不能把持得住？

攘外必先安内！外面的诱惑是无法杜绝的，但老婆的心必须得抓紧点。等找个时机，好好拷问拷问老婆，叫她离别的男人远一些。

吃完早饭，两位长辈和师妮可一起出门去了，她们三个离开，小两口才有单独相处的甜蜜空间。

当全部"灯泡"一走，许烨磊二话不说，直接抱起孙萌萌，将她扛进主卧。

"啊——"孙萌萌被他那么生猛地抱着，吓了一跳，但心却喜悦地飞上了天。

许烨磊把孙萌萌扔在床上，吻得她意乱情迷，情难自已，才放开她的唇。

"就要惩罚你一下，给你一点甜头，让你全身心地只想着我一个人……"许烨磊终于言归正题，"为什么不等我？自己一个人跑回来？"许烨磊看着老婆，小妮子还真沉得住气。

孙萌萌娇声求饶："我说还不行吗？还有，你是不是看到什么了？"许烨磊佯装不悦道："坦白从宽，抗拒从严，说，那男人是谁？干吗老是对你拉拉扯扯……"

"哦——"孙萌萌故意拉长升调，意味深长地看着许烨磊，"你说是向南啊，他是向董的儿子，我也不知道他为什么要拉我，你也看到了，我一直在挣扎啊！"

许烨磊心里的警铃大作。许烨磊虽然对自己很有自信，也相信孙萌萌现在很爱自己没有变心，但是，他的软肋就是不能一直陪着她。许烨磊心情立马变得有点闷闷起来，脸上却不动声色地问道："你们很熟吗？"

孙萌萌感觉整个卧室都酸溜溜地。虽然一直很紧张，怕许烨磊知道自己和向南的小纠纷，但是真看到心爱的男人这么在乎自己，吃着干醋，心里不由有几分得意。

孙萌萌抚摸着许烨磊的俊脸，笑嘻嘻地说：“你吃醋的样子真可爱，我喜欢！”

孙萌萌喜欢，许烨磊可不喜欢：“还没回答呢，你跟向南很熟吗？”

“一般，就见过几次面……”孙萌萌算是怕了许烨磊的恶意惩罚，老实交代道，“向南是贝贝的发小，贝贝来 S 市，我们去吃饭碰到了正在相亲的向南……”

“孙贝贝可真是个红娘啊，给我们牵线，也给你招惹了那么多花蝴蝶……”又是孙贝贝，许烨磊不禁头大起来。

“什么那么多啊，就你和向南……”孙萌萌眨巴着眼睛，嘟着红唇道。

“有我一个就够了，别给我整出那么多情敌！来一个我灭一个！”许烨磊的口气尽显霸道。

“我对他无意，你吃什么干醋啊。”孙萌萌的眼底掠过一抹窃喜和得意。

“无心插柳柳成荫，就怕你无意，他有心。你再说，我分析分析……”许烨磊想进一步了解向南是否对自己构成威胁。

“叶子青买车的第一天载着我被向南撞了，向南当时很拉风啊，牛哄哄地说赔叶子青一辆新车，没想到，临到头刷卡买单，他的账号没法消费。我和叶子青就暗地里鄙视他……”孙萌萌细细地描述着自己和向南之间的交际。

“亏了你们想得出来。向南要是敢再接近你，我就直接告诉他，他在你们心中的高大形象……”许烨磊意味深长地看着孙萌萌威胁道。

孙萌萌有些郁闷，怎么一不小心就把这个秘密倒出来了！生怕自己没把门，把那天在咖啡屋的事情一不小心给抖搂出来，于是孙萌萌闭嘴不肯再说下去了。

许烨磊见她停滞不前，不由上下其手地继续拷问："继续，就这么点事，他怎么会拉着你不放？"

"还有就是在医院啊，你也看到了，不用说了吧！"孙萌萌眨巴着眼睛，有些心虚道。

"就这些吗？"许烨磊微微眯起眼睛，有些怀疑道。

孙萌萌可不敢说自己晨跑两度邂逅向南，要是知道自己在小区能经常遭遇向南，估计会对自己严加看守。

"我就是自己想多了，后来看到向董和向南一同出现，知道了他的身份，感觉误会了，就更不敢见他了。这周一和叶子青见面的时候告诉她向南的身份，怂恿这丫头去追向南，没想到，真的好倒霉啊，向南就在隔壁桌，偷听了我们的讲话。我真没脸见他了……"孙萌萌这句话，九分真一分假，主动把关键事件给隐藏起来。

"想不到你对别的男人会这么上心！"许烨磊俊美的脸上露出了一抹怨气，摆着脸，佯装生气。

"不是吧，我都招了，你还生气！不带这样的，天地可鉴，我就对你一个人上心！"孙萌萌小手摸着胸口，像入党似的非常郑重地表决心。

许烨磊不听则已，听了那么多事，最后真的吃醋了。

"我真的真的真的真的只爱你一个！"孙萌萌见他这般，不由一直强调"真的"两字，来表明自己对他的心意。

看着孙萌萌一合一张的嫣红小嘴，许烨磊克制不住，温暖的唇快速压了下去……

主卧被浓浓的情愫慢慢地萦绕着，床上一双男女在温柔乡里用那有魔力的唇和温柔手演绎着一幅美轮美奂的画卷。

5.

虽然很想在爱人的怀里多待片刻，但又挂念着中午双方的家长会师，两人不敢贪恋片刻的温柔，快接近中午了，赶紧爬起来。

许烨磊打了电话，定了餐位，把地点发给师文茹和李笑梅。

孙萌萌好好地打扮一番，顺便也帮许烨磊打点了一下，两人穿着同一色系近似情侣装的衣服，怀着愉悦又甜蜜的心情去餐厅。

阁林居，是一家总体风格为古今合璧、突出古典温雅与现代休闲的高档餐厅，具有十几套不同风格的单间以及幽雅别致阁间雅座，里面的墙纸采用的是温暖的橙色，泛着淡淡的黄晕，不仅不低俗，反而很有意境，细节处甚至有些20世纪二三十年代江南的情调，大气中透着细致。

不愧是在银行上班心思缜密的吃货！孙萌萌在双方家长见面之时，选择这家餐厅，原因有两点：第一，家里的老佛爷李笑梅同志非常喜欢这家餐厅；第二，这里的菜色有南有北，对于许烨磊的奶奶和妈妈来说应该也会喜欢。

孙萌萌和许烨磊早早在包厢里候着，随后童华和师文茹、师妮可也拎着大包小包到了。师妮可看着表哥表嫂穿着同色系的衣服一脸的喜色，又打趣了一番。

大家坐下来，孙萌萌这个小媳妇开始招呼着长辈，给大家泡茶，趁机大秀一下她的功夫茶手艺。许烨磊很早以前就鉴赏过老婆的茶艺，这会和家人一起看着老婆恬静优雅地泡茶，心里自是说不出的欢愉。

师妮可自小家境优越，经常出入高级时尚的社交圈子，相比那些虚假客套阿谀奉承不绝于耳的喝茶吃饭，这回还真是第一次感受茶道带给人的禅味。

孙萌萌似乎有一种魔力，精心泡茶的时候能让所有的人的目光专注在她握着茶壶的手上，耳朵只听那清浅的茶水倒入茶杯时细细碎碎的宛如山间溪流潺潺的叮咚声。看着她温婉恬静的笑容，看着她堪如手模修长嫩白的双手娴熟而又优雅地婉转起落，心也会变得纯净虚无。

童华和师文茹心底不约而同地掠过一丝惊艳，看看笑盈盈的孙萌萌，再看看一脸陶醉的许烨磊，婆媳对视一眼，都点着头，喜笑颜开。

孙萌萌泡好茶，一一端到众人面前，微笑地请大家喝茶。

"嗯，真好喝。看表嫂泡茶真是一种享受！"最先开口的总是调皮的师妮可。

童华和师文茹也端起茶连声称赞。

许烨磊拉起孙萌萌的手，看看红红的指腹，吹了吹，温柔地问："茶壶烫得这么红，很疼吧！"

"还好啦！"孙萌萌被他吹得有些害羞。灯泡都在笑嘻嘻地看着小两口亲密的举动，她赶紧抽回手，继续给大家倒茶，心里却是甜丝丝的。

孙萌萌对温和的婆婆、慈祥的奶奶充满感激，谢谢你们为我培养了这么一个好男人。

孙萌萌殷勤地为大家端茶送水，这个中老年人杀手，一下就把许烨磊的亲友团封杀了。喝完一壶茶，孙萌萌的父母也准时来了。

相互介绍了双方的家长，一行人围着餐桌坐下来。期间又推让着主位，客气了一番，最后还是让老佛爷李笑梅坐在了主位。

这一帮亲友团里，要数童华最为年长，按理应该是她坐首席。不过，在婚姻里，不管结婚前还是结婚后，亲家坐一块吃饭，都以女方的家长为尊。孙萌萌家不用说，李笑梅当家，所以，李笑梅和亲家奶奶客气了半天才落座。

李笑梅身边是孙耀文，另一边是童华，再过来是师文茹、孙萌萌、许烨磊、师妮可。

不过今天的李笑梅同志完全出乎孙萌萌的意料，像是转性似的，不像往常那般严肃，不仅脸上带笑，还主动和许烨磊的妈妈攀谈起来。至于孙萌萌的爸爸孙耀文本身就和气，一下子就熟络起来。

看着这样和谐的气氛，挨着坐的许烨磊和孙萌萌，时不时地相视一下，满眼浸染着幸福，适时地加入他们的谈话中。

其实李笑梅接到孙萌萌的电话后，特意侦察了一番。跟大嫂林爱英通了一个电话，得知师文茹是他们军区总院的副院长，虽然身居要职，但为人却特别和善，没有一丝架子。至于童华书香门第出身，某著名医科大的教授，是个典型的知识分子。

李笑梅知道这些信息后，心里很是惬意。这样的家庭环境，自家女儿嫁过去，应该会过得不错。所以从刚一进门，李笑梅换下平日那张"审计脸"，和颜悦色地跟许烨磊的妈妈和奶奶谈笑风生。

服务生拿来餐单，这一次，李笑梅特别温和客气，一定要童华点餐。

看着亲友团这么和谐，推让半天还没点一道菜，倒是师妮可这个小丫头看热闹偷笑了半天，才俏皮地说："阿姨，奶奶，你们就别谦让了。再这么客气，我们都饿晕了。我看就让表哥表嫂一起点吧。他们知道自家长辈的口味，这样就可以平衡啦……"

李笑梅看了眼师妮可，刚才介绍的时候知道她是许烨磊大舅的女儿，很有主见，不由笑道："还是表姑子的话有理，那就让烨磊点餐吧……"

老佛爷的一句表姑子，直把许烨磊的亲友团叫得眉开眼笑。此次来吃饭的目的达到了，还没订婚，女方的妈妈这样称呼，那就是首肯了他们的婚事，接下来订婚结婚都简单了。

"好，好，就听亲家的，让他们小两口点餐……"童华听了也乐呵呵地也不推让了，把菜单递给孙萌萌。

许烨磊看了眼老佛爷，心想还是妈妈和奶奶有魅力啊，她们两个一来，审计局的老佛爷都变得慈祥了很多，不再那么生分地叫他小许，而改叫烨磊了。还是女人更加长袖善舞，都还没开席，就铺好了关系。

阁林居的名气不只以贵出名，它里面的菜更是做工精细。凡是你想得出来的菜它都能给你做出来，满汉全席也能给你摆一桌。

比如刚刚上桌的这道"中药鸡"，首先必须挑上好的草鸡苗，放在山头上放养，食冬虫夏草，喂调配好的中药谷子，长至 3 斤左右时肉感质感已非一般草鸡可比；这种食材本就不好找，料理起来也是一门大学问。去屁股去脚去头，放入瓦罐里焖四五个小时，然后再放进特制的糟料里入味，入一个晚上，配上冬菇鲜笋，再焖两个小时才能出锅。为了保证中药鸡的味道和营养不流失，火是炉火，罐是陶罐，水是井水。

一上桌，打开盖子，那味香得简直勾得人垂涎三尺；吃上一筷子，恨不能把舌头一块儿吞肚子里！因为食材和原料都难找，做起来也费功夫，所以就连"阁林居"也是限量供应，不是想点就能吃到的！

孙萌萌以前拉存款的时候，跟客户在这吃过好几回，认识这里的老板，上午打电话过来预定，好声恳求老板，才特意给她留了一份。

"奶奶，阿姨，不知道这些菜合不合你们口味？"孙萌萌这个小媳妇，以往见到美食都是埋头苦干，今天特别殷勤，甜甜地笑着询问师文茹和童华。

"嗯嗯，好吃好吃！"童华连连点头。

"奶奶，这道菜里采用的鸡不是一般的鸡，这是喂中药谷子的鸡……做法也很讲究，味道出来特别鲜美，而且特别补身子……"孙萌萌嘴角含笑，声音甜美地跟童华介绍起这道菜。

"这么讲究啊，那得好好尝尝才行！"童华听完孙萌萌的讲解乐呵呵地说。

李笑梅瞥了一眼孙萌萌，没想到自己一直认为没长大的丫头竟然在未来婆家面前这么懂事，这么殷勤。

"亲家奶奶和亲家母都是北方人，不知道对我们这些南方的饮食习不习惯……"李笑梅眉眼带笑地问。

"南方很好，从 B 市搬到 N 市后，是有段日子不太习惯，不过在这住上几年，慢慢地也变习惯了。"童华笑笑地回道。

"是啊，南方天气比较温和，搬到 N 市后，皮肤都变好了！"师文茹一脸的和悦。

"你们习惯就好！"李笑梅笑着说，还不忘招呼大家，"大家快吃，不然菜都要凉了。亲家奶奶，亲家母，烨磊，妮可，你们多吃一点！"李笑梅边说边给烨磊夹菜。

非常知趣的师妮可，知道今天是表哥表嫂见家长，没自己事，也不敢去抢风头，所以一直默默地埋头苦干。听到李笑梅的招呼，连忙抬头很有礼貌地说："谢谢阿姨……"

"萌萌，这鸡补身子，你这么瘦，得多吃一点。"师文茹刚才听孙萌萌讲解后，作为医生的她也清楚这鸡的养生功效，不由帮孙萌萌夹一块鸡肉。

"谢谢阿姨……"孙萌萌眉眼含笑地跟师文茹道谢。

饭桌上的气氛特别和睦可亲。师文茹和童华时不时就帮孙萌萌夹菜，被李笑梅这个亲妈看在眼里，心头自然非常开心。感觉自家女儿成了他们家的亲女儿，而自己反倒成了婆婆似的。

见人家对女儿这么好，李笑梅自然得礼尚往来。和颜悦色地帮许烨磊夹菜，眼底渐渐燃起一抹丈母娘看女婿越看越喜欢的光芒。

一顿饭吃得宾主尽欢。婆家尽显着对未来媳妇的喜爱，娘家也尽力地讨好婆家以期未来女儿过门之后能过个好日子。许烨磊和孙萌萌两人的浓情蜜意，看在长辈的眼里，喜在心里，都在想着什么时候把他们的婚事办了，了却一件心事。

谈婚论嫁是件大事，挑日子下聘都还得媒婆在一旁周旋才显得郑重其事。双方有心，客气有加，谈谈笑笑，说着孩子们小时候的趣事，一顿饭吃到 3 点，吃完饭都融洽成一家人了。

童华和师文茹是 4 点半的动车，吃完饭不敢耽搁太久，就要起身赶车。

客气一番后李笑梅和孙耀文拎着婆家的见面礼先回了家。许烨磊三人把童华和师文茹送上车后，师妮可也自动消失了。

"真是自觉啊，全部灯泡终于消失啦！"许烨磊拥着孙萌萌走出候车厅，看看天空，太阳都挂西山了。

老妈和奶奶突袭，虽说占用了小两口的甜蜜时光，但她们的到来，让老佛爷不再在他们之间设卡，许烨磊想想都开心。

孙萌萌感觉许烨磊看自己的眼神温柔中带着某些异样，灼热的幽光火辣辣地，小脸不由一烫。伸手掐了掐他的腰，瞪着他轻声说："这里人来人往的，别肉麻啦！"

"家长已经默许了，肉麻有助于身体健康……"许烨磊紧了紧握着她的纤腰的大手。

烨磊靠近老婆的耳朵轻声耳语，滚热的气息、磁石般的嗓音撩拨得孙萌萌也开始对浪漫的夜晚心生向往。小手又在他身上轻轻一掐，带着几分惩罚，几分羞涩，还有几分首肯。被心爱的男人宠着，被婆家长辈疼着，幸福不言而喻。

许烨磊难得回来一次，除了想和他亲热，她还有很多小女人的情调想要和心爱的他分享。孙萌萌抬头看到对面的百货商场，不由眸光一亮："我们去逛逛……"孙萌萌抬头征求着许烨磊的意见。

"好吧。听你的……"许烨磊尽显乖乖听话的老公角色。

孙萌萌拉着许烨磊来到一楼的超市，直奔生活用品区域。看到那些漂亮的瓷杯，像小鸟一样挑选着。水杯，咖啡杯，还有刷牙的口杯，都选择了带着卡通图案的情侣杯，随后又选了情侣拖鞋，情侣牙刷。

其实家里并不缺这些生活用品，许烨磊看孙萌萌挑选了这么多，心里也不觉得累赘，相反地，他觉得她是一个很懂得享受生活、很有情调的小丫头。

许烨磊看着她精心地挑选着，偶尔征求他的意见，小推车很快被塞满了。

"还要买什么呢？"许烨磊推着车满眼宠爱地问着。

"嗯，我想想……"孙萌萌看着一车的物品，非常有成就感，开心地拍着手，"对了，我们去买几套情侣睡衣吧……"

"我们好像不需要睡衣吧？"许烨磊的脑海似乎想到床上的某画面，眼底顿时掠过一抹促狭，坏坏地笑着。

孙萌萌闻言，小脸"刷"地一下红了起来，伸手狠地掐着许烨磊的腰：怎么可以在大庭广众之下说这样的话！

"好痛啊！"许烨磊立马闪在一边，依旧满脸的坏笑，不过嘴上却讨饶，"不过，买几套也行，以后生了宝宝，还是得穿睡衣，不然小宝宝看着光溜溜的爸爸妈妈会有很多疑惑的！"

孙萌萌被她说得满脸发烫，又伸手掐着他的腰："还说，还说……"

在别人眼里，也就是一对幸福的情侣在打情骂俏。孙萌萌被别人看得不好意思，赶紧拿了两套睡衣，就赶着他走人。

城市的夜晚流光溢彩，繁星满目，半轮上弦月高高挂在漆黑的夜幕俯瞰着万家灯火。许烨磊和孙萌萌逛完百货商场，出来时已经天黑了，于是直接去了一家西餐厅，两人甜蜜地共进晚餐后才回家。回到家中，已经将近8点，家里一片黑漆，不见师妮可的影子。

"这丫头还没回来啊？"许烨磊边换鞋边说。

"是啊，都8点了，怎么还没回家，你等会儿打电话问她在哪，吃饭了没？"孙表嫂心里还是十分关心自己这个表姑子的行踪。

"嗯，我马上打电话。"某男相当听从老婆的吩咐，立马从口袋掏出手机给师妮可打电话。

许烨磊给师妮可打电话，孙萌萌把今天下午买的一堆情侣用品各自就位。洗漱用品放浴室，拖鞋进鞋柜，睡衣扔进洗衣机清洗，喝水的杯子则放在厨房的放置酒杯的柜子里。

孙萌萌把东西就位后，就直接去书房打开电脑，准备浏览一下自己小说的网页，看看读者的留言。可是网页才打开，就见到某男兴致勃勃地冲了进来，一把将她抱起。

"干吗啊?"孙萌萌不由尖叫起来,小手圈住许烨磊的脖子,娇嗔道。

"现在开始战斗——"许烨磊意图十分明显,直接将孙萌萌抱出书房。

"等会儿,电脑没关呢!还有妮可等会回来怎么办?"孙萌萌担心的事情倒是挺多的。

"电脑明天再关,妮可晚上住同事家!"某男说完这话的时候,已经走到主卧,脚一勾直接把门给关上……

Chapter5　惊鸿一瞥现红颜

1.

N 市，许家别墅。

许大雷端坐在藤椅上，非常认真地翻阅着报纸，晨曦穿洒在他那苍劲却精神饱满的脸上，渲染着一抹宁静致远的淡定与沉着。

"爸，吃早饭了！"师文茹缓步走过去。

"嗯，好……"许大雷随手把报纸叠了起来，放在旁边的茶几上。童华见许大雷幽幽地走过来，不由笑嘻嘻地说："老头子，吃早餐……"

三人坐下后，许大雷犀利的眼睛轻扫了老婆童华和媳妇师文茹一眼。家里这两个女人前天瞒着自己，一起跑去 S 市看孙子和孙媳妇，也不跟他打声招呼，害得他冷锅冷灶地过了近一天。

师文茹看着还在那生闷气的许大雷，不由笑笑说："爸，对不起啦，前天没跟您说一声就去 S 市。"

昨晚师文茹和童华 8 点多才回到家里，一进门许大雷就从睡房冲了出来，冲着两个女人大发雷霆。后来一问，才知道老爷子还没吃晚饭，正饿着肚子。有老婆后，一直过着的都是衣来伸手饭来张口的舒服日子，被伺候了几十年，早已忘了如何煮饭炒菜。

于是，师文茹赶忙给老爷子下了一碗面，跟他当面道歉、解释，不过看样子还是没把老爷子的气消下去，延续到今早。

"生什么气啊，有什么好生气的！"童华见许大雷还在怄气，不由瞥了他一眼，冲着他嚷嚷起来。

昨晚许大雷发过火后，这对老夫老妻回到房间，关上门，童华就被许大雷从头到尾，来来回回地念了大半夜。要不是因为刚看完孙子孙媳妇回来，心情正高兴，不然肯定跟老头子吵一架。

"妈，您别说了。"一向脾气极好的师文茹，见婆婆这般和公公说话，不由笑着劝说。

"哼，我干吗不说啊，我偏要说，许老头真是越老越古怪，这么老的人，连顿饭都做不了。怪谁啊，怪我啊？还生气？冲我们发啥火啊！"童华不依不饶地追究着。

"老太婆，你别太过分了啊！"许大雷的脸色有些挂不住。昨晚他是冲着她俩发脾气，但是当着儿媳妇的面，还是有所收敛的，只是回到房间就不一样了。

"我怎么过分了，上次你不也是自己一个人偷偷摸摸的，没告诉我们一声就跑过去，我还没跟你算这笔账呢，你还来揪我的小辫子！"童华不甘示弱地顶回去。

"老太婆，你真是越来越放肆了！"许大雷本来心里还是星星之火，顷刻之间怒火高涨了，眼珠瞪大，一声低吼。

"爸妈，你们就别吵了！下次再去 S 市，我们三人一起去还不成吗？"师文茹见两人争吵不休，皱了皱眉头，无奈地劝说道。

"这还差不多……"听到儿媳妇这句话后，许大雷眼角瞅了瞅，鼻子哼了哼，像个小孩要到糖吃似的，竟然妥协起来。

师文茹端起桌上温热的牛奶喝一口，目光落在端坐上坐的许大雷："爸，萌萌我和妈都已经看过了，真不错……"

"那是，能被烨磊那小子看上，肯定是个非常好的姑娘！"许大雷像是对孙子的眼光非常相信。童华听完不由笑了起来："这话听的，我咋感觉萌萌像你孙女似的！"

"等她嫁给烨磊，成了我们许家的孙媳妇，那还不是跟半个孙女一样。你这老太婆，最近老是跟我较劲是不是？"许大雷说着说着，声音不由拔高。

"许大雷你最近是不是吃火药啦，有完没完啊！"童华没好气地回了一句。最近许老头脾气越来越古怪，时不时找自己茬，不过跟他生活几十年，了解他那死德性，懒得跟他计较而已。

"爸妈，你们就别吵了！"师文茹嘴角虽挂着一抹笑意，可眼底却掠过一抹淡淡的伤感，无奈地摇了摇头。

公公这两年好像特别喜欢和婆婆斗嘴，可在师文茹眼里看来，这其实也是爱的一种体现。如果老公还在的话，即使这样天天和他吵架拌嘴，都会觉得异常幸福。

童华敏锐地察觉到师文茹眼底稍纵即逝的异样，立马停止和许大雷纠缠，转移话题："对了，我们是不是要抓紧时间把他俩的婚事给办了！"

师文茹听到这句话，立即收起心底的伤感，笑了起来："是啊，看到烨磊和萌萌在一起甜蜜的样子，恨不得这个月就帮他俩把婚事办了！不过马上结婚会不会太快了，我们什么都还没准备呢。"

"哪会啊，我还盼着年底能抱上曾孙呢。"童华一门心思就想抱曾孙，一脸的憧憬。

"也是啊，我也想早点抱上孙子！"师文茹发自内心的笑不自觉地浮上脸颊，附和道。

看到眼前两个女人一脸兴奋外加激动的样子，许大雷咳嗽了一声，端起家长的架子："嗯哼……"

师文茹见此，知道这事还得公公说了算，笑了笑："爸，这次见到萌萌爸妈，我和妈特意要了萌萌的生辰八字，为了让您赶快抱上曾孙，还得麻烦您叫人帮忙选个日子……"

许大雷看了师文茹一眼，又看了身侧的童华："就如儿媳妇说的，结婚是太快了点！不过可以先让他俩订婚……"

其实许大雷的心思和童华婆媳一样，都恨不得孙子立马将孙媳妇娶进门，好在年底抱曾孙。可是唯一的孙子娶媳妇，哪能那么随便呢，作为爷爷的他还得好好准备准备才行，就当是对儿媳妇师文茹的一些补偿吧！

"是啊，结婚太匆忙了，还是先订婚好了！"这么多年来，儿子许烨磊算是师文茹唯一的精神寄托，他是自己对去世老公许卫国爱的延续，儿子结婚当然得好好准备一番才行。

"既然你们都觉得太快了，那就让他们先订婚吧！"童华见儿媳和许大雷一个鼻孔出气，也只好妥协。

意见一致达成，作为家长的许大雷接着发话："烨磊和萌萌要订婚的话，得让孙耀武这个媒人去帮忙一起去提亲，我等会吃完饭就去找他一起合计这事。"

军人做事就是雷厉风行，说做就做，一刻都不耽误。

"好，你等会去吧，顺便帮我跟孙耀武说声谢谢，给我介绍一个这么好的孙媳妇！"童华眉开眼笑，乐滋滋道。

2.

早上的太阳，暖暖地俯照在大地上，独树一帜的向氏大厦，在耀眼的阳光下显得格外雄伟壮观。比起周围巍巍屹立、鳞次栉比的摩天大楼，向氏集团的设计特别别致，那两翼展开如同一只向天空展翅飞翔的巨雕，整座大厦58层楼高，外墙全部由铝金属与玻璃两种物料结合。整体设计基调不但大气磅礴，而且非常富有独特的现代化风格，是S市标志性建筑之一。

董事长的办公室，装修得非常豪华、气派，占地面积便是近200平方米。

整个办公室分成三个区域：会客区、办公区与休息区。

左侧是会客区，和办公区之间是敞开式，并无东西隔开，会客区主要摆放了一圈真皮沙发与两张明澈清新的玻璃茶几，还有两棵碧绿茂盛、象征荣华富贵的富贵竹。

办公区右侧是一张瑰丽华美的大办公桌，犹如一只造型新颖的红木帆船的船台，宽敞的太师椅上坐着一脸严肃的向董。

在他后面是一巨幅雄鹰展翅的背景画，左侧摆放着一个艺术根雕，右侧是一个青翠欲滴的盆景。而休息区在最里层，那扇精致的红木门神秘地关着，看不出里面的布置。

向南立着笔直的身子站在办公桌旁边，身着一套剪裁得体的西服，脖子上打着价值不菲的领带，看上去不仅显得气质卓越，而且给人一种优雅绅士的感觉。抗争了大半年，最终还是抗不过向董的绝地封杀，这不今天乖乖地来公司报到。

向南那清澈明亮的眼睛瞥了一眼向董身后那幅巨型的背景画，特别是看到那犀利的鹰眼，心里不由咯噔一下。

有句古话：蛟龙潜水疑深浅，大鹏展翅恨天低，这句话用在向阳的身上一点都不为过。转业后，用短短的十几年的时间，创立向氏集团，并且把企业发展到如此壮大，可谓是国内精英企业家中屈指可数的人物之一。

虽然从小就在父亲的严格管控下成长，但是向南的确觉得自己身上决没有父亲的倔劲和拼劲，这次被逮进公司，心里就有种无形的压力在弥漫，不知道自己能否胜任接班的重任。

"爸，你准备把我安排到哪个部门？"向南低沉着嗓音，幽幽地询问向阳。

"企划部！"向阳瞥了他一眼，不假思索地回道。

"不是吧，老爸，我学的可是经济学，对企划的东西一窍不通，你把我安排到企划部，是不是有些不妥啊？"向南似乎不满意这个安排，立马抗议。

"臭小子，废话怎么这么多啊！老子叫你干什么，你就乖乖地去干什么！"向南呵斥一句。

"我又不是机器人，再说你叫我进公司最终的目的不是让我继承公司吗？要是跟皮球一样，你踢一下，我动一下，我想到时候估计会让你失望的咯！"向南脸上的神情和语气反倒轻快无比，像是恨不得这么刺激，老头子立马把自己赶出公司。

"就你，再等 20 年吧！"向阳一脸轻蔑，像是完全看不上向南似的。

"那我 20 年后再来。"向南悠悠然地回了一句。

"臭小子，有本事再顶嘴一句试试！"向阳顿怒，大声地呵斥起来。

向南眨了眨眼睛，稍稍低下头去，不敢继续跟向老头贫嘴下去，他会站在这，是实在走投无路了。向董已经把他的车子、银行卡全部没收，接下来就是没收房子，还严重警告向南老妈，敢私自给儿子钱花，两母子直接扫地出门。他为此不得不妥协啊！

几秒后，向南再次抬头："那我……在企划室担任什么职务？"

"普通员工！"向阳一脸的威严，犀利的眼睛扫了一下向南。

"不是吧？"向南听完立马开始纠结。

"干什么？难不成你还想当副总、老总啊？也不瞧瞧你那样子！"还没等向阳说完，向南连忙插话打断。

"爸，你就别再打击我了，行不？再这么打击下去，我想我还是给你做清洁工得了。"留了几年洋的向南，心底是越来越受不了父辈对子女教育的那一套方式方法。

"不想被我打击，那还杵在这干吗！"向阳看向南一脸悠哉的样子，心里就来气。

"好吧，我马上就滚！"向南耸了耸肩膀，嘴角微扬道。

"对了，在公司禁止叫我爸！别打着我的旗号，四处招摇……"向阳语气稍微好了一些，特意地交代一句，

"是，向董事长！"向南口气是非常严肃，但脸上的表情却一点都不严肃。

向南转身往门口走去，不过没过几秒又倒了回来。

"还有什么事？"向阳抬起头不解地看着他。

"银行卡！"向南嬉皮笑脸地伸手跟向阳要银行卡。

向阳犀利的眼睛瞪了向南一眼，拉开抽屉摸出一张银行卡给向南。

"谢谢老爸！"向南满怀感激的脱口而出，不过看到向阳那如背景画上那只老鹰般的眼睛，连忙一本正经的改口，"谢谢向董事长！"向阳这才把瞪出来的眼珠子往眼眶收了收。

"董事长，这里面有多少钱？"向南弱弱地问了一句。

"你一个月的工资，八千……"

"哦！不是吧？才八千？"向南一脸的不可思议。

"臭小子，八千块怎么不能养活人啊！多少人没领八千都要养活一家三口！你早上在家吃饭，晚上在家吃饭，又不用交房租，要不是看在你是我儿子的份上，你还想有八千块工资？还给你事先预支？不想干的话，直接给我走人，少跟我讨价还价！"向阳见向南一副嫌弃的样子，不由呵斥道。

"好吧，八千就八千吧，不过记得年终奖给我发多一点！"向南皱了皱眉头，无奈委曲求全道。

人事部经理在门口恭候多时，见向南从董事长办公室走出来，立马笑脸相迎，热情洋溢地奔到向南面前，两只眼睛里几乎能冒出星星，一副讨好的嘴脸："你好，我是人事部经理陈明，董事长事先跟我交代过了，由我亲自带你去企划部就任。"

"谢谢，陈经理！"向南那勾人的桃花眼微微微扬起，淡淡地笑道。

"这个是你的胸卡，还有饭卡！"陈明自我介绍后，把手上的两张卡递给向南。

向南看到那张饭卡时，原本悠闲的神情赫然僵住，缓缓眯眼，语气低沉："这是什么？"

"饭卡。公司中午有提供免费的员工午餐和加班晚餐，这是我们向氏集团给员工提供的福利之一！"陈明以为向南没听清楚自己的话，连忙给他解释。

向南听完解释，不由仰头长叹，从此刻开始自己将要过着非人的生活，希望自己不会累挂，好好保住小命！

　　向南在陈明的亲自带领下，来到了企划室，一进门就感受到那种紧张又压抑的工作氛围。每个人各就各位地在那争分夺秒的埋头苦干。向南不得不佩服向老头，竟把这里的员工训练成军队的士兵对待。

　　"大家先停一下……"陈明开腔发话。

　　刚才还在忙碌的员工，齐刷刷地抬起头，当看到人事部经理身旁站着一位超级大帅哥时，企划室的几个女员工眼珠子立马发亮起来，直勾勾地盯着向南看。

　　"这位是企划室新来的员工……"陈明笑呵呵给大家介绍向南，名字还没说出口，只见企划室的经理朱志成从办公室走了出来。

　　"开会！"朱志成冲着大家大声地喊了一句。

　　企划室十几号人，立马齐刷刷地站立起来，一刻不敢怠慢，拿着本子和笔往门口涌去。

　　向南看着一个个员工从自己身旁快速掠过，心里越发地佩服向老头，员工堪比士兵，相当训练有素啊！

　　当朱志成走到陈明面前时，陈明脸上堆满笑意："朱总，准备开会是吧，这位是你们企划室新来的员工向南！"

　　朱志成扫了一眼陈明，点了点头，直接对向南说："向南你好，欢迎你加入企划部，我们先去开会，等会回来再跟你聊。"说完，直接走人。

　　整个企划室顿时空荡荡一片，就剩下陈明和向南在那呆呆地杵着。陈明脸上有些挂不住，不由连忙解释："呵呵，最近企划室任务比较重，大家都比较忙，向南你别介意啊！"

　　向南看陈明的表情，完全一副伺候未来主子的样子，心里不禁摇头，淡淡道："没事，陈经理，你要有事先去忙吧！"

　　"好，那你在这稍坐一会儿，等他们开完会后，我再跟朱总交代一下！"陈明一脸谄媚地笑道。

　　"谢谢，既然大家都去开会了，身为企划部的一员，那我也去开会了。"向南一脸儒雅的笑意，说完这话，头也不回地直接离开企划室。

师妮可这是第一次参加设计部和企划部的沟通会议。向阳房地产公司今年最大的项目就是 5 号地铁线西山站边上那块地的开发。

西山离市区比较远，说得难听一点就是荒山野岭，如果城市规划里面没有 5 号地铁，这一块地就无法进入向阳房地产的法眼了。即便地铁开通了，这里依旧远离着市区，但郊区也有郊区的优势，空气质量比市区好。

向阳地产便把这块地规划成一个宏大的别墅城，这次设计由向阳地产的首席设计师时启元负责。

时启元是全国知名的园林设计师，此刻正在意气风发地对着 PPT 介绍着设计图。

"颐景山庄将设计为 20 万坪地中海风情园林，以木、石、水雕筑园林，实用水景、竹林绿植等元素，通过连贯的木筏道和蜿蜒曲折的溪水连接，在尽可能保留原生山地资源原貌的同时，形成园山一体，高低有致，相映成景……"

"整体分为五期开发，今年年底将完成一期开发。产品结构以联排别墅为主，叠加别墅、多层洋房为辅，还有两栋高层精品房。高层住宅和多层住宅为临街一排，面积 83~450 平方米不等。200 平方米以上的为叠加别墅，280~370 平方米为联排别墅……"设计部将设计图纸分发给与会者，大家边看图纸边听着时启元充满激情的介绍。

向南最后一个进入会议室，悄无声息地坐在角落先浏览了一遍设计图纸，随后就闭着眼睛听着。

时启元大体介绍完，又有另一个设计师做详细介绍。然后企划部便开始讨论，怎么去围绕着设计宗旨策划一个完美的销售。

向南淡淡地听着两个部门和谐的商谈，和所有人的热情相比，他的冷静显得与这个会议格格不入。但就是这样闲淡地静默，却让坐在他旁边的同事感觉有些压迫，慢慢地，很多人发现了他的存在，特别是女职员，突然发现这个会议室多了一个丰神俊朗的男人，他就那么在偏僻的一隅静静地坐着，让人感觉周边的景色黯然失色。

时启元也是帅哥一枚，再加上在业内的名气，刚开始男女职员的目光都围着他和他的设计构想。这会发现女职员转移了目光尽对着角落一个长得英俊的男人放光，这个颇有名气的设计师就有些坐不住了。

"这位同事看着眼生，我看你一直都没有发言，不知道有何高见？"时启元有些高傲地问着向南。觉得眼前这个年轻男人也就长得比较好看一些，估计肚子里没有货，才一直没有吭声。

时启元的意图就是要把抢了自己风头的向南揪出来，让他出出丑。

"时设计师真不愧是园林大家，在一线城市设计的几个园林高档住宅区一开盘就销售一空。这次颐景山庄的构想，听起来也很不错，设计部的各位同事辛苦了……"向南心闲气定地微笑着，他一开腔，立马就迎来一片掌声，真不知是为时启元的名气鼓掌，还是为向南的优雅大气所折服。

时启元没想到这个男人还真有两把刷子，那话说的好像他就是老板，在对这个会议评头论足。

师妮可也是一个帅哥控，刚才一进入会议室就发现了向南的存在，感觉他身上有一种与生俱来的优雅贵气，对他多看了几眼。可是不知道这位帅哥是何方神圣，没想到她的师傅把矛头指向了他，正好可以看看帅哥的话会不会像他的外表一样让人眼前一亮。

只见向南拿起设计图纸，然后一脸疑惑地说："我这里有个小疑问，颐景山庄是别墅城，这里临街的两栋高层精品房夹着一个泳池会不会有些突兀……"

"临街的户型，都会比较吵，如果设计成别墅，卖相较差。南方人比较相信风水，认为水聚财，有这个泳池，这个小户型的精品房不用推介都卖座……"

"一个高档的居住区，除了环境优雅，还要有配套的设施。西山位置比较偏僻，这么大的别墅城，住户并不多，就那么点消费群体，临街的超市很难经营，这对别墅的住户生活会很不方便。多了高层，就不一样了。多了这两栋高层，就多了 1500 住户，就能拉动很多消费……"时启元胸有成竹地解释道。

"嗯，果然是名师，想得比较深远，为业主想得比较周到。这样设计的确能让这块地多出很多产值！听起来不论对业主还是对公司都是个双赢的设计！"向南听完微笑着点了点头，但下一秒话锋又一转，"但是，S 市每年都有台风登陆，两栋高楼在别墅城里鹤立鸡群，台风一来，这两栋高楼之间估计要风声鹤唳了……"

向南看了看听众，大家怎么比我还更多疑惑，都对我的话皱眉？但他还是不管不顾地继续说："还有，颐景山庄是低密度居住区，这两栋高楼在这小角落里，多了它就多了一倍住户，这不是降低了这个别墅城的品质吗？我想，能买得起别墅的客户，自然都会有私家车代步。有了车买东西到哪都很方便，就是没有生活超市，也一样能过着高品质的生活……"

向南的话简直就是一鸣惊人，不，简直就是一个炸弹！

时启元的名字就是一个品牌，由他设计的房子，必将是众人争抢的高档住宅。从来没有人这么直接地对时启元的设计提出质疑，对于设计部的完稿，企划部一直都只是全力配合着去策划销售。

此刻一个新来的菜鸟竟然当着大家的面推翻时启元的设想，而且还一语命中，说得有理有据，把这位名设计师气得快要喷血。听完向南的高论立马灰着一张脸拿起图纸，摔着门离开了会议室。

两个部门的经理都一脸愤懑地看着向南，因为他的一席话，时设计师又得回去改稿子，两个部门都得继续为马上要开工的项目加班加点。

"散会！"设计部的经理刮了向南一眼，也离开了会议室。

随后男同事也纷纷地对向南怒目相视。哪来一个这么不知好歹的臭小子！

　　和男同事的怒目相向相反，女同事则不然，个个眼睛都亮得发光，眨巴眨巴地盯着向南看。刚才看到向南优雅自若的谈吐，让她们俩眼直放光芒，天上掉下一个大帅哥，以后的工作就有趣味多了。

　　师妮可也对向南刮目相看，虽然刚开始还只注意到他惊人的容貌，忍不住偷偷地多看他几眼。随后听了他提出的疑惑，她觉得挺有道理的，时设计师的设计被向南那么一说，的确有漏洞。真是没想到，长得这么帅，看问题却不随大流，眼光很独特，思维很敏捷，真是才貌双全啊！

　　突然师妮可对这个男人产生了兴趣。

　　不过听他讲了这么多，还不知道他叫什么。师妮可转过头，小声地询问身边的同事："这位帅哥是谁啊？"

　　"不知道啊，新来的吧。我也很想知道唉……"旁边的女同事也是一脸的好奇。

　　"不就一个菜鸟，为了哗众取宠，说一些标新立异的话，吸引大家的眼球……"男同事不可置否地回答，随后拍拍屁股走出会议室。

　　向南听着这些同事们对自己不同的评价，嘴角不由轻勾，一副无所谓的表情。

　　老大们都走了，其他职员自然不敢多做逗留，纷纷站起身，离开会议室。女同事要离开之前，目光有些恋恋不舍地朝坐在角落依然稳如泰山的向南看去，才肯离去。

　　向南那一举一动都透露着优雅，好看得令男同事不由冒起各种羡慕嫉妒恨。

　　直到会议室没一个人影后，向南才缓缓地站起身。那修长挺拔身材被崭新笔挺的西服包裹着，尽显清俊卓绝，让人有种被晃花了眼的感觉。向南缓缓踱步离开会议室，风采绝伦的身影渐渐消失在门后……

　　朱志成一回到办公室就立马拨电话给人事经理陈明，噼里啪啦地大骂一顿："陈总，搞什么东西啊，怎么把这么一个搅屎棍发配到我们企划室啊！"坐在办公室的陈明接到朱志成的电话，一脸不解："朱总，你说谁啊？"

"还有谁，你刚带过来的菜鸟啊！"朱志成的语气带着一丝怒意。

一听到是向南，陈明的心猛提了起来："咋啦？朱总，发生什么事情了？"

"真是一个不知天高地厚的菜鸟，一张嘴就把时设计师给气跑了！接下来我们企划部又有罪受了！"朱志成的脾气历来暴躁加直爽，有话直说型，火炮桶的那种。不过形成这种个性的原因，跟他当过几年兵有很大关系。

"朱总，到底发生什么事情了，你给我说明白点！"陈明听得一愣一愣的，非常好奇刚来的向南到底给他们惹了什么事。

"那个菜鸟当着大家的面把时设计师的设计稿给否定了，气得时设计师脸都发青了，摔门而出……"朱志成简明扼要地跟陈明说明情况。

"哦，这样啊。"陈明轻笑起来。

"赶紧把他给我打发走，我们企划部可容不下这颗老鼠屎。估计因为这事，设计部接下来肯定会三天两头找我们的茬！"

朱志成很是来火。新来的员工没他允许就私自参加会议，简直是无组织无纪律，况且企划部一直都被设计部压制着，日子本身难过啊，被他这么一搅和，估计更没好日子过。

"这个……恐怕不行！"陈明笑笑回道。

"为什么不行，这人我老朱不要！"朱志成斩钉截铁地说。

"唉，我说老朱，你最近是不是忙糊涂了，脑子转不弯来啊！"陈明循循善诱地说。

"说什么呢？别给我绕弯子，有话直说！"朱志成骂咧咧道。

"你说的那个菜鸟叫向南，向南懂不？"陈明不愧是人事部经理，对人说话从来都不直接挑明，非常委婉。

向南？朱志成思索了一下，几秒后，猛地拍了一下自己那坚硬的脑壳："不是吧？他是董事长的谁谁谁？"

"嗯，算你没忙糊涂。向南是董事长的独苗，刚海归回来，学的是经济学，不过向董吩咐把他安排到你们部门……"陈明把自己了解到的信息一五一十地告诉朱志成。都是老同事，私下交情虽说不上很好，但是"太子"放在他那部门，还是得多加提醒他才是。

"海归！原来他就是传说中的我们董事长的海归儿子啊！"知道向南身份后，朱志成不由调侃道。

因为都曾经为军人，公司年终聚会的时候，向阳对他们这些老兵都会特别照顾。朱志成早年就耳闻向董有个儿子在国外留学，谁知今日来公司上班了。

"知道就好。我还有事，自己掂量着点！别怠慢了，那可是向氏未来的主人！"陈明不忘提醒朱志成一句。

"好嘞，多谢陈总了！"朱志成憨憨一笑，感激道。

挂掉电话后，朱志成幽幽地说了一句："唉，那菜鸟原来是董事长的海归儿子！"

"没错，我就是董事长的海归儿子！"身后传来一记低沉淡雅的嗓音。

朱志成吓了一跳，连忙将椅子转了回来，目光一转，赫然定住，落在站在自己办公桌旁边上的向南。

眼前的向南整个人看上去可谓是清俊温雅风采卓绝。一双黑亮浸润的乌眸，细腻白皙的皮肤，修长均称的身材，外貌吓死人的出众也就罢了，还从头到脚无一不散发出很精英很人才的气质，更重要的是他那闲适惬意的神情和没有半点紧张情绪的目光。

不得不说，这个职场菜鸟的气场实在太强大了，单单只从气质和外表看上去，就已经能看出精明能干的信息，那举手投足间透露出的自信更是让人望尘莫及。

朱志成稍微顿了顿，许久才张开口："你……怎么进来了？"

"我刚才敲门了，见办公室门半开着，而且听到朱经理你也正在讨论着我，所以就事先进来等候你的询问……"向南的脸上尽量显得亲切自然，礼貌地冲着朱志成笑了笑。

"哦，请坐请坐！"知道向南是何身份，脾气耿直的朱志成也不忘圆滑起来，连忙叫向南坐下。

向南就势坐了下来，清亮的乌眸很是平静，嘴角似乎挂着一丝优雅却又无法琢磨的笑意，开口道："刚才我的情况，想必人事部的陈经理都跟你汇报过了吧？"

见他这么直接，朱志成心里不由咯噔一下，"太子"此话想表达啥意思呢？是让自己关照他，还是……让自己以后少管他？

但不管如何，朱志成骨子里还是有一些未泯的军人血性，不惧"太子"威严，直白道："嗯，陈经理已经跟我汇报过了。"

"呵呵，那还请朱经理安排一下我的工作吧！"向南扯了扯那性感的嘴角。

朱志成连忙挺直腰背，一副正襟危坐的样子，眼睛一瞬不瞬地看着向南，语气很公式化地问道："来公司上班之前，有在其他公司工作过吗？"

"没有。"向南摇了摇头。

帮"太子"安排差事可是令人头大的事情啊！朱志成认真严肃地看着向南，微微点了点头，"那你最擅长的事是什么？"

"相亲……"向南想了想自己回国后的经历，随即很认真地回答道。

朱志成一时间陷入了无比纠结中，"太子"这是在调戏自己是吧？

"别误会，我回国后，唯一做的事情，就是每天相亲！"向南一眼看穿朱志成的心里的各种纠结，神色淡定地做出解释。

噗！朱志成听到这句话后，一脸的艰难忍笑，不由咳嗽了一声，掩盖自己的表情："那这样吧，看你刚才在会议上针对设计构造有着自己的独到见解，以后就由你负责企划部和设计部之间沟通的各项事宜，行吗？"

朱志成可是职场老手，自己部门来了一个"太子爷"，在好生伺候之下，必须让他充分发挥长处，加以利用，以此让企划部气势壮大起来，不再被设计部压制。

"没问题……"向南的黑眸里闪过一道亮光，其实对于这些奉承他早已见怪不怪，而且既然被向老头领来这上班，以后继承大统也是迟早的事。"不过……"向南突然一本正经地压低声音道，"你得答应我一件事，千万别让部门的人知道我是董事长的海归儿子！"

3.

驻地，阳光灿灿照射着整个军营，特种大队全体成员今天没外出训练，而是在室内学习敌后战术的理论课程。

接近晌午时分才结束，大家陆陆续续从学习室走出来。

许烨磊和吴凯、师达树几个一同回到综合办公室。离午饭时间还差 15 分钟，几个大男人一坐下来，又在那说着男人们的私房话。

许烨磊自从上周末回家与老婆温存后，愉悦的心情一直延续到周四都还未消散。虽然训练的时候依旧是那么严厉，但是只要一回到办公室，就变得和颜悦色，害得吴凯他们几个羡慕嫉妒恨。这不几个大男人又开始拿许烨磊开涮。

"唉，转眼一周又过去了 4 天，再过两天我们的中队长又可以去市区约会咯！"师达树最近因为看到许烨磊满面春风，小心肝是越发地想女朋友了。

"是啊，又要让我们几个羡慕咯！"谢铁军不甘落后紧接着说。

"唉，给我老婆打了好几通电话，叫她过来探亲，结果因为我岳丈脚崴了，暂时没法过来。真是快难受死我了！"吴凯一脸憋屈地说。

许烨磊听到这些调侃，不但没生气，反而笑了起来："你们几个最近怎么就这么饥渴呢？"

师达树"扑哧"笑了起来："队长，你那是饱汉不知饿汉饥啊！"

"是啊，队长每周都约会，哪知道我们这些人的苦啊！"谢铁军最近被几个老男人撩拨的心头荡漾，也跟着悲鸣连天起来。

"看吧，连光棍蟹都觉得痛苦，我这个已婚人士就可想而知了！"吴凯哀怨道。

"我说你们几个，最近个个都这副死样子，欠削啊！"许烨磊眼底尽是笑意，但脸上的表情却摆得一本正经。

"队长，别削了，你就可怜可怜我们这些面黄肌瘦、营养不良的苦命娃吧！"师达树双手捧着自己脸，可怜巴巴地看着许烨磊。

许烨磊有些哭笑不得，这几个是吃不到葡萄说葡萄酸，天天就知道拿自己开心解闷。

"唉，队长，你每到周末都去约会，啥时候也请我们吃点大餐解解馋啊？"师达树见许烨磊心情这么好，不由想敲他竹杠，想让他请客吃饭。

"说什么呢？"许烨磊误解了师达树的意思，还以为这些人想去找女人解决生理问题。

"嘿嘿，队长你思想真邪恶！"师达树嬉皮笑脸道，"我说的是吃在嘴里的大餐，别想歪了！"师达树还顺便做了一个吃饭的动作。

吴凯和谢铁军听完，"嘎嘎"直乐，许烨磊却是一脸的尴尬。

"是啊，队长什么时候请我吃顿大餐啊？"谢铁军加入要饭行列。

"老许，看你最近红光满面的，我们几个却面黄肌瘦，有时间的话，你真得请我们几个补补才行！"吴凯心里虽幽怨，但还是跟着师达树和谢铁军两个想一起宰许烨磊一顿。

"大餐是吧？没问题啊！"许烨磊倒是一点都含糊，大方地答应了。

"这可是队长你说的，我拿个小本子记下来才行，你顺便帮忙签个字！"师达树连忙把自己的笔记本给递了过去。

"去你的！"许烨磊把笔记本扔了回来，扔了一句非常慷慨的话，"地方随你们挑！"

"真的吗？队长，你真是太好了，好人啊！"谢铁军一副恨不得扑过去拥抱他猛亲一顿的样子。

"老许，这可是你说的，那我们几个就不客气了。"吴凯像是逮着机会似的，眼睛掠过一抹坏坏的光芒。

"是，我说的！"见几个像饿死鬼似的，许烨磊不由大声地再次宣布。

"啦啦啦，有大餐吃咯！"师达树兴奋地唱起"啦"之歌。

"什么大餐啊？我有没有份啊？"孙贝贝从门口走进来，冷不丁冒出一句话，几个大男人的视线再次齐刷刷地看向她。

"孙贝贝，你什么时候站在那的？"许烨磊生怕她刚才把他们之前的谈话全听了去，连忙追问。

孙贝贝一脸疑惑，撇了撇嘴："我刚进来，就听到师教官在那说大餐，还以为你们中午要加餐，想让你们带上我。"孙贝贝说的是实话，她的确刚到这，一进门就听到师达树在那唱歌。

几个大男人脸上都是一副不相信的表情，看着孙贝贝。

孙贝贝见此，一脸不屑地说："干吗啊，你们以为我是偷听狂啊，再说谁要听你们这几个大男人叽叽呱呱啊，我可没这个闲工夫！"说完，孙贝贝的眼睛特意轻扫了一下谢铁军。

几个大男人被这句话说得哑口无言。自从这个小丫头在这进出自如后，他们几个说话都变得不方便起来，还好孙贝贝这丫头最近在忙着排练话剧，来这的次数少了一些，谁知道今天又撞了一个正着。

"以后进门前，别忘了敲门！"许烨磊见她这么横，不由拉下脸，说教起来。

"好心给你们送东西过来，却把人当贼看，什么素质！"孙贝贝撇了撇嘴，没好气地走到办公桌前，把手中的包裹放下，转身就离开。

"等会儿，给我回来！"许烨磊立马叫住她。

孙贝贝停下脚步，转过身子："还有什么事，许中队长？"

许烨磊指了指那一包东西："这是什么东西？"

孙贝贝不由赏了他一个白眼："放心，肯定不是炸弹！"说完，头也不回地离开了。

师达树站起身，拿过包裹看了看，不由乐道："队长，是茶叶！"

许烨磊接过包裹，打开一看，闻了闻，嘴角微扬："黄山毛峰！这丫头竟然给咱们几个送这么好的茶叶，真是稀奇了！"

"唉，唉，唉，你们不觉得有蹊跷吗？"吴凯抖了抖眉，暧昧不已地说道，"我猜这东西肯定不是送给咱们几个的，只是那丫头不好意思送我们其中一个，搞了这么一个曲线送茶。"

"是啊，我怎么没想到啊，黄山毛峰可是螃蟹家乡出产的茶叶啊！"师达树冲着谢铁军眨了眨眼，暧昧地笑道。

许烨磊也转过头，眼睛直勾勾地看着谢铁军。

谢铁军被三个大老爷们看得直起鸡皮疙瘩，挠了挠头："你们……你们看我干啥，别……别胡说啊！"

"嘿嘿，我们怎么胡说了，你没见刚才孙贝贝那丫头进来，谁都没看，就特意地、深情款款地看了你一眼吗？"师达树扑到谢铁军面前，不怀好意地说。

"胡说什么呢？孙贝贝那丫头一直看我不顺眼，我们死对头，你们不是都知道！"谢铁军说这话，显得有些心虚，语气不太坚定。

"不顺眼，我看不是吧，这几天我可是经常见到你非常主动地帮孙贝贝同志拖地打扫卫生，两人配合得可真是默契，一点都看不出敌对的样子！"吴凯坏坏地挑了挑眉头。

"唉，这哪是死对头啊，简直就是郎有情妹有意啊！"师达树在那起哄道。

"你们……你们这些人的思想真是龌龊！"谢铁军不知道如何辩解，只好指着吴凯和师达树，控诉他俩思想不纯洁。

　　许烨磊微微眯起眼看，一副意味深长的表情盯着谢铁军。谢铁军被看得心里直发毛，刚好这时午餐号响起，不由站起身，转移话题："吃饭时间到，我们去吃饭吧！"

　　其他三个男人慢悠悠地从座位上站了起来，眼睛一致盯着谢铁军，拿起帽子，不约而同地感叹一句："唉，真厉害，吃饭去……"

　　有关谢铁军帮孙贝贝拖地这事，这得从几天前开始说起。

　　周一早上，孙贝贝提着拖把漫不经心地拖着地。当清洁工真不容易啊，日复一日地拖地，本来葱白柔滑的手指，被这可恨的拖把磨得粗糙不堪。这双手是弹钢琴的，这样长期地拖地，手指都被拖得僵硬了。孙贝贝真不确定，军训完她的手指还能不能像以前一样，见到黑白键就能兴奋地起舞。

　　若是以前，这位大小姐估计早跳脚了，哪里还会心不甘情不愿地在这任劳任怨打扫卫生。但是这段时间的部队生活，再加上听了谢铁军的从军史，已经让她对军人和军队生活的态度发生了改变，说不上喜欢，但也没有了过去那种怨愤的心理。

　　孙贝贝有一搭没一搭慢悠悠地拖地时听到了脚步声，抬头看到彪悍魁梧的身影，心中一喜。和她相反，谢铁军一看到孙贝贝，特别是看到她双手撑着拖把，两眼带着精光地看着自己，心里就毛毛的，浑身都不自在。这野猴子不会又给自己下套，捉弄自己吧。

　　其他都还不怕，最怕她叫他"谢光棍"。那么能撒泼的野丫头，竟然还留了一手，神不知鬼不觉地偷听了那么多，没有立马捅破。当时没让大家难堪，留着现在谢铁军一个人难堪，这个难堪就分外难堪！怎么会遇到这么胡搅蛮缠的女人。

　　谢铁军见到孙贝贝有些怵，立马抬脚转身。

　　"上尉，早上好！"孙贝贝第一次用非常严肃的口吻称呼谢铁军，把这个呆子刚抬起的腿又叫了回去。谢铁军转过身，有些憨憨地对着孙贝贝咧着嘴："早上好！"

我的天！能被她这么尊敬地称呼，绝对不是因为这丫头变成正常人，所以今天一定要小心一点，不然自己随时都有可能踩爆地雷！谢铁军浑身紧张地看着孙贝贝，一脸非诚勿扰的表情。

孙贝贝却不管他心里怎么嘀咕，一反常态笑嘻嘻地走上前，随后抓住谢铁军的手，把拖把塞在他的手里。

"多么让人敬仰的特种兵军官啊，发挥一下军人的热血心肠，帮我拖拖地……"孙贝贝边说边抬着自己的双手，正面看看，背面看看，"看看我这么漂亮的手，被这可恨的拖把磨得跟老阿姨一样，以后怎么拿出来见人呢？"

"这跟我有什么关系？拖地是你的任务，你自己拖，我没空……"谢铁军眼睛的余光偷偷地瞥了孙贝贝那张细嫩的小手，却一脸正经地拒绝道。

上周谢铁军看到她拖地，愧疚地要帮她时，她却对他大吼大叫。这会听孙贝贝说着这么女人的话，看着她非常态的表情和动作，谢铁军感觉全身起鸡皮疙瘩，心里幽幽地说不出的惊恐，赶紧把拖把塞还给孙贝贝。

"哎，谢铁军，你忘了我怎么沦为清洁工的吗？"孙贝贝真不愧是学艺术的，那个演戏的天赋真是要什么表情立马就有。

孙贝贝收起笑容，拉下脸，威胁地看着谢铁军。但是这个呆子被她这么一激，虽然心里也还有个疙瘩，有几分愧疚，却还是不愿意为了那个错赎罪。两人的相处就是这么奇怪的别扭着。

"我的事情多着呢。你要身体不适，就慢慢拖吧，没有人会催你干活……"谢铁军貌似淡定冷酷地看了眼孙贝贝，然后抬脚转身走人。

现在最怕的就是和眼前这个女人相处。想起那件窘事，谢铁军不管心里是否真的觉得有愧于孙贝贝，他都不愿意和她独处被她嘲笑一番。

孙贝贝追上前，堵在他前面，伸手挡住谢铁军的去路，一本正色道：

"帮我拖地！"

"自己的事情自己做！"谢铁军立马把毛主席的教条搬了出来。

"帮我拖！"孙贝贝斜着脑袋，像个小痞子似的不依不饶地说。

"你自己拖！"谢铁军依旧拒绝。

"拖不拖？"孙贝贝瞪起眼睛来。

"不拖！"谢铁军冲着她坚定地摇了摇头。

"帮我！"孙贝贝声音不由拔高。

"没空！"谢铁军嘴里吐出没空两字。

两人一番僵持，最后谢铁军越过孙贝贝，一脸冷酷，却是心慌慌地赶紧走。

算你狠！孙贝贝看着"谢呆子"魁梧的背影，举着双拳挥舞一番。不过，我还有最后一招，保管你走得越远跑得越急。

孙贝贝一副吃定谢铁军的样子，看着他阔步离去，待他走出十来米后，才慢条斯理地大声道了声："慢走！不送！谢光棍！"一声谢光棍把谢铁军叫得浑身一抖，如孙贝贝预想的一样立马飞快地回来。

谢铁军直直扑向孙贝贝，大手紧紧的捂着她的嘴巴。

"哎呦，我的姑奶奶，求您别叫这么大声！要让人听到了，我这老脸往哪搁！"谢铁军压低着大嗓门瞪着孙贝贝。但见她一脸小人得逞的奸笑，谢铁军感觉心里被闷棍狠狠地揍了一下。

也不是第一次接触这个女人，但心境却是千差万别。军训时是刚正不阿的教官拉着逃兵，心里坦荡，只有怒气没把她当女人，别说什么怜香惜玉，他连正眼都没看她一眼。此刻则不一样，他一直把她当做一个调皮捣蛋的小女孩看待。

这么近地捂着她的嘴，只那么一触，就似她温柔地亲着他的手一般，有一股电流从掌心传到全身，有种说不出的酥麻和震撼！

刚才一急，浑然不觉两人已经贴得如此之近，谢铁军闻到了一阵清香的、让人浑身僵硬的女人气息。谢铁军那混沌的意识里出现了一片彩虹，身体一僵，想立马放开孙贝贝，可是手像是被念了咒语一般，拿不开，心里只能酥酥麻麻地干着急。

孙贝贝笑嘻嘻地扒开谢铁军的手，一脸嘚瑟地看着这个呆子，"哈哈，怕了吧？谢光棍！"一声谢光棍把谢铁军叫得高大的身板立马矮了几截。

"别叫了！不就拖地吗？我拖，行了吧！"谢铁军很无奈地求饶，拿起孙贝贝的拖把，开始拖地。

孙贝贝像一个奸计得逞的小孩，快乐地拍着掌，笑着道："以后可要自觉点哦。不然，我就叫你谢……"孙贝贝拉长了声音，谢铁军本能地反应，抬起手要捂着她的嘴巴，但看到她水润的红唇，心"扑通"跳了一下，吓得停住了手势。

"哈哈！要拖干净点哦，如果中队长检查不合格，我不能保证会不会当着他的面使唤你！"孙贝贝得寸进尺地威胁着。

这女人怎么长的，都这么大了还跟小孩一样。谢铁军有些无语地翻白眼。多说无益，还是快点拖地吧，最好不要让人看到自己当雷锋帮孙贝贝。

两人一个愿打一个愿挨，就这么开始了不平等的劳动协议。

从那天之后，谢铁军每天都早早来到办公大楼，非常自觉、非常主动地做清洁工作。孙大小姐则在一旁监督着，检查卫生。那情景很别扭，又很搞笑。谢铁军越是怕人看到，却越让人看见，凡是看见者都不约而同地摇头偷笑。

4.

N 市的许家别墅内。

镂空的枝窗前绕着青绿色藤蔓，在茶室里，许大雷和孙耀武各坐在紫檀茶桌的两端，喝着武夷山的大红袍。所谓"汤有色，淡薄味"，一壶茶，泡到了第三遍，正是此茶最出彩的一泡，袅袅的茶香淡淡地浮在空中。

周一许大雷火急火燎地跟孙耀武打电话，可是孙耀武去出差，昨天晚上才回来，所以今晚邀他夫妇来家里吃饭。

"耀武啊，今天叫你过来，可是有事相求啊！"即将成为亲家，许大雷没像以往那般孙耀武孙耀武地叫着，而是省略了姓，直接称呼耀武，以此凸显两人之间的关系变化。

"呵呵，我知道老首长想跟我说什么，是想叫我帮忙提亲是吧？"孙耀武今早接到许大雷的电话，叫他们夫妇俩晚上一起到他家吃饭，就猜到这其中的意图。

"嘿嘿，聪明！"许大雷心情十分愉悦，指着孙耀武乐呵呵道，"上周末，我老婆和儿媳妇都跑去 S 市看萌萌去了。回来后，一个劲地说快点帮他俩订婚，订完婚再过段时间就结婚！"

"老首长，我家萌萌不错吧？谁见了都会喜欢的！"孙耀武没有直接回答许大雷的问话，而是又在那夸耀自家侄女。

"萌萌非常好，所以啊，我得赶紧让烨磊把她娶回家才行！"许大雷眼里泛着满意的光芒。想起上次孙萌萌帮他剥葡萄，他的心里就十分期待孙媳妇进门后，能给自己生活带来多一点乐趣。

"呵呵，我理解老首长的心情。"孙耀武见许大雷这么开心，也不由笑了起来，可是话突然来了一个转折，"不过，我觉得别急着订婚，还是再等一段日子吧……"

许大雷一阵错愕，按道理孙耀武应该很高兴，立马同意定亲这事才对啊！怎么突然说出这样的话来？

"孙耀武，这是啥意思？"许大雷不解孙耀武为何说出这样的话，还以为他不同意呢，脸一黑，很果断地打断他的话，不由责问起来。

"老首长，先别生气啊。听我说完！"孙耀武见许大雷又开始拉驴脸，连忙劝道。

"好，你说……"许大雷倒是想知道他有何高见。

"老首长，你看，烨磊和萌萌两人认识也不到半年，具体来说，他俩确定恋爱关系也就不到两三个月，我们这些长辈就急着给他们订婚、结婚，实在有些操之过急了！老首长，你也知道，我们军人娶老婆是很不容易的，而且作为军人的老婆就更不容易了！"孙耀武细长眸子眯了眯，眉心间那一抹深壑愈发明显，像个高深的智者般，能轻而易举地洞悉一切，一一将自己心中的想法道来，"他俩才刚认识不久，现在正处于热恋中，彼此都想腻在一起，可是我们是军人，不像常人那样能常年地陪伴在爱人身边，接下来漫长的岁月，才是真正考验他俩能否一直走下去……"

"孙耀武，你说的话，我明白，可是难道你就这么不相信你家侄女吗？"许大雷听完，心里是明白几分，但一时半会还是没转过弯来。

"老首长，不是我不相信萌萌，只是现在社会存在太多的诱惑，相爱容易，相守难！闪婚不一定是好事，我想不如多让他俩相处一段时间，让萌萌知道想要彼此相守，就必须克服种种困难，让她的心性再磨炼一些！"孙耀武的心里自然希望自家侄女和许烨磊喜结连理，但不管是作为媒人也好，还是作为长辈也罢，他的考虑绝对是很慎重的。

许大雷听完后，不由沉思几秒，抬眼看了孙耀武一下，深叹一口气："耀武，还是你考虑的周全啊！我家烨磊年纪不小了，自从见了萌萌，我们就一门心思地想赶紧让他俩结婚，没考虑这么多！"

"军嫂的确不是一般人能当的，常年丈夫不在身旁，任何事都得自己独自处理。还是让他俩再磨炼磨炼吧！"有过一次失败婚姻的孙耀武，对此深有感悟，所以他不主张急着给孙萌萌和许烨磊订婚结婚。

"好吧，就听你的，这事先搁一搁，过段日子再说！"许大雷垂下犀利的黑眸，同意孙耀武的建议，不着急操办了。

"谢谢老首长，不过我还是非常相信萌萌和烨磊能走在一块，给你生个小曾孙，白头到老一辈子的！"孙耀武不忘给许大雷鼓劲。

"好，我等着！"许大雷乐呵呵道。

谁也没想到，双方都想着给许烨磊和孙萌萌办喜事，而媒人孙耀武却跳出来表示反对。这一举动，对于相爱的两人或许是种考验，或许是种折磨……

"来，来，来，茶都快凉了，我们喝茶吧！"孙耀武给许大雷斟了一杯茶。

"嗯，喝茶喝茶！"许大雷端起茶杯，小酌一口，慢慢品尝大红袍在嘴里留甘之余味。

在厨房里，林爱英一到许家，就主动要求给师文茹打下手。

"我们家烨磊能遇到萌萌，这多亏了你们家老孙的介绍啊。"师文茹满眼带笑地说。

"这是他俩的缘分，我们家老孙也没做啥啊。"林爱英客气道。

"牵线是最重要的，不然两人怎么会看对眼呢？"这几年师文茹和公公许大雷想着法子让许烨磊去相亲，那小子就是不肯，结果去年被骗回来，就直接给相中了。

林爱英嘴角挤了一丝笑容出来，许烨磊她见过，非常满意。谁知孙耀武却不留给贝贝，送给了萌萌，况且许烨磊还跟孙贝贝相过亲，却没看上她女儿，作为母亲的她心里多多少少有些别扭。只是她不知道，那两次相亲都是孙萌萌去的，孙贝贝和许烨磊注定无缘。

"对了，贝贝最近咋样？去文工团还习惯吗？"师文茹没注意到林爱英的异样，眯起一双眼睛朝她和善地笑着，继续问道。

"她啊，还在 S 市新兵集训呢，下个月才能回来。"林爱英回神过来，连忙应道。

"贝贝长得漂亮，肯定很多男孩子追。你啊，以后挑女婿肯定挑花眼！"师文茹见过孙贝贝，第一感觉是个非常漂亮的小妮子，比起孙萌萌来说，这丫头看上去比较狂野一些，性子没孙萌萌那么温和。

"我家贝贝年龄还小，早着呢，不急！"林爱英笑着说。心里却在嘀咕，到哪再找一个像许烨磊那么称心如意的小伙子配自家女儿呢？回头再跟孙耀武算算账才行！

"也是，不过现在也可以慢慢地帮她物色物色了！"师文茹淡淡地笑道。

"那副院长以后也多帮忙给我家贝贝物色物色！"林爱英见机行事，笑着让师文茹帮忙。

"好，一定会的！"师文茹一脸和悦地答应道。

晚餐准备好了，餐厅摆满一桌丰盛的菜肴，许大雷和孙耀武双双入席。

"老婆，把我那茅台拿过来，晚上跟耀武喝两盅……"许大雷好久没找到喝酒的对象，还没开始喝，酒瘾就发作了。

"好，马上去拿！"童华立马行动，去取许大雷珍藏的好酒。今天是个好日子，特许他喝酒，要是换作平时，肯定被驳回。

大家都坐了下来，许大雷和孙耀武乐呵地开始喝酒。

"孙司令，爱英，没什么好招待你们的，别客气啊！"师文茹热情地招呼着孙氏夫妇。

"师副院长，你太客气了，都满满一桌啦！"孙耀武客气地笑道。

"一个司令，一个副院长，我们两家就要成亲戚了，瞧你们俩生疏的！"童华满眼带笑提醒道。

"那以后我得改口叫孙司令亲家大伯！"师文茹连忙纠正自己错误。

此话一出，大家都笑了起来。

"别这么烦琐，以后直接叫我老孙就行了。"孙耀武不拘小节道。

"好，老孙，我先敬你一杯，谢谢你帮忙做媒啊。"师文茹端起酒杯敬孙耀武。

"唉，别这么客气，我家萌萌能被你家烨磊看上，是她的福气！"作为娘家人，多少还是得放低姿态，好让婆家以后对自家侄女好一些。

"呵呵，你别这么说。萌萌是个好姑娘，我们家烨磊能娶到这么漂亮的媳妇，也是打着灯笼难找的！"师文茹一脸笑意，客气道，"过些天，去萌萌家提亲的事情还得麻烦你了！"

说到这事，许大雷插话进来："这事先搁一搁，过段时间再说！"

哦？师文茹和童华都很是诧异，不约而同地地看向许大雷。

许大雷瞧家里那两女人的眼神，不由摇头，慢慢地将刚才自己和孙耀武在茶室里面的话陈述一遍。这话要是由孙耀武开口，肯定会有些不妥，所以刚才出来的时候，孙耀武特意交代一句，由许大雷代为说话比较好。

待师文茹和童华听完后，不由轻叹。在座的三个女人都同为军嫂，嫁给军人后，生活的那些心酸、那些痛苦、那些煎熬、那些寂寞，这些感受她们一一尝了遍。对于即将成为军嫂中一员的孙萌萌，一定会跟她们一样面对这些，所以他们同意许大雷的提议，让他俩再相处一段时间再说。

5.

华灯初上，师妮可一下班就直奔客家菜馆，找到 6 号包厢，孙萌萌和叶子青都已经在那候着她了。师妮可和叶子青都是孙萌萌的老读者，两人自从认识后，简直就是一拍即合、一见钟情。

那日，孙萌萌在床上睡了一天。自然而然，小说也跟着断更一天。

一群嗷嗷待哺的读者在留言区搬着板凳催更，催得十万之火急。

"萌主，是不是去相亲了？元芳，你怎么看？"

"我猜，萌主已经有男友了。元芳，你怎么看？"

"昨天是周日，我猜萌主还在被窝甜蜜。元芳，你怎么看？"

……

孙萌萌的小说的留言区，"元芳体"搭了一栋高楼。催更的读者一个个冒泡，这栋无极高楼已经高到云边，手可摘星辰了。叶子青和师妮中午没事，也到小说网站溜了一圈，看到岌岌可危的催更高楼，两女人立马啪啪地留言清场。

"催什么催，作者也是地球人，就不能有点自己的私生活？"——青青子衿

巧的是，这两个素未谋面的女人都认识现实生活中的孙萌萌，她们竟然同一时间上的网。叶子青刚发了一条，师妮可也接上。

"就是，作者又不是打字机，可以一天到晚马不停蹄地码字。"——倪可可

"没错，要想继续看精彩的文就慢慢等，别把萌主催得呕心沥血。累坏了，就没有下文了。"——青青子衿

"就是，等萌主有时间有精力再来码字，才能出美文、出精品……"——倪可可

两人你一言我一语，不知不觉也在留言区搭了一座高楼，引得后面上来的读者也来凑热闹。师妮可不知道叶子青，但是叶子青知道倪可可是孙萌萌的表姑子，两人在那搭建高楼，竟然就那么建立了"民工感情"。

为了一睹芳容，叶子青周一晚上就扑到玉景豪园。一来认识一下师妮可；二来嘛，顺便催催更。别看她在网上帮孙萌萌说话，其实心里也是被孙萌萌的文吊得老高，很想知道下文。就是不能看更新，也要走走后门，先了解一下后面的剧情。

没想到这两个在网上神交的女人，竟然一见如故。更夸张的是，两个女人聊得开心了，直接把她们之间的关系人晾在一边，逼着孙萌萌连夜码字，她们则优哉游哉地在客厅吃着水果看着电视天南地北地一顿胡侃。

师妮可闲来无事打电话给叶子青，问她 S 市有什么好吃的好玩的。还真找对了人，吃喝玩乐是业务员的工作之一，叶子青早把 S 市好玩好吃的地点踩遍了。

"跟我混，包你吃好、玩好！"叶子青对师妮可打了包票，立马就实践诺言。

　　这不，今晚叶子青便邀了北方长大的师妮可来吃非常特色的客家菜，顺便也把一天到晚大门不出二门不迈的孙萌萌也拉了出来。

　　"牛腩闷腐竹，客家豆腐，梅菜扣肉，白切鸡，芋子饺，爆炒河鱼，百合猪肺烫，灵芝猪骨烫……"叶子青也不看菜谱，"哗啦哗啦"地叫出一大串菜名，服务员笑嘻嘻记着，最喜欢这样的顾客了。

　　点完菜，叶子青笑着说："可可，你没吃过客家菜，这客家菜的名字看起来有点一般，但是味道却非常独特，你吃吃就知道了……"

　　"我最喜欢吃芋子饺啦！以前逢年过节都缠着我妈做……"孙萌萌听到菜名已经流口水了。上周窝在家吃得好憋屈，今天要放开肚皮大吃特吃。

　　师妮可只吃过白面饺子，别说吃芋子饺，就是听都没有听过，很好奇。

　　饭菜端上来后，第一个要尝的就是芋子饺。

　　"哇，真的很好吃，QQ的，润滑爽口，风味独特……"师妮可吃了一个芋子饺不由大赞。

　　"还有更好吃的。芋仔糕，没有肉馅，就那么简单地用芋仔和木薯粉和一和，用香葱、虾皮、干墨鱼爆香，再用嫩牛肉、茭白一起煮，又香又有韧性……"叶子青一脸向往地说。

　　"那怎么不点这道菜？"师妮可被叶子青那么一诱惑说得口水潺潺。

　　"那是最正宗的客家菜，可是很奇怪客家餐馆没有这道菜。可能做芋仔糕太费劲吧。我去了乡下农家乐吃过几次。下次有时间带你去，今天就吃这些吧……"叶子青笑着道。在师妮可这个小女孩面前，她还真有几分大姐大的感觉。

　　"嗯，去的时候也记得带上我。我也很爱吃芋仔糕，不知道几百年没吃过了。小时候我妈勤劳的时候还弄过几次，现在要吃只能大老远坐车到乡下去……"说到好吃的，孙萌萌这个吃货一定是很踊跃报名的。

　　一顿饭下来，在叶子青的介绍下，师妮可连着客家菜，对客家人、客家民俗都了解了一番。师妮可是学建筑的，除了想吃地道的客家菜，还萌生了看看客家民居的想法。叶子青便答应她找个时间三人一道下乡体验客家风情。

吃饱喝足，看看时间还很早。师妮可早对回家抱电脑厌烦了，现在遇到一个合拍的叶子青，那是绝对舍不得就这么分道扬镳的。

"青姐，接下来怎么安排？我可不想这么早回家睡觉，会把人睡傻的。"师妮可看着叶子青，一脸期待地说。

"要不，咱们去活动活动筋骨？"叶子青看了看孙萌萌，对师妮可使了使眼色。

"哇，太好了。青姐，我决定了，以后跟你混。你要不嫌弃，我就搬你那住吧！"师妮可一听晚上有这么 high 的节目，还没出发就已经点燃了热情，两眼光芒四射地撒着欢。

"别，叶子青可别带坏人家小姑娘。"孙萌萌看到师妮可热情高涨，赶紧阻止。

这可是未来的表姑子啊，还是个未毕业的学生，要是让许烨磊的大舅知道他女儿跟了自己一段时间，没有管束地泡夜店，自己要进许家大门可就又麻烦了。

"哈哈，萌萌真是个贤妻良母啊，还没过门呢，就这么会带孩子了。这么不放心，那你也一起去喽，有你严加看管，我想带坏小姑娘也没那么容易……"叶子青对着师妮可使着眼色，两个女人便开始撺掇、怂恿着孙萌萌一起去疯。

"我才不去呢。你们白天去办公室晃一圈，看看报纸喝喝茶就领了工资。我命苦啊，得没日没夜地码字，不然就要被读者催死……"孙萌萌立场坚定地拒绝着。

"表嫂一起去啦，就是断更两天也没关系，我和青姐会帮你跟读者解释……"

师妮可在 S 市远离父母没人管束，不疯狂地玩玩，真的对不起自己大老远地过来实习。所以，她也不管是否会被表哥揍，这会开始费尽心思地游说着孙萌萌。

"就是啊，周一有了我和可可帮你解围，就没人再敢催更吐槽。放心吧，这点小事，不就是盖栋高楼吗？小菜一碟。"

"你们两个别一唱一和了，反正我是不会去的。可可你也别去了。那地方太污糟，你这么漂亮去那遇到坏人怎么办？"孙萌萌拎着包，拉着师妮可准备回家。

"表嫂，你没去过夜店？"师妮可听着孙萌萌的话，一脸疑惑地问。

"萌萌妈把她看得比铁桶还牢，这丫头没出过门，以为夜店就是黑屋子，四周埋伏着一帮准备劫色的匪徒……"叶子青邪邪地笑着，跟师妮可说着孙萌萌家的家规门禁。

"真的吗？表嫂真的好单纯啊！"师妮可一副不可思议的表情盯着孙萌萌看。

"是啊，大学四年，我和另一个姐妹每一次约她去跳舞，都搬不动这尊大神……"叶子青继续在师妮可面前抖搂孙萌萌以前的一些事情。

"表嫂真是良民啊，我好崇拜！可是，表嫂身材这么好，没有跳舞的人生是不是有点小小的缺憾？"师妮可在B市的时候，就跟同学去过夜店，只是没敢在孙表嫂面前暴露而已。为了让自己能活动筋骨一下，不由继续怂恿。

孙萌萌歪着头看着她们两个一唱一和，最后，淡淡地说了一句："还是不想去……"这句话，可把叶子青和师妮可给雷死！

"我三天两头，心情好心情不好都喜欢去跳舞，也没见我缺胳膊少腿啊！你这脸蛋和身材比我差多了，有什么杞人忧天的……"叶子青不由白了孙萌萌一眼。

"表嫂放心吧，我跆拳道黑带，看看我的飞毛腿，只要那么一踹，连我表哥都不能接招……"师妮可跃跃欲试地踢了踢腿。

这可是事实，许烨磊就是被师妮可踢下床还哀嚎了呢。师妮可非常自豪地边说边看孙萌萌突然变红的脸，继续道："至于那些匪徒不过是乌合之众，给他们两脚都会在天空大叫——哪里有兽医！放心吧，表哥不在，我一定当好表嫂的护花使者……"

经不住两个疯女人的软磨硬泡，最后孙萌萌还是和叶子青、师妮可来到了夜店。

孙萌萌绝没想到夜店不是自己所想的乌烟瘴气，在那灯红酒绿的地方，喧闹却充满着激情。这个乖乖女一旦放纵竟然玩得比叶子青和师妮可还疯，她像脱缰的野马一般，在昏暗的灯光下、在动感的旋律中扭着腰肢，竟然扭上了瘾。

玩到半夜，浑身蹦跶一番说不出有多惬意，孙萌萌这个乖乖女竟然破天荒地说，玩得真 happy，明天再来。这一句话直接将叶子青给雷死。

师妮可连忙附和，觉得去得匆忙，还不够带劲，明日去买装备，要玩就玩到 high。结果第二天，叶子青和孙萌萌真的非常积极地去挑了适合夜店跳舞的性感衣服，也帮在上班的师妮可买了一套。

这三个女人有了装备跳得更加疯狂，周五玩得 high 了，周六晚上又聚在一起。

但由于上周六许烨磊突袭回家的小插曲，这次轮到师妮可踌躇了，有些担心地说："要是表哥想提前回家了怎么办？我可不敢让他知道我带坏表嫂……"

"放心吧，昨晚我特别问了你表哥，今天晚上会不会提前回来。你表哥说晚上有工作可能要忙到很晚，明早会早一点回来……"孙萌萌笑着说，现在正是对跳舞着迷的时候，她可是有准备的。

三个女人套上精心准备的装备出发了。叶子青和师妮可都是黑色的吊带短裙，孙萌萌则是红色的工字背心加牛仔短裙，再配上过膝的长靴。

孙萌萌的唇抹了一层淡粉色唇蜜，看着香甜诱人；师妮可带着银色大耳环闪着诱惑，却又显青春洋溢；而叶子青的脚腕上纹了一朵粉紫色的罂粟花，白皙长腿上洒着金色细粉，性感撩人。这三个凹凸有致的女人就那么一站，火辣性感，魅惑众生。

三个女人互看对方那红扑扑粉嫩嫩的小脸，眨了眨泛着娇媚的眼眸，笑得格外妖娆，像是在说：哈哈哈，今天的舞台是我们的！

走，扭着细腰去祸害凡夫俗子去咯！

夜店的音乐响起，是李孝利的 *Anyclub*，娆艳的灯光，超 high 的音乐，堕落的天使，魔鬼的天堂，随着音乐舞动着腰肢，让人身体的每一个细胞都在叫嚣着、奔放着……

叶子青站在玻璃舞台上，抬手将秀发散开，如墨长发直泄而下，扬起黑色弧线如瀑布飞落。孙萌萌甩着那头可以为广告代言的乌黑靓丽、垂顺自然的齐耳短发，而师妮可那扎起的马尾辫尽显疯狂的甩动。

跳热舞的时候，甩头可是一项技术活。甩的时候要做到劲中带柔、柔中带媚。舞动间若水蛇妖娆，若杨柳浮岸；肩部的高频抖动，臀部的高速摆动，还有快速的抖胸，随着动感的音乐节奏摇摆起来。她们忽而像蛇一样妖媚地扭动，忽而又夸张地摆动，腰腹部则拼命地用劲，努力使腰身活动到最大幅度，动作优美而热烈……

孙萌萌觉得自己身体的每个部位都变得灵活起来，全身都在淌着汗，每一个发丝仿佛都能甩出激情的汗水。生命的张力毫不掩饰地迸发着、激荡着、升腾着……

青春的美，野性的美，妖媚的美，三个女人在众人面前各显不同风采，摇曳生姿，引领风骚。台下的舞者、酒者、侍者不约而同地将目光聚焦到台上的三个女人身上。

"好，好，好……"

响彻夜店的掌声和叫好声……

"再来一个，再来一个……"

夜店里一时像炸开的锅，口哨、怪叫、掌声，都是真诚的赞赏。

"哇哇哇，向南快看快看，舞台那三个靓妞真美啊！这家店什么时候来了这么漂亮的三个妞啊！"坐在吧台边上的一个帅哥，推了推身旁的向南,啧啧不停地称赞。

向南端起酒杯,轻摇了几下,一副不感兴趣的样子:"有什么好看的,不就那样!"常年被漂亮女人勾搭的向南,对此一点都不感兴趣。

"以前真没这三个妞,真的很漂亮,绝对算得上是靓妞。一个青春,一个野性,一个妩媚,不知道是不是酒吧新请的组合啊。"看着台上妖冶地扭着性感纤腰,帅哥两眼冒光,跟没转过头来的向南做解说。

向南依旧无动于衷,优雅地端起酒杯,不屑地说:"切——"说完,将杯中的酒一饮而尽。

台上的三个女人,尽情地甩动着柔顺如丝绸的秀发,疯狂地扭动性感的臀部,额边、颊边,全是湿润的汗水,却有种说不出的性感妩媚。

"嗷嗷嗷,美呆了!"帅哥禁不住猛吹了一个口哨,对着舞台上竖起大拇指。

向南不由微微皱起眉头,缓缓地转过身,往舞台上看去,看看到底是什么样的佳人、尤物,让整个店里的人跟疯了似的。

不看不知道,一看吓一跳。

当向南看清台上三个女人的容貌时,不由抽了一口气。这三个女人他都认识,妩媚又清丽的孙萌萌,性感又撩人的叶子青,还有那个青春又朝气的师妮可。

向南心里不由感慨:女人真是多变的动物啊!

叶子青的狂野,的确很吸引眼球,但向南的眼睛却始终落在孙萌萌身上。没想到这位看似恬静温雅的女人,还有这么妩媚性感的一面,看着她在舞台上妖娆的热舞,有种让人深深为之着迷的感觉。

至于那个师妮可,那天在会议室见过向南后,当天中午见向南去食堂吃饭就蹭过去跟他同坐,开始勾搭一番。只可惜向大少爷虽一脸的儒雅,却从不理会主动勾搭的女人,不过他却记住了师妮可那张青春靓丽的脸蛋。

"漂亮吧!"帅哥抖了抖向南的手臂,征求他的意见。

向南满眼意外和惊喜，盯着舞台上，嘴角不禁往上扬起："这三个女人怎么凑一块了？"

"你认识？"帅哥听向南这么一说，立马转过头看着向南。

"认识！"向南嘴角漾着一抹得意，语气很是清淡地说。

"那等会你得赶紧给我介绍介绍。"帅哥一脸期许地看着向南，非常想结识舞台上各显风姿的三位美女。

"没问题！"向南自信地挑了一下眉头。

舞台上的孙萌萌跳到舞曲最后一个节奏，仰着头站在舞台中心剧烈地喘着粗气，额边、颊边，全是湿润的汗水。耳边，出奇的安静；心，却是颤动着的……

看见舞台下的大家赞许的眼神、翘起的大拇指，一酒吧的人看着自己，这时候体会到了明星站在舞台上的心情，虚荣心得到空前的满足。孙萌萌情不自禁地扬起嘴角，顿生百媚……

三个女人从台上走下来，叶子青冲着孙萌萌竖起大拇指。孙萌萌得意地扬起头，冲着她俩娇媚地笑了笑，三人直直往吧台走去。可是当孙萌萌和叶子青看到端坐在那长腿一支、倚着吧台、优雅举杯、魅惑微笑着的向南，身体顿时一僵。

"嗨——"向南和三个女人对上视线后，性感的唇角上扬，冲她们招了招手。

孙萌萌心里咯噔了一下，怎么会在这遇到这个冤家啊！

"三位美女，能否有幸让我请你们喝杯酒呢……"向南嘴角上扬，勾起迷人的弧度，一副慵慵懒懒的样子，像一只晒太阳的猫儿，眼中含着新奇又兴趣的光芒。

冤家路窄，走到哪都能遇上向南，孙萌萌看着向南那一脸的慵懒样，悄悄地给叶子青使了一个眼色。

叶子青刚才见到向南的一刹那，心里是又惊又喜。惊的是她知道上次她和孙萌萌在咖啡厅谈论他的话全部都被向南给听了去，喜的是得知他是向氏集团的少东，而且长得十分帅气，心头想法会比较多。

"好啊！"师妮可本来就对向南有好感，在这遇上，自然想就此多一些接触的机会。

叶子青看了看孙萌萌，即使心中有些小小的尴尬，但是终究抵不过帅哥的诱惑，一脸媚笑地说："好啊！"

听到叶子青的答案后，向南嘴角弯起的幅度不由深了几分，冲着还没回答的孙萌萌："你呢？"

"不用，谢谢！"没想到孙萌萌却给出不同的答案。

叶子青和师妮可不约而同转过头，看着孙萌萌。

"表嫂，他是……"师妮可的话还没说完，直接被孙萌萌给打断。

"我们走吧！"不知为何，现在的孙萌萌看到向南，心底有种莫名的害怕。至于害怕什么，连她自己也说不上来，唯一的想法就是躲避，所以此处不能久留。孙萌萌说完，头也不回地往出口处走去。

"表……"师妮可的话再次被切断，眼巴巴地看着孙萌萌离去的背影。

"向南，那我也先走了，公司见！"师妮可心底很想留下来，可是表嫂很重要，矛盾几秒后，最终还是选择投奔表哥的女人，紧跟了出去。

剩下就只有叶子青了，其实她也是满心想留下，可是要她单独面对这位帅哥，好像还是有点小小的不太适应。

"你呢？"向南再次重复刚才那句台词，不过嘴角的笑意明显收了收，看似有些淡淡的郁闷。

"下次吧，我先走了！"叶子青万般不舍地冲着向南挥了挥小手，接着紧随着大部队的脚步，跑了出去。

向南看着三个女人，一个接着一个在自己面前消失，脸色有些挂不住了，大手不由捂住自己脸，心里纠结不已。以往都是女人们一个劲勾搭他，而他总是置之不理，今天心情好，主动勾搭一下，结果三个女人弃他而不顾。真是没面子啊！为什么自己一碰到孙萌萌就不受待见呢？

身旁的帅哥，本来想等着向南帮自己介绍那三个靓妞，结果被向南的一句"问候"全给吓跑了，不由哈哈大笑起来。

"笑什么？"向南转过头，隐忍着，看了身旁的哥们一眼。

"想不到你向大帅哥，也有吃闭门羹的时候。以前你可是无往不利、少中老通吃的杀手，结果去外国镀金回来，魅力大跌，有失水准啊。"帅哥边笑边打趣道。

"你结账，我走了！"向南没好气地瞥了他一眼，丢下一句直接走人了。

"唉，向南——"帅哥看着向南离去的背影，不由直摇头，不到一分钟，只剩下他一个孤家寡人。

向南走出门口，直接去停车场取车。这辆车本来被向董没收的，不过鉴于向南去公司上班一周的良好表现，特赦将车还给他。

向南周一刚上班就直接把设计部和企划部搞得一团乱，不过他因祸得福，朱志成让他去做两个部门的沟通桥梁。他上任后，工作却如鱼得水。这里起到最关键作用的不是向南的身份，而是时启元设计师。向南那天去设计部，每一个人都给他脸色看，不过这时，被他否定设计的时启元却跑了出来，热情地款待他，从此扭转局面。

当然时启元并不知道他的真实身份，只是觉得这几年随着名气越来越大，听到的意见和建议越来越少，回到办公室怄气了半天，最后因为个人偏向完美主义，所以对向南另眼相看。

这些事情一一落到向阳的耳朵里，心里不由暗喜：果然虎父无犬子，没想到自己儿子在不经意间已经具备领导者的风范，继承大统指日可待。

向南走到车旁，刚好看到几米处，孙萌萌和师妮可背向着自己，亭亭玉立的身躯在月光下，尽显柔媚妖娆。刚才明明觉得很丢脸，可是不知为何，向南却不由自主地走了过去："孙萌萌……"

孙萌萌闻声，连忙转过头，看是向南，心不由"咯噔"一下，这男人怎么追出来了？

"你们两个在这干吗？"向南厚着脸皮问道。

"青姐去取车，我们在这等她。"还没等孙萌萌开口，师妮可就已经抢先回复向南。

"哦……"向南的勾人的桃花眼，轻扫了一下师妮可，最后目光落在孙萌萌的身上。

此刻他心里一片疑惑，孙贝贝明明说她喜欢自己，可是为何她见到自己就想躲呢？真是猜不透女人的心思啊。可是孙萌萌越是闪躲，他却越是犯贱地想去逗她，也许她无意间挑起了自己的征服欲。刚才在里面看到孙萌萌在舞台上劲舞的时候，他就被她身上百变的魔力给挑起兴趣。更加好奇她到底还有多少面目、多少精彩，不让人知道的呢？

这时，叶子青刚好把车开了过来，见一男两女杵在那，不由停下车来，降下车窗看清那男人的面目时，眼睛不由掠过一丝惊奇："向南，你怎么出来了？"

"我准备回家。"向南嘴角浮起一丝笑意，浑身上下散发着一种迷人的气息。

叶子青看到眼前的帅哥恨不得脱口而出：我想跟你一起回家！

"我准备送萌萌和妮可回家。"叶子青心里想是一回事，可是嘴上还是显得有些矜持。

向南转过头，看向孙萌萌："孙萌萌，我们住一个小区，要不坐我的车，顺路……"

"向南你住玉锦豪园？哈哈哈，真是有缘，我也住玉锦豪园。既然顺路，那就劳烦你送我们回去咯！"师妮可满眼冒着惊喜的光芒。

叶子青这才想起向南跟孙萌萌住一个小区，想了想开口道："萌萌，那我就不送你们了，你们搭向南的车吧。"

"向南，谢谢你的好意，还是让子青送我们回家！"孙萌萌想都没想直接拒绝向南的好意，指名叶子青送她俩回去。

"小姐，既然有顺路车就直接坐呗！干吗还来浪费我油钱啊！"叶子青巴不得自己没开车来，让向帅哥送自己回家。

"对啊,表嫂。我们就不要浪费青姐的油钱了,坐向南的车回去吧!"师妮可适时劝说。

表嫂?听到这个尊称,向南不由眯起眼睛,有些疑惑地看着师妮可,目光再次转向孙萌萌:"师美女,你口中的表嫂,不会是说孙萌萌吧?"

一个称谓,就得出亲疏。不过心思单纯的师妮可,完全不拘小节,挽着孙萌萌的手臂,开心地回道:"对啊,萌萌姐是我表哥的女朋友!"师妮可可谓是快言快语,对于向南同学的提问不假思索地直接回复。

不是吧,孙萌萌这丫头有男朋友了?心头刚燃起想追求她的欲望,却被这个消息瞬间给打没了。

"美女们,别在这拉呱了,后面有车在催啦!我先走了,再见!"叶子青听到后面的车的鸣笛,而且这里好像也没自己事,不由启动车子,直接开走。

叶子青开溜后,师妮可一头热乎往向南车里钻,孙萌萌只好硬着头皮跟着坐了进去。

一路上,坐在后座的孙萌萌都是扭着看着窗外,而师妮可却跟向南在那拉呱,不停地谈天说地,像是完全忘了她的存在似的。

向南透过后望镜,看到孙萌萌侧脸,从他这个角度看去,棱角分明,带着几分性感。只可惜这个女人已经有男朋友了,而且那个男人他见过,是个刚毅俊美的军人。可是,有一点向南一直想不明白,孙贝贝为何要跟自己说那些话呢?一路上,向南有一句没一句地和师妮可聊天,但脑子却一直在琢磨这事。

车子缓缓地驶进玉锦豪园,孙萌萌转过头,掏出手机,看了看手机上的时间,10 点 20 分,顿时松了一口气。最近一段时间,每晚 10 点半在许烨磊不忙之时,两人都会互通电话,倾诉思念之情。虽然连着几天去泡夜店,但她都在 10 点半之前回到家。

暗夜里的玉景豪园清幽静谧,即便是现在接许烨磊的电话,也没有破绽。

"帅哥，谢谢啊！"师妮可轻快地道了声谢。

今天最开心的是她了，偶遇向南，并且知道他也住在玉景豪园，于是非常天真地想着以后可以在小区里抬头不见低头见，甚至希望能在自己实习结束前搞定向南。

"不客气……"向南还是一如既往地优雅绅士。下了车，给孙萌萌开了车门。

孙萌萌看了眼一脸清俊绝伦的向南，不知为什么总觉得向南有些怪。她客气地道了声谢谢，准备赶紧走人。但眼睛突然睁不开了。只见，前面一辆车从远而近，刺眼的车灯照在刚下车的三人身上，晃得逆光中的三人都把眼睛眯成一条缝。

"谁这么不文明啊，车库的路灯这么亮，开什么远光灯！"师妮可被刺得眼睛非常不舒服，心直口快地抱怨着。

"这人会不会开车啊！"孙萌萌也被照得心头火"噌噌"地冒。

倒是向南对这样白的光，没说什么，只是用手挡着眼睛。

那辆车徐徐地开过来，滑到他们三人的跟前才停下。终于关了车灯，车门立马就被打开。孙萌萌和师妮可本来想等车主停下来，就冲过去对车主普及一下交通知识。但当看清眼前刺目的白光变成一团军绿时，两个女人就像见到鬼一样撒腿就跑。

"你们两个……"向南不解为何两个女人像风一般的跑了。

Chapter6　两情若是长久时

1.

向南转过头，眼睛盯着眼前的车，几秒后，终于看清车主是谁了。一身军装、满脸杀气的许烨磊下了车，用力一关车门，冷冷地看了向南一眼，就这一眼把向南看得小心肝颤颤地一抖。这位兵哥哥浑身上下都透着肃杀的气息，如果眼睛能将人瞪死，估计向南早已经是万箭穿心被戳个稀巴烂了。

向南记得上次在医院见到过他，只觉得一脸威严带着点怒气，但还不会让人如此惧怕。我有得罪他吗？怎么用这么恐怖的眼神看我呢？向南一脸不解地看着许烨磊。不过几秒后，大脑反馈回来一个信息，刚才师妮可叫孙萌萌表嫂，没错，孙萌萌的男朋友就是眼前这个满脸杀气的兵哥哥。

这么想，向南心中认定，刚才的远光灯，一定是他故意打的。大概没看过他女朋友穿得那么性感，所以照一照看得清楚罢。

向南淡淡地看着许烨磊，两个男人一个横眉冷对，一个神色自若。只对视了一秒，这一秒也是电闪雷鸣，火药味极浓。许烨磊现在没空搭理情敌，现在最重要的是回去拷问那两个女人，他直接掠过向南高大的身躯往电梯口走去。

孙萌萌和师妮可逃命似的往家里跑，就是海啸来临也没有此刻被抓包这么恐惧。

真的不能干坏事，夜路走多了就会碰见鬼。两人出去疯也就算了，还穿得这么性感暴露，被突然回来的许烨磊看到，真的要死翘翘了。不论是师妮可还是孙萌萌，都感觉如临末日。两人用着百米冲刺的速度，飞回家，钻进各自的卧室，气喘吁吁地把门反锁。

没过一分钟，"哐"，防盗门打开又被关上，声音不高，但心虚的师妮可和孙萌萌的心都被这一声吓得颤了三颤。

孙萌萌一脸纠结着，看着自己的这一身装备，前凸后翘，把一双白嫩嫩的大腿露个彻底。此刻的自己像什么？性感的夜店舞女？那个车灯一直扫射着，许烨磊一定把自己的样子看了个透彻，他会怎么想自己啊！这三天是怎么了啊，难道灵魂出窍了，怎么会去夜店跳舞啊，更离谱的是从来穿得端庄的自己怎么能容忍这样性感的一面。

大概每个人心里都有个魔，平常被压在心底，一旦放它出来，就会引诱着自己放纵堕落。

孙萌萌顿时把肠子都快要悔青了，赶紧脱下舞衣，拿着睡衣冲进卫生间洗澡。待会儿，不管许烨磊怎么发飙，都要装睡、装死。

许烨磊进了门，房间里静悄悄的黑漆漆一片，如果不是亲眼看到车库的那一幕，他还真以为家里的两个女人早早入睡了。

许烨磊看着门口两双长长的黑靴，想到刚才看到的一幕，心头火真是越烧越旺。

最初他只看到向南，对向南旁边有些熟悉的露着大片胳膊大腿的身影，有点诧异，还以为自己看花了眼。随着车子的前行，他非常确定那就是孙萌萌。

回来的路上，许烨磊的脑海还想了很多和老婆甜蜜恩爱的场景，可千想万想，也没想到，老婆和表妹会背着自己穿得这么暴露地和别的男人鬼混。如果不是再次突袭，也许自己还会被蒙在鼓里。而且这是第几次？

许烨磊疾步冲向主卧，但门被反锁了，吃了闭门羹的中校大人火气更大。还躲，假装睡觉，假装没看到我回来？

许烨磊找到了一根细铁丝，站在主卧门口。满腔怒火准备冲进去拷问老婆的男人却没有下一个动作。许烨磊终究是理智的，这样怒气冲冲地进去，在不理智的情况下，难免有一番恶吵。

于是，许烨磊转过身，来到客房门口。

师妮可从小到大干过多少出格的事，他是知道的。这个野丫头，看似礼貌有教养，骨子里却非常狂野，一定是她把老婆带坏的。

这么一想，许烨磊认定这事肯定是师妮可牵头，不由怒火中烧，转着门把手，和主卧一样，客卧也反锁了。

"开门！"许烨磊声音不高，但这两个字说得咬牙切齿，像一把火快把客卧烧成焦炭。

躲在被窝蒙着头大的师妮可这下傻眼了。要是表哥知道是自己怂恿着表嫂去夜店，一定会死无葬身之地。师妮可吓得全身冰凉，继续把头埋在被窝里，似乎，那一块布就是一座城池，能抵御狂风暴雨。

"再不开门，我晚上就把你寄回 B 市……"许烨磊狂怒之后说的话反而没有火药，冷冷的，像北极的千年冰雪一般。

师妮可感觉整个房间都变成了冰天雪地，冻得她全身瑟瑟发抖，恨不得再多加几床被子取暖。

"师妮可！"见里面的人没动静，许烨磊再次叫道，那冰冷的语气瞬间穿透房门，传输到室内。

师妮可在开与不开之间徘徊。可是，肯定是逃不过的，表哥真的要进这房间绝对是轻而易举。算了，要死就死吧！总比半夜被赶回 B 市好。她相信把表哥惹怒了，明天自己真的有可能站在 B 市的马路上，那真的比死还惨！

师妮可钻出了被窝，小手抖啊抖终于摸到了开关，打开了灯。灯光明明是那么暖黄，怎么感觉比 B 市的冬夜还薄凉呢？师妮可裹着被单，举步蹒跚，磨磨蹭蹭地蹭到门边，深吸一口气，闭着眼睛，小手哆嗦着旋开了房门。

许烨磊看到的就是裹着被单只露出一个脑袋，闭着眼睛一副准备上刑场的师妮可。

"表哥，你打哪里都行，耳朵、头、肩膀、背，随你抽，只要不打残就行。但是，表哥求求你，别打我的脸啊！"师妮可一脸痛苦地等待着即将到来的刑罚。

但等了半天，也没见表哥有出手的动静。果然，表哥还是心疼她，幻想中的大掌并没有盖下来。师妮可偷偷地睁开一只眼，只那么睁开一秒，就立马闭上。

实在太恐怖了！黑着一张脸的许烨磊就像士兵说的，那就是地狱的修罗，看一眼就要吓得魂飞魄散，他通身散发的肃杀，让人觉得全身透底地寒凉。师妮可从没见过表哥这么恐怖的表情，全身哆嗦着，弱弱地往后挪移，直到碰到床头，才找到依靠般坐了下来。

许烨磊没有出声，就像一座冰雕般杵在门口，整个客房都被他冻成零下 100 度。

师妮可感觉自己浑身快被他冻得失去知觉了。相比现在的冷酷，她更希望表哥像她第一次来这一样，揍她，骂她。这样不言不语，板着一张脸，实在比炸弹更加让人惧怕。

沉默了许久，师妮可才搓着手，抬起沉重的眼皮，弱弱地看着许烨磊。

"表……表哥，对……对不起……"不知是冻的还是吓的，师妮可的舌头都打结了，喉咙转了半天才发出声音。

许烨磊连眼睛都没眨一下，依旧冷眼看着师妮可。

师妮可将被子裹得更紧，像小狗一样哀求着："表哥，求您原谅我吧！我再也不敢了，再也不敢跟表嫂一起去夜店。"

师妮可说完了，才发现自己说出了很恐怖的两个字！夜店，这三天玩得有多 high，这个词现在就有多恐怖。师妮可埋着头，万分懊恼地自残着，被子底下的手狠狠地拧了大腿一下。

果然，一听到夜店，许烨磊冰冷的眸立马又噌噌地冒出青烟。

"夜店！你是去那灯红酒绿的地方推销你自己，还是去推销萌萌？"许烨磊终于开腔了，但发出的声音却冰凉透底。

他真的不敢想象，在哪嘈杂喧嚣糜烂的灯光里，自己的老婆穿得那么性感风骚地扭着身子，会招惹多少男人的眼球。许烨磊心里都快气爆了，浑身散发的暴戾更加骇人。

师妮可不敢看他，被他那么淡淡地盯着，她便感觉自己在无边的地狱里穿行，前面是遥遥无期的黑洞。不知道表哥心里的气要什么时候才能泄掉，她真希望时间快点过，把现在漫长难挨的审讯时光一下子翻过。

"都是我的错！就是……就是来 S 市从没出去玩过，才一时心血来潮去的。表哥，对不起啦。我再也不敢了……"师妮可哀求着，她知道表哥很爱表嫂，此刻真的很后悔。

"哪里不好玩，一定要穿得衣不蔽体在男人面前晃才好玩吗？"

这个男人的声音明明是那么好听，可是他说的每一字却像个雷弹，把师妮可轰得自惭形秽，内心深深地自责不已。师妮可被许烨磊脸上的乌云压迫得快要喘不过气来了，两只水汪汪的眼睛腾升一抹雾气，眼看要掉出泪来，却努力地咽回去。在如恶魔一样的表哥面前，连眼泪都不敢落。

"表哥，我知道错了，我已经深刻反省了……"师妮可一副求饶的表情，悲凉地看着许烨磊。

许烨磊没有出声，依旧那么静默着。师妮可一副快要哭却不敢哭的样子，可怜兮兮的，这样子感觉自己在虐待着未成年儿童一般，但是没办法，不这么狠狠地威胁吓一下，谁知道这个皮猴的小妮子哪天就把自己的老婆拐卖了。第一次就要狠狠地修理，看你还能不能翻身，以后还敢不敢再犯。

许烨磊拿出了自己训练新兵时的狠戾，狠狠地虐了师妮可一把。

"表哥，我发誓，这是第一次，也是最后一次……"师妮可右手伸出被子举在脑门前，却依旧不敢看许烨磊，就那么弱弱地表决心。

一直纹丝不动地杵在门口的许烨磊终于抬起脚步，走到师妮可的身前。师妮可赶紧闭上眼睛，要杀要剐，赶紧吧！宁肯被你揍死也不要被你吓死，虐心比虐身来得更加恐怖！以后坚决、一定、保证不跟表嫂穿着暴露地在外面疯了！得罪表哥，后果就是万劫不复！

幻想中的揪耳朵、砸头，迟迟未开工。师妮可想，表哥，一定不要打我的脸，我现在要工作，还得靠这张脸工作啊，顺便泡泡向南，别毁了我漂亮的脸蛋。只要你能放过我，就是踹我一脚也行。

"你就这么帮我照看老婆的，师妮可！"

没有多么恐怖的暴力，许烨磊冰冷的指尖狠狠地戳了戳师妮可的脑门，恨恨地冲着她说了一句。许烨磊这么一戳，师妮可心里总算松了一口气，还能感觉表哥心里的怒火，但已经比刚才稍微好些了。所以，她得赶紧抓住时机表决心。

"表哥，求你饶了我吧。以后再也不敢了。我发誓，我保证，以后一定痛改前非，不给你添麻烦……"师妮可又发誓又保证，一副诚恳的表情看着许烨磊。

"你好好想想要怎么做！我先去教训老婆，明天再来跟你继续算这笔账……"许烨磊又用手指戳了戳师妮可的脑门。

师妮可觉得自己额头都快被他戳一个洞了，小脸都快皱成菊花了，却不敢吭声。看着表哥像风一样走出客卧，终于无力地摊在床上……

许烨磊教训完师妮可后，紧接着转战主卧。

躲在被窝里的孙萌萌，听到细细微微的开门声，没过几秒，门就被打开了，心里"咯噔"一下。孙萌萌像虾米一样将全身缩在一起，一动不敢动，满心惶恐，等待即将到来的暴风雨。

许烨磊应该会把自己骂死吧！看到自己这么暴露的衣服，还有那个向南……佛祖啊，我明明大年初一跟你磕头烧香啦，为什么老是让我遇到被抓包的事情呢？孙萌萌的大脑呈现出各种各样接下来许烨磊有可能的逼问。可是，凭空地想了半天，也没听见许烨磊吭气。

怎么回事？竟然没动静？蒙着被子的孙萌萌，纳闷地眨了眨眼睛，犹豫了几秒，好奇不已，轻轻地、悄悄地将头上的被子拉开……

还好，还好，他没站在床头，不然一探出头来准对上许烨磊犀利如鹰的眼睛！孙萌萌把被子再拉下一点，将小脑袋露了三分之一出来，往脚跟处看去。

只见许烨磊黑着一张脸，站在床尾脱衣服，大手将绿色的军衬衣的纽扣一颗一颗解开，缓缓地脱了下来，一瞬间，古铜色块垒分明的胸肌露了出来。八块肌、八块肌……虽然孙萌萌不是肯德基的忠实顾客，但在此时此刻却也忍不住疯狂地想要指向他的腹肌大叫：我要外带八块肌！我要！我要！

许烨磊身材真棒，标准的黄金倒三角形，强壮矫劲的好身材！

许烨磊早就察觉到这颗从被窝里冒出来的小脑袋，依旧黑沉着脸，一声不吭地将上衣脱掉后，两手指尖随之落在裤头上的皮带，清脆的金属声音响起，只见许烨磊利索快速将军绿色的裤子脱了下来，此刻的他全身上下只剩一条军绿色的平底裤……

随后，许烨磊迈着步伐，坚定不移地往床的左侧走来。不是吧？他不会是想……想用肉体来惩罚自己吧？

孙萌萌眨巴了几下明媚的眼睛，大脑直接联想到总裁小说里经常写的情节，男主生女主气后，都是直接采用这样的方式对付女主的！心里似乎有那么一点点渴望。

孙萌萌的眼睛怎么也无法从许烨磊的胸肌上移开，呆怔地看着他，心里惶恐又带着期许地看着他。可是，许烨磊却没有像预期的那般，往床上扑去，而是打开衣柜，拿了一套睡衣后，直接往浴室走去。

在这期间，没看孙萌萌一眼，像是屋里完全没有她这个人似的，全当她是空气。当听到浴室"哗啦啦"的水声时，孙萌萌才回神过来，眼睛直直的透过玻璃门，隐约地看到许烨磊那健硕的身影。

孙萌萌眨了眨眼睛，一脸的不解。她还以为许烨磊冲进来后，直接对自己劈头盖脸的骂。可她万万没想到，许中校从进门后，都懒得看她一眼。孙萌萌的小脸皱成一团，眼睛却一瞬不瞬地盯着浴室的门，心里琢磨等会怎么跟许烨磊解释这事。

几分钟后，许烨磊从浴室走了出来。一打开门看到床上的人，不由吓了一跳，不过脸上依旧不动声色，深邃的黑眸扫了她一下。

只见，孙萌萌跪在床上，双手合并，一副可怜兮兮的模样。看着穿着睡衣出来的许烨磊，立马开口乞求："烨磊，我错了，我以后再也不敢了！"

许烨磊没有理会孙萌萌的乞求，绕床一圈，走到右边，而跪着的孙萌萌也非常虔诚地跟着他的身影，绕了一圈过来，可怜巴巴地看着他。

"我真的错了，我真的错了！求你原谅我！"孙萌萌嘟着小嘴，像可怜的小狗一样看着许烨磊。

许烨磊依旧面无表情，不过比起刚才在客卧对付师妮可时，此刻态度算是很温和了。虽然很生气，可是当他看到孙萌萌的时候，心底立刻变得柔软万分。刚才一出来看她跟小狗似的，在那摇着尾巴可怜兮兮的跪在床上，那一刻他真的很想笑，可是却硬是让自己给忍住。

他是爱她的，在他的心底，最想对她做的事情，就是在自己有限和她的相处的时间里，每一分，每一秒，疼她，爱她。

可是当他在地下停车场看到她穿得那么暴露，身为正直不阿的军人都不可避免多看几眼，何况其他的男人。而且还跟向南在一块，让许烨磊的心里的确产生了不好的想法。

他是军人，没法天天待在老婆身边，陪伴她，呵护她。而她又那么漂亮，那么年轻，自己不在时，肯定会有一些自己所不知道的诱惑、不知道的男人围绕在她身旁。而他也不可能把这么漂亮的老婆天天关在家里，就只为等着他回来。

表妹那边他已经教训过了，相信以自己刚才的震慑力，那丫头绝对不敢再犯。可是老婆这边，他不忍心对她采取那样的手段，怕吓着她，但是也得让她知道自己很生气，后果很严重。

于是，许烨磊瞥了她一下，丝毫没有理会她的意思，随手掀开被子，侧着躺了下来。还在那跪着的孙萌萌，看到被子里隆起的那一包，小脸依旧揪着，眼睛扑闪扑闪地眨着。孙萌萌伸出手指戳了戳被子，嘟着小嘴，娇嗔地哀求着："烨磊，我知道错了，以后再也不去外面玩了！"

许烨磊裹着被子，眼睛闭着，一动不动侧躺着，没有回应孙萌萌的话。孙萌萌再戳了戳，依旧没动静。

整个房间安静得掉跟针都能听见，气氛像是进入腊月冬日，变得冰冷起来。以往两人一见面，就是又搂又抱，又亲又啃，可是这次回来，许烨磊却完全不理睬自己，冷落自己，无视自己。孙萌萌第一次看到这样子的他，心头顿时有些落差，懊恼不已，天天盼，夜夜盼，盼着他回来，谁知自己去趟夜店竟然被他抓包。

"我以后再也不敢了！"孙萌萌不用戳，改用摇了。

侧躺着的许烨磊，被孙萌萌摇晃了几下，但却始终没吭一声。孙萌萌继续摇晃着蒙着被子，那壮实的男性身体，依旧没反应。

刚才她还想自己在许烨磊面前一定要装睡、装死，可是，此刻角色好像调换了一下，许烨磊同志却在那装睡、装死，而自己却一个劲地主动承认错误，乞求原谅。但哀求了半天，许烨磊都没理她，孙萌萌的那颗小心灵顿时有些小小的受伤。

没想到男人生起气来还真是可怕！面对漂亮老婆的苦苦哀求，竟然铁石心肠地不为所动。

时间一分一秒地过去，孙萌萌哄了半天，许烨磊却没给她任何回应，最后，索性来个美人计。孙萌萌凑过去，在许烨磊的脸颊在轻轻柔柔地吻着，嘴里念念有词："烨磊，你别不理我……"

淡淡如茉的女性熏香扑鼻而来，许烨磊闻到老婆身上特有的气息，浑身的血液不由自主地开始沸腾起来，心里恨不得一个翻身，将孙萌萌压在身下，狠狠地教训教训她。

孙萌萌不知道中校同志有多强大的自我控制力，尽管她卖命勾引，可是依旧没见成效，心情霎时变得阴云密布，有些泄气。本来理亏愧疚的她，被这般冷落，心头觉得异常委屈。

被窝里的许烨磊，听到微弱的抽泣声，眼睛立马睁开，一个翻身爬了起来，连忙捧住她的小脸，满眼担心地问："怎么啦？"

被眼泪模糊视线的孙萌萌，看着终于肯理会自己的许烨磊，伸出小手一顿乱揍："我讨厌你，许烨磊，我都跟你认错了，你竟然还不理我！"

"萌萌，你别哭啊！"许烨磊最见不得女人哭，特别是心爱的女人，一哭他的心都快碎了。

孙萌萌开始撒泼，从刚才低声哭泣，变成了嗷嗷大哭，粉拳不忘停歇，直直地落在许烨磊的胸膛上，"你竟敢不理我，竟敢不理我，许烨磊，我讨厌你，我讨厌你……"本想采用冷战，借机教训一下老婆，结果却把她给整哭了，这下轮到他纠结了！

"好，我讨厌，我讨厌行了吧！别哭了！"换做以前，许烨磊打死都不知道怎么哄女孩子，可现在眼前是自己心爱的女人，看着她梨花带泪，心彻底碎了一地，也不管前面过错，主动承认错误。

"我不就出去玩了一下吗，你至于这样对我吗？竟然都不理我……"孙萌萌边哭边控诉。

"萌萌，我错了，我错了还不行吗？以后再也不敢不理你！"许烨磊看到她眼角一颗颗晶莹如钻的眼泪往下掉，心疼不已，连声安慰。

"我每天在家想着你，盼着你回来，你竟敢不理我！"孙萌萌边哭边挥舞着拳头，往许烨磊胸口砸去。

"萌萌，对不起，我知道很不容易。求你别哭了！等会漂亮的眼睛哭肿了怎么办？"许烨磊一边帮她擦去眼睛的泪珠，一边低沉着嗓音劝慰着。

爱情就这样，谁付出了，谁认真了，谁沦陷了，谁就输了！陷入爱情的许烨磊，在自己心爱的女人面前注定是个输家！局面瞬间反转，原本占据优势的许烨磊，此刻却非常弱势，非常温柔地哄着怀里的女人近十来分钟，她才停止哭泣。

许烨磊那紧蹙的修眉渐渐舒展，慌张的神色从他俊朗的脸上褪去，逐渐被那抹灿烂所取代，那抹灿烂里却蕴含着无限的疼惜和温柔……

许烨磊紧紧将孙萌萌搂在怀里，像是搂着珍宝一般。孙萌萌的鼻息间充斥着他身上淡淡的男性气息，听着他强烈而急切的心跳声，靠在这个很令人心安的怀抱，心里的委屈感才得以消失。她发现遇到许烨磊之后，自己的眼睛就像水龙头，一拧就哭出来，自己什么时候变得这么脆弱了！

"好了，不哭了，都我的错！"许烨磊低头看着孙萌萌，伸手将她脸上泪痕擦去，心疼道。

"谁让你不理我！"孙萌萌吸了吸鼻子，嘟着小嘴理直气壮地说。

"不理你，是我的错。可是你去夜店的事，也是错的……"许烨磊开始秋后算账，分析两人的错误之处。

"我就去一次，没想到就被你抓包！"孙萌萌跟许烨磊撒了一个小谎，和师妮可非常默契地一致口径，说只去过一次。

"夜店那是多杂乱的地方啊！而且这么晚了，你和妮可两个这么漂亮的女孩在那里面晃荡，是很危险的。知道吗？"许烨磊揉着她的身体，似是叹息地提醒道。

有什么危险啊？你都不知道今天在台上跳舞的时候，有多少人为我们鼓掌呢。孙萌萌心里暗暗回了一句，不过她也不是那种蹬鼻子上脸的人，为了让许烨磊放心，还是乖巧地回道："我们就去跳了跳舞，没干其他的事情！"

"你还想干什么？"许烨磊剑眉微挑，瞪眼看她。

"没想干吗，我以后不去了还不行吗？"孙萌萌不由眨巴着含泪的眼睛，温柔地委曲求全。

"这还差不多！"见老婆这么乖巧，许烨磊低下了头，轻啄了一下她的红唇，乌黑的眼眸璀璨如星，带着温柔的怜惜和疼爱。

"可是——"孙萌萌的话题来了一个转移。

"可是什么？"许烨磊不解地看着她。

"可是我要是烦闷的时候，偶尔能不能出去玩啊？"孙萌萌多多少少还得在自己立场优势的情况下，为自己谋求一些福利。

"傻丫头，我又没说要把你关在家里，只是你这么漂亮，我担心你去那污糟复杂的地方，被一些不怀好意男人惦记！"许烨磊并不干涉孙萌萌的人身自由，只是不喜欢她去夜店那种场合，心里又有些害怕她被其他男人所惦记。

"我和向南是纯属偶然遇到的！"孙萌萌撇了撇嘴，坦白道。

以前她也觉得夜店是个复杂的地方，可是去过后，却觉得没怎么。只要自己不去主动勾搭，不理会别人的勾搭，完全只是为了排泄心中的闷气，是个很好的去处。不过看到许烨磊一副跟她妈李笑梅一样视夜店为豺狼虎豹地方的表情，孙萌萌还是尽可能地保留一点隐私为妙。

"真的？"许烨磊有些不相信，经常偶遇，这两人也太有缘分了吧？

"不信，你可以问妮可，还有叶子青，她们都可以为我作证！"孙萌萌庆幸这次有两个证人，为自己证明清白。

"好吧，我相信你，不过你还是少跟那个向南来往！"

提到向南，许烨磊的心里有种说不上的感觉，就是不想孙萌萌跟他有过多的牵扯。帅哥在漂亮老婆身边围绕，的确让他很有压力。

"你还真是一个醋坛子！"孙萌萌伸手捏了捏许烨磊的鼻子，耻笑道。

"知道就好。"许烨磊也伸手轻捏了一下她那轻巧的鼻子。

"老公，你生气真的很恐怖。"孙萌萌嘟起小嘴，投诉道。

"知道就好！"许烨磊不置可否，捏住她的小手，稍稍用劲地揉捻起来。

"很疼啦！"孙萌萌急着抽回手。

"来，老公给你吹吹！"许烨磊再次抓住孙萌萌的手。

"讨厌，一点都不懂得怜香惜玉！"孙萌萌娇瞪他一眼，又赏了许烨磊一记粉拳。

两人嬉笑着扭做一团，欢乐的笑声从房里溢出来，漂浮在嘈杂的夜色里。

2.

窗外，细雨飘飞，天潮潮地湿湿，整个玉景豪园浮漾着流光，灰蒙蒙却温柔。这样的天气，带着几分春寒和潮润，躲在暖暖的被窝里睡一个春梦最为惬意了。

师妮可昨晚被狠狠地教训一番，醒来还有几分胆战，也不知道表嫂搞定表哥没有。起床，打开房门，屋子里静悄悄的。只听见春雨敲打窗棂的声音，细细碎碎，像一双纤纤素手在抚着琴弦，奏着春曲。

师妮可无暇倾听屋外冷雨的奏乐，她最关心的是自己是否逃过一劫。

这个时候，表哥应该早就醒了，但主卧的大门依旧紧闭着。师妮可轻手轻脚地走到玄关处，看看表哥的鞋子还在，表哥春睡迟迟未起，一定被表嫂摆平了。

师妮可冲回客卧，在床上打滚了一番，劫后余生啊！危险解除，发现肚子也饿了。好吧，今天我就将功折罪，给你们两个睡懒觉的小情侣买早餐去。于是，师妮可洗漱一番便提着伞出门了，等她打包着早餐回来，许烨磊和孙萌萌刚好起床。

看他们两个穿着睡衣走出主卧，师妮可立马笑着邀功："表哥，表嫂，起床啦，我买了早餐，一起吃吧……"

孙萌萌看着师妮可的笑脸，讷讷地说："下雨了，天色比较暗，都没时间观念了，还是可可勤快啊……"

许烨磊早没有昨晚的冰雕脸，真不知道是他修理了老婆，还是老婆融化了他。总之，现在是满脸春色，丝毫找不到昨晚的萧杀。

　　许烨磊淡淡地扫了眼带着浑身湿气回来的小丫头："算你还懂得改过自新，以后就得这样照顾我老婆。"说完，许烨磊进了厨房拿碗筷。

　　师妮可吐了吐舌头，凑到孙萌萌身边，笑嘻嘻地暧昧着："表嫂，还是你厉害啊，昨晚表哥把我恐吓得做了一个晚上的噩梦。你是用什么办法对付表哥的？"

　　不过，孙萌萌的回答却出乎师妮可的意外。

　　"你表哥发火的时候真是雷打不动啊。我没办法了就哭！使劲地哭给他看！"孙萌萌凑到师妮可的耳边小声地说。

　　师妮可这才恍然大悟："哇！真是绝，我怎么没想到呢！还是表嫂有智慧。佩服！以后表哥再吓我，我也使劲地哭给他看！哈哈，小时候，表哥也怕看到我流眼泪。没想到他现在还见不得人家掉眼泪。终于找到秘诀！"

　　"你们两个窃窃私语什么啊？师妮可，又有什么鬼主意？再敢带坏我老婆，你试试看！"许烨磊从厨房走出来看到两个小丫头一脸奸笑，感觉有些不妙，又瞪了师妮可一眼。

　　被吓怕的孩子啊！师妮可被许烨磊那么一瞪，立马正襟危坐，然后讨好地说："表哥，我发誓，绝对不会再拉表嫂下水……"

　　"要是再让我发现，你知道有什么好果子吃！"许烨磊不忘再次警告一句。

　　"大清早的，别吃什么好果子、坏果子，快吃饭吧。我好饿啊！"孙萌萌见许烨磊对师妮可横眉竖眼，连忙插话，转移目标。

　　许烨磊犀利的眼神扫了一下师妮可，可是转过头看着孙萌萌却立马变得柔情似水。师妮可看到表哥脸上瞬息万变的表情暗叹不已：表哥你真的可以去练四川的绝活——"变脸"。

　　三人坐在一块吃早餐，这时，孙萌萌的手机响了，一直叫着老佛爷的名字。

　　"老佛爷——"

"老佛爷——"

许烨磊听到这个铃声，嘴角不由微扬，这丫头竟敢把丈母娘的手机名字设置为老佛爷，不知道自己的电话号码，她会设什么名字呢？许烨磊不禁有些好奇起来。

真是难得啊，离家都近半年了，老妈这还是第二次给自己打电话。貌似自己也是很少跟老妈打电话，每周想家的时候都是打电话给老爸。孙萌萌擦了擦手，赶紧冲到主卧去接起电话。

"妈，我好想你啊！"都快把老妈忘了的孙萌萌怕被李笑梅劈头盖脸地臭骂，赶紧甜甜地叫着。

果然，李笑梅对这个女儿一肚子的怨气，出口就是一顿教训："你个死丫头，我不打电话给你，你也想不到给我打电话。你哪一天有想到我？"

"妈，我当然想你啦。白天想，晚上想，天天都想回去吃你煮的饭。"孙萌萌亲热地叫着，挑着李笑梅爱听的话说。

当然，这个吃货也没瞎说，在外面住久了，每天胡乱地吃饭当然没有在家吃得好。她是很怀念小时候李笑梅每天精心地为她煮食物的葱茏岁月。要是老妈能回到过去的贤惠，孙萌萌估计周一到周五都会赖在自己家，周末才会来玉景豪园会情郎。

"少给我油嘴滑舌，你在哪？"李笑梅受了女儿的糖衣炮弹，心里舒服了些，但嘴上还是有些生硬。

"在玉景豪园，刚吃完早饭……"听李笑梅口气微微缓和，孙萌萌心里偷笑。还真关心女儿啦，难道老妈今天要来玉景豪园？

"烨磊每周都回来吗？"李笑梅话题一转，终于转到今天打电话的目的。

"是啊，昨晚就回来了……"提到心爱的男人，孙萌萌口气依旧甜蜜，但声音不自觉地带着几分羞涩、几分温柔。

电话另一端的李笑梅也能明显感觉到女儿听到那个男人名字的时候，一副恋爱中甜软的小女儿情态。李笑梅摇了摇头，唉，看来这个女儿真的不是自己的了，一天到晚不着家，全部心思都在男人身上。虽然有些不舍，可也只能随了她，还好许烨磊的家人都待女儿好。

原来最担心的是女儿当了军嫂一个人会过得很孤单，要是许烨磊每个周末都能回家，那也还过得去。很多夫妻因为工作地点离得远，也是周末有空回来才能相聚。他们要是处得开心，那样的夫妻生活也未必很差。以后要是有了孩子，自己辛苦点帮忙照应就是了，谁让她是自己唯一的女儿呢？真是上辈子欠她的。

真是可怜天下父母心，大多父母一生都在为孩子操劳、操心。李笑梅对女儿管得严厉，但还是心心念念地为女儿盘算着。

她其实也把许烨磊当女婿看待了，这会听到许烨磊回来了，口气也变软了，有了丈母娘的样，温和地说："今天他要是有空的话，叫他一起来家里吃饭吧。"

孙萌萌没想到老妈会邀请她们回家吃饭，"哇咔咔"，真是太棒了。孙萌萌毫不掩饰心里的喜悦，大叫着道："真的吗？太好了！我好怀念妈妈的手艺啊，好久没吃过了，想想就流口水。妈妈，我最爱你了！"

听到孙萌萌那么兴奋的欢呼，李笑梅又忍不住地数落一顿："说得跟真的一样。你是谁生的，我还不了解你这个臭丫头。这么想吃？我要没叫你回来，你什么时候会想到回家。还没嫁人呢，我怎么感觉没了女儿一样。"

"我是你的亲女儿，一直都是，没人能抢走的。"孙萌萌嬉笑着说。想象着老妈刚才的样子，要是在她身边，一定又被揍了。

"少贫嘴了。中午过来吧。我现在去买菜，烨磊喜欢吃什么？"

丈母娘越当越有样子了，还关心女婿还吃什么。孙萌萌立马鼓足劲地拍着老妈的马屁："哇，妈妈真是个好妈妈啊！许烨磊什么都吃，只要是你煮的，都是非常好吃的！我喜欢，他也会喜欢。"

"嗯，就这样吧。今天下雨比较冷，出门的时候多穿点衣服。"

"Yes！"

孙萌萌刚接完李笑梅电话，就见许烨磊拿着手机也走进主卧，在那接电话。这电话是师达树打来的。

"队长，昨晚早早回家约会，也请我们没人疼的男人改善改善伙食吧……"正开车前往市区的师达树，看了身旁的谢铁军一眼，笑着说。

"又欠削了是吧？"许烨磊的眼睛看了身旁的孙萌萌一下，虽然没端起中队长的架子，但语气还是泄露出他平日对士兵的威严。

"不是吧，队长，你贵人多忘事。你周四不是答应周末请我们吃大餐的吗？我和谢铁军早餐都没吃，就等着中午好好吃你一顿……"师达树好心地提醒道。

"这个……"许烨磊想起这茬，前几天几个在办公室起哄叫他请客来着，立马道，"你们在哪？"

"今天我和'螃蟹'去市区买点东西，现在正在路上，估计半个小时后就能到！"师达树看了一下时间，准确地预测道。

"嗯，好吧，你们到市区再跟我联系，想吃什么自己挑！"许烨磊一言九鼎地兑现着自己那天在办公室对他们的承诺。

"好嘞，那我们就不客气啦……"师达树呵呵地笑道。

"选好了地址，给我发条信息过来。"许烨磊不忘交代一句。

"好的。哦，对了，队长中午吃饭的时候，别忘了把传说中的美人嫂子也一起带过来，让我们开开眼，一睹芳容……"师达树眼底掠过一丝狡黠。

吃大餐只是一个借口，其实师达树这帮人心里最想见的就是把他们魔鬼中队长迷得神魂颠倒的孙贝贝口中的那位堂姐。

"臭小子……"许烨磊嘴角咧着，轻骂一句。

孙萌萌见许烨磊挂完电话，立马凑过去，眨着明媚的眼睛，高兴地说："猜猜，老佛爷跟我说什么了？"

"看你乐的，比看到我回来还开心。有什么好事？"许烨磊搂着孙萌萌，宠溺地看着她，嘴角微扬地询问。

"当然是好事啦。我妈都没关心我的死活，竟然叫你去我家吃饭，顺带捎上我。"孙萌萌一副小女人样，嘟着嘴巴道。

"那好啊。我们家长都见过了，还没机会去你家呢，今天要在老佛爷面前好好表现。"听到老佛爷叫他回去吃饭，许烨磊除了意外更多的是惊喜。

"那是必须的。"

"是中午过去，还是晚上？我的战友今天也来市区了，叫我请他们吃饭。晚上吃的话，怕太晚了他们回去不方便。你看？"许烨磊可没忘刚才打电话过来蹭饭的师达树和谢铁军。

"这样啊，那就中午和你战友一起吃饭喽。我也好想看看他们。我家嘛，那么近，什么时候去都行，就晚上去吧。我跟我妈说声就行了。"孙萌萌识大体地做出选择。

"嗯，听你的安排……"许烨磊一副无条件服从组织安排的表情。

于是，孙萌萌立马给李笑梅打了电话，改了回家时间。

打完电话，孙萌萌笑嘻嘻凑到许烨磊面前，好奇地询问："你战友长得帅吗？"

"你有我了，还敢打别的男人的主意？"许烨磊刮了一下孙萌萌的鼻子。

"不是啦，要是你的战友长得帅，又没有女朋友的话，我给他们介绍我的朋友？有两个花痴也想当军嫂呢，我就当一回好人，成全成全她们。"孙萌萌完全没忘自己两个死党上次在一吃饭所说的话，开始帮忙保媒拉纤起来。

"你说的是叶子青和刘焉吧……"许烨磊想起孙萌萌那两个死党，心里有些小小的瘆得慌，"好啊。谢铁军，就是上次跟我一起去医院看孙贝贝的，他见我每周回家，眼红得不行，就给他介绍吧。"

许烨磊一口答应下来，嘴角咧着一抹意味深长的笑意。他知道谢铁军和孙贝贝之间有点小暧昧，不过那"螃蟹"死不承认，那就给他介绍几个更疯的女人，让他头疼头疼。

于是，孙萌萌又忙着给叶子青打电话，周末叶子青正清闲着，这会还蒙在被窝呢。没男人的女人周末都过得好没规律，听孙萌萌夸大其词地说给他介绍帅哥，立马兴致勃勃地从被窝里钻了出来。

随后又打给刘焉，这个爱帅哥却更爱钱的女人倒是蛮勤快的，一大早就到店里张罗了。孙萌萌叫她一块去吃饭，没想到刘焉说，周日啊，是一周里的黄金时间，忙着数钞票呢，没空去吃饭。

"刘焉要看店来不了，就叶子青。"孙萌萌跟许烨磊汇总人数。

"嗯，让妮可也一起去吧！"许烨磊随口应道。

"那我去叫她……"孙萌萌说完，直接去叫师妮可。

师妮可一吃完饭就回卧室上网溜达了。小丫头没有男朋友，孤身一人在 S 市也够孤单的，把她也一起捎上解解闷。

第一次去见许烨磊的战友，孙萌萌自然要打扮一番，好给人留个好印象。在银行上班两年，孙萌萌化妆的速度以及质量相当到位，不出 10 分钟，镜子中便出现了一个水灵灵的大美女。一番装扮下来，孙萌萌再站到镜前时，不禁唏嘘赞叹：哪来的仙女？

记得大学时，叶子青每每听到她自恋的话，都会啐她一口，挤对她半天说："你都长得对不起祖国，对不起人民，还打算出去吓人？"

可是任凭叶子青怎么埋汰自己，也无法打击孙萌萌对自己貌美如花的容貌的超强自信心。把自己整理一番后，孙萌萌把在书房上网的许烨磊拎回房间，打扮一番。上次在刘焉那拿了好几套休闲男装，刚好派上用场。

孙萌萌帮许烨磊挑了一件白色衬衣，一条浅灰色的休闲西裤。当许烨磊站在镜子前，看到镜子里面的自己，嘴角自然扬起，孙萌萌品味不错，这样的搭配，尽显休闲，不乏帅气。

"帅呆了！"孙萌萌看着眼前堪比模特的许烨磊，不由眯起眼睛啧啧称赞。

如果把男人比作衣物，许烨磊绝对是摆放在精品店中精品，限量版，纯手工制作，衣服上贴着价格标签的同时亦贴有"珍贵材质，不买勿碰"！

比起两人兴师动众地打扮一番，师妮可倒显得特别随意，反正她只是去蹭饭，不必当焦点。不过心里越发觉得找个男朋友是当务之急，不然自己迟早会被眼前这对甜蜜的表哥表嫂给眼馋死。

当许烨磊和孙萌萌、师妮可到师达树指定的餐厅时，推门进去，两位穿着笔挺挺绿色军装的师达树和谢铁军立马站了起来。

"中队长好！"两人步调一致地朝许烨磊敬了一个军礼。

当两人看到许烨磊身旁的孙萌萌和师妮可时，两人的眼睛都不由自主地放亮。虽然谢铁军见过孙萌萌一次，但当时只是匆匆一瞥，今天这么仔细一瞧，中队长的女朋友跟驻地之花孙贝贝，眉眼间有几分相似，气质尽显恬静温雅，完全没有孙贝贝身上的桀骜和张扬。

闻名不如一见，眼前的两个女人就是当兵男人一致认为的标准妻子模范，长相漂亮，气质端庄。

师达树的眼睛朝孙萌萌和师妮可来回扫射，不知道哪位是中队长的女朋友，但是不管是哪个，都非常漂亮。真是艳福不浅啊！

不过看到许烨磊今天的这身打扮，两人不约而同地眯起眼睛，直勾勾地盯着许烨磊，心里一片羡慕嫉妒恨。他们见过许烨磊穿便装，也知道中队长的身材一级棒，但却没见过他穿得这么有型。此刻的他简直就跟海报上走出来的春装模特似的，帅气有度，尽显非凡。

"嗯……"尽管许烨磊今天没穿军装，但身上还是带着不可亵渎的威严。

"队长，哪位是嫂子啊？"师达树一脸好奇地问。

谢铁军瞥了他一眼，眼底尽显鄙视："真是笨，这还用说吗？当然是跟中队长并排站着的，就是嫂子！你没看他俩多有夫妻相啊！"

谢铁军在关键时刻，把握住机会拍中队长的马屁，不过他心里也蛮好奇，孙萌萌身旁的女孩是谁。

师达树闻言，立马再次打量孙萌萌，有些不好意思，立马冲孙萌萌敬礼："嫂子好！"

"嫂子好！"谢铁军也跟着敬礼。

被他俩这么一叫，孙萌萌有些错愕。

"萌萌，这两位是我的左膀右臂。他，师达树少校；他，谢铁军上尉。"许烨磊嘴角勾着一抹淡笑，为孙萌萌介绍自己得意的两个下属。

孙萌萌立马调整过来，一脸温和，甜甜地笑着："你们好，别这么客气，快坐下来！"

许烨磊满意地看着自己两个下属和身旁的老婆，刚才看到他俩的德行，许烨磊心中得意不已，回去他俩肯定又是一番羡慕嫉妒恨，帮他宣传自己老婆的漂亮和贤惠。

五人齐齐坐了下来。

"中队长，这位是？"谢铁军看着朝气蓬勃的师妮可询问着许烨磊。

没等许烨磊回答，包厢的门缓缓被推开，只听到一记爽朗帅气的女声："不好意思，我来迟了！"一进来，叶子青就冲大家笑了笑，踩着她的七寸高跟，盈盈而来。

只见，叶子青一头长发直到腰际，瀑布一样散下来，保养得又黑又亮。瓜子脸，五官精致，妆容细致，唇若樱桃，肤白若雪，再加上一身时装的映衬，饶是刚见过两个美女的谢铁军和师达树，也不由得眼前一亮。

叶子青不等他们招呼，在师妮可身旁坐了下来："还好，还好，不算太迟，你们还没上菜！"

即使还没介绍彼此姓名，但谢铁军和师达树的心头都对许烨磊嫉妒无比，中队长身旁的女人，个个都是貌美如花。一个温婉可人，一个青春朝气，一个豪气爽快却不乏性感迷人。

"队长，这位是？"师达树貌似对叶子青比较感兴趣，开口询问。

许烨磊扫了两个下属一眼，这两个男人见到身旁的美女，那眼睛冒得绿光全被他看在眼里。

"我表妹，师妮可！"许烨磊指了指师妮可，利索地回答。

"她是我同学，叶子青！"至于叶子青的身份，孙萌萌同学不遗余力地主动帮忙介绍。

"两位美女，幸会，幸会。我叫师达树，今天托我们中队长的福啊，见到的全是美女！"尽管已有女朋友的师达树，见到美女还是不免心神荡漾。

"你好！"师妮可淡淡一笑，冲他轻轻点了点头。

"你好！"叶子青别看外表娇媚，但说话的口气却十分利索，尽显女强人的气息。

"两位美女好。我谢铁军，请多多关照！"谢铁军倒是显得有些憨厚起来，不小心对上叶子青的眼睛，却立马逃开。

"我知道你，贝贝口中的'谢恶魔'！"孙萌萌从一进来就开始打量着老公所说的左膀右臂。

师达树人长得清秀斯文，一看就是学院做派，而谢铁军高大彪悍，看上去是个特别憨厚耿直的男人。不过谢铁军因为见过一面，而且堂妹孙贝贝住院那几天嘴里，天天诅咒着这个人，所以给她的印象特别深刻。

"嫂子，上次害孙贝贝住院，实在不好意思……"听到孙萌萌这句话，谢铁军的脸微微红起，有些不好意思，憨憨地冲着她笑了笑。

"嫂子，谢恶魔这个称呼早就已经过时啦，现在我们都叫他谢光棍！"师达树为了美女一笑，把谢铁军的糗事给抖了出来。

果然，三个女人听后，瞬时哈哈哈大笑起来。

谢铁军立马转过头，狠狠地刮了师达树一眼。师达树的眼底掠过一丝狡黠，嘿嘿直笑。

"不是吧，难道他真的没谈过恋爱，还是个……"性子耿直的叶子青一脸的坏笑地问。

谢铁军的脸色有些挂不住，在桌下狠狠掐了师达树的手臂一下。

师达树忍着痛，却在那笑个不停，继续出卖："是！"

叶子青更是大笑不止，眼睛不由意味深长地朝许烨磊看去。

此时，师达树和她不谋而合，目光也朝中队长和孙萌萌看去。一时间，包厢内的男男女女的脸都不约而同地红了起来。

3.

孙萌萌有些无语，甚至觉得有些丢脸，叶子青那嘴巴快得跟 F1 一样，第一次见面就没把门地说这些令人害臊的话。要不是中间隔着师妮可，孙萌萌肯定会在桌底下狠掐叶子青的大腿。而且被她这么一说，本来想帮她做媒的，现在肯定不好意思开口了。

作为销售精英，叶子青本来就是一个自来熟的女人，被她这么一闹，包厢内气氛似乎放松一些，没那么拘谨了。

"小谢，我这同学性格历来豪爽，你别介意啊！"不管如何，作为嫂子的孙萌萌还是得出来主持大局，维护餐桌的和谐风气。

"嫂子，我没事！"谢铁军实在有些害臊，回去肯定会跟他好好算账，不过这会还是得维护大佬爷们的尊严，不亢不卑地回孙萌萌。

见孙萌萌这般维护谢铁军，师达树的眼睛立马闪过一丝深意，还是一家人亲啊！弄不好，"螃蟹"和中队长以后是连襟啊！服务员陆续把菜端了上来，吃饭席间孙萌萌时不时地帮谢铁军和师达树夹菜，尽显"军嫂"风范。

"我们中队长遇到这么漂亮又贤惠的嫂子，真是有福气！"师达树满脸带笑，感谢之余，一语双关地夸赞道。

"是啊，遇到这么好的嫂子，我们中队长真的很有福气！"谢铁军憨憨地附和道。

吃人家嘴软，所以一定要使劲地拍马屁。孙萌萌第一次接触许烨磊的战友，和他们在一起吃饭，特别是谢铁军和师达树一个劲地称呼许烨磊为中队长，心里不由变得更加疑惑。

中队长？记得自己看过的一些军事题材的电视剧，只有特种兵里面才会有这个职称，难道许烨磊是特种兵？而且还是特种部队的中队长？

"你们是特种兵？"没等孙萌萌开口，叶子青就抢先询问起来。

许烨磊和师达树三人顿时一愣，三个人互看对方一眼，像是在传递某种信息。最后，由师达树开口做出解答，语气很清淡，却带着一种自豪："是，我们是特种兵！"

"不是吧？你们真是特种兵！"

最近有关特别兵的电视剧在各大电视台轮流直播，换哪个台都能见到，所以叶子青来来回回看了好几遍。铁血、刚毅的男人，绝对是每一个女人心中的最爱。

孙萌萌看了身旁的许烨磊一眼，这男人藏得够深的，竟然没对自己透露半个字。

"许烨磊，那你不会就是那个传说中的魔鬼中队长吧！"电视剧都这么演的，所以叶子青认定他就是电视剧里的原型。

许烨磊也没想到自己的身份在这种场合被孙萌萌知道，眼睛特意看向孙萌萌，见她一脸不可思议地看着自己，估摸晚上回去得好好跟她解释解释才行。

"我怎么会是魔鬼呢，我是个天使……"许烨磊的嘴角咧着清风云淡的笑意，幽默道。

此话一出，谢铁军和师达树不由喷了起来。许烨磊在部队可是驰名远扬的魔鬼，地狱中的恶魔，听到他的名字的士兵，小心肝都会不自觉地颤三颤，亏他还有脸说自己是天使。你要是天使，估计人类要灭亡了！

知道席上坐着的三个男人都是特种兵，作为热血特迷的叶子青，不由满眼冒着星光，一脸崇拜地看着他们，尤其是对许烨磊，那简直不能用崇拜来形容，应该说如果他不是孙萌萌的男朋友，她肯定会立马下手。

孙萌萌你可真是走狗屎运啊，竟然钓到这么帅气的特种兵的中队长。

于是，"热血特迷"开始喋喋不休地对着三个男人，发起十万个为什么的追问。三人时而回答、时而拒绝、时而沉默地应付着叶子青，直到酒足饭饱。

吃完饭，一众人站在餐厅的门口。

"队长，我和'螃蟹'先去买点东西，4点归队！"师达树向许烨磊报备自己的行踪。

"嗯，好的！"许烨磊点了点头。

"嫂子，有空来部队玩。"师达树转头看向孙萌萌，邀请道。

"好啊！"在饭桌上，孙萌萌一直按捺着自己兴奋又激动、惊喜又意外的心情，始终没开口询问许烨磊有关特种兵的事情，等会只有两个人的时候，要好好拷问一番。

"队长，嫂子，那我们先走了。两位美女，有机会再见！"师达树非常有礼貌地和大家道别。

"队长，嫂子，两位美女，我们先走了！"谢铁军依旧那么憨憨的，冲着大家笑了笑。

"去吧，回去的路上小心点！"许烨磊交代一句。

"是，队长！"两人不约而同对许烨磊敬了一个军礼。

待师达树和谢铁军走后，叶子青看了眼孙萌萌和许烨磊两人眉来眼去地，不由道："两位，我先走了，谢谢你们的午餐！"说完，叶子青直接闪人。

师妮可看着叶子青离去的背影，也不好留下来当电灯泡，不由喊了一句："下雨天，不好玩啊，青姐，我要跟你混……"说完，也跟着消失了。

见大家都这么主动闪了，许烨磊和孙萌萌相视而笑，想着待会去干什么。

"我们去看电影吧？"孙萌萌第一个想法就是去看电影。

许烨磊想了想："你上午不是说你妈叫我们回去吃饭吗？要不，我们现在就去你家吧！"

真是一个好女婿，自己都差一点忘了这茬事，他竟然牢牢记得。

"好吧，那我们现在就回家吧！"孙萌萌亲昵地挽着许烨磊的手，娇媚地笑道。

"嗯。去之前，我们先去超市买点水果！"第一次上门，肯定不能空手，许烨磊提议道。

"嗯……"孙萌萌点了点头。两人便先去超市买些水果，准备夫妻双双把家还。

去超市之前，许烨磊先到 ATM 机取钱。孙萌萌看着他按着密码，心里有点小小的好奇——他的卡会有多少积蓄。

孙萌萌探着脑袋，右手食指在脸颊上轻轻地敲着，一脸好奇地问："你存了多少老婆本？"

"嗯？差点忘了，你在银行工作过，应该很会理财，这工资卡就给你保管了……"许烨磊边输入密码边笑着道。

孙萌萌一听他说卡给她，一下子特别兴奋。要管住男人就得管住男人的钱包，虽说这个军人老公让她很放心。但拿着老公的工资卡，还是很有老婆的感觉的。

孙萌萌忍不住又问："里面很多钱？"

"看看就知道了……"许烨磊看着她眼睛发亮，笑了笑，这丫头也是见钱眼开啊！

许烨磊点了查询，系统很快显示了余额：128961.36 元。

孙萌萌扫了一眼，眨着眼睛一脸的惊诧。她有些不敢相信里面的数字："你工作多少年了？"

"七八年了……"许烨磊看着她的讶异，猜到她在想什么，但他却不急着解释，仍旧不紧不慢地说话，看看这个小财迷会有什么表现。

"不是吧，七八年了工资卡才这么点钱，我以前在银行上班两年都比你干七八年存得多。就这么点钱，你怎么娶老婆啊！"孙萌萌似乎有些担心以后嫁给许烨磊后，会是自己养家。

"小丫头，这么嫁给我，会很憋屈吗？"许烨磊取了一千，退出了卡，笑着问孙萌萌。

"不是。我是想，你怎么养家糊口呢？"

"在所有的岗位里，也就金融部门的工资最高。所以，不能跟银行比。但我们也还没那么差，这个是后来新换的卡。以前的工资卡在我妈那，由她给我理财。现在有老婆啦，这张卡就归老婆管了……"许烨磊把卡递给孙萌萌，告诉了孙萌萌密码。

"哦，原来是这样啊。"听完许烨磊的解释，孙萌萌的心立马变得开朗起来。

师达树和谢铁军去了百货商场，买一些生活用品。在一楼看着琳琅满目的护肤品专柜，师达树停了下来。他突然想给女友买些护肤品，邮寄给她。师达树和女友是高中同学，师大毕业后分配回老家的高中教英语，今年带的是毕业班，压力很大，一直都没有来探亲。

师达树日盼夜盼盼着暑假的到来，才能和女友相聚。两人相处多年，自然知道女友常用的品牌。他走到一个专柜前，询问着夏天用的护肤品系列。导购小姐和师达树攀谈中了解他女友是教师，每天要面对很多粉尘，特别是手持粉笔很伤手，便重点介绍了隔离霜、防晒霜和护手霜。

谢呆子看着晶莹剔透的柜台里精致的瓶瓶罐罐，又想打趣师达树一番。但听着师达树和导购小姐谈话，特别是听到手是女人的第二张脸，女人都很在乎手上的皮肤时，心里微微一动。

谢铁军不由想起孙贝贝跟他抱怨手被清洁工作磨得粗糙时的一脸委

屈。等师达树去买单的时候，谢铁军趁机憨憨地笑着问："要怎么样才能保养好手呢？"

导购小姐看着这个彪悍的男人，有些纳闷：难道这个黑黝黝的男人也需要保养手上的皮肤吗？又多了一位客户，导购员推销地更加卖力："先生也是给女朋友买的吧？你们的女朋友都好幸福啊，有这么疼人的男友……"

谢铁军被导购小姐这么一说，脸微微发烫，赶紧摆手否定："不是，就是随便问问……"

导购小姐阅人无数，最会察言观色，看到这么大条的壮汉不好意思，觉得很可爱，于是，便笼统地说："做事的时候，尽量戴手套，减少和皮肤的直接摩擦。平常多抹一抹护手霜，保持皮肤的湿润。"

"那也给我拿一支护手霜吧……"谢呆子感觉脸火热地发烫，看看师达树还没回来，赶紧说了声。

导购员给他开单，谢铁军跟做贼似地，轻声说："可不可以，我付钱给你，你帮我去买单，护手霜先给我……"导购员看着递过来的钱，再看看眼前有点紧张，东张西望的男人，心里一乐。

"行。给女朋友买东西不丢人，下次有需要再来哦……"导购员收了钱，把护手霜递给了谢铁军。

谢铁军赶紧藏在裤兜里。师达树买了单，返回专柜，给了导购小姐票据，提了一大袋护肤系列便和谢铁军一同去超市。两个大男人也没啥买的，在军队，吃的用的基本都是部队分发的，也就买个剃须刀、牙膏之类的生活用品。

师达树反正要给女朋友一个惊喜，又在超市多买了一些零食啊、小饰品啊之类的东西，购物车被他塞得满满的。谢铁军听了导购小姐的话，上了心，便乘师达树不注意的时候摸了两幅橡胶手套，放在购物篮最底下。但他要买的东西实在太少了，那大红色的手套本来就很醒目，买单的时候还是被师达树发现了。

"哎,'螃蟹',你买这手套干吗?"师达树不明所以地问着。

谢呆子有些心虚,随便应付着:"关你什么事?"

"不会是拿来拖地用的吧。就你那手,还用得着手套吗?"师达树拿过手套一看,是 S 码的,便笑嘻嘻地打趣道,"呆子,终于思春了,也懂得疼女人了。"

后边还有很多排队的人,听了师达树的话都哄然大笑,谢铁军更是窘得黑脸都发红了。

"想死啊,师师,回头再跟你算账……"谢呆子赶紧买完单,撒腿跑路。

4.

许烨磊一进孙萌萌家便感受到扑面而来的温馨。客厅白色的皮艺沙发,田园风格的垫子,窗帘也是田园的小碎花,让人感觉清新又温馨。丈母娘不愧是审计局出身,把一个家收拾得整齐利落干净舒适。

知道女婿要上门,李笑梅夫妇都在家里候着。

"爸妈,我回来了!"一进门,孙萌萌就像几百年没见到父母似的,往李笑梅怀里扑去。

"伯父,伯母,你们好!"两手提着水果的许烨磊,嘴角含笑礼貌地叫道。

"烨磊来了……"孙耀文见到女婿,一脸的和颜悦色。

李笑梅眼底溢满宠溺和无奈,拍了拍孙萌萌的后背,口气却有些责怪的味道:"知道回来了?"

孙萌萌钻出李笑梅的怀里,冲着她软声地撒娇。

"好了,撒娇也不看时候……"李笑梅戳了戳孙萌萌的额头,满面笑颜的对许烨磊说,"烨磊,来了……"

许烨磊提着水果,非常郑重地再次喊了一句:"伯母好!"

这可是老佛爷啊，得好好表现表现才行！

老佛爷见许烨磊提来的一堆水果，和悦地招呼着："烨磊太客气了。以后来什么也别买，萌萌不在家，我和他爸水果的消耗量减小很多。"

"爸妈，你们就别在计较这些了，烨磊又不是外人！"孙萌萌见父母和许烨磊一直在那讨论水果问题，不由笑着插话。

"是啊，烨磊不是外人，快坐快坐……"孙耀武听了女儿这句话，不由呵呵笑道。

李笑梅瞥了女儿一眼，感觉这丫头像是嫁出去回门似的，连忙道："烨磊快坐，老公你泡茶，我去洗水果……"

许烨磊坐下后，孙耀文在那泡茶。一道又一道工序，动作行云流水，十分熟练，一看就是经常喜欢品茶的人。

茶香缕缕上升，如云蒸霞蔚，孙耀文端着一杯淡淡如水的茶递给许烨磊："烨磊，来尝尝这刚出的春茶……"许烨磊接过茶杯，闻了闻扑鼻而来的茶香，轻轻吮了一口，随后道："嗯，不错，好茶……"

"这是我同事前几天送的，还不错吧！"孙耀文和蔼地笑说着。

许烨磊面带微笑，礼貌地点头："嗯，确实不错！"

李笑梅端着一盘水果出来，放到许烨磊跟前的茶几上："烨磊，吃水果……"

"是，伯母！"许烨磊抬头，冲着李笑梅微笑道。

这次见面，许烨磊明显感觉李笑梅对自己的喜欢。看来妈妈和奶奶上次没白来，让丈母娘对自己态度有很大改观。

孙萌萌看到水果盘里有自己最喜欢吃的提子，立马动手，剥皮后，塞进嘴里："嗯，真甜，烨磊你也尝尝！"说完，继续再剥，不过这次是将剥皮的提子直接送到许烨磊嘴边。

许烨磊顿了一下，看了看旁边坐着的孙耀文和李笑梅，最后还是将提子吃了进去。

孙耀文见小两口感情这么好，不由笑了起来，调侃道："萌萌，要不要给爸爸也剥一个啊！"

"好啊！妈你呢？要不要我也给你剥一个？"孙萌萌讨巧地笑道。

李笑梅瞧女儿对许烨磊那自然又亲密的动作，心里直摇头，真是有了男人忘了娘！既然这丫头这么死心眼，自己也只好在心底为她祈福，希望她结婚以后还是能跟在自己跟前一样幸福、开心。

知道女儿已经彻底成了别人家的人，自己自然得对女婿好点。李笑梅做了一大桌菜不说，吃饭席间，热情地招呼着许烨磊，一个劲地给他夹菜，完全是一副和蔼可亲的丈母娘嘴脸。

吃完饭，孙萌萌乖巧地和李笑梅一道收拾餐桌，还献殷勤地洗碗。

这可真是破天荒了，这个懒丫头，以前在家可从没洗过碗，跟了男人就变得这么勤劳！是不是他们在一起都是她做家务，所以练得勤快了。

李笑梅看着女儿不染阳春水的白嫩手指说不出的疼惜，哪个女孩子结婚前不是父母的心头肉啊！虽然管得严一些，也是为了她好，可是从小到大，哪一回指使她干家务了。夫妻俩都把她当公主一样疼着，都没舍得让她熏油烟。只不过这个吃货，喜欢看父母在厨房忙碌，看看他们怎么烹饪，偶尔打打下手。

爱情是浪漫，而婚姻每天都是柴米油盐酱醋茶，有多辛苦！她自己就是从最初非常享受烹调，到后面随着工作压力的增大对家务慢慢地倦怠，最后都扔给了孙耀文。

女人总是这样，结婚前，在厨房浸染着油烟也觉得那是爱情的调味剂，也享受着那种幸福。只是做母亲的看到女儿沿着自己走过的路走过来，看着女儿为了一个男人渐渐地离开自己，心里说不出是什么滋味。

李笑梅戳着孙萌萌的脑门压低声音问："你在烨磊家都是你煮饭洗碗吧？看你这个懒丫头，这么久没见变得这么勤快，我都快认不出来了……"

"妈，你真是劳苦命啊。我难得勤劳，你还不乐意了。呵呵，在玉景豪园哪里能轮到我蹲厨房啊，烨磊的手艺跟你一样超好，周末都是许大厨煮饭，偶尔也在外面吃。"

孙萌萌一脸幸福地说着，李笑梅看着她眉眼中藏不住的柔情，心想女儿真的是，在爱情的蜜罐里黏住，整个人都变了样。大概长大了吧！懂得疼人了，回家还能帮忙洗个碗。

"你也别太懒，他难得回家一趟，对人家好一些，别耍小孩脾性……"女儿都对人以身相许了，男方的长辈也都那么喜欢女儿，这结婚是铁板钉钉的事了。李笑梅不忘教女儿一些夫妻的相处之道。

"妈，你真是，什么话都让你说了！一会又担心人家虐待我，让我操持家务，一会又要我对人家好一些。真是矛盾啊，我该听哪一句呢？"孙萌萌边洗碗边笑着问。

"你个死丫头，就知道贫。我这还不是为你考虑！等你到我这个年龄，你就知道你妈对你的好！"李笑梅有点恨铁不成钢地戳着孙萌萌的脑门，随后推开她，自己站水盆边洗碗。

"我一直都知道妈妈你对我最好了！"孙萌萌又黏腻地在李笑梅的背后抱着她。

女儿的一个熊抱，抱得李笑梅心里暖暖的，嘴里却说："走开，抱得我都没法洗碗了。都这么大人了还腻腻歪歪的！去洗点水果给他们吃……"

"得令！"孙萌萌看自己的糖衣炮弹果然有用，抱一抱，就让老佛爷满脸慈悲了，那就锦上添花，再来一个。她凑到老妈侧边，亲了亲李笑梅的脸颊，然后才笑着跳着离开了厨房。

孙萌萌切了一盘苹果丁端到客厅，许烨磊和孙耀文正在下围棋。

以前孙萌萌也经常被孙耀文抓来陪着下棋，在他的教导下，懂得怎么放棋子，但棋艺可就不敢恭维了。孙萌萌坐在许烨磊身边，给他喂着苹果丁，也不时叉一块给孙耀文，看着他们俩在黑白键里厮杀。

李笑梅忙完了家务也坐了下来，在孙耀文身边一起看棋，偶尔还忍不住地说两句。四人围着黑白棋的情景，其乐融融，温馨四溢。

许烨磊第一次跟岳父下棋，这个火候还是得用心地把握，既要下得让岳父觉得棋逢对手，不疾不徐地吊着他的胃口，又要在紧要关头不露痕迹地让步。亏了他从小被徐大雷抓丁练习，练得一身好棋艺，没想到长大后，这身手还能为自己在岳父大人面前挣点分数。

棋里的光阴总是过得很快，一盘棋下来，两翁婿打得难分高下，孙耀文好久没下得这么过瘾，异常兴奋。一盘棋以一个子险胜，他也知道女婿一定让着他了，但让得让人浑然不觉。他是越发喜欢这个女婿了。

孙萌萌的苹果丁早吃完了，看看窗外的夜色，已经深沉。

"伯父，伯母，很晚了，不打扰你们休息，我们也该回去了。"许烨磊收完棋子礼貌地说。

"外面都下着雨，晚上要不留下来，就住这吧……"孙耀文一下把女婿升华成棋友，还真想留他下来，再来一盘。

"爸，烨磊明天早上还得早起归队，他的军服还在家里呢。我们先回家了……"孙萌萌笑着说。虽然老爸留自己心爱的男人过夜是对女婿的肯定，但毕竟还没结婚，他要留下来，小两口就不能为所欲为了，甚至，都不好意思睡一个窝。

"你这丫头，现在心里就只有玉景豪园那个家，这个家就不是家了……"李笑梅站起身，又戳了孙萌萌的脑门，瞪着她。

"妈，我可没这么说。以后周一到周五，我经常回来就是了……"孙萌萌嬉笑着说，拉着许烨磊的手起身准备离开。

孙耀文也起身送他们，但还没站直，便突然感觉天旋地转，一下子重重的又跌坐回沙发上。

"爸，你怎么了？"

"老公！"

"伯父，你没事吧？"

已经转身的三人突然听到"嘭"的一声，吓了一跳，转身看到孙耀文两手撑着头，脸色有些昏暗，三人的笑容一下凝结，赶紧扑过来。

孙耀文按了按太阳穴，感觉好了一些，只是头还有点晕，晦涩地笑着："我没事，可能刚才坐太久了，一时站起来有些不适应……"

"都怪我了，不该让伯父那么伤神下棋……"许烨磊查看着孙耀文，心里有点忐忑，"伯父，你现在感觉怎么样？要不送你去医院检查，看看有什么问题？"

"没事，老毛病了。以前也会这样，用脑过度了，便容易头晕。萌萌知道的，拿四季平安油给我擦擦，一会就没事了……"孙耀文笑着说，是自己拉着女婿下棋的，现在让他愧疚自己过意不去，赶紧解释。

李笑梅已经从茶几的抽屉里拿出四季平安油，很熟练地为孙耀文抹着额头和脖子后边，边跟许烨磊解释道："萌萌他爸，天天在办公室里画图纸，常年埋头苦干，这颈椎有点突出，低头太久就有点供血不足。没事，一会就好了，你们先走吧……"

许烨磊听她这么说才稍稍不会那么愧疚，但还是有些担心地说："颈椎的问题也不能忽视，伯父有空还是要到医院检查检查。积极的治疗可以缓解颈部的不适，萌萌也没提过，不然我下午就陪您去军区医院看看。军区医院的医生最擅长的就是骨科病，或者下周我回来时再陪您去。明天，头还晕的话，让萌萌陪您先去医院看看……"

"没事，没事。这点小问题你就别牵挂了……"孙耀文摆了摆手。

"爸，我明天陪你去医院检查吧！"孙萌萌的心里有些不放心。

"没事，这又不是一天的事，职业病而已！涂了平安油，现在不就好了。没事的，别担心！"孙耀文笑着回道。

"每次都说让我们别担心，却又不好好照顾自己。以后工作别这么拼命了，瞧你都落下职业病根了！"孙萌萌心疼地看着孙耀文嘟囔着。

"嗯，知道啦！还没结婚就变得这么啰唆，小心烨磊不要你！"孙耀文拍了拍孙萌萌的脸颊。

"爸——"孙萌萌羞赧得脸红起来。

"我没事了。时间也不早了，你和烨磊先回去吧！"孙耀文简直跟催出嫁的女儿赶紧回家似的。

孙萌萌看了看孙耀文和李笑梅："爸，妈，那我们先走了！"

"嗯，烨磊路上慢点开车！"孙耀文交代一句。

"是，伯父……"许烨磊点了点头，"伯母，那我们先回去了。"

因为孙耀文身体不适，许烨磊没让他们送，他和孙萌萌自己下楼。

在电梯里，孙萌萌心里始终觉得有些不放心，眉头不由皱起，一声不吭地站着。许烨磊侧过脸，看着愁眉不展的孙萌萌，不由伸手将她揽进怀里，温声地说："好了，别太担心了。以后我没回来，你就在家住，多照顾一下你爸妈！"

"嗯……"孙萌萌抬眼，看着许烨磊，缓缓点了点头。

回去的路上，路灯透过树叶投下斑斓的影子，车内的许烨磊看着前方，平稳地开着车，深邃眼眸在暗夜里流转着波光潋滟，给人一种心跳的悸动。

车内一片寂静，许烨磊转过头看了孙萌萌一眼："别担心了，明天你陪伯父去医院检查一下！"

孙萌萌缓缓地转过头，看着许烨磊："老公，你说我是不是很不孝啊？"

"没检查之前，别给自己扣这么大顶帽子！"许烨磊轻笑一声，劝慰道，"以后多关心他们一下，毕竟我们长大了，父母也老了！"说完，许烨磊伸手摸了摸孙萌萌柔滑的齐耳短发。

"嗯……"孙萌萌轻声应着。

"对了，你中午吃饭的时候，怎么没帮忙给谢铁军牵线啊？"许烨磊为了不让孙萌萌一个晚上在那忧心，立马转移话题。

果然，一提到中午，孙萌萌连忙歪着头，眼睛微眯，一瞬不瞬地盯着他。

"老婆，别这么看着我，看得我脸都快发热了！"许烨磊虽然享受被心爱女人看着的感觉，但是今天孙萌萌的眼神似乎多了一些东西。

孙萌萌稍稍挑眉："说，为什么你先前都不告诉我你是特种兵？"

失策啊！转错话题了！不过，她迟早会问自己，许烨磊似乎早有准备，剑眉微扬："这个嘛，我这人历来比较低调，所以你懂的……"

"借口，你就是存心骗我！"孙萌萌嘟着小嘴，佯装生气道。

"我没骗你啊，我什么时候骗你了？"许烨磊眼底掠过一丝狡黠，这丫头开始跟他秋后算账了。

"你就是骗我！你这个骗子，我就这样被你骗到手了！"孙萌萌伸手捏了一下许烨磊的大腿。

中午在饭桌上得知许烨磊的真实身份，孙萌萌的内心还是有些小小震动。起初一直以为他是部队的一伙夫，后来认为他应该是营长，谁知他却是特种兵，还是个中队长。跟她小说里的人物身份设定一模一样，除了震惊之外，更多的是窃喜。只是为了惩罚他对自己隐瞒，必须跟他好好理论一下才行。

孙萌萌那点力道对于许烨磊就跟挠痒痒似的，但他却腹黑地装着一副吃痛的样子，皱起眉头："老婆，你轻点……"

"谁让你骗我的！"考虑许烨磊正在开车，孙萌萌没有继续攻击的动作，却挑着眉不客气道。

"冤枉啊！我和你之间可都是你情我愿，哪来的骗你啊？"许烨磊邪邪地笑着，狡辩道。

"骗子！"孙萌萌嗤了他一句。

"好吧，我是骗子，行了不？不过谁让你这么漂亮，把我迷得神魂颠倒啊！"许烨磊转过头，冲着孙萌萌淡淡一笑，眼底尽显温柔之色。

"油嘴滑舌……"许烨磊抛出来的糖衣炮弹，让孙萌萌很受用，心里明明很开心，嘴上却在那哼哼不停。

"萌萌，你会因为我的工作放弃爱我吗？"许烨磊的大手轻轻地握住孙萌萌的手，温声地问。

孙萌萌立马转过头，一脸疑惑："为什么会问这种问题？"

许烨磊看了她一下，随后转过头看着前方，既然她已经知道自己的工作性质，不妨让她多了解一些："因为我们是特种兵，比常规部队存在更多危险，这些年我看过战友的恋情夭折，甚至离婚，所以我……"

没等许烨磊把话讲完，就被孙萌萌给止住了："你就对我这么没信心吗？我才不管你是常规部队还是特种部队，我喜欢是你的人。再说，看了好几遍军事题材的电视剧，其实我心里还蛮崇拜他们的中队长的！"

许烨磊轻笑出声："喜欢谁？"

"《士兵突击》的袁朗，不过《我是特种兵》里的老高身材也蛮错的！"孙萌萌眨巴着莹光闪烁的眼睛，笑着说。

"《我是特种兵》的那个导演，我认识，他以前也是特种部队的一员。"许烨磊虽然没看过那电视剧，但是以他们为题材背景的电视剧，还是有所耳闻的。

"你真的认识啊？"孙萌萌一脸崇拜地看着许烨磊。

"这稀罕吗？"许烨磊不以为然道。

"当然稀罕啊，我写小说，可都是看着他们的电视剧去描摹的！"孙萌萌为了写小说，把国内那仅有的几部现代有关特种兵的军事题材电视剧，看了一遍又一遍。写出来的内容，虽算不上很正宗，但至少不是瞎扯的那种。

"你那小说啊，改天给我拜读一下，也许我能为你指点一二！"许烨磊心里一直很好奇孙萌萌笔下的军婚小说到底是怎样的一个故事。

"嘿嘿，拜读就不用了！"孙萌萌想都没想，直接拒绝，"不过，不过既然你是特种部队的中队长，改天能不能让我去部队参观参观，给我提供一些写作素材？"

自己写的小说肯定不能被许烨磊看，特别是扛枪的那段，要是被他看到肯定尸骨无存。

"这个，恐怕不行！"许烨磊有些为难。

特种部队，是最神秘的部队，绝对不可能对外开放的！

"你不是中队长吗？"孙萌萌眯着眼睛看他。

"即使大队长也不行！"许烨磊斩钉截铁地说。

孙萌萌努了努嘴，在那撒娇："烨磊……"

许烨磊不由笑了起来，公私分明地说："这不是我个人能左右的，所以你还是死了这份心吧！"

"难道以探亲的名义去也不行吗？"孙萌萌记得部队有"探亲"这个词，嘟着小嘴提议道。

"探亲？"许烨磊念着这两个字。

"是啊，我是你的女朋友，去探亲不就能去了？"孙萌萌抓住许烨磊的手臂，眼睛闪着期许的光芒。

许烨磊想了想："这个可以有，不过我得去事先申请一下才行！"

孙萌萌扑过去猛啄了许烨磊的脸颊一口。

回到家中，自然是深夜未眠，窗外春雨潇潇清寒，绵绵不绝。屋内有爱人在身畔，温暖如昔。在爱人的怀里，才闭上眼睛，眨眼又是新的一个黎明。时光匆匆，真想留住它的脚步，好让相爱的人能在彼此的温暖里多汲取一些温度。

许烨磊洗漱完走出浴室，孙萌萌也穿好了衣服，准备送他出门。站在他的身前，像个小妻子为他整衣冠，两人脉脉相视温柔一笑。最喜欢这样温情脉脉地看着她，看着他，喜欢离别前这一刻悱恻缠绵。

离别心里总是不舍，但想想，有个人也那么痛痛地想念着自己，牵挂着自己，那也是一种幸福。

"外面下着雨，凉凉的，你还是别下去了，我怕你着凉感冒……"许烨磊低头轻轻啄了她的红唇，微笑着道。

"雨蒙蒙，情深深，有你在心里，我一点都不觉得冷。我要送你……"孙萌萌清澈的眸底闪耀着温柔的眸光，幽幽的瞳孔如一汪湖水。许烨磊看到湖水里自己的影子，沐浴着小女人的万般柔情，心也随着悸动柔软。

"好吧……"

"哦，等等……"突然想到什么，孙萌萌嬉笑着跑到沙发上，拿起包，取出钱包。

孙萌萌抽出一张百元大钞，递给许烨磊，许烨磊被她的举动搞得有点晕，不明所以地看着她。"这个是什么意思？"许烨磊看着手上那一张红色大钞，有点哭笑不得，"伺候老婆一个晚上，然后就得一百的小费。你老公未免太廉价了吧？"

"那就多给一张吧！给你这周的零花钱啊。"孙萌萌嬉笑着又抽出了一张，递给许烨磊，"你的工资卡在我身上，那你就没钱花啦。以后归队之前我都会给你点零花钱……"

许烨磊看着这两张人民币扶额长叹，亏了孙萌萌能想出给他零花钱，是要感谢她大方呢，还是觉得两百太抠了？幸亏自己还有一张卡，福利奖金都打在那张卡上，虽然不多也够平时的开销了。

许烨磊一脸戏谑地看着这个可爱的管家婆："真会持家啊，就两百块是不是少了点。我还要抽烟，偶尔请战友吃饭喝点小酒。能不能再多给点……"

"好吧，那就再给一张吧！"孙萌萌又从自己的钱包抽出一百，这似乎是她的上限了。

孙萌萌把钱包塞回背包里，嫣笑道："这个理财嘛，就从勤俭持家开始。我是你老婆，给你省着，反正你天天关在部队，也花不了什么钱。昨天取了一千，去超市花了三百多，再给你三百，你口袋有一千。不少啦！许中校，一个周一千零花钱，比我花得多多了……"

孙萌萌一分一分细算着，许烨磊差点被雷倒。不过看她似乎很认真的样子，又觉得好笑，这丫头连自己口袋有多少钱都那么了解，不愧是学金融的，对人民币很有感觉。

"看你这么贤良，小财迷，一定存了不少嫁妆本吧！"许烨磊收了钱放在自己的钱包，拥着管家婆走出了卧室。

"别提了，我的工资卡都在老佛爷手里，银行给我发了多少钱，我是看得见摸不着。就是万恶的旧社会，贫苦农民给地主打工也能领到一点微薄的薪水，我起早摸黑干了那么久，都没领到一分钱。还好一直都坚持写小说，挣了点小外快，不然早饿死街头，你就没有这么漂亮的老婆了……"

孙萌萌说得似乎很可怜，许烨磊知道这个小丫头其实一直都不缺钱花，虽然老佛爷管得比较严厉，她从小到大还算过得很幸福的。相由心生，看看老婆清纯的笑颜就知道了。

在温暖轻松的家庭氛围长大的女孩，都比较乐观开朗。他最喜欢老婆时而黏人，时而小俏皮，她的言语总能让自己感到一点点清新的小快乐。

一大早有了孙萌萌搞怪地发小费，似乎离别的愁绪也淡化了很多。两人一路谈笑风生，来到地下停车场。孙萌萌把雨伞递给许烨磊，细心地嘱咐一句："下雨，路比较滑，视线也差，老公你要小心点……"

"好……"许烨磊又抱着孙萌萌温柔地缠绵片刻。

最后还是孙萌萌怕他赶时间，不敢贪恋，推开了他，催促道："赶紧出发吧，别迟到了……"

每次分别似乎都是这样矛盾，既希望多看他一眼，又怕他时间不够了在路上飙车，赶着他赶紧走。

"好。在家乖乖等我。晚上再给你电话……"许烨磊钻进了车，摇下车窗，伸出手拉着孙萌萌，"帮我看着可可这个小丫头，别玩太疯了，到时候大舅怪罪我……"

"你是在叫我别再玩太疯吧。放心吧，给我十个胆都不会再去夜店了，可可估计也被你吓怕了，我们都乖乖在家。OK，赶紧走吧！"孙萌萌冲着许烨磊挥了挥小手。

许烨磊终于安心地离去。孙萌萌看着消失的身影，心里有点懊恼，前几天真的是脑子进水了，真是不该去疯的。这个周末过得这么愉快，可是老公心里还惦记着那事，临走还有些不放心。这个小插曲让孙萌萌深切地感受到当军嫂真是不容易！军人就更加不容易了！

孙萌萌心里暗暗地想，爱一个人就要带给他快乐幸福，她希望自己给他的爱是甜蜜的，没有患得患失的担忧。

Chapter7　情窦盛开百挠心

1.

雨淅淅沥沥，淋淋漓漓，天潮潮的湿湿的，军区宿舍墙壁上、铁架子上也带着细细的水汽。所有人都去操场了，只有孙贝贝还在宿舍，对着行李袋里的护手霜和手套发愣。

看看自己柔嫩的手指磨得都快发黄了，感叹这女人啊，绝不能进军队，一旦进去，水灵灵的姑娘出来的时候就变成粗糙的劳动妇女了。她的战友，原来也是白白嫩嫩漂漂亮亮的女人，晒了两个月，一个个脱胎换骨，哪还有初来时的光鲜亮丽！

孙贝贝不知道是不是要庆幸自己因祸得福，看看自己的这张脸在军营里非常耀眼，白得让人嫉妒。可是自己的那双手——每天当清洁工，她也没忘在手上抹厚厚的一层护手霜，原来备足三个月使用的，没想到提前用光了，但手还是变得粗糙不堪。

孙贝贝拿起护手霜想涂一涂，可是却又有些不好意思。对于谢铁军给自己买的东西，心里总觉得有几分别扭，但想到他那么憨又觉得好笑。

昨晚，孙贝贝还在办公室修改剧本，离军训结束剩下一个月，演出的排练也在紧锣密鼓中进行着，为了不让那些人小瞧自己，原本出炉的剧本，一改再改，直到尽善尽美。终于改好了，孙贝贝放下笔，靠在椅子背上闭着眼睛舒了一口气。

这是她第一次这么用心地做事，这么认真地揣摩人物的对白，尽量用通俗化、幽默化的语言，展现一个特立独行的年轻人被军队改造的历程。有她自己的缩影，也有办公室几个男人的影子。孙贝贝对自己的作品很有信心，这次一定要在特种兵的舞台上崭露头角，让人知道她也有耀眼的一面。

"孙贝贝，怎么在这睡觉？"一个熟悉的声音打断了孙贝贝对舞台的憧憬，睁开眼看到谢铁军从门外走了进来，头上有一串串细小的水珠，肩章也变深了。

看来外面的雨还依旧潇潇洒洒地飘摇着，孙贝贝知道军人都不打伞的，有也是穿着雨衣，打着军绿色的伞。这个兵营里大概只有一把花花绿绿的伞，那就是孙大小姐的了。

"你怎么也跑办公室来了？"孙贝贝微眯着眼睛，瞥了谢铁军一下，理直气壮道。

"就要熄灯了，我看办公室还亮着灯，上来关灯……"谢铁军用右手的袖子擦了擦头发，笑着说。感觉自己好像非常敬业，不浪费国家的一度电。

真假！孙贝贝歪着脑袋看着谢铁军，怎么觉得这个黑黝黝的男人有点怪怪的？目光从上到下地扫了他一遍，只见谢铁军的左手背放在身后，一副欲言又止的样子，就那么傻愣愣地笑着。怎么没有一点恶魔样了，倒是有种许三多的感觉啊！

看着这么粗犷的男人憨态可掬的样子，孙贝贝感觉浑身有些不自在，说不上是什么感觉，就是想赶紧走人。

"哦，关灯是吧？你关吧。我忙完了，走了……"孙贝贝站起身，提着伞拿着她的稿子往外走。

"哎，孙贝贝，你等等……"谢铁军急忙扑到孙贝贝前面，挠着头，犹抱琵琶半遮面，想说什么，吞吞吐吐半天都没蹦出一个字，最后急得涨红了脸，索性一狠心，把藏在身后的袋子哗啦啦地提到孙贝贝的眼前。

"这个给你……"谢呆子把袋子往孙贝贝手上一塞，就赶紧转身要往外跑。

孙贝贝眼疾手快地伸手拉住了他的袖子。

"哎，你跑什么啊？这是什么，炸弹吗？"孙贝贝一边把谢铁军拖回来，一脸纳闷地问着。

谢铁军本可以一走了之的，可是不知为何被孙贝贝这么一拉，全身僵硬，呆呆地站立在那。只见，"谢呆子"别扭地搓着双手，又挠挠头，非常不好意思，最后憨憨地笑着说："你看看就知道了……"

孙贝贝打开塑料袋，掏出手套，不解道："额，这是干什么用的啊？"

谢铁军看孙贝贝一脸的疑惑，估计这位衣来伸手饭来张口的大小姐，以前没机会干活不认识手套，只好再硬着头皮解释着："这个手套，不是很漂亮。但套在手上干活，可以减少摩擦，那个……那个……"那你的手就不会被磨得粗糙了！

谢铁军在心里补完了话，可嘴边，舌头打架，都快憋死了还是说不出口，最后只能靠孙贝贝意会了："你懂吧？"

谢铁军一脸害臊地看着孙贝贝，期待着她的认同。让人纠结的是孙大小姐却对他摇了摇头："我还真不懂，你懂？"

"嘿嘿！"谢铁军憨憨地笑着，又伸手挠着头，"我也不懂，是商场卖护肤品的女人说戴手套做事，可以保养手……你试试看合不合适，好不好用……"

孙贝贝却甩着手套继续摇着头道："不用看。现在都是你拖地，要用你用吧，你的手粗得跟千年老树一样，我觉得你更需要……"说完，直接把手套往谢铁军手上塞。

谢铁军听了快要呕血，这个野丫头，说话的方式怎么就这么……怪异！我容易吗？要不是对你有些愧疚，我大老爷们还用得着遮遮掩掩地去买这些女人用的东西，还千方百计地避着师达树偷偷摸摸地趁晚上没人注意送来给你！

真是好心当成驴肝肺！谢铁军心里闷闷的。孙贝贝当没看到，又伸手摸进塑料袋掏出一瓶护手霜，这个她懂，却故意装傻地问："这是什么啊？"

"护手霜啊！"谢铁军一个魁梧大汉被她问得快要挂不住了。

这丫头，要不是看你们在军队一直关着，出不了门，我才不会去买这些乱七八糟的玩意。谢铁军心里嘀嘀咕咕起来。就这一次，绝不会有下次了！再说这野丫头眼高于顶，哪能看上自己买的东西。谢铁军有些搞不明白自己当初是出于何种目的要给她买这些，仅仅是愧疚吗？帮她拖地已经是补偿了！

孙贝贝看了一下护手霜的牌子，眼眸微微眯起："我才不用这个！"说完，孙贝贝非常不屑地把护手霜也塞回谢铁军手里。

这护手霜好歹花了自己一百多块，想想要是寄回家给老娘买肉吃，都可以吃十来天了，这丫头还这般嫌弃，真是不知好歹。

谢铁军听完，不由气恼起来，一把抢过孙贝贝手里的塑料袋，把护手霜和手套都往塑料袋里扔，然后愤愤地说："哼，不要算了，就当没发生这事。我当垃圾扔了……"转身往外走，像个赌气的小孩，让人看了哭笑不得。

孙贝贝觉得这彪汉可真有趣，赶紧拉着塑料袋，笑着道："哎，别扔啊，你不是说送我吗？送人的东西，哪有拿回去的道理啊。给我！既然买了，不用白不用……"

听着她脆生生俏皮的话，谢铁军不由自主地乖乖放了手，塑料袋塞进了孙贝贝手中。看着孙贝贝像个小孩分了糖果一样嬉笑着脸，怪可爱的，心里不由微微一动。

"那个……时间太晚了，你别写了，早点回去休息吧……"谢铁军燥红着脸，憨憨地说。

"好，走吧……"孙贝贝俏皮地点了点头。

谢铁军关了灯，把办公室的门给关上，两人一起往宿舍的方向走去。

这是他们第二次在黑夜里独处，两人心里都感觉有些异样，却又不明所以，只是拉着距离一前一后地走着。孙贝贝打着雨伞，走在后面。

雨越下越大，刚才只是雨丝，一会变成了雨花，迷迷蒙蒙地，一晃眼，谢铁军的头发已经黏成一团，衣服也是一大团一大团地暗湿。孙贝贝加快了脚步，追上了谢铁军，小花伞为他撑起了一片晴空。

"我是男人，这点小雨算什么，不用伞遮……"谢铁军一个闪身，把全身置身在伞外。

孙贝贝瞪着他，拉着他的衣袖又凑了过去："真是个呆子！跟我站一块有那么恐怖吗？我还是第一次为男人撑雨伞呢，有多少男人想给我撑伞我都看不上，你敢闪一边？试试看，'谢光棍'……"

"哎呀，姑奶奶，别这么叫了，我……我和你一块走就是了……"最后，超级别扭的两个人还是在一把小伞下走回了宿舍。孙贝贝回到宿舍刚好熄灯了，把东西往袋子里一塞就钻进被窝睡觉。

……

孙贝贝脱了手套，擦了遍护手霜，再戴上手套，开始新一天的清洁工作。

这些日子和特种部队的士兵军官们朝夕相处，孙贝贝的心里对他们有很大的改观。虽然这些改观不算非常深入，但至少让她明白，她原来口中所不屑的那些人其实个个都很优秀。

要想成为特种部队的一员，都是百里挑一的军中精英，甚至是精英中的精英。即使是这样，这里的每一个士兵在训练结束后，都在不断充实自己。毫不夸张地说，这里随便拉出一位士兵，简单的日常英语都没问题，至于什么枪械知识、战术应用、侦察手段等，更是不在话下。

这些还只是普通士兵，军官那就更了不得。譬如，许烨磊是国际关系学院硕士生，主攻侦察科目，精通好几国的语言。师达树更牛，英语学和军事学双学士，光电学硕士，军衔是正营级少校军衔。他被选进特种部队和所学专业多少有点关系，但是他也同样是经过严格残酷的训练被选拔进来的。至于那个谢铁军，他的参军故事她都知道。

当然，想进入特种部队，和学历没有多大的关系，主要是看你能不能承受住严格残酷的训练！

这些特种队员，肩负着侦察、野战、渗透、敌后偷袭、刺杀等特种任务，时刻以国家和人民的利益为重。无论是波浪滔天的大海、峰峦耸立的高山、一望无际的平原、凶险莫测的密林，还是在酷暑严冬、风雪雷电中空降、机降、泅渡和徒涉，甚至是水断粮绝、孤立无援，再恶劣、再残酷的环境下，他们都要通过利用当地资源确保生存。

所以，这些特种兵不仅要拥有强壮的体魄、坚强的毅力和持久的忍耐力，还要能最大限度地适应不同的作战环境。而且他们的智商都是超高的，因为执行任务的时候往往在敌人心脏地带实施短促而高风险的作战，面临着常人难以想象的军事和心理压力，没有过人的智商就难以顺利进行作战任务。

所以，他们的每一个成员，不仅要学会射击、格斗、刺杀和爆破技术，还得会照相、窃听、通信、泅渡、滑雪、攀登和跳伞技术，还要有警戒、侦察、搜索、捕俘、营救等技战术技能，还要掌握一些疾病的防治知识、可食野生动植物的辨别知识，掌握预定作战地域语言、风俗等。这些没有较好的文化水平和理解力是难以实现的。

以上都只是入门条件而已，进入特种部队后，面临的是更残酷的训练，面临层层淘汰的训练。

作为文艺兵的孙贝贝自然无法体会那种风来雨里、水深火热、刀山火海等残酷训练的痛苦，但在她的心里，越来越觉得他们都是一群可爱的人，一群为祖国和人民无私奉献着的人。也许是受了他们的影响，孙贝贝的行为举止也渐渐有了真正军人的样子，当然私下对办公室那几个熟悉的军官偶尔还是会耍耍嘴皮子和小性子的。

这不，正在拖楼梯的她，听到楼下传来噼噼啪啪的脚步声，连忙将水桶拎到转角处。一转过身，孙贝贝的手套还没来得及脱，就看到许烨磊和谢铁军、师达树几个走了上来。

"各位首长好！"孙贝贝干脆直接戴着玫瑰红的橡胶手套，冲着肩上军衔个个都能把她压死的军官们敬礼。

许烨磊第一时间就看到了她手上的橡胶手套，眼底迅速掠过一丝惊奇，当然师达树和谢铁军也看到了。谢铁军看到孙贝贝手上戴着的手套，不知怎地觉得有些不好意思起来，连忙转过头去，当没看见似的。

但师达树就不一样了，眼睛不仅发光发亮，还意味深长地看了看身旁站着的谢铁军。

"孙贝贝，你今天戴的手套真漂亮啊！"师达树一脸坏笑，故意这么一说。

"这么丑的手套也叫漂亮，师教官你的品味还真的有问题唉！"孙贝贝秀眉微挑，无法恭维地摇头。

师达树被她这么一说，立马被噎住了，要说斗嘴，估计这驻地没一个人是牙尖嘴利的孙贝贝的对手。

"孙贝贝，这手套哪来的？"许烨磊知道驻地的商店没有销售这种手套，开口问道。

听到这句话，谢铁军立马开始紧张起来，几乎不敢看孙贝贝，生怕别人知道那手套是自己送的。

师达树看了看孙贝贝，又转过头看了看谢铁军，嘴角那意味深长的笑意，又深了几分，还没等他出卖，就看到孙贝贝伸出手，指了指谢铁军。孙贝贝见谢铁军转过头，不敢看自己，心里暗笑不已：这个呆子有胆送，竟然没胆承认。

"谢上尉送的。"孙贝贝嘴角噙着一抹坏笑，指着谢铁军说道。

谢铁军听完这句，浑身不由僵硬，脸也跟着微微红了起来，心里直骂：孙贝贝，你这死丫头怎么就把我给供了出来啊！

几人的眼睛齐刷刷地看向谢铁军，随后不约而同地眯起眼睛，意味深长地看着像是做坏事被人抓到的谢铁军。

"三月已过，雷锋叔叔也走了。谢上尉不想帮我这个伤员拖地了，所以帮我买了一副手套，让我自己动手，丰衣足食！"孙贝贝促狭不已地看着谢铁军，明亮的眼睛闪烁着捉弄的笑意，补充道。

"哦……原来是这样啊。谢上尉，你怎么能这样呢，不是三月就不贯彻雷锋精神，不像话！"师达树故作此刻才了解真相，在那批评道。

"就是啊，谢上尉，你这思想觉悟可不行啊！"旁边一位军官跟着打趣。

"嗯，没错。谢上尉，有空你得好好补补政治课才行……"

大家你一言我一语地打趣着谢铁军，平日铁骨铮铮、威猛无敌的谢呆子此刻脸红得像个小姑娘似的。很想钻地洞，但是碍于没有地洞，也没有穿墙术，最后只好龟缩着脑袋，掠过孙贝贝的身体，撒腿往楼上跑了。

身后传来男人们的哄堂大笑，孙贝贝也在那没脸没皮地咯咯笑个不停。

孙贝贝眉眼弯弯笑着的时候，跟孙萌萌特别相似。而这些常年被关在部队的男人们，看到眼前肌肤如雪、笑颜如花的孙贝贝，顿时个个春心荡漾，个个如痴如醉。

所谓，男人不色，何来英雄本色，女人不花，何来笑靥如花。

许烨磊觉察到周边站着的男人，眼睛所喷发出来的绿光，不由咳嗽一声："嗯哼……"

大家顿时止住笑，表情立马变得严肃起来。随后，许烨磊一脸黑沉，犀利的眼睛扫了一下身旁的下属们，轻喝一声："杵在这干吗，等菜啊！"

话一落，师达树和其他军官一刻都不敢多待，抬腿往楼上跑，那样子简直像是见了恶魔似的。孙贝贝见了，更是嫣笑不已，大笑不止。

看大家都跑了，许烨磊扫了孙贝贝一眼，沉着一张脸，命令道："别笑了！快去干活！"

孙贝贝还真跟她那姐姐一模一样，都是没脸没皮、没心没肺的小丫头!

孙贝贝立马收住嘴角的笑意,强忍着,一本正经地看着许烨磊:"是,中队长!"

许烨磊看了她一眼,随后抬腿往楼上走去。等许烨磊一走,孙贝贝绷着的脸,再次灿烂起来:"谢恶魔,你真的太可爱了!"

2.

在综合办公室内。许烨磊一进门,就看到大家各就各位地坐在自己的办公桌前忙活着。许烨磊走到位置上,把帽子放在桌上,坐下后,师达树才缓缓抬起头。

师达树看着和他面对面坐着的谢铁军,一脸贼笑幽幽道:"唉,人不可貌相,海水不可斗量啊!"

比他们先到办公室5分钟的吴凯不知道刚才发生什么事,不解地眨了一下眼睛:"师师,又有何高论啊,一大清早就这么感慨?"

"唉,想不到我们办公室,唯一不知情为何物的谢铁军,在这春暖花开的三四月,也跟着开始荡漾起来!"这下轮到吴凯感叹起来。

"你们别乱说话啊!"谢铁军一脸羞窘。平日快言快语的他,却不知不觉变得吞吞吐吐起来。

"我可没乱说话啊,刚才大家可都看到确凿的证据了。"师达树坏坏地笑了起来。

"什么证据?"吴凯眼睛闪着好奇的光芒。

"定情手套!"师达树暧昧不已地笑道。

"师师,你再说一句,小心我撕烂你的嘴巴!"谢铁军狠狠地瞪着师达树。

"螃蟹,这可不是我说的,人家自己亲口指证是你买的,别赖在我头上啊。"师达树连忙撇清关系。

"不是吧，螃蟹那你还真有两下子啊！一副手套就能赢得美人心，厉害！"吴凯冲着谢铁军竖起大拇指。

"我也是相当相当地佩服啊！"师达树也冲着他拱手作揖，表示佩服。

"不过那可是孙司令家的野马，你确定能驯服得了？"对孙贝贝，吴凯在这近两个月接触后多多少少也了解比较深刻一些——脾气倔，行为横，古怪精灵，牙尖嘴利。当然现在有所改观，但骨子里依旧残存着难以驯服的劣根。

"就是，对孙司令家那头野马动心思，这得练就多高的马术啊！"师达树附和道。

"谁动心思啦，你们别瞎说好不好！"谢铁军的脸又红了几分，大声地为自己辩解道。

"还说没有，你看那脸红得都快成猴子屁股了！"师达树指着谢铁军的脸，哈哈大笑起来。

"我说螃蟹，你就别不承认了，看上人家正常啊，没看上才是有问题呢。"吴凯抖了抖眉头，一脸深意地笑着。

"就是，我要是没女朋友，肯定加入追求行列！所以啊，你要庆幸，少了我这么一个强大的对手！"师达树眨了眨眼，暧昧加自恋地说。

"你们别在这胡说八道，我可没这么心思！少无事生非！"谢铁军一脸羞红，恼怒不已地骂道。

其实他帮孙贝贝买手套的时候，也没想太多，就觉得对她愧疚，可是却被战友误解成自己想追求孙贝贝，这让他情何以堪啊！

看到被吴凯和师达树一唱一和说得满面通红、无处可藏的谢铁军，许烨磊实在有些忍不住了，开口解围："我说你们在办公室能不能少说两句啊，三八！"

不过许烨磊在心里不免也跟着三八起来：这谢铁军不会真的看上孙贝贝了吧？那是多么难啃的一块骨头啊，换作他都会被噎死。他这么勇猛上前追求，不知道最后会不会被刁蛮又无厘头的孙贝贝给整得尸骨无存。

"哎呦喂，参谋长，你瞧这俩连襟，现在就开始袒护起来咯！真是羡慕嫉妒恨哦！"师达树知道许烨磊最近心情大好，不怕死地继续嘴贫着。

"师达树，你再说一句，我现在就跟你单挑！"神经呈粗线条的谢铁军，被调侃得像个小孩子被人惹火一样，恼羞成怒地咆哮起来。

吴凯听到谢铁军怒吼，知道把这只生猛的"螃蟹"给惹毛了，连忙劝道："唉，别别别，不就说说而已嘛，干吗这么较真啊！"

师达树见他真生气了，也不敢再去挑拨，而且他绝对没这个胆量跟全军第一生猛的谢铁军单挑，连忙龟缩了起来。许烨磊看到谢铁军就像一个暗恋的初中生被人说中心事，恼怒地扬言要揍人，不由觉得好笑。

"好了，在办公室吵什么吵。谢铁军，你上午带队训练，下午把上周的训练数据给我整理出来！"许烨磊一脸严肃地命令道。

"是，中队长！"谢铁军听到命令后，赶紧站起来，瞪了师达树一眼，气恼地拿着皮带走出办公室。

待谢铁军离开后，许烨磊扫了一眼师达树："师达树，你在这等菜啊，还不赶紧给我滚去训练场！"

"是，中队长！"师达树冲着许烨磊嘿嘿一下，拿着皮鞭（腰带）跑了。

孙贝贝今天的卫生打扫工作将近结束，正在擦一楼的大厅里悬挂的军容镜。谢铁军快步地从楼上走了下来，看到孙贝贝的身影，立马像见到鬼似的，撒腿跑了起来。

孙贝贝听到"啪啪"的脚步声，扭过头一看，见谢铁军狂奔的身影，嘴角自然扬起一抹得意的笑容："真是一个好玩的呆子……"

晚上，开完周一的例会，许烨磊便匆匆回宿舍。一直挂念着岳父的病情，也不知道今天去检查结果怎么样。他对孙耀文的印象一直都很好，成熟稳重，一团和气。这样一个谦恭礼让的男人，表面上怕老婆，其实让老婆、疼老婆，在他的经营下，才有孙萌萌那样一个温暖幸福的家。

许烨磊真心希望这个未来的岳父大人身体健康，那个可爱的小丫头才有一个完整的家，才能保持着清甜的笑容。二十多年前，自己也有一个完整的家。虽然很少见到父亲，但父亲偶尔一回家，整个家的气氛都非常不一样，就是逢年过节也没有父亲回家那么喜庆、那么欢快。

至今，许烨磊还依稀记得，每一次父亲回家，妈妈和奶奶一起下厨，煮着香喷喷的菜肴，厨房里忙得团团转，但她们心里却乐开了花，脸上都洋溢着喜气洋洋的笑。

有父亲的日子，自己的天空是那么晴朗湛蓝，妈妈脸上的笑容是那么甜美幸福……

回到宿舍，许烨磊没有像往常一样先洗澡，而是拿出手机，开机直接拨通孙萌萌的电话。

"萌萌，在哪儿？"许烨磊坐在沙发上，温声地问。

"在我家……"耳边传来孙萌萌温柔甜美的声音，此刻她正躺在闺房拿着手机靠坐在床头和许烨磊通电话。

"今天你爸去检查了吗？"许烨磊语气尽显关心。

"没有。我早上打电话给他，他已经去上班了。今天晚上，我和老妈跟他做思想工作，他就固执地说了两个字：没事。唉，真是让人操心。这把年纪了，工作还那么拼，请一天的假都不愿意。说他现在正在设计的跨海大桥，工作很紧张，他一请假要耽搁很多工作。唉，真是不知道要怎么说。工作再重要能比身体更重要吗，他就说自己的身体自己知道，伏案工作的都有这个毛病，叫我们不要大惊小怪。"孙萌萌"噼里啪啦"地说了一长串的话。

两个长长的"唉"叹得许烨磊有些揪心，他和孙萌萌相处这么久，还是第一次听到她说话里这么多叹气，他能体会她心里的担心，但却只能在电话里宽慰她。

"你也别这么难受，也许没有多大的问题。你问问银行的同事，年纪大一些的，估计十有八九腰椎都不好。很多伏案工作的，都有颈椎的问题，这些毛病不能根治，只能改变一直埋头的姿势，多活动活动脖子，吃些活血的药，改善颈部血液循环……"许烨磊温声宽慰着孙萌萌，并跟她分析。

"你这么说，我倒想起以前上一天班下来也是腰酸背痛的。大家都在捶肩背，同事出去玩，也是经常一起去按摩……"听许烨磊这么一说，孙萌萌想起自己银行的同事都有职业病，心不由落下一半来。

"就是啊，所以你别太操心，别你爸没事，自己愁得生病了……"

"谢谢你，真是个好老公，和你说说话，我这憋了一天的郁闷好多了……"听到许烨磊温柔的关心话语，孙萌萌心头觉得瞬间被一团温暖所填满。

"小丫头，干吗那么虐待自己啊。碰到问题，不要瞎想那些费神的东西，多想想怎么解决，理智地去对待。你爸生病了，就不要自己瞎想病情，要做的就是陪你爸去医院检查，把病治好。这不是写小说，生活里，有时候少一点想象力，自己会活得简单、轻松些……"许烨磊继续开解她。

许烨磊的一番话让孙萌萌感觉"听君一席话胜读十年书"，和这样一个成熟理性的男人相处，自己也能学到一点思维的睿智。

孙萌萌没有叶子青那样的魄力，她的思维一向比较感性，碰到问题就会缠缠绕绕，一不小心把自己绕进去。是心爱的人教她把自己从问题里拔出来，更加理性地去分析问题、解决问题。不愧是特种兵的中队长，他处理问题的能力确实更加理智，干脆利落。这样想着，心里对电话那端的男人又多了一分崇拜和爱意。

"嗯，我知道怎么做了，谢谢你提醒我……"孙萌萌一脸洋溢着幸福，对着许烨磊甜甜地回道。

"你爸现在头还晕吗？"许烨磊追问一句。

"今天回来没说晕，也不知道是不是上班累的，就是感觉有些疲倦。其他吃饭什么的都还好……"孙萌萌一五一十地汇报着孙耀文的身体情况。

"那就行。不过还是要找个时间去医院拍个 CT，检查一下脊椎突出的程度。积极的治疗会好一些。脊椎出问题会影响到大脑的供血，还会影响四肢的供血，还是不能忽视的……"因为老妈师文茹是骨科专家级的医生，许烨磊略懂一些骨科的知识，不由对孙萌萌多加提醒道。

"好，我再想办法。以前还不觉得爸爸原来也有这么顽固的一面，真是难搞！"孙萌萌嘟着红红的小嘴说道。

"小丫头，你以前很了解你爸爸吗？"许烨磊嘴角微扬，眼底闪烁着宠溺的光芒。

"当然了解啦。我和我爸是一国的，我有什么事都先跟我爸说，干了点坏事也是我爸帮我遮着，没让老佛爷知道……"孙萌萌俏皮地眨巴着眼睛，跟许烨磊袒露自己和老爸孙耀文的深厚私交。

"傻丫头，那是你爸疼你爱你的方式。你有经常跟你爸沟通，问他一些工作之类的事吗？"许烨磊嘴角扬起一抹淡淡的笑意，询问着孙萌萌。

"这个好像比较少，我爸为人一直都很低调，工作上就是一头默默无闻的牛。我妈还经常为他不懂得往上爬生气呢，怪他不花心思去钻营职位，不然我爸现在可能就是设计院的院长了，不过我倒觉得没什么，我喜欢我老爸早早回家做饭给我吃……"孙萌萌一副小吃货的表情，嘴角含笑地和许烨磊聊着。

"还是你爸心态好，不会为得到一些权力争得头破血流、心累身累的。人的一生只要平平安安就好！"许烨磊笑了笑，语气温温的，让人听了特别舒服。

"嗯，我也是这么认为，不过要是这话被我妈听到，又会说我没志气、没追求。"孙萌萌吐了吐可爱的小舌头。

"幸好你遗传你爸，不然……"许烨磊意识到自己说错话了，连忙打住。

说实话，以许烨磊的性格绝对不会喜欢老佛爷那种强势的女人，即使叶子青那种带着性感妩媚的女人他也不喜欢。可能因为是军人，骨子里的确有那么一点大男权主义。

"不然怎样？"孙萌萌听出许烨磊的言外之意，"哼，竟敢说我妈的坏话，小心我告诉她，到时候你就惨了！"

"别，千万别，你要是去告状，我估计不能把你娶回家了。"许烨磊连忙求饶。

"知道就好。我家老佛爷再不好，她也是我亲妈！"尽管许烨磊是自己最心爱的男人，但是孙萌萌绝对捍卫自己母女连心的亲妈。

"我错了，等我回去你想怎么惩罚我都行！"许烨磊主动认错，跟老婆大人领罚。

"这还差不多！"孙萌萌为自己的训夫有术，不由得意起来。

两人突然沉默了几秒，许烨磊再度开口："萌萌，你有空多陪陪你爸，父母还在身边的时候，要多陪陪父母。哪一天，他们不在的时候，还有美好的回忆……"

谈及孙萌萌的老爸，许烨磊不由也想起自己逝世多年的父亲。虽然过去了这么多年，他一直遵从他老爸在他小时候经常对他说的一句话：爸爸不在家，磊磊就要像个男子汉，替爸爸守护妈妈，守护这个家！所以这么多年，许烨磊以铁骨铮铮的男子汉形象，坚强地活着。对父亲的思念化作成为优秀军人的动力，一直没有向谁吐露自己心底最真实的声音，即使师文茹，他也没跟她说过。不是跟师文茹不亲近，而是怕勾起她的伤怀，曾经和爸爸的感情是那么的好，爸爸过世后的那几年，他经常在夜里听到低低的哭泣声。

孙萌萌顿了顿，她觉察出许烨磊的语气带着一丝淡淡的伤感，轻声地询问："烨磊，你……你怎么啦？"

"没什么。"坐在驻地小套房的沙发里的许烨磊，扯了一下嘴角，泛着一丝淡淡的落寞。

孙萌萌犹豫了一下，轻声地询问着许烨磊："你……是不是想你爸爸了？"

正是夜深，就如孙萌萌自己所写过的一句话：深夜是身体里的灵魂作祟期，所写的每一字每一句，都是灵魂在纸上跳舞，在笔下歌唱。也许因为一直都没有一个倾诉的窗口，让许烨磊说出自己心底的话，被孙萌萌这么一问，伤感似乎加重，心境好像回到失去父亲的那一刻。

沉默，安静的沉默……

都说男儿有泪不轻弹，此刻的许烨磊眼眶已经变得湿润起来。这是这么多年来，他再次因为提及父亲而低泣。

孙萌萌虽不能感受到许烨磊此刻的心境，但她的心却因为他的沉默而心疼了起来，缓缓开口："烨磊，对不起，我不该提起你的伤心事……"

听到孙萌萌的道歉，许烨磊瞬间回过神来，打断她的话："萌萌，别说对不起，我应该感谢你，这是我父亲走后，我第一次……第一次哭……"也许因为孙萌萌是他心底最爱的女人，他愿意跟她分享他的一切，分享他的快乐，分享他的痛苦，因为她是和他融为一体的女人。

一个男人，一个军人，一个疼自己、爱自己的男人，跟自己坦诚说他哭了，需要多大的勇气，需要多大的爱意。孙萌萌的眼眶也跟着蒙上一层薄雾，恨不得此刻就在他的身边，抱住他，给他最温暖的怀抱，给他最温柔的安慰。

"烨磊，我爱你……"

此时，孙萌萌除了传递自己对他的爱意，别无他法。希望自己的爱，能缓解他此时此刻的伤怀。

3.

时间一天天过去，师妮可实习结束后就直接离开 S 市。在临走前，还去了孙萌萌家里吃了一顿晚饭，李笑梅整了一桌的好菜，还买了一些特产让师妮可带回 B 市。

孙萌萌送走师妮可后，也直接搬回家住，而许烨磊因为有任务在身，又连着两个星期没回家。孙萌萌心里对他的思念在一分一秒中加深、加重，但也别无他法，只好将这份思念化为写作动力，奋笔疾书，直至月底的前几天，孙萌萌将她的长篇小说给幸福大结局了。

每次完结一部小说，孙萌萌就会觉得一阵虚脱，心里空落落的，很想哭的感觉，像是一个母亲把小孩抚养成人，各种的心酸，各种的幸福，各种的不舍。

其实她本来可以推迟完结的，因为月底要去部队探亲，于是非常利索地把小说给完结了。此刻的她心早已经飞向军营，迫不及待地想见到日思夜想的心爱的男人。

蔚蓝的天空上点缀着朵朵洁白的云彩，微风拂面，草木飘香，令人神清气爽，心旷神怡。孙萌萌怀着无比激动的心情，提了一个行李袋，挎着一个背包，坐车前往那个神秘的、让人心驰神往的绿色军营。想亲自揭开它的那层神秘面纱，但最重要的还是想见到让自己思念成疾的许烨磊。

一路上孙萌萌的脑海都在幻想着，自己等会和许烨磊见面时的情形，应该会见到一个穿着特种迷彩服，十分帅气、非常威武、英姿勃发的他。

S 市地属沿海地区，气候较为温和，是政治军事活跃地带，经济也很发达繁荣。但越是这样的区域，N 集团军的任务才越是艰巨，不仅守护着 N 市及周围几个大大小小的城市的安危，而且属于海洋防御重点区域。驻地离市区不是很远，几十公里路程，大巴开出市区半小时后，入眼的四周全是连绵不绝的丘陵。

摇啊晃啊，坐了一个多小时的车，孙萌萌下车后，还走了近20分钟的路，终于看到一扇威严耸立的军区大门。两旁全是高高的围墙，门旁有四个全副武装的士兵，大门上闪亮的五角星显得是那么肃穆而又神圣。

孙萌萌环视了一下，四周望眼而去全是崎岖陡峭的丘陵，但唯独眼前的山坳里有个宽广的空地。这就是传说中的军区重地。

孙萌萌嘴角不由扬起一抹惬意的笑容，缓缓地走向大门。刚走到警戒区，一个士兵就跑了过来。冲着孙萌萌敬了一个礼："同志你好，这里是军区重地，请马上离开！"

孙萌萌看着眼前皮肤晒得黝黑但却非常精神的士兵，礼貌地笑道："我是来探亲的。"

士兵看了她一眼，一本正经地问："你好，请问你探亲的对象是谁？"

"许烨磊！"

听到"许烨磊"的名字，士兵的眼睛立马变样："你好，请你在这稍等，我去确认一下！"说完，士兵快步往大门右侧边的接待室跑去。一分钟后，士兵又跑了回来："你好，请你随我去登记一下！"

"好的，谢谢！"孙萌萌冲着士兵笑了笑，感谢道。

孙萌萌拿着身份证去登记，招待她的士兵非常热情，嫂子长、嫂子短的，把孙萌萌叫得有些脸红起来。

"嫂子，我们中队长正在忙，等会我先派人送你去招待所，中午吃饭的时候就可以见到我们中队长了。"登记完后，士兵把孙萌萌的身份证还给她，笑着说。

"好的，谢谢你了！"孙萌萌眉眼含笑，顺带从包里拿出一包小特产给那士兵，"这个是牛肉干，挺好吃的，你尝尝！"

孙萌萌来之前，在网上查阅很多探亲的相关资料，得知一点，礼多人不怪，虽然在同一城市，但初次见面给大家带点小零嘴，应该会给自己增加印象分的。士兵刚开始推脱，不过在孙萌萌的坚持下，不由感谢道："那谢谢嫂子了！"

孙萌萌直接被一辆军用吉普送往驻地的招待所里。其实一般来说，还没结婚、没领证之前，女友来探亲，士兵们几乎是请假出去和女友或亲人相见。不过军官相对比较宽松一些，不怎么管，只要有申请报告，直接能进去，和领证了没有什么差别。

军营果真和电视剧里所呈现的一样，入眼全是绿色，身着的服装是绿色，四周的种植植物也全是绿色，宽大的操场也是一片绿油油的，当然也不乏有点缀绿色的小花。

"这里真漂亮！"孙萌萌发自内心地赞美道。

开车的士兵，转过头看了看孙萌萌，憨憨地笑道："谢谢嫂子的赞美，这里的花花草草全是我们这些驻地官兵亲手种的，大家对这里的每一棵树、每一朵花都有深厚的感情！"

听完士兵的讲解后，孙萌萌不由笑了起来："难怪这里这么漂亮！都是你们耕耘的成果！"

士兵憨憨一笑，露出整齐的白牙，眼睛再次看向孙萌萌，眼前这位可是中队长传说中的女朋友。果真是个美女！眼睛像是一面清澈透明的湖泊，闪耀着粼粼潋滟光彩，一身淡粉色的长裙，勾勒出凹凸有致、婀娜婷婷的身姿，刚才那么微微一笑，温雅又随和，一看就是一个脾气很好的女人。

不到 5 分钟就到了招待所。送孙萌萌的士兵热情帮孙萌萌拿包，害得她都怪不好意思的。给她安排的是 5 楼角落一间比较宽敞的房间。

开门后，孙萌萌进去一看，不禁感叹：被子叠得整整齐齐，有棱有角，就像一块豆腐；洗漱用品摆得很整齐，像被风吹倒似的，朝着一个方向歪过去。

"嫂子，你在这稍作休息，中午开饭的时候，我们过来接你！"士兵帮孙萌萌把背包放下后，特意交代一句。

"好的，谢谢你了！"孙萌萌礼貌的感谢道。

"嫂子，那我先走了！中午见！"士兵的一言一行都特别有素质有礼貌。

士兵走后，孙萌萌四下看了看，随后站在窗前，往外面看去。

绿叶纷飞，在阳光的映衬下格外美丽，鲜艳的花朵在空气中吐露着宁静优雅的芬芳。要是静下心来，似乎可以听到不远处的山涧里传来流荡着的溪水，悠远缠绵，悱恻动人，孙萌萌嘴角洋溢着一抹幸福的微笑，满心期许着中午的到来。

在招待所的房间里等了两个小时左右，终于熬到了中午。还没等招待室的士兵过来接她，就听到了敲门声，打开门一看，竟然是许烨磊。

四目相对，浓浓的情丝交织着，孙萌萌看到自己心爱的情郎时，一下扑了过去，紧紧地抱住许烨磊。

几十天没见着，就跟几十年没见着似的，闻到许烨磊身上熟悉的味道和脸上扑面而来的温热气息，这才感觉到自己此刻真真实实地看到他了。他就在自己的眼前，孙萌萌的眼睛一眨不眨地看着他，生怕他在自己眼前消失似的。

孙萌萌的小手紧紧地勾住他的脖子，只觉得腰间的大手不断地收紧。

温柔的唇吻上她那可口的红唇，一点一点地诱惑着她接受他的侵袭，像是他要索回这二十几天对她的思念……

要不是午饭号吹响，估计两人会继续甜蜜下去。

孙萌萌和许烨磊一起前往军区食堂吃午饭。走到军区食堂后，孙萌萌明显感觉到许烨磊气场的变化。她不知道身边的男人在军营里是这样威严肃穆，只是那么一站，全身便散发出一股冷冽的震慑力。

孙萌萌甚至能感觉到士兵一见到他时眼中的既崇拜又敬畏的眼

光，看来他在军队的威望真的好高，估计有很多人像孙贝贝一样叫他许恶魔。

士兵都知道中队长的女朋友来探亲了，弱弱地将眼神从许烨磊的身上挪移到他身边风姿卓越的女人，这些长期在男人堆里的士兵都眼前一亮。不禁感叹，还是中队长厉害啊，找了这么漂亮的女朋友！他们看着清新俊逸、楚楚动人的孙萌萌，便有意过去打个招呼。

孙萌萌站在长身而立的许烨磊身边，迎面而来一个个穿着笔挺军装的士兵，他们都如出一辙地敬个礼，然后大声喊：“中队长好，嫂子好！”

这些士兵都习惯大声地吼，那么扯开嗓门一叫真是铿锵有力，气若洪钟，整个食堂都能听到，把初来乍到的孙萌萌吓了一跳。随之而来，所有人的目光都聚集到孙萌萌和许烨磊身上。

刚开始孙萌萌还能温婉大方地微笑着应付，后来感觉四处而来的注目礼，便开始不好意思，真想拉着许烨磊逃跑。许烨磊看看身边已经羞红了小脸的老婆，温声道：“军嫂是光荣的。不要那么紧张，士兵叫那么大声是尊重你的表现。以后慢慢就习惯了……”

“可是……但是被这么多人看着，有点像动物园的猴子被参观啊。快点找个角落的地方，帮我遮掩一下……”孙萌萌悄声说着，她已经感觉有些腿软了。

“那没办法啊，谁让你长得这么漂亮养眼啊！”许烨磊带着这么漂亮的老婆招摇过市，心里很是洋洋得意。

不过还是得照顾一下孙萌萌的情绪，别被战友看得怕了，以后不敢探亲了，那吃亏的可是自己。许烨磊便大步流星地带着孙萌萌往家属的餐桌走。

吴凯的老婆看着许烨磊和孙萌萌一起在眼前落座，也由衷地赞道：“原来你就是许中队的女朋友啊，这么漂亮，啧啧。徐中队真的很有眼光啊！”心里还加了一句，难怪中队长看不上我家妹子！

吴凯第一次见到传说中的中队长女朋友，没想到会是这么清丽绝伦，也笑着道："弟妹，你好，我叫吴凯，这个是我老婆柳清丽。"吴凯介绍了自己和他的老婆，一脸贼笑道，"终于明白中队长每到周末为什么急着回家，原来金屋藏娇啊！"

"吴大哥好，嫂子好！"孙萌萌本来就已经很不好意思，刚坐下来听吴凯夫妇这么一夸，心里又乐又有几分羞，明媚的眸光华流转，像一朵盛开的玫瑰，美艳绝伦却又不胜娇羞。

刚才自己一直待在房间，还以为就她一个人来探亲呢。结果现在饭桌上一看，至少有十来个军嫂，孙萌萌那紧张的心，慢慢地放松一些。

谢铁军和师达树也来到了食堂，看到孙萌萌立马屁颠屁颠地过来跟吴凯的老婆和孙萌萌打招呼。孙萌萌再次见到他们，便感觉特别亲切。也真奇怪，被他两个再咆哮一遍，反倒没有刚才那么紧张了。

没有家属的士兵另组一桌，谢铁军和师达树刚好就在隔壁桌。

谢铁军都没落座，走到位置上看着餐桌上他最爱吃的红烧肉，就直接端起盘子，走到许烨磊这一桌，把盘子放在孙萌萌的面前，笑着道："两位嫂子，难得来一次，多吃点。这红烧肉可是我们军队的厨师最拿手的菜，不油腻，特别好吃……"

"谢谢，我们这桌也有，你们不要那么客气啦……"孙萌萌看了眼大块的红烧肉，心里有点怵，她虽然是吃货，但为了保持身材，不怎么吃肥肉。

沾满酱油的肥肉，闻着却是很香，看谢铁军那么真诚，最后还是破例动了筷子，夹了一块红烧肉。

"嗯，真的很好吃！谢谢，你也快吃饭吧……"味道确实很好，孙萌萌笑着表示感谢。

随后师达树也端了一盘白斩鸡过来，放在孙萌萌面前："嫂子，这个也很好吃……"

"谢谢,谢谢,都端到这了你们吃什么啊?不要那么客气啊!"孙萌萌看着那么大盘的鸡肉,被这两个男人的热情搞得有些哭笑不得。

难道我脸上写着"肉食动物"四个字吗,怎么这两个男人都端大盘肉过来!

孙萌萌正要叫许烨磊把菜端回隔壁桌,没想到谢铁军又端了两盘菜过来,然后对着孙萌萌嘿嘿傻笑:"军队里的伙食就是这样简单,味道倒还行。嫂子慢慢吃啊……"

孙萌萌看看隔壁桌,一群男人围着几盘素菜,有点过意不去,便跟许烨磊道:"还是端回去吧,你看他们把菜端过来,只能吃干饭配馒头了……"

吴凯的老婆也笑着道:"那些小伙子每天运动量那么大,更要吃肉。我们这桌女人占了一半,吃不了那么多肉,不如给他们吃……"

其他军嫂也一直赞同,许烨磊便把刚才谢铁军端过来的肉都端了回去,又用这桌的白切鸡换了一盘青菜过来。

"中队长,嫂子难得来一次,不用这么客气……"

谢铁军又站起身还要把肉再端过去,许烨磊只好拿着中队长的架子开腔了:"让你吃,你就吃,别再端来端去……"

"是,中队长!"谢铁军只好坐下来吃饭。

师达树看着他促狭地笑着道:"螃蟹好积极啊,嫂子一来就赶紧攀亲,热情招待!呆子不呆啊!不错,不错!"

"你不也一样对嫂子很热情吗?"谢铁军横了师达树一眼,这男人可真是个八婆,什么心思,跟蜘蛛网一样弯弯绕绕,"见到嫂子,给盘菜而已,少吃一块肉就饿死你啦!干吗往孙贝贝身上想!"

他都觉得奇怪,自己和孙贝贝没有什么,干吗大家见到他都要提到孙贝贝,搞得自己每次见到她都像老鼠见到猫赶紧躲开,免得又成了这帮八婆男嘴里的无聊谈资。谢铁军心里是这么淡定地想着,只是眼神却有些飘忽。

　　师达树看谢铁军虽然嘴硬，但眼里飘过的一丝异样还是被他捕捉到了，继续笑着道："你看吧，我都没说什么，自己倒是把孙贝贝说出来了。哎，瞧瞧，说曹操曹操就到！"

　　师达树抬眼便看到从食堂门口走进来的孙贝贝，一袭军装的孙贝贝和其他女文艺兵一起走过来。

　　师达树恶意地捅着谢铁军的手，笑道："今天姐姐亮丽，妹妹也不错哦。是不是晚上要表演节目，先化妆打扮了。"

　　谢铁军被他蛊惑地有些好奇，最终还是忍不住地抬起头，刚好孙贝贝也向这边看过来，两人的视线在空中一交叉，谢铁军感觉猛地一跳，赶紧埋下头。

　　"师师，你个骗子！"

　　什么表演化妆，根本就是胡扯，还不是和平常一样穿着绿军装。

　　孙萌萌也看到孙贝贝了，但碍于有太多人对她行注目礼，不敢站起来打招呼，只能举起小手对着孙贝贝遥遥地招手。

　　孙贝贝看到孙萌萌，眼睛一亮，立马跑过来。

　　"老姐，真的是你啊。刚才我还以为看花了眼呢。你想姐夫了吧，竟然跑这里来吃大锅饭！什么时候到的？也不通知我一下！"

　　孙贝贝见到孙萌萌真是乐坏了，也不管自己的措辞在这个场合是否不妥，噼里啪啦随性说了一大段，直把孙萌萌恼得小脸白了又红。真想一拳盖过去，这个臭丫头，这是什么场合啊，周围都是竖起耳朵的男人，这样说我，我还有脸在这吃饭吗？

　　孙萌萌一脸纠结、万分痛苦地看着孙贝贝，想打又不敢打，想骂又不能骂，她可是中队长的女朋友啊，必须得保持美好的形象！最后憋得只能拉过孙贝贝的手，一脸微笑着，却用了吃奶的力狠狠地掐了一下。

　　"我上午来的，就是为了看你今晚的演出才来的啊！可是，一直联系不上你，你的号码一直都打不通啊！"孙萌萌出了口恶气，一脸温柔地笑着。

孙贝贝吃痛地张着嘴，刚才一看亲姐来了，兴奋地跑过来，话没有经过大脑就脱口而出了，不过虽然言词是糙了些，但这是事实嘛！这一对姐妹花，性格差了老远，一个刁蛮，一个温婉，看似不同，其实骨子里都一样说话大大咧咧，俏皮可爱。

两人凑在一块，一个桀骜不逊，一个清秀俊逸，美丽不可方物，都非常招人眼。

"看你们两个小丫头，搞得这么热络，跟几百年没见似的。孙贝贝，你站着太招风了，坐下来吧，陪萌萌吃饭。"许烨磊主动开口让孙贝贝一起坐下来吃饭。

"算了，这桌都是军人军嫂成双成对的，我可不想做第三者插足你们的甜蜜……"孙贝贝笑着道。

"孙贝贝，要不到我们这桌吧，刚好还有一个空位……"隔壁的师达树不知道是出于何种目的的招呼着孙贝贝一起吃饭。

孙贝贝看了眼那一桌，清一色的男人，大家都向她微笑着，只有一个人埋头使劲地扒饭。

"谢恶魔"有那么怕我吗？吃得那么猛，小心噎死！

孙贝贝斜睨了眼谢铁军，不知道是被她心里咒的还是她的眼神让某呆子气息不畅，谢铁军一阵狼吞虎咽，真的被噎了。

谢铁军猛喝汤才把喉咙的饭送下去，吃完，非常不淡定地咳了几声，使劲地跟师达树使眼色。可是师达树那厮却一脸看好戏地继续用期待的眼神热情地招呼孙贝贝："孙贝贝同志，快坐下，快坐下！"

其他军官非常自觉地给孙贝贝腾出座位。谢铁军见此，差一点要气昏过去。这帮家伙，还让不让人吃饭啊！

谢铁军盼着这位大佛赶紧走人，偏偏孙贝贝看到他的局促，觉得有意思，便笑着对师达树道："好啊……"说完，孙贝贝挣脱孙萌萌的手笑着道，"老姐你先体验军中伙食，等会吃完饭再跟你密聊！"

孙贝贝刚来军区就是一个特立独行的野猴子,人又长得这么漂亮,几乎没人不认识她。她和孙萌萌不同,孙贝贝从来不在乎别人的眼光,或许学艺术的都是这样,她们站在舞台上,需要的就是观众的注目。

孙贝贝袅袅婷婷地走过去,谢铁军瞬时全身僵硬起来,局促得不知道往哪缩。这近一个月来,自从那次送手套后,被办公室那帮三八男说他想追孙贝贝,谢铁军一见孙贝贝,就跟老鼠见到猫似的,不对,比这更严重。见了就躲,躲了再躲,唯恐不及。

一阵清香飘来,谢铁军黑色的脸立马被熏红。谢铁军几乎不敢看身旁的孙贝贝,眼睛鼻子都对着碗里的白米饭,非常专注地埋头苦干。

明天这尊大佛终于要走了,自己也可以挺直腰板不用担心被师达树他们胡侃。还指望着这一天能风平浪静地飘过,没想到,这没心没肺的丫头,这么不懂看人眼色,你脸皮比城墙厚不怕别人嘀咕,但别拉我下水啊!

美女加入,秀色可餐,旁边的士兵看到孙贝贝过来,都是热情地招呼着,大家吃得很开心。只有谢铁军,和孙贝贝坐在一起吃饭,他非常恐慌,非常有压力,生怕这个坏丫头在饭桌上又出什么幺蛾子,说着唯恐天下不乱的话。私下被她使坏恶搞也就算了,在自己的战友面前,他可真丢不起这张老脸。

为了躲避灾祸,谢铁军决定速战速决,赶紧吃完闪人,于是胡乱地扒着米饭,吃得一片凌乱,桌上洒下不少饭粒,连嘴边都有白白的好几粒。

"螃蟹,别只顾着吃饭,看看,这是你最爱吃的红烧肉,今天怎么不吃了……"师达树看着谢铁军这么不淡定地扒拉着米饭,非常邪恶地夹了几块肉到他的碗里。

谢铁军终于抬起头,憨憨地说:"今天的米饭好吃啊!"

孙贝贝看到谢铁军吃得满嘴都是米饭,不由哈哈大笑:"谢上尉你的吃相真是……哈哈，怎么感觉像猪拱食！"

孙贝贝的声音只是正常的音量，可到了谢铁军身上那就跟雷劈差不多，本来充满血色的脸更是红到脖子。同桌的战友都齐齐向谢铁军行注目礼，看着他嘴上、桌上的饭粒都乐得捧腹大笑。

孙贝贝更是笑得肆意，笑得花枝乱颤。这一桌的笑声引来临近几桌的侧目，原来在孙萌萌身上的目光都齐刷刷地转移到谢铁军身上。

孙萌萌心里顿觉轻松了不少，目光也跟着看了过去，当看到谢铁军涨红了脸，擦着嘴角的饭粒，不由也跟着乐了起来。这个谢铁军可真有意思，长得这么彪悍吃饭怎么像个小孩！

孙萌萌大脑放松了，突然想到一个问题。孙贝贝的行为很怪异啊，这么疾恶如仇的丫头，怎么会坐在她口中的谢恶魔身边呢？难道，这一段时间的军人生涯，发生了很多趣事？老公你后面怎么都没跟我汇报汇报，八卦一下！

孙萌萌推了推身边的许烨磊，悄声说："你是不是忘记告诉我贝贝这丫头在部队的奇闻轶事？贝贝什么时候和谢铁军化敌为友了？"

"这个我也不知道啊！要问你吃完饭自己问她吧！"许烨磊毕竟是中队长，虽然也很八卦，但基本都是眼看耳听，从来都不多嘴，特别是在战友面前，一直都保持着那份威严。

孙萌萌没想到这个男人嘴巴那么牢，每天都打电话，除了那次跟她说孙贝贝和谢铁军的事情后，后面就只提到她改变了很多，再也没提及她和谢铁军关系的缓和程度。女人嘛，天生八卦，孙萌萌突然对孙贝贝的军队生涯产生了浓厚的兴趣，吃完饭是要好好地采访一下。

这一桌吃饭斯斯文文，军人军嫂都客气有加。但隔壁那桌却依旧热闹非凡，笑声不断。谢铁军在孙贝贝的身边本来就是如坐针毡，再添大家关注的目光更是热汗"蹭蹭"直下。刚擦了嘴角的饭粒，又忙着擦额头的大汗，一时真是手忙脚乱。

偏偏师达树就一副看好戏地说："螃蟹，看你吃得满头大汗的。慢点吃，没人跟你抢。"

谢铁军非常幽怨地瞪了眼师达树，不理会他，把碗里的红烧肉和剩下的米饭，三两口就扒进嘴里，都没怎么咀嚼就那么生拉硬吞地塞下喉咙，然后大手一抹，对大家憨憨笑着说："我吃饱了，你们慢用……"说完，赶紧站起身，准备逃之夭夭，远离这个是非之地。

师达树手快，看见谢铁军应付了事准备逃跑，赶紧拉住了谢铁军，笑着道："螃蟹，不是吧，才吃一碗饭，菜都没吃，你就吃饱了？我记得你平常吃了三四碗都还嚷嚷着饿，今天怎么这么斯文，要瘦身吗？你身材挺好的啊！"

谢铁军恶狠狠地瞪着师达树，心里默默地嘶喊着：师师，我恨你！

这个时候偏偏孙贝贝又来凑趣。这个坏丫头，竟然帮他打了一碗饭，还使劲地往他碗里添菜，最后一脸天真无邪地笑着说："就是，就吃一碗饭还像个男人吗？这食堂的菜一般般，至少还是管饱的。谢上尉不用为国家节约粮食嘛！"

"美女打饭，碗有余香。螃蟹，我们都羡慕呢，你就别这么矫情了。"师达树不管谢铁军有多么怨恨他，依旧以德报怨地对着谢铁军热情地拉拉扯扯。

谢铁军真要仰天长啸了，希望时间快点过吧，赶紧翻过今天，让这个女魔头滚出军营，自己就能耳根清净了。

4.

吃完午饭，孙贝贝拉着孙萌萌叙旧聊天，离上次见面时快两个来月了。

孙萌萌看着眼前的孙贝贝，这丫头瘦了，也黑了，不过比起刚才看到的其他文艺兵，这皮肤还是白得出众。

"恭喜你啊，减肥成功！"孙萌萌捏了捏孙贝贝的脸蛋笑道。

孙贝贝长长地叹了一口气："总算是熬出头了，等今晚演出结束，明天就可以打包行李远离这个地方了！"孙贝贝原本想说远离这个鬼地方，不过不知为何却不知不觉地改口了。

"难道你心中没有不舍？"孙萌萌想起刚才在食堂吃饭的时候，那丫头故意坐到谢铁军那桌，谢铁军被她折腾得还没吃饱就跑人了，心里就在猜想这里面应该有文章。

"去！哪来的不舍啊？"孙贝贝嘁了一句。但说实话，她心里多多少少还是有那么一点点不舍。来到这里三个月，不管是外表，还是行为，甚至是内心深处，都对这个军营有了一丝的感情，虽然不算太深，但至少在她心底留下一道不可磨灭的痕迹。

"哦……"孙萌萌意味深长地看着她，那语调"哦"的别有一番风情。

"哦什么哦，这地方我有什么好留恋的，真的！"孙贝贝见老姐那语气，不由瞪了她一眼。

"这我就不知道了！"孙萌萌口气幽幽地打趣着。

"老姐，你今天说话怎么这么奇怪啊？"孙贝贝眯着眼睛瞅着孙萌萌不解道。

"奇怪吗？一点都不奇怪啊！"孙萌萌扬起头，墨黑的秀发在阳光下泛着亮眼的光泽，飘逸的裙摆随风扬着。

"有话直说，别跟我绕弯子！"孙贝贝哼了一声，直白道。

孙萌萌嬉笑起来，伸手捧住孙贝贝的脸蛋，一本正经道："眉如清川，目如流水，面如樱桃，嘴如血色，一看就是犯桃花之兆啊！"

孙贝贝哭笑不得，拨开孙萌萌的手："老姐，你什么时候会算命了？"

"刚学不久，恰好给你算算！哇，不得了不得了，你在这里遇到了你的意中人了！"孙萌萌其实就是想试探孙贝贝，看这丫头大大咧咧的样子，不知道她是不是真的喜欢上那个谢铁军了。

"切，哪有什么意中人，都是一群傻当兵……"孙贝贝不屑地嗤了一声，死要面子地跟孙萌萌说着她以前的口头禅。

"是吗？那个谢铁军……"孙萌萌那明媚的眼睛，扑扇扑扇地眨巴着，一脸暧昧。

孙贝贝终于明白过来老姐为何阴阳怪调，不过脸色立马晴转多云，看着孙萌萌："没想到许烨磊也这么三八啊，看来我以后得叫他许三八才行！"

"什么许烨磊，什么许三八，叫姐夫！"孙萌萌立马纠正孙贝贝对许烨磊的称呼。

"不叫！许三八！"孙贝贝仰着头，一口拒绝。

"你这个死丫头！"孙萌萌伸手掐了孙贝贝的手臂一下。

"哎呦,好痛啊！"孙贝贝立马吃痛地叫了起来,十分夸张地说,"你还是我老姐吗？我可是你的亲妹唉,不就一个称呼,为了许三八,你竟然对我下这么狠的手！"

"再叫一句试试……"孙萌萌再次伸手揪了孙贝贝的手臂。

孙贝贝这下真的被揪疼了,连忙求饶："老姐,你快放手,我不敢了,我真的不敢了。我叫他姐夫,叫他姐夫还不成吗？"

"这还差不多！"孙萌萌得意地抽回手,对付孙贝贝,从小到大都是直接动武。可是越是这样,孙贝贝却越黏她,两姐妹虽然不在同一城市,但感情却好得出奇。

"跟我老实交代,你是不是看上谢铁军了？"孙萌萌眯着眼睛瞅着她,直白地问。

孙贝贝揉了揉被掐的手臂,努着嘴巴："许……姐夫,一天到晚在你耳边吹了什么枕边风啊？莫名其妙！竟然把我和谢铁军扯到一块,晕倒！"

"无风不起浪啊,小样的,我可从来没见你对哪个男人搭理的,刚才在饭桌上,是咋回事啊？"孙萌萌见她死鸭子嘴硬,嘴角噙着一抹坏笑幽幽道。

"大惊小怪！"孙贝贝的口气特别不屑，"我不就觉得谢呆子好玩呗，想逗逗他而已，你们还想的真多！"

"真的是这样吗？"孙萌萌一副不相信的表情。

"爱信不信，反正我对他可没那意思！我只是觉得在这无聊的军营里，总得自己找点乐子吧，刚好他就是我的乐子！"提及谢铁军，孙贝贝的眉宇间立马绽放出一抹灿烂的笑容。

当初来这儿的时候，两人可是势不两立，没想到现在却是这般有趣，不过那呆子最近见自己就躲，害她想调戏他都找不到机会。

"别乐着乐着就把心给搭上咯！"孙萌萌的眼底掠过一丝狡黠，邪恶地笑道。

"老姐你就放一百个心吧，我的品味没这么差！"孙贝贝拍着胸脯打包票。

孙萌萌淡淡一笑："话别说太早。对了，你几号回去，回去之前到家里吃顿饭吧！"

"估计后天吧！卷铺盖走人的感觉真好！后天我就可以回归地球，回归人类啦！"孙贝贝深吸一口气，好像迫不及待地想离开这里似的。

"晕，这不是地球吗？"孙萌萌捏了她的鼻子一下。

"不，这不是地球，这是火星！"孙贝贝嘿嘿一笑，调皮道。

孙贝贝的眼睛突然看到站在不远处一直看着自己和孙萌萌的许烨磊，孙萌萌因为是背对着，所以她没看到他在那等她。孙贝贝心里掠过一抹坏坏的想法：哼，就让你站在那多晒会太阳，补补钙！

"老姐，你最近可是发福不少啊！不会是有了吧？"孙贝贝的确感觉到孙萌萌胖了一点，脸色红润，尽显丰韵。

"小丫头，胡说什么呢？"孙萌萌的脸刷地一下红了起来，伸手捶了孙贝贝一下。

"有了也正常嘛！"孙贝贝不怕死地添加一句。

"欠抽了是吧？"孙萌萌摆着脸，端起老姐的架势，一副要教训她的模样。

"老姐，千万别动武，我这不也是在担心你吗？"孙贝贝嬉皮笑脸道，"不小心怀孕也正常！嘿嘿……"

"孙贝贝，看你真的是欠抽了！"孙萌萌一个铁砂掌盖在孙贝贝的后背上。

"老姐，我不说，我不说了！"孙贝贝连忙求饶。

"老姐，现在是军营，注意形象，让别人看到印象可不好啊。"孙贝贝真有点像流氓兔，贱贱的、欠抽型的那种。

经她那么一提醒，孙萌萌才想起自己此刻在军营。没错，一定要保持良好的形象才对，连忙理了理被风吹散的头发，一脸带笑，优雅地站着，嘴上却轻骂道："这个臭丫头，每次见到都要惹我，要是被那个官兵看到了，还以为我很暴力呢，过两天到家里吃饭再好好教训你一顿。"

"老姐，你好虚伪哦！本来就暴力，还装淑女！"孙贝贝见此，不由乐了起来。

"再说一句试试？"孙萌萌嘴角扯着笑，从牙缝里蹦出威胁的六个字。

"好了，好了，我不说了，不说了！"孙贝贝怕自己再撩拨下去，到时候真的没好果子吃，眼睛掠过孙萌萌的脑袋，看向许烨磊，话锋一转，"老姐，你什么时候让许烨磊把你带回家啊！"

这句话把孙萌萌给问蒙了，她还没跟许烨磊讨论过这个问题呢。上次有听他提过，许烨磊当时说第二天打电话给爷爷，叫他快点上门提亲，可是好像没什么动静，爸妈那边也没说什么。

"这事不是你要管的，你只要记得到时候给我包个大红包就行！"孙萌萌的心有些异样起来，和许烨磊在一起后，她可是不知不觉地怀着一颗恨嫁之心，只是这事她不好开口，于是口气很横地冲孙贝贝吼。

"好吧，等你结婚的时候，我保证给你一个大红包！"孙贝贝笑嘻嘻地说。

"这还差不多！"孙萌萌满意地点点头。

孙贝贝看许烨磊在那看了一遍又一遍的时间，好像有些不耐烦了，本来还想让他再晒会太阳，不过又有些于心不忍："好了，老姐，你的心上人在那快等得不耐烦了，我就不耽搁你和他的你侬我侬的时间了，去你家吃饭的时候再聊！"

孙萌萌闻言转过头，看到不远处站在的许烨磊，脸上立马飘起一朵红云。

孙贝贝暧昧地笑了起来，推着孙萌萌往许烨磊走去："老姐走吧，我先回宿舍了，晚上见！"

孙萌萌和许烨磊两人肩碰肩挨着走，明明宽敞的大路却觉得有些拥挤起来，身后摇曳两人的影子……

傍晚，许烨磊没来接她，孙萌萌便被同住在招待所的军嫂们拉着一起去食堂吃晚饭。

吃过晚饭，夜幕已经降落，迎着天边的最后一抹红霞，驻地路边的一棵棵繁茂葱茏苍翠的榕树迎风舒展着，翩跹起舞，甚至还有鸟儿在其中轻吟浅唱，歌声婉转动听。星星像是苍穹的眼睛，一颗一颗地从天际蹦了出来，为苍茫的天空蒙上了一层虚幻的光影，朦胧中，像是一副缥缈的梦境。

轻风渐起，路旁的一簇簇小花红黄两色，纵横交错，如铺上一层金毡，分外美丽迷人。许烨磊带着孙萌萌来到文艺演出的现场。

这是新招的文艺兵的首演，文工团的江团长还是非常重视的，除了自己亲自参加彩排，还带来了舞台道具、化妆师和灯光师等。临时搭建的舞台，经过一个下午简单的布置，再加上灯光音响的衬托，现场已经非常有演出的气氛了。

许烨磊先带着孙萌萌认识了他的上司——特种大队的大队长路赢，

然后在指定的位置落座。期间还有很多士兵为了看一眼中队长的女朋友特地跑过来打招呼，相对于中午的害羞，孙萌萌渐渐进入了状态。

随着一曲高亢雄浑的军歌，文艺晚会拉开了序幕。部队领导致辞，江团长致辞，最后陪了这帮文艺兵三个月的师达树教官也上台说了一番慷慨激昂的感受。

"我们都来自祖国四面八方，保卫祖国我们扛起闪亮的枪，只要是人民需要咱，义不容辞把兵当……"

一首合唱《保卫祖国扛起枪》，把所有新兵的精神面貌展示在舞台上。特种兵营真是历练新兵的好地方，当初一个个公子小姐，经过三个月，站在台上精神抖擞，英姿勃发，只那么一出场便迎来台下雷鸣的掌声。

嘹亮的歌声，迎来台下士兵的轻轻应和。台上唱的军歌，都早被士兵们唱烂，但每每唱起这些歌，都能激起心中的豪情，献身于军营。

新兵的表演其实还是比较稚嫩的，无论是后面的独唱，还是歌舞，当然不能跟每一年前来军营慰问演出的文艺兵相比。但她们的感情是炙热的，在军营深切地体会了当兵的苦、当兵的累，他们对默默无闻守护国家的军人充满了敬佩。就连不爱看文艺演出的孙萌萌也被他们的表演感动了，当然孙萌萌最期待的还是孙贝贝的表演。

"下面，请欣赏小品《新兵》。表演者：孙贝贝，陈迅宇，林劲峰，张正豪……"

终于，孙贝贝同学粉墨登场。

如果说前面的节目是大家耳熟能详的歌曲的翻唱，孙贝贝的《新兵》便是新鲜出炉的小话剧，带着一股清新的气息，幽默又搞笑。孙贝贝本色出演，将一个新兵把兵营弄得鸡飞狗跳演得活灵活现，赢得了一片片掌声和笑声，再到后来，她把咸茶搬到台上，更是让台下笑抽了筋，台下的士兵甚至倒下一片。

现场的气氛实在太浓烈了，首长都憋不住爆笑出声，指着孙贝贝道："江团长，你选了一个这么有趣的兵，哈哈……"

"这新兵蛋子还多亏师教官的教导。回头把录像给孙司令看看，估计他也一定对孙贝贝刮目相看……"

喝过咸茶的几个男人都傻了眼，看到台上几人演着自己，感觉喉咙又开始一阵阵地咸。

孙萌萌笑着对许烨磊道："这丫头，胆子不小，还敢演出来，回头我帮你收拾她。"

"演得挺好，真没想到孙贝贝还挺有能耐的。"许烨磊轻笑地称赞道。

看着台上的一个新兵从一个搞笑的跳蚤变成一名忠诚的新兵，台下的士兵在开怀大笑的同时，也想起了初入军营的时光。

他们也有那么一段历练过程，虽然没有孙贝贝那么夸张搞笑，但每个人心中都有一份珍贵的回忆。部队真的是一个炼炉，即使你是块废铁、烂钢，来到这个地方，一定会将你炼就成一块好钢。

节目一个接着一个，孙萌萌和所有官兵都在集中精神观看台上的文艺表演，直到结束。新兵文艺会演圆满成功，刚才还热闹的舞台，转眼繁华落尽。

士兵已经有秩序地回宿舍，留下几个受命帮忙拆卸舞台。孙萌萌特意蹭过去跟孙贝贝拉呱了几句，当然无非也是一些赞美的话。第一次看这丫头的表演，还是觉得很有水准的。

三个月的军训时光似沙漏般，弹指间，流过昨天。在这哭过痛过笑过，跌倒了再爬起来，孙贝贝对这个军营从最初的痛恨到后来的探索，发生了极大的逆转，对人生的认识也有了很大的变化。在户外受训最少的她，其实是这批文艺兵里受训最深刻的。她的体能测试或许没有其他人那么标准，但她对军人这个神圣职业的认识绝对比其他文艺兵来得更加深刻。

离别前，看着这寂寥的夜空，想到一群群为了保护人民守护国家坚守着寂寞的士兵，她对军营突然有些不舍了。

看着被拆卸得残败的舞台，大家忙前忙后地收拾，孙贝贝也主动上前帮忙。

正在现场指挥的江团长看着默默做事的孙贝贝，非常诧异。这个还是三个月前那个眼高于顶的大小姐吗？江团长对孙贝贝的转变真是又惊有喜。

最初听到有关孙贝贝的传闻，江团长就觉得孙司令扔了一个烫手山芋给自己，接手一个那么有个性的女兵，想想都头皮发麻。可他没想到孙贝贝这么有演艺的天赋，今天看了她自编自演的小品，可以预见这个长得这么漂亮的女孩子以后的演艺生涯一定前程似锦。

更没想到区区三个月，孙贝贝真的如孙司令的期许，变得懂事多了，总算是可以跟孙司令交差了。

江团长走到孙贝贝身边，笑着道："贝贝，今天的表演很精彩！剧本写得好，演技也很精湛！连部队首长那么严肃的一个人都忍不住笑喷了，不错！不错！看来你这三个月没有在这虚度……"

"谢谢江团长的肯定，我保证以后一定再接再厉，争取更好的成绩！"孙贝贝敬了一个军礼，而后义正言辞地说。

"好，我看好你！"江团长笑着道。

一旁有个女兵看到江团长和孙贝贝和颜悦色地聊，也凑过来捧场："我也觉得贝贝的演出是今晚最出彩的，贝贝真是厉害！"

面对战友，孙贝贝就有些嘚瑟了，笑着道："那是，由我自导自演的作品，从来都是精彩的……"孙贝贝确实很有才艺，这番话也不夸大，以前的校园生活，只要她在舞台上，一定是非常炫目的。

之前在特种兵营栽了一个跟头，大部分士兵对她的印象都止于她是司令的女儿，特立独行蛮横跋扈。今晚的演出算是给惨淡的前科镀了一层金光，她心里自然开心极了，可她就是那种没心没肺的人，得意的时候也不懂得收敛。

江团长意味深长地看了看面前的两个女孩，对孙贝贝笑了笑："贝贝确实很自信！"

孙贝贝听了觉得江团长看人真准，自己确实天生的自信。当着同级的面被领导赞赏未必是件好事，这个傻丫头浑然不觉别人转变的脸色。

江团长把这些都看在眼里，却不道破。人生路很长，只有自己去实践，走过了泥泞，才能磨掉一些棱角，走得更顺畅一些。或许，不用磨掉棱角，就是那一些坚韧的棱角，在人生里散发着最耀眼的光彩。

第二天吃过午饭，孙贝贝找了机会走到了谢铁军的身边，看到四下无人，孙贝贝把纸条直接塞到谢铁军手里。

谢铁军被她温温柔柔的手指一触摸，浑身便有些燥热不适。

"这……这是什么啊？"谢铁军看着纸条上的一串号码，有些不明所以地问着。

"阿拉伯数字啊，你不识字吗？"孙贝贝站在谢铁军面前，一脸天真无邪地问着。

谢铁军不敢和她对视，只是不明白她拿纸条给自己有什么用，于是非常认真地讨教："干吗给我？"

"作为交换的条件啊。把我的号码告诉你，你也要把你的号码给我……"孙贝贝一脸期待地说，眼角滑过一丝狡黠。

"为什么？"谢呆子继续呆呆地问。

猫和老鼠是天敌啊！从前他是猫，天天逮着这只干坏事的小老鼠，后来他自己却变成了老鼠，成天躲着调戏他的这只猫。但是，不管是当猫还是老鼠，这对天敌除了死磕还是死磕，要这些数字来有什么用？

"想起我的时候可以给我打电话啊！"孙贝贝满含柔情看了眼谢铁军，然后说出了一句石破天惊的话。

　　说完孙贝贝便开始看好戏，果然，谢铁军撑不住了，连连咳嗽。不管这句话是演戏的台词还是调戏的对白，孙贝贝要的效果出现了。谢铁军被孙贝贝这么火辣的一句话烧得喉咙都生烟了。这女人未免太自恋了，你以为你是谁啊，一个女魔头、野猴子，谁会想起你！

　　谢铁军咳完了，笑着道：“你真想多了，我一定不会想起你的，放心吧。这个我用不上，还给你！”

　　“谢光棍，试试看！你敢把我的纸条扔掉？”谢铁军说得这么直率，立马把孙贝贝激怒了，又用上她的杀手锏威胁着。

　　“你都要走了，干吗还来祸害我！今天这个威胁已经过了保鲜期，我才不怕你！”谢铁军故作轻松地说。孙贝贝立马清了清喉咙，然后扯开嗓门：“谢……”

　　谢铁军被孙贝贝叫得有些头晕了，赶紧妥协：“好吧，我不还给你，但肯定不会给你打电话的。姑奶奶，我都怕了你了……”

　　“你的号码呢？”孙贝贝继续追问。

　　“干吗要给你！这个想都别想……”谢铁军一口回绝。

　　“当然要给我啦，我想你的时候，可以打电话给你啊！”孙贝贝清澈的眸像一条小溪，说出的话像个小女孩，嗓音温柔甜润，显得特别真诚。

　　这还是谢铁军第一次听到女人对他说这么露骨的话，感觉自己被雷劈过了，全身竟然有那么一瞬间像挂了天线，有电流从头流到脚底，浑身说不出的热辣酥麻。

　　“脸红了，耳朵都红了，呆子的脸可以开个染坊了。哈哈，谢上尉，你真的想多了！你害我的肚子留了块疤，以后要是有什么后遗症，你可逃不了责任。谢上尉，即便你不给我打电话，我也要经常提醒你对伤患的士兵负责。说吧，号码多少？我记一下……”

　　谢铁军被孙贝贝说得浑身更加燥热，脸更是滚烫滚烫地发热。这个坏丫头，本性难移，竟然公然调戏军官。自己的脸也真是丢大发了！

怎么会听到她的话想入非非呢？

"你那是什么歪门邪道，我才不吃你这套……"谢铁军被孙贝贝调戏得又羞又恼，也不管孙贝贝还要说什么，赶紧撒腿就跑。

看着谢铁军落荒而逃，孙贝贝乐得哈哈大笑。还没笑完，没想到谢铁军竟然一晃，又跑回她的跟前，直接抽走了她刚才准备记录号码的手机。

当孙贝贝见到手机被抽走，顿时脸都灰了下来。上午整理东西的时候，顺手就把手机揣口袋了，而且还傻傻地带手机来记录谢铁军的号码，想着以后调戏谢铁军的乐趣，竟然忘了，此刻这个手机却是一枚炸弹。

不，是原子弹！

私藏手机，违反规定！孙贝贝感觉世界一片黑暗，人生一片迷茫，自己正行走在通往地狱的激流中。

于是，孙贝贝非常凄惨地被请进了"黑屋"，接受审讯，审讯她的人是师达树。

"孙贝贝，你为什么要私藏手机？"师达树看了孙贝贝一眼，心底直摇头，昨晚还觉得这丫头演的话剧非常不错，对她另眼相看，结果现在却又因私藏手机被逮个正着。

"当时……当时刚进部队不懂事，就想着关在部队会很无聊，然后就备用了两个手机……"孙贝贝自知这事很严重，不敢隐瞒，直接坦白从宽。

"你把手机藏在哪？"师达树见她态度这么配合，口气也变得缓和一些。

"内衣里面……"孙贝贝如实回答。

"这两个手机使用过吗？"因为特种部队属于绝对保密场所，在这除了军官可以有私人手机，特种士官都一律禁用，而孙贝贝这个普通列兵，竟敢在这等重地私藏手机，直接触犯钢铁般的纪律，必须严肃追查她对这电话的所有使用情况。

"有，使用过一个，打了两通电话……"

"什么时候，打给谁，说了什么？"

孙贝贝其实已经深刻认识到自己犯的错，所以，师达树问什么，她都非常乖地回答。但面对这个问题，孙贝贝可就有些为难起来。

"当初只是一时意气用事，跟朋友发泄一下心情，真的跟部队没有一毛钱关系……"孙贝贝含含糊糊地说着。她实在不敢回想当时说过的话，要是让某中队长知道她当时的用意，一定还要再彻底死一次。

"孙贝贝，你知道这事的严重性吗？如果不说出来，我们将要把违纪事件报告给上一级的领导，由上一级的领导对你审查……"师达树一脸严肃地跟孙贝贝说明这事的严重性。

天哪！孙贝贝真是悔恨死了！当初被许烨磊训斥后，咽不下那口气，才恶意地打电话要拆散老姐和许烨磊的爱情，没想到自己先遭到报应。

"坦白从宽，抗拒从严。孙贝贝，即便你是司令的女儿，也得接受纪律的处理。希望你没有做出违反规定的事情……"一向温和的师达树，端坐在审讯室，脸上的神情却非常威严。

孙贝贝内心挣扎了很久，不过最后还是老实招了。

当她把打电话的原话大致倒出来的时候，负责记录的士兵，笑得手都抖了，写出的字也是颤悠悠的。谁都想不到这个女人这么邪恶，被中队长骂了一顿，竟然找他女朋友撒气，给中队长设置情敌。

师达树听完孙贝贝的招供，有些憋不住，但却一直隐忍着，冲着孙贝贝严肃道："孙贝贝，你真的唯恐天下不乱，私打电话竟然是为了破坏你姐的爱情。看中队长怎么收拾你！"

孙贝贝耷拉着脑袋，恨不能再来一次阑尾炎，把自己送往医院，就不用面对这样乌七八糟的事情了。为什么自己这么倒霉啊！好不容易改过自新挺起胸膛做人，又被抓到了以前的小辫子。真没法活了！

孙贝贝捂着脸，心里一片灰暗！

这事要是传出去，不被许烨磊骂死，也要被老姐揍死！自己挖了一个坑，二罪并罚，估计会死得很惨，真的要尸骨无存了。

孙贝贝心里那个悔恨啊！恨不得这只是一场电影，可以将不要的片段给剪辑掉！

Chapter8　此情只待成追忆

1.

孙萌萌回到家，差不多下午一点，一进门把包放在鞋柜上面，软不拉塌地换鞋。许烨磊送她上车的时候，孙萌萌心里一点都不想离开，可是他有工作要忙，自己不可能要小性子，不得不离开。别看她上大巴后还一直面带微笑，其实心里早已经酸涩不已，待车开走，自己的头一直往后看，看着许烨磊跟自己挥手，那一刹那，她的眼眶彻底红了。

一路上，至少有半个小时，她的鼻子是酸的，快用掉一包面巾纸了，可她不敢把这样的情绪带回家，怕父母对自己选择的男人有看法。

李笑梅听到声响，从卧室走了出来，看到孙萌萌，有些诧异："你不是去探亲吗？怎么这么快就回来了？"

孙萌萌抬眼看着李笑梅，耸了耸肩，笑笑地说："烨磊他有事要忙，而且今天就放假一天，说不能离开部队，所以我就先回来咯！"

李笑梅看着孙萌萌脸上的笑容，却也看到她那微红的眼睛，心里不由暗叹：本来还庆幸地以为许烨磊一周能回来看一次女儿，没想到一个月都没见着。本想说去探亲也好，这么久没见面，聚一聚多增进些感情，结果才一天就回来了，这去跟没去有什么区别啊！折腾一番！

"吃饭没？"李笑梅随口问道。

"没呢，妈中午煮什么好吃的，我都快饿死了！"孙萌萌嘴角含笑地询问李笑梅。

"部队不管饭吗？怎么连午饭没吃就把你送回来了？"李笑梅一听孙萌萌没吃饭，脸色微变，看似有些不悦。

"妈，烨磊他下午有事，是我自己要求早点回来的！"孙萌萌觉察出李笑梅的变化，连忙笑道。

"再有事，也得吃饭啊！"李笑梅瞥了孙萌萌一眼，没好气道。

现在才刚开始，要是以后也一直这样，这丫头能受得了吗？

"妈，烨磊又不是闲着，你干吗这么说啊……"见老妈虎着一张脸，孙萌萌连忙伸手挽住李笑梅的手臂，一边撒娇一边袒护着许烨磊。

"行了，我去给你热菜去！"李笑梅看到孙萌萌脸上那强颜欢笑的笑容，一脸无奈地摇头。

"谢谢妈……"孙萌萌亲昵地摇了摇李笑梅的手臂。

待李笑梅进厨房后，孙萌萌深深地吸了一口气，脸上的笑容立马坍塌下来，泛着淡淡的失落之意。

在驻地。

师达树拿着审讯记录回到办公室，见到许烨磊，抖了抖手上的审讯记录，非常郑重地对许烨磊说："报告中队长，这个是孙贝贝的违规记录……"

许烨磊看了看师达树，接过手稿，纳闷地问："孙贝贝不是改邪归正了吗？昨天看着还挺好的。明天就离队了，这个野猴子还出什么幺蛾子？"

"孙贝贝军训时私藏手机，核查她的通讯记录，和她坦白的一样，打过两次电话。这个是她供认的通话内容……"师达树就事论事，一本正经地说着，其实心里已经有点 Hold 不住了。他期待着中队长看过之后的精彩表情。

许烨磊接过审讯记录，拿起茶杯，边喝茶边看。

先看到孙贝贝和孙萌萌的通话内容，那个时间刚好是自己把她训哭的第二天，和他预想的一样，她会找自己老婆诉苦。没想到她不是用军队的座机打，而是私藏了手机打电话。这个野猴子，确实无法无天。

许烨磊摇了摇头，估计孙司令知道这些事又要暴跳如雷。

可再看到第二个通话内容。许烨磊看到向南两字，被茶水呛了一下，再看到孙贝贝费尽唇舌地怂恿向南追自己的老婆，许烨磊气得怒火直烧，把茶水一口气喝光，没把火浇灭，他把茶杯重重地砸在桌子上，额头冒着嗤嗤的青烟。

许烨磊以军人敏锐的感知力，觉得向南对自己的老婆有所图谋，原来这一切都是拜孙贝贝所赐。

这个死丫头，真是不想活了！

私藏手机涉及军人的保密原则，在处理上可以根据影响程度酌情处理。孙贝贝这样的通话记录对军队没有造成什么不良后果，可是对自己爱情的破坏后果深远。

师达树看到中队长浑身冒着冷气，心里暗暗发笑。

"孙贝贝在哪？"

许烨磊冷冷地问师达树，这么冰冷的口气，是中队长发火的前兆，要是孙贝贝现在在这，估计会被中队长抓来狠抽！

师达树不敢触霉头，如实汇报："审讯结束后，放出了黑屋，让她在宿舍等处理结果……"

"这个死丫头，做事不用大脑。就该在黑屋关她几天，让她好好地面壁思过！"许烨磊咬牙切齿地说。端起茶杯要喝水，忘记刚才把水都喝光了，又更火地丢了茶杯。

办公室的另外三个男人都在，他们很少看到处变不惊的中队长发这样的邪火。谢铁军和吴凯都有些愣怔，孙贝贝到底给谁打了什么电话，能把中队长气成这样！

"中队长别生气。喝茶，消消火……"

吴凯一向很八婆，对这个能让中队长不淡定的审核记录充满了好奇，借着给许烨磊倒茶机会，偷偷地拿来看了看。

许烨磊要抢回来，但想想，师达树那张漏风嘴能闭得住吗？与其让他们几个在后面说笑话，还不如看着他们说。许烨磊喝了杯茶，定了定神，发现自己的反应有些过火，赶紧调整了一下，额头的黑线才渐渐淡去。

"哈哈哈……哈哈哈，中队长，你的小姨子真是唯恐天下不乱。哈哈哈……"吴凯边看着通讯记录边大笑。

"是啊，有这样的小姨子，中队长的爱情故事一定很有看头……"师达树也终于憋不住了，爆笑出来。

办公室的气氛一下变得热闹。

谢铁军也偷瞥了一下吴凯手上的手稿，很想扑过去抢来看看，又怕这些男人拿他和孙贝贝说事。正在纠结中，吴凯却非常通情达理地把手稿送到他手上："看看吧，很有意思……"

看着谢铁军挠着头，伸手把审讯记录抢了过去，吴凯又意味深长地笑道"谁要是娶了这个野猴子，肯定天天在她后面帮忙擦屁股，哈哈哈……"

"呵呵，我倒不这么认为，谁要娶了这么搞笑的女孩子，一定每天都笑！中队长的小姨子有意思啊！"师达树也对着谢铁军暧昧不已地笑道。

许烨磊看着这两个男人一唱一和，再看看猛不吭声的谢铁军，也在想，孙贝贝这么皮猴，要怎么样的男人才能把她制服。

"好了，别笑了，该干吗干吗去。手稿给我！"许烨磊拿了审核记录，走出了办公室，前往大队长办公室。

面对路赢，许烨磊真是很不好意思，这事怎么就跟自己的私人感情扯上了关系！等会还得被大队长笑话一番。

果然，路赢看完没有直接批评孙贝贝，也跟所有人的反应一样，大笑不已："哈哈，烨磊啊，你摊上这样的小姨子，可真麻烦啊。昨天看到你的女朋友，那么漂亮，还是得看紧点！别被这个叫向南的抢跑了！"

许烨磊的额角掠过三根黑线，他虽然很信任孙萌萌，自己对两人之间的感情也有着十足的把握，但是那个向南是帅哥啊，自己长期不在家，时常去骚扰漂亮老婆，还是不免有些担心。

孙贝贝，回头再跟你算这个账！许烨磊心里暗暗地骂着，却非常自信地回复路赢："大队长请放心，我对自己和我女朋友有十足的信心！"

"有信心就好，不过还是得多上点心，赶紧结婚，确保无后顾之忧！"路赢笑着说。

"谢谢大队长的支持，我也很想早点结婚，不过最近好像都没时间……"许烨磊憨憨地挠了挠头。

"是啊，马上要军演了，而且这次军演事关重大，前几天总部刚下文件，这次军演直接当作国际侦察兵大比武的选拔赛，获胜的特种大队将代表祖国参加比赛！这事明天我会特此召开会议，让你事先知道一下。"路赢那眼眸泛着苍劲锐利的光芒。

许烨磊一听，两眼闪烁着渴望的光芒和十足的信心。他是前年破格提升为 N 集团军的特种部队中队长，在这两年期间的表现有目共睹，但是还没亲自带队代表国家参加过国际侦察兵大比武，为了这个他已经准备两年，势必要在今年赢得此次机会。

"想拿下？"路赢看到许烨磊那眼神，明白他的心思。

"必须拿下！"许烨磊信心十足地说。

"好，必须拿下！"路赢拍了拍许烨磊的肩膀，鼓励道，"这事明天开会重点说。"

许烨磊点了点头，随后将话题绕回孙贝贝这边，一本正经地询问路赢："大队长，孙贝贝这事您看该怎么处理？"

路赢思索了一下："打个电话，去叫他们文工团的江团长过来一下！"

"是！"许烨磊利索地回应，走到桌旁，拿起座机，拨了内线电话。

没过几分钟，江团长匆匆赶来，一头是汗！明天就要离开，这会被路大队长召见，肯定是自己文工团的人出了纰漏，找他秋后算账呢。

江团长一进门，就笑呵呵跟路赢打招呼："路大队长，许中队，你们好。有事找我？"

"呵呵，江团长，请坐请坐……"路赢满脸带笑地招呼着。

江团长和许烨磊并排坐在路赢办公桌旁，随后路赢将对孙贝贝的审讯笔录递给江团长看："江团长，你先看看这个……"

江团长疑惑地接过笔录，心中也泛着一丝忐忑，不知道是哪个不知道好歹的家伙给自己捅娄子。

当江团长浏览完笔录后，得知是孙司令的宝贝女儿孙贝贝闯祸，心中不由哀嚎起来，这丫头竟敢私藏手机，这明显严重触犯纪律！昨天还为她的改变感到由衷高兴，结果今天却成了被处罚的对象。

江团长抬头看着路赢，主动承认错误："路大队，真的很抱歉。作为团长没管理好下属，是我失职了！"

"唉，江团长别这么说！"路赢笑着说。

"路大队，你看这事怎么处理？"江团长小心翼翼地看着路赢，其实这事说大不大，说小不小，要怎么处置孙贝贝全看路赢的态度。

路赢看了江团长一眼，把他心中的那点小九九全看进眼底，这事的确可大可小。

"许中队，这事你觉得该怎么处理？"路赢把皮球踢给许烨磊，咨询他的意见。

江团长见此，不由觉得路赢真是一个狡猾的老狐狸，现在就看许烨磊的意思，心里不由默默为孙贝贝祈祷，希望从轻处理。

许烨磊此时心中的想法跟江团长一样，但是球已经踢给自己了，也不好再推回去，于是公事公办地说："孙贝贝私藏手机一事，直接触犯部队保密守则，为此必须做出相应的处罚，给她……"

许烨磊话还没说完，坐在一旁紧张的江团长急忙插话："路大队，许中队，这事可大可小，虽然孙贝贝她是触犯部队的保密守则，的确该处罚，但她的行为没给部队造成损失，你们看能不能从轻发落？"

不管是因为孙贝贝的身份特殊，还是出于护犊子，江团长都不太愿意把这事整大。

路赢轻笑出声:"江团长很会护犊子嘛。"

"嘿嘿,刚才我看了笔录,这电话是孙贝贝刚来的时候打的,后面就再也没动过,可见她在部队待久后,还慢慢地成长一些,昨晚她表演的节目不就在是在说她自己吗?所以啊,恳请路大队给她一次机会,从轻发落……"江团长憨憨地笑着,跟路赢解释着。

路赢意味深长地看了江团长一眼,思考了几秒:"虽然孙贝贝没造成直接损失,但这样的行为在部队是绝对是不允许的,鉴于她平日表现还不错,给她记过一次,下不为例!"

听到只是记过,而不是记大过,也不是全军通报批评,江团长顿时松了一口气,连忙感谢道:"谢谢路大队,我回去一定好好批评孙贝贝,让她做深刻的检讨,还有严抓纪律,保证文工团内绝对不再发生这种事情!"

"那就辛苦江团长了!这么护犊子!"路赢笑着打趣道。

"辛苦谈不上,谢谢路大队……"江团长再三表示感谢,随后道,"不过路大队护犊子的事情也干过不少吧!"

"哈哈哈,别得了便宜还卖乖,这事我可是看在你面子上!"路赢爽朗地笑起来。

许烨磊也为孙贝贝松了一口气,不过这丫头的确该好好反省反省,记过虽轻,但对于已成为军人的她来说,那就是一个污点。

孙贝贝在宿舍慢条斯理地整理东西。昨天表演成功,证明了不是一无是处,孙贝贝恨不能马上回家跟老妈报喜,气气孙耀武。只是没想到啊,在最后关头还是栽跟头了,接下来等着处分,对于处分严厉不严厉,她倒不在乎。

有了违纪事件,自己这三个月的努力都功亏一篑,想要证明给孙耀武看看的斗志,瞬间崩塌!孙萌萌把旅行箱用力一盖,去了洗手间,要把心里浊气排掉。

"你们听说了吗？孙贝贝上午被请进黑屋了？"

"啊，是吗？为什么啊？"

"不知道啊，听说违反了纪律才会被关进黑屋的。"

"她是司令的女儿，被关进黑屋又怎么样？谁敢处分她？"

"是啊，我就看不惯她自以为是孙司令的女儿，张扬跋扈，没一点军人样……"

"就是，你看她昨晚表演完小品时的嘚瑟劲。不就一个小品吗？有什么了不起。要是我们也天天没事做，研究文艺演出的节目，别说一个小品，十个八个小品都能搬上台捧笑观众。昨晚你们没见她在江团长面前的嘚瑟劲，还非常自以为是地说由她出品，绝对精彩。没想到尾巴还没翘一天，就关黑屋了。高兴得太早了吧，不知道她现在在黑屋里过得怎么样，我好期待她早点出来，我倒要看看她现在还能不能在我们面前炫耀……"

孙贝贝听到大家对她的赞誉，她还以为自己和她们的关系应该改善了很多。没想到背后还是听到她们这样中伤自己。

为什么？孙贝贝突然觉得自己很可笑，干吗要在意她们的看法。听听她们的谈话，孙贝贝觉得自己之前对她们的友善简直就是自贬身价。女人堆里是非多！她们对自己那么怨恨，说来说去都离不开孙耀武，大概是嫉妒吧！那你们就嫉妒吧，有能耐的认孙耀武做爸爸去。

孙贝贝按了马桶的开关，水咕噜噜地流出，污浊被彻底清掉，打开了厕所门，在所有舍友惊恐不安的目光中走了出来。

"贝贝，你怎么在这？"大家看到孙贝贝，脸不约而同地灰了下来。

"不在这，难道要在黑屋里吗？"孙贝贝嘴角带着一抹不明深意的笑容，反问道。

"你……你都听到了？"其中一个女兵，弱弱地问。

"我没兴趣偷听，你们继续！"孙贝贝高傲地看了她们一眼，然后挺着胸袅袅婷婷地走出了洗手间。在这些八婆面前，就是要自信，让她们自卑，任她们说三道四。

对孙贝贝来说，最坏的事情已经发生了，她已经不在乎她们怎么看待自己。既然不是同类人，她就不委屈自己和她们交好。幸灾乐祸也罢，笑里藏刀也罢，尽管放马过来。

因为心里烦闷，想找一个清净的地方静一静，于是漫无目的地晃荡着，想起了下午江团长跟自己的谈话。

"贝贝，昨晚看了你的小品，你把一个新兵的成长路展现给大家，新兵对军人的使命、对军队的归属感，都表现得很好。那个小品其实就是你的自传，我觉得在思想上你已经是个合格的文艺兵了……"

"这三个月来，大家都看到你的进步，我也很欣喜。没想到你会私藏手机，真让我意外，当然我也有责任。处罚结果出来了，算是一个教训吧，给你记过处分。这事孙司令迟早会知道，你知道孙司令刚正不阿的脾气，所以处罚不能太轻。你是一个好苗子，我看好你，争取了不通报批评。这事文工团只有我知道，也是为了保护你，以后放掉包袱，争取多立功，多出好的文艺节目，将功抵过。"

江团长还叫孙贝贝写一份检讨，思想要深刻点。

孙贝贝知道作为军人，受了处罚，档案里就有了一个污点。江团长看在孙耀武的面子上对她算很好了。犯错了写检讨也是常规，她还没写，心情糟糕透了，不想写。

本来想证明自己的，孙贝贝发现自己绕来绕去，还是像孙悟空一样没有逃脱孙耀武的五指山。不论是处罚，还是江团长，他们都是掂量着孙耀武行事。而自己的坏心情，也和孙耀武有关。

想排除孙耀武的影响，靠自己站起来，原来是那么难！孙贝贝突然感觉自己误闯进了魔圈，越是挣扎越被缠得透不过气来。可以申请退役吗？只要不当兵，孙耀武就不能把着自己脉搏，她相信以自己实力和努力能闯出一片天空。

可是想到含辛茹苦生养她的老妈，她又没了那个勇气。孙贝贝越想心里越灰暗，抬眼发现天空也跟她的心情一样沉重，黑压压的一片。不知什么时候天黑了下来，竟然不知不觉地走到了驻地旁边的一个小山岗上，四下无人，一片漆黑。

孙贝贝突然心里一慌，赶紧往回走，终于看到远处的一个哨岗，心里安心了些，刚才的恐惧慢慢消去，这茫茫无光的夜色也不那么可怕了。只是，自己的人生路，却还陷在泥淖中，前程一片迷茫。孙贝贝不知道自己要怎么办，真不想回去面对孙耀武，想着他再次对自己怒吼，孙贝贝有些心酸，最后竟然止不住地流了眼泪。

周围没有人，静悄悄的山岗上，孙贝贝索性放声哭了出来。孙贝贝伏在一个大树边，哭得稀里哗啦。自从当了兵，都哭过好几次了，还好没人看见。谁想得到那么张扬的孙大小姐，也有那么脆弱的一面，她一向以自信示人，在外人面前，可以孤傲，但绝不软弱。不过哭是不能解决问题的，还是赶紧回去吧，孙贝贝抬起头，转过身，准备继续下山。

"啊！"随之而来却是一声尖叫，声音是孙贝贝发出的。

孙贝贝吓了一跳又转过身面对着大树，准备撞树。怎么每次偷哭都被这个呆子撞到，你跟我有仇啊，总是阴魂不散！

"怎么跟小孩一样躲在这哭？"谢铁军的声音一向都很粗野，在这样黑乎乎的夜里，却让人感觉有点像大哥哥带着关切的温和。

"你怎么神出鬼没地站在我身后，想吓死人啊！"孙贝贝狠狠地瞪着谢铁军。

"看你哭得那么认真，我不敢打扰啊！"这次谢铁军有备而来，从口袋里掏出了一团纸巾，戳了戳孙贝贝的肩背，"孙贝贝，给你这个……"

"滚！"

孙贝贝转过了身，真想踹这个呆子几下，隐约看到他手上的一团白，这家伙把用剩的厕纸给我擦鼻涕，死呆子，这么不讲卫生！

"我才不用你擦屁股的草纸。老规矩，把你的袖子给我！"孙贝贝又恢复了以往的蛮横。

谢铁军有些哭笑不得，这位大小姐可真是，知道你会哭，特意为你准备了面巾纸，你竟然看不上，就喜欢拿鼻涕糊人家的衣服。

谢铁军也不知道自己为什么要来看她，傍晚吃完晚饭看一个失魂落魄的身影往山岗上走，本来想叫住她，身边有战友，又不方便。后来忙了一些事情，想到山岗上的孙贝贝，也不知道她回去没有。知道孙贝贝今天被处分，估计这丫头是躲在山岗上哭。

于是乎谢铁军也摸黑爬上来，果然看到孙贝贝趴在树干上哭，看了真是好笑，这么大一个人，怎么越看越像个小孩。只是，听她忘我的哭泣，谢铁军这个冷硬的男人，竟也生了一种凄凄切切的悲伤。

如果不是自己发现她的手机，也许她就逃过一劫，明天开开心心地离队，风风光光地回家。但作为一个军人，他觉得自己必须那么做，他不会可怜她，帮她包庇。

谢铁军看着黑夜里孙贝贝闪着水光的双眸，也不知道是什么驱使，他还是抬起衣袖伸到孙贝贝的面前，任她擦拭着黏黏糊糊的鼻涕眼泪。这样的情景，怎么看怎么像邻家调皮的小妹妹伤心了哭一把，然后哥哥给她擦眼泪。

孙贝贝没觉得什么，可谢铁军心里却泛起一片片的淋漓微波……

"受个处分就哭得这么伤心啊！"谢铁军眨了一下眼睛，看着孙贝贝问。

"才不是！你个呆子知道什么？"孙贝贝擦完鼻涕，扔了谢铁军的衣袖，突然觉得很不好意思，嘴上却说，"死呆子，我恨死你了！"

"恨我揭发你吗？"

孙贝贝沉默，没有回答。

不回答就是默认，谢铁军看着默默不语的孙贝贝，觉得这个女人实在是蛮横惯了，一点都不懂得自我反省。看来得给她的大脑灌灌水，浇浇汤。

"不就犯个错吗？没什么大不了的。军人不是天生的。你所看到的士兵都是经过艰苦的训练，才磨炼成为合格的士兵。他们中也有一部分人的档案里也有大大小小的错误，但是你看，他们依旧继续扛着枪守护着边疆。军人的天职是守护国家和人民的安全，所以要求会比较高，纪律必须严明。犯了错受处罚，是为了有一个深刻的教训，为了以后更少地犯错……

"入了军营你就不是一个普通人，你必须以军人的身份看待自己。要对自己严格要求，不能做的事坚决不要做，不要存侥幸心理。大队长同意你进入特种军官的办公室打扫卫生，是因为你是孙司令的女儿，对你特别信任。但你真的让人失望了。这是特种部队，这里的所有信息都是封锁的。你私藏的手机，对于我们的军队来说，真比杀伤性武器还可怕……

"对你的处分算很轻了，没有通报批评，已经是对你个人隐私最大的保护了。孙贝贝，不管你恨不恨我，作为军人，我都必须那样做。作为军人，一个合格的军人，穿上那一身绿军装，就要体现出一身的正气，这个社会才能对你产生信任。你要值得这个国家和人民托付，要严于律己，为自己的一言一行负责。不论在军营，还是在外面，只要你是军人，你所做的一切，都不仅仅代表着你个人的品行。种什么菜收什么果，就是作为普通人，做事之前也要三思而行，不然迟早还是要为自己的行为买单……

"昨天你的表演之所以能打动全体士兵，不仅仅是因为你编的台词幽默，而是你剧本的灵魂触动了大家的心灵。这里的每一个士兵都是从一个普通人成长起来的，你展现的正是他们曾经走过的路，让他们知道自己来军营了成熟了，想起以前会有一股成就感，对军营有归属感。你对小品的情感把握得很好，你应该明白文艺兵的使命是什么。如果你自己本人的思想都不能融入军队，你觉得以后还能再出优秀的作品吗？作为文艺兵，首先是一个兵，而且必须是一个合格的兵，你才能施展你文艺方面的才华，你才能走入战士的心灵，才能表现出真正有军人风采的作品，才能衷心地歌颂这些默默守卫祖国的人，才能用你的才能、你的作品讴歌军人、鼓励军人，做他们寂寞的驱赶者和安慰者……"

孙贝贝和谢铁军的关系就是这么奇特，平常谢铁军见到野蛮的孙贝贝，既怕她损他，也怕旁人取笑他攀着孙司令的女儿，能躲就躲。但在暗夜里，在看到孙贝贝哭泣之后，谢铁军很奇怪心里没了杂念，面对孙贝贝就像面对他训练的士兵，他思维正常了，说话也利索了，他的言行有了特种兵上尉的魄力。

谢铁军不知不觉做了一番慷慨陈词的演讲，就像他对新兵上课一样。待他讲完，被狠狠洗了一遍大脑的孙贝贝不由对他刮目相看。

这个还是平时见到自己时说话都不利索的呆子吗？被他讲一下，自己似乎就那么轻飘飘地原谅他了。

孙贝贝当兵是心不甘情不愿地进来的，对文艺兵的认识，她真没有谢铁军想得那么深刻。她就知道文艺是她的专长、她的梦想，还真没好好想，文艺兵，首先是一个兵，首先要当好兵。为自己行为买单的论断，让孙贝贝暗淡的心灵亮起了一盏明灯，指引着她如何前行。

应该说谢铁军的思想工作还是做得非常成功的，或许是这一刻，孙贝贝看他的眼光也不一样了。不再当他是无聊的时候可以拿来欺负一下的谢呆子了。

在夜色里，谢铁军看不到孙贝贝慢慢用一种崇拜的眼光看待他。

2.

时间一晃而过，转眼已经到了 5 月中旬，天气开始炎热起来。演习属于军事行动，许烨磊没有向孙萌萌过多地提起，只是跟她说自己最近会很忙，手机将长期处于关机状态，让她好好照顾自己。因为每次军演最少要在深山老林中待十天半个月，有的时候甚至一个来月，而演习期间绝对禁止携带私人通讯工具。

就这样许烨磊在孙萌萌的生活里彻底的消失了。

而在这次演习中，许烨磊不负众望再次赢得胜利，得到捷报的孙耀武和路赢大队长开心得合不拢嘴。

这次 N 集团军派出的突击分队、狙击组和其他各组，功绩卓越，孙耀武对他们此次演习的战绩表现赞不绝口。在这次军演中许烨磊的表现尤为出色，一举夺得国际侦察兵大比武的入场券。

为此，举队欢庆，开心不已。

但这只是开始，为了能为国争光，赢得比赛，紧接而来是三个月的封闭式的残酷训练。许烨磊带着他的队员才回到部队的办公室，就听到接线员喊他："中队长接电话……"

接起电话，许烨磊还没报名字，就听到咯咯的笑声。

"你好，姐夫。我是孙贝贝……"耳边传来孙贝贝银铃般清脆的声音。

孙贝贝怎么会打电话给自己？真是奇了。

"找我有什么事？"许烨磊的口气显得特别公事公办，完全没理会孙贝贝的套近乎。

"给我谢铁军的电话号码……"孙贝贝也没拐弯抹角，直接说出自己的目的。

"你用军线电话找我就为了要个号码？"许烨磊微微眯起眼睛。

"是啊，不然找你谈情说爱啊？那是我老姐的事。快说，谢铁军的号码是多少……"孙贝贝催促道。她知道演习结束，估摸他们也回到驻地，于是掐着点，打电话过来找许烨磊。

"你找他干吗？"

"要你管？"

"你不会是喜欢上他了吧！要他的电话就找他要呗，顺便可以跟他谈谈情说说爱……"许烨磊嘴角噙着意味深长的笑意，这次赢得胜利，心情特别高兴，不由打趣着孙贝贝。

"许烨磊，你不要胡扯。我才不会喜欢他呢！最近很闲啊，没事做，吓吓那个呆子……"坐在文工团演出大堂坐席上的孙贝贝，左手缠绕着发丝，嘟着红唇说。

"他可不是什么呆子，是我的得力助手。你能找到我接电话，就没有本事叫他来接电话要个号码吗？"许烨磊嘴角微扬，坏坏地戏谑道。

"那个死呆子不肯告诉我。"孙贝贝却依旧一口一个呆子地回他。

"他是特种军官，资料不外泄，联系方式更不能给闲杂人等。"许烨磊故意这么说，试探孙贝贝的反应。

"我不是闲杂人啊，姐夫！"孙贝贝跟许烨磊套近乎，那声"姐夫"叫得可甜呢。

"条件……"许烨磊乘机打劫。

"你要什么条件？"

"这样吧，我最近都很忙，没空打电话给你姐姐，你负责帮我打电话陪她聊聊天……"其实许烨磊的条件很简单，无非就想让孙贝贝多和孙萌萌打电话聊天，以解自己不在她身边的烦闷。

"这个简单。我们姐妹感情好，不用交换都能做到……"孙贝贝满口应下。

　　从小在军人家庭长大的孙贝贝，非常清楚这些男人们去演习的这段日子，身为他们的女朋友和老婆，可真的夜夜独守空房，实在寂寞啊！她妈妈就是一个活生生的例子，她老爹孙耀武同志也近一个月没回家了！

　　"还有，你给我找了个麻烦，自己自觉点给我说清楚……"许烨磊想起孙贝贝这丫头怂恿向南追自己老婆一事，到现在都还有些膈应得慌。

　　"我最近都遵规守纪了，有什么麻烦？"孙贝贝明白他所指的意思，却故作不知。

　　"向南！"许烨磊的声音立马高了几十分贝。

　　孙贝贝浑身一个激灵，连忙伸手揉了揉耳朵，弱弱地说："那个，也不一定是我的原因吧。我姐长得那么漂亮，人见人爱花见花开，被别的男人看上也是正常的……"

　　"孙贝贝！你还要号码吗？"许烨磊听到孙贝贝这句狡辩，脸色立马黑沉下来。

　　死丫头还不知悔改，上次走的时候本来想把她拎过来好好教训一顿，没想到第二天在自己开会期间他们文艺兵就坐车走了。

　　"好吧，我下次见到向南告诉他我老姐已经是有夫之妇，行了吧？"孙贝贝吐了吐舌头，乖巧地回答。

　　"你自己看着办，要是向南敢打我老婆的主意，你负责清除。否则，看我怎么收拾你……"许烨磊冲着孙贝贝下命令。

　　孙贝贝努了努嘴，心里也有些后怕，连忙道："你到底给不给电话号码啊？"

　　"记一下。"许烨磊也懒得跟她废话，利索地说一句。

　　孙贝贝赶紧点击了一下手机扬声键，边听边记下谢铁军的号码。

　　"谢谢姐夫！辛苦了！"孙贝贝记完号码，乖巧地答谢着。

　　"孙贝贝，既然看上人家了，就不要对人太刁蛮，小心别人不敢

297

要你！"许烨磊要挂掉电话之前，扔了这句话给孙贝贝。

"许烨磊！"孙贝贝正要开骂，却听到耳边传来嘟嘟嘟的挂断声。

许烨磊挂掉电话后，在办公室和路赢聊了几句，待他回到宿舍楼时，经过 3 楼，看到谢铁军已经洗完澡，端着脸盆正在晾衣服。许烨磊顿了一下，缓缓地走了过去。

谢铁军看到许烨磊，边晾衣服边转过头："队长，咋啦？"

许烨磊意味深长地看了他一眼，伸手拍了拍他的肩膀："手机偶尔记得开机一下。"

谢铁军听到这句有些没头没脑的话，满眼的不解："队长，啥意思啊？"

"自己好好想！"许烨磊嘴角扯着别有深意的笑容，说完转身往楼上走去。

"队长！"谢铁军觉得一阵莫名其妙，不由憨憨地挠了挠头，拿着脸盆回房间。

回到房间，谢铁军把手擦干，从抽屉拿出手机，百思不得其解地想了老半天，最后决定试一试，把手机给开机了！

不开则已，一开崩溃。刚一开机，就响了起来，一向胆肥的谢铁军手不禁都快要抖了起来。来电话者，就是他避之不及的冤家——孙贝贝。那天谢铁军收到孙贝贝写着电话号码的字条后，挣扎了许久，才把她的号码存进自己的手机里，而且铁了心不会打这个号码。

经过办公室那帮三八男和其他军官的戏弄，老是将他和孙贝贝扯在一块，谢铁军心里就是有些别扭，也许是因为觉得两人身份悬殊吧！不是谢铁军不够自信，而是孙贝贝的老爹就是他们集团军的司令，要是他公然追求孙贝贝，在他人眼里或多或少像是在攀高枝，而且孙贝贝那丫头玩性恶劣，不知道她说的哪句话是真的，哪句话是假的。他只觉得她一直在捉弄着自己，让自己陷入不知往哪躲藏的恐慌里。

要说他对孙贝贝的感觉，谢铁军不予否认，他是有那么一点点喜欢她，也许有一部分是因为外貌，有一部分他自己也说不上来，两次撞见她哭，心里就觉得莫名的有些慌。

他肯定做不到像许烨磊那样自信，不管对方是不是孙司令的侄女，只要看对眼，完全不会顾忌外人的眼光，而祖上世世代代都是贫苦人家出身的他，似乎没这个自信和从容！

接，还是不接，谢铁军挣扎了很久……最后干脆不接，也不知道这只野猴子找他做什么。

不对，她怎么知道自己的手机号码？

谢铁军又挠了挠头，恍然想起什么，大骂："队长，你竟敢出卖我……"

不过这对于许烨磊来说，绝对不觉得这是出卖。办公室里的三八男三天两头拿谢铁军和孙贝贝的事情逗乐，可在他眼里，觉得缘分这东西就是这么奇妙，也没见孙贝贝那只野猴子会去闹谁，唯独拽着谢铁军不放。谢铁军和他共事多年，脾性早已了如指掌，如今军官中，像他这样没女朋友打着光棍的没几个，他也想让他赶紧解决个人问题，就是不知道两人能否真的走到一块。

手机响了一遍又一遍……

此刻，谢铁军的心理非常复杂，明明可以关机不接，却迟迟未把手指摁下去，心底有种莫名的东西牵引着他。

在 N 市的孙贝贝一遍接着一遍打，心里完全怒火中烧，要是自己在驻地的话，那谢呆子肯定会被她揍得稀巴烂。最后打一遍，要是那谢呆子还不接电话，下次被她撞上绝对不会让他有好果子吃。

也许就是这么奇怪，明明不想接，心里却有个小人一直怂恿着谢铁军，最终鬼使神差地接了起来。孙贝贝见电话终于接通，劈头盖脸就是一顿臭骂："谢呆子，你找死啊，竟敢不接我的电话！胆肥了是吧？"

"我刚才去洗衣服了，没……没听见手机响。"谢铁军听到孙贝贝那"噼里啪啦"而来的怒骂，结结巴巴地回着。

"才怪！少唬我！"孙贝贝怎么可能相信他的话，自己刚跟许烨磊要到号码，他就开机，没这么凑巧的事情。

"真的，不骗你！骗你是小狗！"谢铁军眼睛扑闪扑闪的，小心肝一颤一颤的，心虚地回道。

"你就是小狗！"孙贝贝不留情面地回击道。

谢铁军见此，也不好说啥，可是心里也憋得慌，即使自己再好欺负，她也不能老是这么跋扈，得好好管管才行。

"你找我啥事？"谢铁军一本正经地问道，语气泛着一丝冷漠。

"死呆子，什么口气啊！"孙贝贝立马听出谢铁军的语气带着冷漠，再次骂道。

"快说，找我啥事，要是没事，我挂电话了！"谢铁军威胁道。不过这招似乎很有用。

"你敢！"孙贝贝的语气立马变冲，却又带着一丝难以觉察的弱势。

"为何不敢？"谢铁军也冲了回去，心里还加了一句：手机在我手上，我摁一下就行。

"谢呆子，你要是敢挂我电话，小心我冲到 S 市揍你！"孙贝贝口气明显变软，却依旧带着暴力的色彩。

"说吧，找我什么事？"谢铁军的心莫名地动了一下，口气有些回暖。

"嗯？我想想啊。"一听到谢铁军的语气变好后，孙贝贝立马又开始翘尾巴了，抬头望着天花板，故作思索道。

臭丫头，真是闲着没事做是吧？给自己打电话还要左思右想，不会又想搞什么恶作剧吧！

"那个，上次我编写的小品，团长叫我再修改一下，成为今年各驻地巡演的必演作品！所以啊，这阵子，我用脑过度了，身体也变得有些虚弱了！"孙贝贝没脸没皮地说，调皮的语气中泛着一丝嘚瑟，又有点撒娇的意味。

听完孙贝贝的话，谢铁军的嘴角不禁露出一丝欣慰的笑容。有时候还真的佩服孙贝贝那丫头，像只打不死的蟑螂一样，那天在小山岗安慰她后，她能正视自己的问题，这点对于这个大小姐来说，实在难能可贵。

可是那丫头对自己说她身体弱，这似乎有些小小的暧昧，好像有些不太妥当吧！

"既然用脑过度，那就好好休息咯，多吃一些有营养的东西补一补！"别看平日里铁骨铮铮，但心底还是有那么一股小柔情，这会口气完全变得像大哥哥似的关心道。

"废话，这些还用你教啊！"孙贝贝又恢复蛮横。

"那我还能怎么办？"谢铁军没好气地回她。

"自己想，我身体会变得这么弱，拜谁所赐啊？"孙贝贝又开始旧事重提。

"好，好，好，是拜我所赐行了吧！你说吧，要怎么补偿？"谢铁军觉得自己真的欠她的，不仅是这辈子，估计上辈子就欠着了！

"补偿？这可是你自己说的！别反悔啊！不过我现在还没想好！"孙贝贝嘚瑟地晃着头，满脸的得意。

真是挖了好大一坑给自己跳啊，不，是把自己给埋了！谢铁军恨不得掌自己嘴，可是话已出，这丫头肯定会揪着不放！

唉，真是冤家啊！

"对了，谢呆子，听说你这次军演表现得非常出色，是不是真的？"孙贝贝好奇地问。

其实昨晚她老爹孙耀武回到家后，满嘴谈论的都是许烨磊和谢铁军，他们这次不仅赢得演习胜利，而且获得了去参加国际军官大比武的入场券！

"当然是真的啦！由我们出马，一个顶百！"谢铁军在预估数字的时候，本想说"顶十"却觉得太少，连忙改口。

"你就吹吧！小心牛皮吹破啊！"虽然谢铁军他们演习胜利，不关孙贝贝半毛钱的事，但她其实心里还是为他们赢得胜利而开心不已。不管怎么样，都是隶属一个集团军的，当然要为这份荣耀而感到自豪！

"事实已经得到证明，我吹啥吹啊！"谢铁军不服气道。

"行了，别在我面前嘚瑟，我挂了。还有，以后你敢不接我电话，我真的会冲到 S 市揍你的！"孙贝贝要挂掉电话之前还不忘警告谢铁军，"至于你怎么补偿我，我得好好想想！"

"你还是赶紧挂电话吧！"谢铁军听到补偿两个字，就有些腿软，弱弱地催促道。

"死呆子！"孙贝贝轻骂一句，随后毫不留情地把电话挂掉。

紧接着，谢铁军听到嘟嘟嘟的声响，猛地拍了几下结实的胸脯，这个臭丫头，每次都让他这么紧张，再这样下去会得精神病的，顺带心脏也会出问题的！

3.

六月天，知了在树上聒噪地鸣叫着。夏天热热闹闹来临了，时间似乎拉得特别漫长。一天天一夜夜，换下了长衫，穿上了夏装。等待的时光好难挨，每天孙萌萌都在期盼着许烨磊军演结束了回来和她相聚。

她思念着他，思念成荒，思念成殇，才下眉头，却上心头……

总是呆坐在电脑前，对着屏幕发呆。思念便如影随形，抛开对任何事物的感念，一心一意地只是想他，想着他……想念着他一个微笑，一声温柔的低语，想念他的吻，他的拥抱，想念他身上的味道……

想起他的时候，总是情难自已，那心房里就像长满了衰草，即使是微风轻微地拂过，也能引起哗哗的颤响；脑海里回荡着全是许烨磊的名字，全是许烨磊的声音，全是许烨磊的笑语，全是许烨磊所有的一切。

她放下自己所有的矜持，听风起舞，任她的思绪飘向他，看见天空中飞翔的鸟儿，多么希望自己能够插上翅膀，飞到他的身边。那种想念的滋味已经深深地深入到她的灵魂里，刻骨铭心。连梦里，她也是窝在他的怀里，深闻着他的气息，和他痴缠。醒来，万分惆怅，因为他不在她的身边。

窗外，雨一直下，潮潮的雨水，潮湿了心……

今年的雨水似乎特别多，从春天的淅淅沥沥绵绵不绝，到进入夏天更加磅礴肆意，像谁家姑娘思念着恋人，思念渐浓时流不尽的泪水，从春流到夏。

好不容易掰着手指过了一个月，望眼欲穿中，想着可以和心爱的人见面，沉闷一个月的孙萌萌终于活跃起来了。

昨晚当电话响起时，看见来电显示是那熟悉的号码时，她兴奋得差点拿不住手机，满身的血液似乎在一瞬间涌上了脑海，千盼万盼终于把他盼回来了。

这一夜，孙萌萌失眠了。

在日日夜夜的期待里，终于听到他犹如天籁般的声音，她从最初的甜蜜，变成了淡淡的酸涩。这一个月的等待时光过得尚且艰难，好不容易等来了他的电话，谁想，等待着她的是更长的等待。他的声音带着几分疲惫，她听得好心疼。

听他诉说着这一个月跋山涉水，餐饮露水，夜宿荒山，甚至几日几夜不眠不休地赶路，终于获得了全胜。她分享了他的成就，却更心疼他的辛苦。累了一个月，本来有三天的休整时间，他却放弃了。他要投入新的工作，开始准备三个月的魔鬼训练计划，准备把他的兵带到国际军官比武的大舞台，为国家赢得荣耀。那是他的梦想，是他作为军人的至高荣耀，他要抓住这个机会奋力地拼搏。

为了这个荣誉，他放弃了自己的时间，放弃了和心爱的人相聚的时光。作为男人，他的血性、他的上进让孙萌萌深为佩服。可作为情人，面对相聚的落空，面对花自飘零水自流，一种相思，两处闲愁，她却开始伤感。

三个月啊！一个月的思念尚且如痴如狂，三个月的等待，她怕自己会想念他想得疯掉。

漫长的夏夜，听着窗外的雷鸣闪电，孙萌萌辗转难眠。躺在床上，在漆黑的夜里，睁开眼睛闭上眼睛，他都晃在眼前，明明那么近，想要触摸的时候他又消失了。

第二天早上，李笑梅催她起来吃早饭，她装睡装死，任老妈在门口数落着就是不起床。

她不能让父母看到她的失魂落魄。中午，感觉好多了，在李笑梅的再次炮轰中，孙萌萌才慢吞吞地起床，在镜中看看自己，竟然花容憔悴，为了不让父母察觉自己的异样，她洗漱之后特意化了妆遮掩着干涩的眼睛。

孙萌萌强打着精神敷衍着父母，但吃饭的时候还是有些艰难。虽然是李笑梅主厨，但她心情很差，看了饭菜没有一点食欲，只是应付着胡乱扒完了米饭，说读者催更，要赶紧码字，又躲进了自己的房间。

她要驱赶那样的心绪，放任着思念，太伤情。于是，孙萌萌打开电脑，放了音乐，开得很大声，她想用高声的喧哗充斥大脑，挤走那萦绕在心头的思绪，然而，入耳的歌声，不管是欢快幸福的，还是伤心凄凄的，总让她感同身受，更加无休无止地想着他。

等待，思念，缘何是个长！

最后，孙萌萌砸着脑门关了音乐，关了电脑。躺在床上，听着窗外伴着蛙鸣的雨声，打发着漫长且无聊的时光。

"萌萌，在干吗？"孙耀文敲着孙萌萌的门，和蔼地问着。

即便孙萌萌极力地掩饰，还是逃不过父母的目光。

孙耀文的药早就吃完了，但李笑梅对他的滋补却源源不断。每天吃着老婆换着花样做出的美食，孙耀文又享受了一把蜜月时光。这一个多月，他明显胖了一圈，倒是女儿这一个月来天天宅家里，整日闭门不出，瘦了一圈。做父母的看在眼里，疼在心里。

都是过来人，能猜到女儿衣带渐宽是为了谁。可是，有什么办法呢？是她自己爱上当军人的许烨磊。人生路那么漫长，军嫂注定要一个人空守着家。现在还没结婚，这样的分离只是一个开始，或许，也是一种考验。

还好没有急着结婚，不然坚持不下去想要放弃的时候，更加难办。不管自己如何喜欢许烨磊，孙耀文最后还是尊重女儿的感情：她要是就此放弃，他也不会责备她；如果还坚持等待，他还是会鼓励她。

"准备午睡……"孙萌萌疲惫地回答。

"可以进来吗？"

"什么事啊？爸……"孙萌萌真不想面对老爸，和他多待一秒，肯定会露出一点蛛丝马迹。孙萌萌不想让父母看到自己等待中的辛苦，害怕听到父母对她感情的否定。

"看你写文熬夜熬得眼睛都红了，你妈煮了绿豆汤，给你下下火。"孙耀文温和地说着。

"谢谢爸。"孙萌萌赶紧爬起来，又打开电脑。

刚才说回来码字，还是得做做样子，别露馅了。开了门，孙耀文笑着端着绿豆汤进了孙萌萌的闺房，孙萌萌接过绿豆汤，慢慢地喝。

孙耀文坐在床上，看着女儿疲惫的样子，关切地说："萌萌，咱们家虽然不富裕，也不缺你那点稿费。女孩子，不要老熬夜，你看看你，写文写得都瘦了一大圈。再这样下去，你妈估计又要念叨你了。"

孙耀文故意把孙萌萌这个月的萎靡不振说成是写文的艰辛，他想和孙萌萌聊聊天，帮她疏导一下心情。只是，感情的事，孙萌萌都是自己一个人，幸福的时候独自享受，愁闷的时候也是一个人暗自伤神。她再也不是那个从小到大和爸爸分享心事的小女孩了。

"爸，我没事。只是你最近工作那么忙，你的腰椎和颈椎还酸痛吗？上次开的药都吃完了，要不要再去复查……"孙萌萌不想让爸爸发现自己的异样，把话题转移到孙耀文的身上。

孙萌萌听到孙耀文的关切之声，心里挺感动的。有这样一个慈父真是幸运！前一段时间，她接到孙贝贝的电话，又在抱怨着孙耀武对他的炮火。老妈贤惠，老爸温和。孙萌萌觉得现在的家庭生活其实已经很幸福了，再加上一个万分宠爱她的许烨磊，她应该要满足的。只是一直不能见到他，还是感到几分苦闷和失落。

"我自己的身体心里有数。我的工作就是这样，忙的时候很忙，闲的时候很闲，今年任务是比较重，到年底就轻松了……"

"嗯，那也要多注意，多休息……"孙萌萌努力地喝着绿豆汤，明明是放了糖的甜水，不知道为什么喝到嘴里却有几分苦涩。

"别说我，你也要注意身体，别一整天都闷在家里。没事出去遛遛，找你的朋友玩玩。年轻人不是都喜欢玩吗？我看你在家关了这么久，都快关成呆鹅了。"孙耀文看着女儿的神色，担心道。

"天天下雨啊，看着都心情不好。"孙萌萌随口为自己找了一个借口。

"你看外面不是放晴了吗？"

孙萌萌抬眼看窗外，雨还真的停了。夏天的雨虽然大，还好不会像春天一样整日整夜滴滴答答个没完没了。孙萌萌看着外面的阳光，心里的阴郁似乎也被晒得蒸发了。感觉心情一下好了许多，刚才还萎靡不振软不拉几的，一会变得神采奕奕起来："真的出太阳了，我听老爸的，出去晒晒太阳……"

"嗯，出去吧，晚点回来都没关系！"孙耀文嘱咐道。

"呵呵，好的。我去逛逛，顺便帮老爸买几套衣服去！"孙萌萌扯着嘴角冲着孙耀文笑道。

"好，那老爸在这先谢谢宝贝女儿了！"孙耀文一脸慈祥地点头。

4.

到楼下后，孙萌萌给叶子青打了一个电话，叶子青正在忙，说晚上见面再聊，孙萌萌只好独自前往刘焉的店里。

一进门，孙萌萌就见一位帅哥迎了上来。看着眼生啊，刘焉店里什么时候招了这么一个帅哥做销售员啦！孙萌萌不由多瞧了两眼。

正在收银台坐着的刘焉看到孙萌萌，立马站了起来，笑道："哎呦，贵客临门啊！"

孙萌萌走近刘焉，瞪了她一眼，小声赐了她一个字："滚——"

"小样，今天终于舍得出门了，这么有空来我店里啊！"刘焉也一个多月没见到孙萌萌，只知道这丫头天天窝在家里不出门。

"我来给我老爸挑几件衣服，够意思吧！"孙萌萌挑了挑眉头，跟刘焉说。

"哎呦，太够意思了。来来来，大主顾你这边请，小的给你沏杯茶，衣服等会慢慢挑！"刘焉笑得花枝灿烂，说完拉着孙萌萌去泡茶。

没过几分钟，刘递了一杯茶给孙萌萌："你爸需要什么款式的，这里全是新货，随你挑，批发价！"说完，刘焉指了指右边的衣服陈列柜。

真是一个财奴！喝茶还不忘给自己推销！

"能不能免费啊？"孙萌萌端着茶杯看向陈列柜，眉眼带笑地说。

"好吧，既然都是老主顾，买5件送1件！"刘焉给孙萌萌开玩笑地说。

"真抠门，买一送一！"孙萌萌直接跟她砍价。

"呵呵，好吧，买一件衬衣，送一双袜子！"刘焉大方道。

"唉，无语啊，抠门的黄世仁！"孙萌萌笑着冲她摇头，不过眼睛无意间瞟到那帅哥正给其他客人介绍衣服，孙萌萌眼底立马掠过一抹意味深长，"你什么时候招了这么一位帅哥啊？"

刘焉的目光也向那帅哥看去："哦，上个月，等会叫他过来跟你打下招呼！"

"有猫腻哦？"孙萌萌眼底冒出一丝暧昧出来。

"猫腻你个头，别乱想！"刘焉瞥了她一眼，制止道。

"我的预感向来很准的哦！"孙萌萌坏坏地笑着，戏谑道。

"小声点，别让人家听到了！"刘焉再刮她一眼，提醒道。

"哈哈哈，不会真的被我猜中了吧？"孙萌萌挑着眉头，邪恶地笑着。

"你这女人，是不是最近你男人没回来，在那发春啊！"刘焉瞪着孙萌萌，没好气地说。

不提还好，一提许烨磊，孙萌萌的心情瞬时黯淡下来。

生意场打滚多年的刘焉，一眼就看出孙萌萌的失落："不是吧，你男人还没回来啊？"孙萌萌无力地点了点头："他最近很忙，估计还得过个三四个月才能回来！"

"难道出国啊？这么久！"刘焉一听到三四个月，立马头大起来。

"唉，别说了，我去挑衣服！"孙萌萌不想再讨论这个问题，徒增自己的思愁。

孙萌萌为孙耀文挑了 2 件衬衣，2 件 T 恤，还有 3 条裤子，结账的时候，刘焉慷慨地给孙萌萌打折，还多赠送了一条裤子。

大家姐妹一场，对方的父母都很熟悉，就当自己对长辈的一点心意，而且孙萌萌原来在银行工作时，也非常够朋友，时常给她介绍客户过来，现在都成了这里的老主顾，就当回扣吧！

"每次来都占你便宜，真不好意思啊！"孙萌萌得了便宜，立马卖乖起来。

"滚，再跟我客套，全部收起来！"刘焉笑着威胁道。

"算了,晚上我请你吃饭吧,叶子青等会也会过来！"孙萌萌笑着说。

"好啊，那我们先去定位置，等会再通知子青！"刘焉没有拒绝，大方一口答应下来。

"张威，我去吃饭了，店里你照看一下……"刘焉对着帅哥嘱咐道。

"是，老板娘！"那个叫张威的帅哥一脸微笑地点头。

两人没去她们几个的老根据地，而是选了一家新开不久口碑却很不错的餐厅吃饭。孙萌萌点菜，刘焉打电话催叶子青。

没过多久，叶子青匆匆赶来，一落座就灌了一杯水下肚，嗷嗷直叫："唉，渴死我了！"

"干吗啦，像是干枯几百年的老井似的！"孙萌萌打趣道。

"唉，甭提了，下午被一个客户纠缠了老半天啊，我滴亲娘喂，我跟他解释了不下十来遍，还是缠我继续解释。妹的，他要不是医生，我真以为他是智障呢！"叶子青噼里啪啦地倒苦水。

"不会是那男人看上你了吧，不然干吗缠着你啊？"刘焉扯了眉头，意味深长地说。

"就是啊，不然干吗缠着你！"孙萌萌附和道。

"你要是真的看到那男人，肯定会想吐的，30岁不到就开始秃顶，一脸的猥琐，我要不是看到他是主治医生，才不想理他呢！唉，你们说我容易吗？"叶子青一脸嫌弃的表情，外加恶心作呕的动作，让孙萌萌和刘焉看得咯咯大笑了起来。

"不提那个猥琐男了，你们点菜没？"叶子青就此打住。

孙萌萌点了点头："嗯，点了，都是你爱吃的！"

"谢谢啊，晚上谁买单？"叶子青两眼发亮地询问。

"你啊！"孙萌萌和刘焉异口同声道。

"要我买单，我现在就回家了！我最近可穷啊！"叶子青在那哭穷。

"真恶心。爱吃不吃，要走就走吧，我和刘焉吃！"孙萌萌嗤了一句。

"原来是孙大款买单啊！那我得好好大吃一顿！"叶子青笑嘻嘻地说。

就三个女人在一块吃饭，却点了 7 个菜一个汤，真是够大吃的。

三人有一搭没一搭地聊着，叶子青突然想起今天是周末，看着孙萌萌道："你家男人呢？"

刘焉一听，立马用胳膊肘捅了一下身旁的叶子青，示意她别问。刚才在店里她那么一问，孙萌萌的情绪就开始不对劲！

"还在部队忙呢！"孙萌萌见她俩的小动作，不由幽幽地回道。

"你上回不是跟我说你男人月中回来吗？"叶子青眨巴着眼睛问道。

"他最近好像很忙，可能还要过三四个月才会回来！"孙萌萌皱着眉头道。

"唉，军嫂真的不易当啊！我虽然是有那么一点崇拜特种兵，但要我成为军嫂，我看还是算了。当不起啊！"叶子青连连摇头。

"我就要当军嫂！"孙萌萌没好气地瞪叶子青一眼，"你们两个没男人的女人，不就羡慕嫉妒恨吗？没必要在这吃不到葡萄说葡萄酸！"

"我和焉儿是没男人，但你有男人，不也跟我们一样成天独守空房啊！长夜漫漫啊！"叶子青坏坏地嬉笑道。

"我愿意，我就是愿意独守空房，愿意在家等待我男人回家！"孙萌萌刮了叶子青一眼，愤愤道。

"好了，子青你就别刺激萌萌了，瞧她都快要哭了！"刘焉笑着制止叶子青。

"对哦，好像是快要哭了！"叶子青的眼睛，直勾勾地盯着孙萌萌，坏坏地继续嘲弄她。

"你们两个，吃饭还塞不住你们的嘴是吧？"孙萌萌被他们刺激一下，心底更加难受了，不由骂道。

"不说了，吃饭吃饭！"叶子青连忙打住，她看孙萌萌真有些生气了。

三个女人开始聊其他话题。有时候大笑不止，有时候窃窃私语，有时候掩嘴偷笑，时间不知不觉地滑过，到了9点三个女人才摸着圆滚滚的肚子，起身离开餐桌。

孙萌萌走到收银台结账："18号桌多少钱？"

收银员查看了一下单子，抬起头，面带微笑，礼貌地说："小姐，你的账单已经有人帮你结过了！"

孙萌萌眨巴几下眼睛："谁帮我结账的？"

"是一位帅哥，长得非常帅气的男人帮你结账的！"收银员的口气好像特别的肯定。

"不会是搞错了吧？"孙萌萌有些不可置信。

"没搞错，你的账单确实已结过！"收银员肯定地说。

"哦……谢谢啊！"孙萌萌收起钱包，往包里塞，莫名其妙地往出口处走去。

"花了多少钱啊？看你一脸心疼样！"叶子青看孙萌萌的表情有些怪，以为这里菜价很高，让她心疼了。

"没花一分钱，你们信吗？"孙萌萌依旧一脸疑惑，在思索到底是谁帮她买单的。

"你开玩笑的吧！"刘焉一点都不相信。

"真的，我正纳闷呢，到底谁帮我们结账的？"

"不会是，别桌的男人看到我们三个女人漂亮，吃完饭顺带帮我们买单？！"叶子青妖娆地甩了一下秀发，眨着眉眼道。

"要是这样的话，肯定上来搭讪了，谁会做这种没好处的事情啊！"孙萌萌理智地做出分析反驳道。

"也是，那收银员怎么说？"刘焉赞同孙萌萌的说法。

"收银员就说是个超级大帅哥帮我买单的!"孙萌萌眨着眼睛继续思索着。

"帅哥?不会是……"叶子青的脑海立马闪现出一个人的身影。

"不会是什么?难道你认识?"孙萌萌好奇地问。

"不会是……不会是向南吧!"叶子青说出自己猜想的答案。

"切,鬼扯!"孙萌萌嗤了一句,她刚才好像没见到他出没的身影。

"那还有谁啊?你我都认识的超级帅哥,就两个,一个是你家男人,一个是向南!"叶子青分析道。

"不可能啦!怎么可能是他!"孙萌萌打死都不相信。不过她心里也有些担心,要是真的是他的话,那向南也太阴险了,不会又在哪个角落偷听他们说话吧!

"你也别纠结了,反正有人帮忙买单是好事。没想到这年头开始流行帅哥做好事不留名啊!"叶子青自嘲地笑了起来。

"等会发条微博表示致谢!"刘焉笑嘻嘻地附和道。

孙萌萌瞧了她们俩一眼:"好了,我要回家了,有空电话联系!"说完,往路边走去,伸手拦的士。

"不要我送你吗?"叶子青好心道。

"不用,你送刘焉回店里吧!我先走了!"刚好拦到一辆的士,孙萌萌转过头冲他们说完,提着大包小包直接钻进车里。

回去的一路上,孙萌萌又开始陷入漫无止境的思念中,越陷越深。

5.

一晃眼,燥热难安的夏天已经过去。金秋十月,秋风飒爽,果实飘香。

许烨磊带着他的赫赫战绩从国外凯旋而归,汇报完工作,终于有了假期。完成了任务，他的大脑一放松，老婆婀娜多姿的身影便出现在眼前。

之前为了国际军官大比武，每天紧绷着心弦。除了出国前给孙萌萌打了个电话，这几个月，他都没能和老婆联系。现在，终于可以和她见面了。

这些日子，她一定过得很难受吧，最后一次电话里，她说她想他都快想疯了，等了三个月，她想见他，再不见就要疯了。而他却不能满足她满眼满心的期待。他只能向她道歉，只能给她期许，再给他一个月的时间，一定会回去好好地疼她。她没有抱怨，但他能猜到她听了一定很难受很失落。

终于可以和孙萌萌团聚了！许烨磊想到孙萌萌，心底浓厚的思念终于蓬勃而发，像海啸一样，扑山倒海地袭来。归心似箭，许烨磊开着车朝着市区飞驰而去。

要怎样疼她爱她才能弥补这一段时间他没能陪她、让她寂寞的日日夜夜？许烨磊不知道，心里既激动，又期待。他没有事先打电话给孙萌萌，他要飞奔到她的眼前，给她一个惊喜。

一个小时的路程，许烨磊用了半个小时就到了，迫不及待地按着门铃。但门铃慢条斯理地响着，屋里却没有一点动静。烨磊没想到一直在家写稿子的老婆，并没有宅在家里。于是拨打了孙萌萌的电话，没想到是关机。

许烨磊又按了门铃，但门还是不开……

他太想见她了，恨不能用自己的特殊技能，直接闯入大门。再按几次，门还是纹丝不动。或许孙萌萌出门买东西了，或许她在玉景豪园他们的爱巢里，等待着他的归来。这么想着，许烨磊又开始兴奋起来，匆匆下了楼，一路向爱巢飞驰。

阔别了近五个月，终于回到他的家，他们相亲相爱的地方。

许烨磊激动得开房门的手都有些哆嗦了，谁能把此刻的他和在国际军官大比武里运筹帷幄、沉着镇定的中校联想在一起。

打开了房门，许烨磊走进家门。可是入眼的一切却恍如隔世。家还是那个家，家里的布置都没有改变，却又发生了翻天覆地的变化。

许烨磊一进入玄关，心里便震了一下。

玄关处，被打劫了般，原来满满当当摆放着老婆琳琅满目的鞋子，此刻却空空如也，只剩下他孤零零的几双鞋。就是情侣拖鞋，也只有他的那一双。家里上上下下都蒙了一层灰，没有一丝人气，更没有女人的气息。相爱的情景还历历在目，却如黄粱一梦。

这个房子如一座空城，空荡荡地让他心慌了。

许烨磊有些难以接受，跑到主卧。主卧更是让他有些不可置信，衣柜里没有一件孙萌萌的衣服，屋里，孙萌萌添置的小摆设、她买的床上用品都搬空了。

整个家，竟然没有一丝她的踪迹，似乎她不曾在这生活过，似乎他们相爱的那些美好时光只是一场春梦，梦醒，他只是一个军人，他的房子还是在市区里空着。

到底发生了什么事？

许烨磊看着床头柜上她唯一留下的东西——他给她的钥匙。看到那个钥匙，大脑突然猛地一震，意识到什么不对。许烨磊快速拿起手机拨打孙萌萌的号码，连拨了几十个，拨得他快疯了。

就在许烨磊拨电话拨得快要崩溃时，电话终于有了信号，嘟嘟地响着，却没有马上接起。许烨磊耐心地等着，只要不是关机就好。

电话终于接通了……

没等孙萌萌开口，许烨磊便迫不及待地说："萌萌，我回来了！对不起，让你久等了。我想你，你在哪，我要见你……"许烨磊一口气说完，等待着孙萌萌的回答。

"你回来了，比赛怎么样？"孙萌萌的声音没有之前的甜润，似乎有些疲惫，她没有如他所愿地告诉他在哪。

"我们获胜了！萌萌对不起，让你受委屈了。快告诉我你在哪，我要见你……"许烨磊的语气充满了急迫，甚至是极度渴望见到孙萌萌。

可电话那头却突然沉默了……

半晌，许烨磊才听到一丝幽幽的声音："烨磊，我想我们不合适，我们分手吧……"

图书在版编目（CIP）数据

全世界我只想和你在一起 .2 / 米西亚著 . -- 北京：
群言出版社 , 2017.1

ISBN 978-7-5193-0253-5

Ⅰ.①全… Ⅱ.①米… Ⅲ.①长篇小说－中国－当代
Ⅳ.① I247.5

中国版本图书馆 CIP 数据核字（2016）第 306666 号

责任编辑：李　越
封面设计：仙　境

出版发行：群言出版社
地　　址：北京市东城区东厂胡同北巷 1 号（100006）
网　　址：www.qypublish.com
自营网店：https://qycbs.tmall.com（天猫旗舰店）
　　　　　http://qycbs.shop.kongfz.com（孔夫子旧书网）
　　　　　http://www.qypublish.com（群言出版社官网）
电子信箱：qunyancbs@126.com
联系电话：010-65267783　65263836
经　　销：全国新华书店

印　　刷：北京联兴盛业印刷股份有限公司
版　　次：2017年4月第1版　2017年4月第1次印刷
开　　本：880mm×1230mm　1/32
印　　张：10
字　　数：260千字
书　　号：ISBN 978-7-5193-0253-5
定　　价：32.00 元

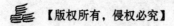